I0891424

El verano de Cervantes

Seix Barral Biblioteca Breve

Antonio Muñoz Molina

El verano de Cervantes

Una escritura desatada

Obra editada en colaboración con Editorial Planeta – España

Composición: Realización Planeta

Bajo el sello editorial SEIX BARRAL M.R.
Avenida Presidente Masarik núm. 111,
Piso 2, Polanco V Sección, Miguel Hidalgo
C.P. 11560, Ciudad de México
www.planetadelibros.com.mx

Primera edición impresa en España: junio de 2025
ISBN: 978-84-322-4498-8

Primera edición impresa en México: julio de 2025
ISBN: 978-607-39-3115-1

Impreso en los talleres de Impregráfica Digital, S.A. de C.V.
Av. Coyoacán 100-D, Valle Norte, Benito Juárez
Ciudad de México , C.P. 03103
Impreso en México – *Printed in Mexico*

Para Elvira, que pertenece al linaje de las mujeres apasionadas y valerosas de Cervantes: Marcela, Dorotea, Ana Félix, Claudia Jerónima, la comedianta Altisidora.

Caballero soy, y de la profesión que decís; y aunque en mi alma tienen su propio asiento las tristezas, las desgracias y las desventuras, no por eso se ha ausentado della la compasión que tengo de las ajenas desdichas.

Don Quijote, II, XII

Humankind cannot bear very much reality.

T. S. Eliot

1

El verano es la estación de *Don Quijote de la Mancha*. Es el tiempo en el que suceden del principio al final todas sus peripecias, y también el más adecuado para su lectura. El *desocupado lector* al que se dirige desde la primera línea Cervantes es el que tiene tiempo de sobra por delante, el que puede dedicarse sin urgencia y sin remordimiento a esa particular forma de no hacer nada que es la lectura de una obra muy larga de ficción. El tiempo interior de la novela y el externo a ella y también íntimo del acto de leer confluyen en una forma particular de recogimiento, en una atemporalidad en la que se superponen la lectura presente y cada una de las que uno ha ido haciendo a lo largo de su vida, en veranos sucesivos que se le presentan como un verano único, a la vez de puro adanismo y de veteranía, los veranos remotos de lectura en el final de la niñez y la primera adolescencia, y, de ahí en adelante, en una travesía de las edades de la vida, de escenarios diversos, habitaciones variables que siempre parecen la misma y siempre tienen algo en común aunque sean distintas entre sí, como es distinta y la misma la cara ensimismada que se inclina sobre el libro, y el cuerpo del lector que lo sostiene en las manos. Todo es lo mismo y todo está cambiando siempre: las habitaciones en las que sucede la lectura, las ciudades, las manos de niño y luego de adolescente y de hombre joven y de hombre maduro y las manos del hombre de sesenta y cinco años que escribe ahora mismo, algo oscurecidas, con manchas, con las venas más pronunciadas; y también el libro, su tipografía, las ediciones que leí y he perdido, las que conservo todavía, algunas con la letra tan pequeña que ya ni con gafas puedo descifrarla, gastadas como herramientas cotidianas, las demasiado voluminosas y solemnes que consulto pero no leo, y las que prefiero, las de bolsillo, las llevaderas, a ser posible en dos volúmenes, porque así son más livianas, y también porque resaltan tangiblemente el hecho de que *Don Quijote* no es una novela, sino dos novelas muy distintas entre sí, escritas con una diferencia de más de diez años, por alguien que había cambiado mucho en ese intervalo, y que podría haber dicho, igual que Montaigne, que si él había hecho su libro, su libro también lo había hecho a él. Los dos podían decirlo con dosis semejantes de humildad y de orgullo: humildad porque lo que habían logrado no era el resultado de un propósito consciente, sino de una serie de tanteos más o menos a ciegas, un dejarse llevar en el que ellos mismos eran los primeros sorprendidos por lo que encontraban; y orgullo porque eso que cada uno había hecho, a su manera, no lo había hecho nadie antes.

Don Quijote también es una suma de *essais*, de ensayos, prueba y error, una improvisación, que lleva no se sabe hacia dónde, hasta que poco a poco va definiendo un camino. Y como le pasa a Montaigne, es la experiencia de lo escrito la que va ofreciendo una cierta seguridad, y la forma intuida en el libro de 1605 ya ha cuajado firmemente en el de 1615, igual que las retahílas de citas de los primeros ensayos de Montaigne dan paso al discurso mucho más articulado y seguro del tercer volumen. El proceso de la invención es plenamente visible en la obra acabada, un palimpsesto de los borradores y las vacilaciones que conducen a ella.

2

No quedan borradores de *Don Quijote*, ni siquiera el texto completo y bien copiado que Cervantes debió entregar a la imprenta. Pero en las novelas publicadas, sobre todo en la de 1605, puede rastrearse una arqueología conjetural de su invención. Una *novella* burlesca a la italiana, con un humorismo de porrazos y una secuencia de breves escenas de entremés, inopinadamente se va convirtiendo en otra cosa, en el curso de una especie de deflagración narrativa a la que el propio autor asiste con agradecimiento y asombro, porque no sabe bien hacia dónde lo lleva el impulso que está siguiendo, la irrupción brusca de un mundo en todos sus detalles y sus complicaciones argumentales, de personajes que rompen a hablar por sí solos, de historias aisladas que se entrecruzan en una trama superior que las abarca a todas, y hacia la que son arrastrados como en un caudaloso torbellino materiales de todo tipo, imágenes de la experiencia inmediata y del recuerdo lejano, cosas vistas y cosas inventadas o leídas, el edificio entero de la imaginación asentándose de golpe con la firmeza de la arquitectura y la liviandad de un espejismo o de una composición musical polifónica.

No son hipótesis. Está a la vista la traza del tejido, las incongruencias, las costuras, los arrepentimientos. Más vale seguir hacia adelante sin apuro que detenerse a corregir o reparar errores y perder así el impulso que empuja la pluma ávida sobre el papel: la pluma de ave que se interrumpe cada pocas palabras para ser untada de nuevo en la tinta y de inmediato recupera su rumbo, favoreciendo en torno suyo un ámbito estrecho de quietud que es el espacio necesario para que la invención y la escritura se desaten con un grado máximo de fertilidad. Montaigne era un señor próspero y tenía su castillo en medio de los campos fértiles de Francia, y en su castillo la torre circular con las paredes llenas de libros y ventanas por las que entraba la luz y en las que podía descansar la mirada cuando se fatigaba de leer o escribir. Cervantes es un viejo parcialmente mutilado, un veterano de guerras antiguas, un funcionario de dudoso escalafón que ha debido de escribir donde buenamente podía, en la incomodidad y el ruido de las ventas, en el trasiego de las oficinas y los molinos y almacenes en los que compraba o requisaba granos, incluso en la cárcel, *donde toda incomodidad tiene su asiento y donde todo triste ruido hace su habitación.* Los años de su plena madurez vital y del probable despegue de su talento narrativo los pasa casi enteros en movimiento permanente y muchas veces angustiado, no cabalgando con sosiego como Montaigne en su viaje a Italia, sino urgido por las obligaciones de un trabajo ingrato, montado en esas terribles mulas de alquiler que son una presencia constante en sus historias, alojándose en las ventas detestables que solo él hizo el prodigio de convertir en lugares universales de la imaginación. Escribiría en los ratos que le dejaran libre las obligaciones y en los días de largas esperas administrativas en los que no sucedía nada. Aprovecharía para escribir pliegos de papel de sus contadurías y sus informes oficiales, tal vez rodeado de gente ruidosa, de relinchos de caballerías, de martillazos de toneleros o herreros. Una parte de lo que tuviera en ese momento delante de los ojos entraría en lo que estaba escribiendo, como un ingrediente de una historia en marcha o un acicate para una nueva invención. Un arriero llega al anochecer al corral de la venta para dar de beber a sus animales. En las paredes del cuarto donde él escribe hay una ristra de pellejos reventones de vino que parecerían cabezas de animales monstruosos. La cruda realidad es un espectáculo fascinante para sus ojos muy abiertos y un desmentido amargo o sarcástico de las formas de belleza que él ama tanto en la literatura, las delicadas metáforas y los resplandores verbales de la poesía, oro y perlas preciosas y rojos corales y cabellos rubios de pastoras o damas y manos de nieve y pies de un blanco de alabastro sumergidos en arroyos de aguas siempre cristalinas.

3

Y todo siempre en verano. El comienzo de todo, la primera salida, es *una mañana, antes del día, que era de los calurosos del mes de julio*. Debe de ser al principio de julio, porque ya han terminado la siega y la trilla. Son los calores de julio en paisajes áridos con pocos árboles que den buena sombra y sin verdor de huertos, ni de acequias y ríos. La única sombra durante muchas horas es la muy escasa del jinete y su cabalgadura. Las partes metálicas del casco y de la armadura arden al sol, y el cuero recalentado acentúa el agobio, *y el sol entraba tan apriesa y con tanto ardor, que fuera bastante a derretirle los sesos*. Don Quijote es todavía un fantoche, apenas un espantapájaros cabalgando tieso sobre su rocín. Ha empezado la novela y el hidalgo de apellido incierto y linaje dudoso se ha convertido en su propio personaje, como el héroe de un cómic que se dibujara a sí mismo, añadiéndose cada uno de sus atributos ya invariables, y culminándolo todo con la elección crucial de toda criatura de ficción, que es el nombre, el suyo y el de los otros personajes importantes que lo rodean, su caballo, su dama.

Pero el proceso de la invención solo está en sus comienzos, y la figura recién inventada aún no posee plena densidad humana. Es ese espantapájaros relleno de trapos o de paja, y cuando las dos mujeres *de esas que llaman del partido* le alzan la visera *descubriendo su seco y polvoroso rostro* es como si no hubiera nadie dentro de esa armadura, de esa celada que le cubre entera la cabeza y que las mujeres no logran quitarle, porque en ese momento sería como ir quitando las vendas de la cara del Hombre Invisible. La voz que sale del interior de la celada no es la de un ser humano, sino un remedo rancio de literatura, *Non fuyan vuestras mercedes ni teman desaguisado alguno, ca a la orden de caballería que profeso non toca ni atañe facerle a ninguno.* El monigote de entremés suelta su tirada paródica y el público responde con una carcajada. Como el personaje aún no existe del todo, Cervantes no tiene todavía piedad hacia él: *...fuera bastante a derretirle los sesos (si algunos tuviera).*

La cabeza de don Quijote es tan hueca como una calabaza de espantapájaros.

4

El verano de la novela era idéntico al de mi primera lectura. También el mundo alrededor, con muy escasos cambios, las habitaciones encaladas, con vigas de madera o techos de cañizo, los corrales separados por muros bajos de piedra, los portales empedrados, las cuadras de los animales. Y más allá, fuera de la casa, en el calor seco de julio, los caminos de tierra y los campos donde la escasa vegetación tenía siempre un matiz de polvo, el mismo que levantaban las ruedas de madera de los carros y los cascos de las caballerías. En las casas había ahora bombillas que colgaban de cordones del techo, y a veces aparatos de radio, pero por lo demás casi cualquier herramienta o material o sonido habría sido familiar para un campesino de la aldea sin nombre de don Quijote, incluidas las albardas y jáquimas de los animales y los celemines de madera para medir el grano, y el trigo y la cebada almacenados en camaranchones altos, y el polvo rubio y seco de trigo que flotaba en el aire después de la trilla y duraba luego en las habitaciones en las que se guardaba; también muchas de las palabras y los giros verbales de la novela, que ahora necesitan notas explicativas, formaban parte del habla de entonces, el tiempo y el lugar de la primera lectura, en aquel barrio de casas grandes encaladas que a veces tenían escudos de linajes nobles o hidalgos esculpidos en los dinteles de piedra.

El libro mismo poseía entre mis manos infantiles algo del tiempo a la vez lejano y reconocido en el que había sido escrito. Las tapas tenían una rudeza de cartón muy gastado en los cantos. El papel no era blanco, como el de los libros de la escuela o el de algunos otros que caían casi siempre por azar en mis manos, novelillas baratas del Oeste o policíacas, sobre todo. No había una ilustración en colores en la portada, ni dibujos en su interior. La letra era muy pequeña, y las hojas rígidas y a la vez quebradizas, de un amarillo como de paja seca. Dejaban en los dedos un polvo parecido al del trigo, y olían a otra época. En la contraportada decía: «Casa Editorial Calleja, 1881». Era ya en sí una fecha fabulosa, de una antigüedad inimaginable, para el niño de diez años que la leía. El libro lo había encontrado rebuscando en un baúl, en el pajar del último piso, donde se amontonaban los trastos viejos y las herramientas de ir al campo. Estaba junto a otros dos, igual de viejos y raros, uno de ellos con ilustraciones detalladas y sombrías en las que abundaban criaturas monstruosas. Se titulaba *Orlando furioso*. El tercero era de un formato más pequeño, y encuadernación más pobre, y su título ya daba un cierto escalofrío: *Historia de un hombre contada por su esqueleto*. He sabido después que su autor era Manuel Fernández y González, un novelista muy popular a mediados del siglo XIX, especializado en novelones de ambiente medieval, en la estela de Walter Scott, los libros de caballerías de la época. Al abrirlo se veía un dibujo de un salón antiguo, con damas de vestidos largos y caballeros de barba y levita. En el centro del salón, apoyado contra la repisa de una chimenea, estaba el esqueleto, con una sonrisa malvada en su cara de hueso, fumándose un puro. Antes de saber leer yo miraba esas ilustraciones inexplicables y macabras, con el miedo secreto de los niños, cuyas honduras los adultos no imaginan, porque las han olvidado.

Orlando furioso era un libraco enorme, como lo fueron en su tiempo los de caballerías, con tapas oscuras de un tacto bruñido, con una encuadernación muy sólida y un papel que no amarilleaba. Cuando aún no sabía leer yo lo abría levantando aquella tapa lúgubre y me sobrecogían y me maravillaban aquellas ilustraciones tenebrosas que ahora comprendo que serían de Gustave Doré. Los cantos, también en los otros dos libros, estaban parcialmente quemados. Al escribir esto me acuerdo de la hoguera en el corral de la casa de don Quijote, alimentada por los libros que el cura y el barbero arrojan por una ventana, con gran alegría del ama y la sobrina incendiarias.

Una hoguera mucho más grande había ardido en el patio del cortijo en el que trabajaba como mulero mi abuelo materno, treinta años atrás, en otro mes de julio, el de los primeros días de la guerra. Una cuadrilla de gente armada con fusiles viejos, pistolas, hoces, horcas había llegado al cortijo con la intención de incautarlo, o de colectivizarlo. En su palacio de Úbeda, la señora marquesa había llamado a mi abuelo para suplicarle que hiciera algo por remediar el desastre. Mi abuelo combinaba sus dotes de narrador con una truculencia de actor antiguo. Abría mucho los ojos, como quien contempla una calamidad o un espanto, extendía los brazos, imitaba la voz suplicante de la señora, que se habría arrodillado delante de él: «Manuel, baje usted por lo que más quiera a ver qué está pasando en el cortijo, qué puede hacerse para parar a esa gente». Cuando mi abuelo llegó al cortijo vio cómo los milicianos que habían asaltado la casa iban tirando cosas al patio por las ventanas, muebles, cuadros, cajones llenos de ropa, imágenes religiosas, brazadas de libros. La hoguera crecía en el patio y al acercarse a ella en el calor de la noche de julio él notaba el fuego en la cara. A los cerebros exaltados por la literatura o por la pasión política el calor del verano acaba de trastornarlos. Mi abuelo vio que uno de aquellos hombres excitados por el saqueo y el fuego se acercaba a la hoguera con una imagen de la Virgen de Guadalupe. «Pero hombre», contaba mi abuelo que le había dicho, «que es la patrona de Úbeda». Y el otro se había vuelto hacia él y le había amenazado: «¿A que te echamos también a ti a la lumbre?». (Lumbre, decían ellos, no hoguera ni fuego: esa palabra también está en *Don Quijote.*)

Pero lo que más le dolía era ver cómo ardían los libros, la gran biblioteca de los señores del cortijo. Sin haber ido nunca a la escuela había aprendido por su cuenta a leer, de noche, decía, a la luz de un candil, en la cuadra que servía de dormitorio colectivo de los gañanes y los mozos de mulas. Leía en voz alta con muy buena entonación y tropezando apenas en las palabras difíciles. Escribía con una letra clara y sesgada y con muy pocas faltas. Cada noche, después de la cena, mi abuela, mi madre y mis tíos niños se sentaban alrededor de la mesa camilla y él les leía algunos capítulos de una inmensa novela por entregas que yo leí también al cabo de los años, *Rosa María*, con una trama de amores, huidas, raptos, traiciones, crímenes pasionales, extremos de bondad y maldad, que deparaba a sus oyentes placeres no muy distintos a los de *Amadís de Gaula* o *Persiles y Sigismunda*. Con una disposición instintiva para la solemnidad, mi abuelo se acomodaba en la silla, apoyaba uno de los cuatro gruesos volúmenes de *Rosa María* sobre la mesa, se aclaraba la voz, lo abría por la página marcada, comenzaba la lectura, y a su alrededor se hacía el silencio, la familia entera congregada al calor de las palabras y al del brasero, en los inviernos de la eterna postguerra en los que había que tener siempre a mano velas o candiles, porque la luz se iba con mucha frecuencia y tardaba horas en volver, o ya no volvía en toda la noche. Todavía cuando yo era niño había una canción infantil que se cantaba en los apagones:

Que venga la luz
Que vamos a cenar
Pan y huevo frito
Y encima una ensalá.

También en la manera de leer los tiempos se parecían a los de Cervantes: en vez de una lectura solitaria y en silencio, una ceremonia compartida, en la que el libro multiplica su audiencia al ser leído en voz alta por ese raro miembro de la comunidad que a diferencia de los demás sabe leer.

Lo único que pudo salvar mi abuelo de la hoguera en el cortijo fueron esos tres libros. En el olor a papel antiguo que desprendían quedaba un rastro de ceniza o de humo. *Don Quijote de la Mancha* no era una novela clásica que se me hubiera inducido a leer, un texto intemporal y abstracto y despojado dc cualquier consistencia material, como los que alimentan las especulaciones de los teóricos de la literatura. *Don Quijote* era ese ejemplar de la Casa Editorial Calleja impreso en 1881, con su papel amarillento que tenía un tacto y un olor de polvo de trigo, con sus tapas rústicas gastadas en los bordes, ligeramente chamuscados. Pertenecía a aquella casa, a sus cuartos recónditos con fotos enmarcadas de muertos antiguos, a sus baúles y armarios llenos de enigmas, de posibles tesoros. No era un regalo, ni una imposición, sino un hallazgo, casi tan novelesco como el de aquellos cartapacios encontrados por puro azar en una ropavejería del Alcaná de Toledo. Pertenecía a los días de calor y pereza y a la duración de los veranos de la infancia, no a la literatura, ni a la quietud cultivada de una biblioteca, sino a las tareas cotidianas y a las palabras y las cosas en las que cobraba forma aquella vida, tan parecidas a las que se encontraban en el libro. Palabras, lugares, objetos cotidianos para mí aparecían en este libro, y en ningún otro: el corral, el pozo, la pila, las riendas, la jáquima, los bardales, los rebaños de cabras y ovejas, el polvo que levantaban en los barbechos y en los caminos secos del verano. Sancho Panza podía ser alguien de mi familia.

Yo leía *Iba Sancho sobre su jumento como un patriarca, con sus alforjas y su bota* y a quien veía era a mi abuelo materno y a tantos hombres del campo como él, efectivamente acomodados como patriarcas sobre burros pequeños, sobre albardas o serones cargados de cosas, llevando a la grupa una botija de barro que mantenía el agua fresca, un zurrón de esparto que llamaban barja, o una bota de vino. Y los caminos de tierra por los que cabalgan don Quijote y Sancho eran los mismos que nosotros usábamos, salvo en los casos excepcionales en que viajábamos en autobús o en taxi por una carretera asfaltada, hacia la capital de la provincia, donde estaban los médicos y los hospitales. Para ir a las huertas o a los olivares nosotros nos movíamos a la misma velocidad arcaica que los personajes de Cervantes, o que el mismo Cervantes en sus viajes innumerables: a pie, en burro, en mulo, a caballo, si acaso en uno de aquellos carros que a veces, un signo del cambio de los tiempos, llevaban grandes neumáticos de segunda o tercera mano en vez de ruedas de madera.

En los caminos eran posibles todos los encuentros. La parsimonia de las conversaciones entre don Quijote y Sancho es la de un itinerario a lomos de un animal que avanza sin prisa. Lo que se ve venir al fondo del camino, sobre todo en el calor del verano, se va precisando muy poco a poco, sea una figura solitaria o un grupo de gente, y la distorsión óptica del aire muy caliente provoca espejismos en la distancia. En esa claridad excesiva y un poco enturbiada un molino de viento puede emerger del horizonte cercano como el torso macizo y la cabeza de un gigante. La polvareda y el estrépito de un rebaño de ovejas, acompañados por los gritos y los silbidos de los pastores, el clamor de los cencerros, los ladridos de los perros, tenía algo de ofensiva militar, de invasión de un ejército primitivo y bárbaro. En las películas, en las novelas de la radio o en las que se vendían o se alquilaban en el kiosco de la plaza, en los tebeos, había mundos y personajes que eran más seductores todavía porque no tenían ninguna conexión con el mundo en el que nosotros vivíamos, con las personas que tratábamos.

5

Cada persona tiene su nombre en la novela, su oficio, su afán particular, incluso su linaje, por modesto que sea. Desde el primer capítulo, en contraste con la identidad quimérica de don Quijote, aparecen con mucha precisión los oficios de la gente común, caracterizados de una manera sumaria y suficiente. Un pastor de puercos llama a su rebaño a recogerse al anochecer, haciendo sonar un cuerno, después de que hayan pasado el día alimentándose en unos rastrojos; el castrador de cerdos se da a conocer al acercarse a la venta tocando una flauta de cañas; a la caída de la noche los arrieros llevan a sus machos a beber agua al pilar que hay en el corral de la venta, como nosotros llevábamos a nuestros animales al pilar que había al pie de un lienzo de la muralla de Úbeda, junto a la antigua puerta de Granada, del que brotaba un chorro de agua limpia y fría. Por muy brevemente que aparezcan, los personajes tienen su ocupación y su destino, vienen de un lugar, se dirigen a otro. Los mercaderes con los que se encuentra don Quijote y a los que desafía con tanta insensatez son de Toledo y viajan a Murcia para comprar seda. Los arrieros que pernoctan en la venta van de camino a Sevilla.

Una de las dos prostitutas que viajan con ellos resulta ser *hija de un remendón natural de Toledo, que vivía a las tendillas de Sancho Bienaya.* Hasta la información sobre ese domicilio puede tener su importancia. Todo el mundo vive en alguna parte. La otra era *hija de un honrado molinero de Antequera.* Entre su profesión actual y la condición honrosa de su padre hay un espacio en blanco de infortunio. Por ceguera, por aturdimiento, pero también por generosidad instintiva, por respeto a la dignidad de las personas, don Quijote las califica de damas, señoras y doncellas, *cosa tan fuera de su profesión*, y no solo les pregunta con delicada cortesía sus nombres, vulgares apodos de mala vida, sino que le añade a cada una el *doña*, como a señoras de alcurnia. Cada persona tiene un nombre, y un linaje, por muy oscura o humillada que sea su vida, en esta sociedad obsesionada por las jerarquías de rango y la limpieza de sangre. Es asombrosa la realidad que cobran esas dos mujeres de las que no llegaremos a saber casi nada, salvo el oficio arrastrado que solo a los ojos de don Quijote no es evidente. Serán jóvenes, porque tienen muchas ganas de burla y ríen a carcajadas, pero no sabemos nada más, salvo sus nombres de guerra y que van a Sevilla con los arrieros, y que han salido a la puerta de la venta a tomar el fresco del anochecer después de un día tórrido de verano manchego.

El labrador a quien don Quijote sorprende azotando

sin misericordia al mozo Andrés es *Juan Haldudo el rico, el vecino del Quintanar.* El ventero granuja y burlón es *andaluz, de los de la playa de Sanlúcar.* Ninguno de estos personajes volverá a aparecer. Ninguno es relevante en la trama. Pero en ese espacio breve que se les dedica en la narración cada uno adquiere una presencia verosímil, exclusiva, una inmediatez de fotografía instantánea, que lo rescata en una o dos líneas del estereotipo y el anonimato. Ingresan sin modificación desde la realidad en la literatura. Son transeúntes en ella, no solo figurantes: a cada uno, como a cada ser humano, le corresponde su dosis concentrada de verdad. Del arriero lascivo que se ha citado de noche con la criada Maritornes no llegamos a saber ni el nombre, pero sí que tenía doce mulos, *lucios, gordos y famosos, porque era uno de los ricos arrieros de Arévalo.* De manera indirecta eso indica también que es morisco, porque había muchos en Arévalo, y dedicados a ese oficio.

6

Don Quijote pasa el primer día de sus aventuras cabalgando por un paisaje en el que no parece que haya nada, ni nadie, en el que no sucede nada más que el calor de julio y la soledad de su delirio, y el tedio, *en mitad de aquella espaciosa llanura.* No se encuentra con nadie hasta que llega a la venta a la caída de la tarde. Es una época en la que Castilla está sufriendo un proceso acelerado de despoblación. No debe de haber visto hasta entonces ningún lugar habitado. La sensación de vacío y de territorio deshabitado es mayor porque Cervantes nunca describe un paisaje, a no ser cuando ha de indicar que es agreste, o para recrearse en una visión edénica de prados verdes, arroyos y árboles umbrosos, hecha exclusivamente de alusiones a la literatura. Los mercaderes que viajan a comprar seda a Murcia llevan *antojos* no para ver mejor sino para protegerse del polvo. Hay rebaños de ovejas, de cabras, de cerdos, pero no de vacas, que no podrían encontrar la hierba para sustentarse. Solo hay verdor y grandes castaños cerca de la cascada que mueve los batanes. En la comarca por la que pasa la comitiva donde va encerrado don Quijote sobre el carro de bueyes hay tanta sequía que ha salido una procesión de disciplinantes para solicitar el milagro de la lluvia. Por el campo pelado que no se describe baja una procesión llevando una Virgen en andas, y los penitentes encapuchados cantan y rezan y se dan latigazos que hacen brotar la sangre en sus espaldas desnudas bajo un calor de desierto. Podría ser una pintura de José Gutiérrez Solana.

7

En la aventura de los molinos de viento, que es mucho más breve de lo que uno recuerda, no hay nadie más, aparte de don Quijote y Sancho. Es una de esas escenas de la ficción universal que proyectan una sombra visual y simbólica mucho mayor que su propio relato, ajena al libro mismo del que forma parte, convertida en metáfora y hasta en expresión de la lengua común, *Tilting at windmills*, la locura o la nobleza de lanzarse alguien a un empeño muy superior a sus propias fuerzas, de poner los ideales muy por encima de los mediocres límites de la realidad. Pero no hay nada de épico ni de espectacular en un pasaje que empieza de golpe y acaba enseguida, y que no debe de durar más de un minuto. En ese campo en el que hay *treinta o cuarenta molinos de viento* no aparece nadie que esté trabajando en ellos, nadie que lleve a moler cargas de grano, justo en la época de la cosecha, nadie, aparte de Sancho, que presencie el ataque desatinado de un hombre que echa a galopar lanza en ristre sobre un caballo viejo, sin hacer caso de la juiciosa advertencia de quien ve las cosas tal como son, y las enuncia en una prosa tan limpia como una buena definición en un diccionario, o en un manual de mecánica: *No son gigantes, sino molinos de viento, y los que en ellos parecen brazos son las aspas, que, volteadas del viento, hacen andar la piedra de molino.*

En esa soledad se levanta un poco de viento, *y las grandes aspas empezaron a moverse*, lo cual confirma la voluntaria alucinación de don Quijote. En el paisaje sin nadie la multitud de los molinos y las aspas que empiezan a girar simultáneamente cobran un hipnotismo visual de figuras fantásticas: los molinos parece que avanzan igual que los árboles en el bosque de *Macbeth*. Hay algo fútil en la escena, en su brevedad misma, anticipada burlescamente por la rimbombancia de su título, *la espantable y jamás imaginada aventura de los molinos de viento*. Todo se pasa en unas pocas líneas, y no hay nadie que salga a una puerta o se asome a una ventana al oír las voces, el gran golpe de la caída de don Quijote y Rocinante.

8

Desde la primera página la mutación constante es el principio activo que sostiene el relato; el cambio de una cosa a otra; el modo en que todas las cosas, igual que los personajes, están sometidas a un proceso de modificación. Cervantes empieza el prólogo avisando de que él no es el padre, solo el padrastro de don Quijote. No hay seguridad sobre el lugar de la Mancha donde comienza la historia ni sobre el nombre o los apellidos de su protagonista. Nombre propio, por lo pronto, no tiene. Y sobre su apellido *hay alguna diferencia entre los autores que de este caso escriben*: no hay modo de saber con exactitud cómo se llama el héroe de la historia que estamos empezando a leer, Quijada o Quesada o Quijana. Por efecto de la lectura de libros de caballerías, el hidalgo muta él mismo en caballero andante. Aldonza Lorenzo es transformada en Dulcinea del Toboso, y al cabo de unos capítulos se transforma en sentido contrario, en el testimonio embustero de Sancho, de alta dama principesca a aldeana que cierne vigorosamente el trigo y carga sin ayuda un costal de grano. Un mancebo que se lava los pies en el agua de un arroyo se quita la gorra y se suelta una gran melena rubia y se convierte en mujer, en la incomparable Dorotea, que previamente había escondido su condición para salir en busca de un amante traicionero y dentro de muy poco va a transformarse nada menos que en la princesa Micomicona, heredera del reino Micomicón de Etiopía. Los galeotes, que parecían indefensos, se convierten en verdugos de su salvador apenas él los ha liberado; las víctimas se alzan vengativas y rapaces contra los guardias que un momento antes las oprimían. Un paraje áspero de Sierra Morena se transforma en las selvas y prados ideales de los romances pastoriles. Un loco tan rematado como Cardenio de un momento a otro se convierte en un caballero educado y melancólico y a continuación de nuevo en un lunático poseído por la furia. El narrador que desde el principio nos contaba la historia resulta ser solo un erudito aficionado que la investigaba; la tercera persona se transforma en primera; un poco después la voz que cuenta se ha convertido en la del historiador arábigo Cide Hamete, y lo que estamos leyendo es en realidad el texto mutante de una traducción del árabe al castellano.

Es la mutación y la inversión sistemática de lo carnavalesco, la apariencia noble que se vuelve ridícula, el estallido de la risa frente a la gravedad y la mesura, el gozo de la guasa y de la comedia, el héroe con una bacía de barbero torcida sobre la cabeza, el campesino que en lugar de fingir valentía no disimula su miedo: se caga de miedo, literalmente, en la aventura de los batanes, en una escena de gloriosa vulgaridad que no vuelve a repetirse en todo el arte de la novela hasta que varios siglos después Leopold Bloom hace sus necesidades con todo detalle y toda comodidad en el retrete y se limpia con la hoja de periódico que acaba de leer, en el segundo capítulo de *Ulises*.

9

La locura intensifica hasta lo adivinatorio la percepción poética del mundo: las resonancias visuales que no vienen de un parecido superficial sino que revelan vínculos y afinidades profundas: gigantes y molinos de viento, con sus cuerpos macizos y sus grandes brazos giratorios; las altas bardas de color de tierra de una venta y los muros de un castillo a la hora del atardecer en la que el sol dora delicadamente las cosas; los ejércitos marchando por una seca llanura y los rebaños de ovejas sumergidos en nubes de polvo con su estruendo de pezuñas, gritos, silbidos, cuernos de pastores; el brillo de una bacía de latón herida por el sol limpio de una mañana de verano en la que la llovizna ha limpiado el aire y el oro de un yelmo encantado, el de Mambrino o el que vuelve invisible al enano Alberich en *El anillo del Nibelungo*; la violencia del chorro de sangre que brota de un cuello cortado y la del chorro de vino oscuro brotando a borbotones de una bota de cuero henchida y deforme como un cabezón. En la mente de don Quijote está la locura autoritaria y programática del que quiere imponer sobre la realidad los preceptos delirantes de las teorías o los libros, pero también la intuición poética del que descubre en las formas de lo cotidiano el esplendor de lo mirado por primera vez y la honda genealogía del mito. Basta un pequeño toque, un giro, un *twist*, dice W. C. Williams, para que una cosa se convierta en otra: descender a la sima de una cueva es visitar el otro mundo para encontrarse con los muertos; abandonar la casa de uno en secreto, antes del amanecer, es empezar una aventura de caballero andante, o de explorador, o de joven imaginativo y ambicioso de pueblo que quiere buscarse la vida en la capital. Un camino, un río, un bosque son lugares terrenales y espacios fabulosos. Unas prostitutas que asisten con delicadeza, aunque conteniendo la risa, a un pobre hombre estrambótico que llega a una venta cubierto por una armadura de algún modo son también, en su gentileza instintiva, más poderosa que su burla, damas afables que acogen a un caballero fatigado. Cuando yo leía de niño la aventura de los encamisados, con su relumbre misterioso de figuras encapuchadas y hachones ardiendo en la oscuridad, me acordaba de la procesión del Silencio, la última que salía en Úbeda después de la medianoche del Viernes Santo. Veía las filas de penitentes con sus hábitos y sus capuchas de terciopelo negro moviéndose en silencio por las calles vacías, alumbrados por velones de cera que agigantaban las sombras, sin otro sonido que el de las cadenas de los incensarios y el roce de las sandalias, y me parecía improbable que tras aquellos ropones sombríos se escondieran hombres comunes a los que incluso yo podía conocer, y que un poco después se quitarían los capirotes y las túnicas y se pondrían un pijama antes de acostarse.

10

La médula de todas las transformaciones está en la escritura misma. El estilo y el tono son tan inestables como las cosas que se cuentan. No hay un momento en que la escritura no esté cambiando, unas veces en el discurso narrativo, otras en las voces cada vez más prodigiosas de los personajes, cada uno con su propia manera de hablar, que también se modifica según las circunstancias. En el prólogo el yo del narrador cede su turno a la voz del amigo burlón que le aconseja sobre sus incertidumbres. La narración principal discurre en un tono mesurado, muy claro, flexible, muy apegado al testimonio de los hechos concretos de la vida, según su amigo le ha aleccionado, *procurar que a la llana, con palabras significantes, honestas y bien colocadas, salga vuestra oración y período sonoro y festivo, pintando en todo lo que alcanzáredes y fuera posible vuestra intención, dando a entender vuestros conceptos sin intricarlos ni escurecerlos.* Pero esa misma narración se vuelve engolada y arcaica cuando ha de contar las cosas desde la perspectiva de una mente enferma de retórica caballeresca como la de don

Quijote, y elevada y poética en las historias de personajes de alcurnia social y consistencia exclusivamente literaria, criaturas hechas de palabras, limpias de las limitaciones y las mediocridades de lo real, pastores de ascendencia mitológica o caballeros y damas de excepcional belleza que se cruzan mágicamente y sin mancharse con los personajes que hablan la lengua de todos los días y viven días que pueden ser contados en el estilo llano del habla común. Así cuentan sus historias Marcela, los pastores literarios amigos de Grisóstomo, Cardenio, Dorotea; así hablan los personajes de *El curioso impertinente* y así se habla de ellos, en un tono elevado que es idéntico en la narración y en los diálogos, una expresión exquisita y monótona a la manera de Henry James. El habla de Sancho Panza es tan real y tan arraigada en su condición social y su tierra que es prácticamente la misma que yo escuchaba de niño en mi mundo campesino, tan cercano a la Mancha, igual que reconocía su vocabulario cotidiano: *hato*, *borrica*, *mojiganga*, *jáquima*, *estercolar*, *miaja*, *grama*, *capacho*, *piruétano*, *alferecía*, *alcancía*.

11

Pero la mutación más profunda y continua, la que abarca todas las demás, es la que sufre la novela misma mientras se está escribiendo. Es el acto de escribir el que desata la imaginación, al elevarla a una temperatura de fiebre lúcida que solo ocurre en ese momento, y que deja al autor en un estado de espíritu propicio a las iluminaciones súbitas y las conexiones inesperadas entre historias, experiencias o recuerdos que hasta entonces eran ajenos entre sí. El primer golpe expansivo es la aparición de Sancho Panza, con su nombre tan rotundo como su presencia; y el segundo, muy poco después, es la invención de Cide Hamete Benengeli, y del manuscrito interrumpido, y su continuación encontrada por puro azar en otra parte. Gracias a Sancho, el delirio de una conciencia ensimismada y trastornada se abre a la confrontación con lo real, a través de una figura que hace posible el salto del monólogo a la conversación y establece un punto de vista apegado a la realidad de las cosas. La invención de Sancho es un principio generador como el del contrapunto en música, un esquema simple y a la vez capaz de ofrecer variaciones innumerables, complejidades cada vez más sofisticadas: es el contraste de las dos figuras, de las dos voces, las dos miradas, que saltando a cada momento de una a otra con creciente agilidad ofrecen una profundidad de campo que de otro modo no sería posible. Don Quijote, estando solo, no puede ser más que un pelele que no da más de sí al cabo de unas cuantas peripecias de malentendidos y trompazos; sin la compañía y el contrapunto de Sancho, don Quijote solo puede expresarse en el monólogo engolado y paródico, en el pastiche burlón de una oratoria anacrónica: es al hablar con Sancho Panza cuando su voz se vuelve humana al adquirir el tono natural de la conversación.

Don Quijote y Sancho conversan y a lo largo de páginas y páginas no hace falta que suceda nada más. El ritmo de la conversación es el que va generando la propia escritura. Es como si Cervantes se dejara llevar por la divagación a dos voces de sus personajes, tan sin propósito como a don Quijote le gusta obedecer al capricho del paso lento de Rocinante. Hablando los personajes se retratan ellos solos durante la lectura, cuando queda en suspenso la voz narrativa. Sancho Panza arraiga en el mundo y en el interior de la novela a don Quijote, en la misma medida en que lo hace Leopold Bloom con Stephen Dedalus en *Ulises.* Stephen padece un ensimismamiento de intelectual o literato tardoadolescente que le deja ver muy poco más allá de sus propias obsesiones. Es Leopold Bloom, Quijote y Sancho al mismo tiempo, pegado al suelo y a la vez cargado de planes ideales de mejora del mundo, quien será su guía, casi su lazarillo, en una noche de borrachera y delirio, quien velará por él, le hará compañía, le inducirá con cuidado paternal a tomar una bebida caliente en la madrugada, lo acogerá en su casa.

Con Cide Hamete lo que irrumpe en la historia es el juego gozoso de la literatura y su parodia: desde ahora al tirón de lo real habrá que añadir la evidencia de que lo que se despliega ante nosotros es una gran composición narrativa, una burla, un homenaje, una celebración de la felicidad doble de escribir y leer, de jugar con las normas de los géneros, seguirlas o romperlas, según el antojo soberano del que escribe. La interrupción del combate de don Quijote contra el vizcaíno da forma narrativa y dramática a ese gran salto en la invención, al descubrimiento, en el mismo proceso de escribir, de algo fundamental que ni se imaginaba al principio.

12

Otra gran onda expansiva viene después, y esta vez no de golpe, sino gradualmente, y también llegaría sin que Cervantes lo planeara, rompiendo los límites peligrosos de la parodia que él mismo se había impuesto: el peligro de la repetición, y también de la desgana, la del posible lector, y sobre todo del que escribe. A lo largo del primer tercio de la novela las aventuras se suceden no como episodios articulados de una sola historia sino como reiteraciones de un patrón formal simple y efectivo: un encuentro o hallazgo al azar, un error de juicio de don Quijote, una acción caballeresca temeraria que acaba en fiasco y en maltrato físico. Al final de cada una de esas aventuras hay un espacio en blanco que es la pausa tras la que vendrá la aventura siguiente. En su brevedad, en su concentración, en su esquematismo, estas aventuras se parecen a las historietas de una sola página que leíamos los niños antiguos en los tebeos, o a las películas breves de la primera época de Charles Chaplin. Todo termina al final de un episodio y todo empieza de nuevo en el siguiente. El héroe no cambia, no aprende, no escarmienta. Parece tan inmune a los accidentes y a los golpes que no para de sufrir como los personajes humanos o animales de los dibujos animados de la Warner: después de una explosión, de la caída por un precipicio, de ser laminado por un tren en marcha, el Correcaminos se recupera tan íntegramente y tan sin dificultad como don Quijote cree que va a curarse de todos sus molimientos gracias al bálsamo de Fierabrás.

Don Quijote es igual de insensato cuando ataca a los encamisados con sus antorchas como lo había sido cuando atacó a los molinos de viento o cuando, esa misma mañana, confundió con ejércitos a los rebaños de ovejas. Pero todo cambia esa noche. Don Quijote y Sancho van por el camino en busca de alguna venta pero se hallan perdidos en la oscuridad. No tienen nada que comer, porque a Sancho le quitaron las alforjas en la venta. Entonces ven venir hacia ellos una *gran multitud de lumbres, que no parecían sino estrellas que se movían.* No se trata de una alucinación voluntaria de don Quijote, como todas las que se han sucedido hasta ahora a la luz del día. No está tomando una venta por un castillo, ni un rebaño por un ejército, ni una ramera por una dama. La visión es real, porque también está teniéndola Sancho: *y estuvieron quedos, mirando atentamente lo que podía ser aquello, y vieron que las lumbres se iban acercando a ellos, y mientras más se llegaban mayores parecían.*

No es un malentendido cómico: es un crescendo muy calculado de suspense. Las *lumbres* se acercan como en un movimiento de cámara en una película de miedo. La cercanía agranda el peligro y el misterio en vez de disiparlos: *descubrieron hasta veinte encamisados, todos a caballo, con sus hachas encendidas en las manos, detrás de las cuales venía una litera cubierta de luto, a la cual seguían otros seis de a caballo, enlutados hasta los pies de las mulas.* Solo ahora las fantasías literarias interfieren en la percepción de don Quijote: *Figurósele que la litera eran unas andas donde debía de ir algún mal ferido o muerto caballero, cuya venganza solo a él estaba reservada.* La locura no está en confundir lo que ve, sino en la prisa catastrófica que se da en interpretarlo según sus expectativas librescas y en pasar a la acción. A lo largo de toda la escena se mantiene la atmósfera visual, basada en el juego tenebrista de las antorchas encendidas en la oscuridad. Una precisión visual así no había existido hasta ahora en la narración. A medida que avanza en ella y encuentra su pulso el escritor va entrando en la plena posesión de sus facultades: *...dejaron la refriega y empezaron a correr por aquel campo con las hachas encendidas, que no parecían sino a los de las máscaras que en una noche de regocijo y fiesta corren.* Hay un momento en que nos parece ver la escena de la caída del caballo de Saulo, en el cuadro igual de nocturno de Caravaggio: *Estaba un hacha ardiendo en el suelo, junto al primero que derribó la mula, a cuya luz le pudo ver don Quijote.* Y es entonces, por primera vez, cuando el caballero, aunque no lo quiera, y el lector con él, se ve confrontado con las consecuencias reales que sus desvaríos pueden tener sobre otras personas. Él ha creído atacar y derribar a un ser malévolo y encapuchado, probablemente dotado de poderes fantásticos. A la luz de la antorcha caída en el suelo, la cara que ocultaba la capucha queda iluminada, y con ella la identidad precisa de un ser humano que yace con una pierna rota debajo de su mula derribada: *Llámome Alonso López; soy natural de Alcobendas.*

13

Toda esta mutación, a partir de la cual la novela ya no será la misma, sucede en una sola noche, y en el curso de la mañana siguiente, desde las primeras luces. Es como si la imaginación se dilatara y al mismo tiempo se hicieran más ricas y variadas todavía las facultades expresivas, la atención a la conciencia y a las palabras de don Quijote y de Sancho, a las sensaciones de cada uno, a los detalles descriptivos, en un crescendo que a partir de ahora no va a detenerse. Hay un encadenamiento sin fisuras entre unas escenas y otras; un juego constante de saltos en el punto de vista; una línea melódica que varía a cada momento sin interrumpirse. En la misma oscuridad en la que unas horas antes surgieron la amenaza y el enigma visual de los hachones encendidos, *que no parecían sino estrellas que se movían*, ahora surge un misterio sonoro, un fragor de agua cayendo que despierta la esperanza de aliviar la sed y lo que provoca de inmediato es el miedo cuando se oyen *unos golpes a compás con un cierto crujir de hierros y cadenas.*

Hay una gloriosa plenitud sensorial: el ruido del agua, los golpes, el prado *colmado de verde y menuda hierba*, el bosque en el que don Quijote y Sancho se internan casi a tientas, *unos árboles altos, cuyas hojas, movidas del blando viento, hacían un temeroso y manso ruido, de manera que la soledad, el sitio, la escuridad, el ruido del agua con el susurro de las hojas, todo causaba horror y espanto, y más cuando vieron que ni los golpes cesaban, ni el viento dormía, ni la mañana llegaba.* Una vez más don Quijote se jacta verbosamente de su propio valor, *que ya hace que el corazón me reviente en el pecho*, y se dispone a un ataque temerario; una vez más actúa el contrapunto cómico del miedo de Sancho y de sus llamadas inútiles a la cordura, reforzadas porque echa a llorar *con la mayor ternura del mundo.*

La diferencia es que esta vez no sucede nada. Y lo poco que pasa es tan humorístico y tan terrenal que hasta don Quijote estalla en una carcajada que le contagia Sancho Panza, *que tenía los carrillos hinchados y la boca llena de risa, con evidentes señales de querer reventar con ella.* El novelista aprende su oficio sobre la marcha. Contando encuentra lo que tiene que contar. Ahora sabe evocar una atmósfera y no solo dar cuenta de una peripecia; y no el tiempo acelerado de la aventura cómica, sino el otro tiempo raro y pleno de la espera, de la expectativa, la pura suspensión, las dos figuras quietas en la oscuridad, el misterio de los golpes tremendos y del susurro del viento en los castaños, *que hacen la sombra muy escura.* La hiperactividad mental y física de don Quijote, trasunto de la del narrador ansioso por no dar pausa a su relato, por llenarlo a cada momento de detalles excitantes que mantengan la intriga y provoquen nuevos golpes de risa, se queda en suspenso en esa *noche escura* en un bosque, en la que se oye el estrépito de una catarata invisible y el ritmo lento y estremecedor de esos golpes que podrían ser pisadas de gigantes. Hay una plenitud novelesca lograda sin artificios evidentes. Y además, para acentuar el contrapunto, hay una risa que no sé si hasta entonces se había escuchado en algún libro, y antes de ella, al amparo de la misma oscuridad misteriosa, la escena más escatológica de nuestra literatura, grosera y al mismo tiempo delicada, porque todo está hecho de alusiones y sobrentendidos. Nunca una escena más grosera se contó con más delicadeza, con una pulcritud verbal que la hace más cómica y descarada todavía. Sancho ha trabado las patas de Rocinante para que don Quijote no pueda seguir avanzando en la oscuridad hacia el peligro y la aventura que ese fragor de golpes y caída de agua anuncian; y del miedo que tiene *puso la una mano en el arzón delantero y la otra en el otro, de modo que quedó abrazado con el muslo izquierdo de su amo, sin osarse apartar dél un dedo.* Pero en esa posición, apretado contra el costado de Rocinante y la pierna de don Quijote, *a él le vino en voluntad y deseo de hacer lo que otro no pudiera hacer por él; mas era tanto el miedo que había entrado en su corazón, que no osaba apartarse un negro de uña de su amo.* El olor inevitable, no sin acompañamiento de *estrépito y ruido*, llega a la nariz de don Quijote, que hace una deducción pudorosa: *Paréceme, Sancho, que tienes mucho miedo.* El escudero socarrón lleva un paso más lejos el juego de la pareja cómica: *¿En qué lo echa de ver* *vuestra merced ahora más que nunca?* La respuesta de don Quijote es de una paciencia heroica: *En que ahora más que nunca hueles, y no a ámbar.*

14

La única manera de aprender a escribir una novela es ponerse a escribirla. La novela misma es el cuaderno de ejercicios y el testimonio del aprendizaje. En cada episodio de ese crescendo que empieza con la aventura de los dos rebaños y tiene su primera culminación en el desengaño del amanecer delante de los batanes, la narración se va volviendo más segura, el estilo más flexible y desenvuelto, las conversaciones entre don Quijote y Sancho más ricas, la representación del mundo sensorial más completa. Pero nada nos ha preparado para la aventura de los galeotes, calamitosa y cómica como todas las anteriores, pero a la vez verdadera y amarga, y ahora provocada no por una enajenación libresca de don Quijote, sino por algo más noble, aunque también catastrófico, su escándalo ante los abusos del sistema legal contra los débiles, ante la desproporción entre los delitos que cometen los pobres y la brutalidad de los castigos que imponen los jueces y pone en práctica el poder político. Por una vez, don Quijote ve exactamente no lo que quiere ver, sino lo que tiene delante de los ojos: unos reos miserables que marchan arrastrando cadenas y vigilados por guardias a caballo, como presos negros en una *chain gang* en el arcén de una carretera del delta del Misisipi. En vez de imponerles identidades caprichosas sacadas del repertorio caballeresco, don Quijote, con una paciencia y una curiosidad raras en él, se interesa por saber la historia de cada uno de ellos. Y cuando decide liberarlos lo hace con plena conciencia de que está quebrantando la ley, porque es una ley injusta: *No es bien que los hombres honrados se hagan verdugos de otros hombres, no yéndoles nada en ello.*

Hay otra novedad, con respecto a las anteriores aventuras. La escena está llena de gente. Hasta ahora no habían aparecido juntos tantos personajes, juntos pero cada uno dotado de un aspecto y de una voz particulares, y uno de ellos, Ginés de Pasamonte, el más cargado de cadenas, con una biografía tan completa que él mismo la ha contado en un libro. Ahora Cervantes es como un pintor que ha alcanzado la capacidad compositiva y la perspicacia humana suficientes para poner en un cuadro de gran formato a muchos personajes y singularizar a cada uno en su rostro y su actitud, y para lograr al mismo tiempo un efecto unitario. En Caravaggio y en Velázquez hay progresos semejantes. Cervantes, que aprende a escribir su novela mientras la escribe, y a la misma velocidad, va a llegar mucho más lejos dentro de unos cuantos capítulos, en los episodios multitudinarios de la venta. Pero en ese punto la onda expansiva de la invención ya ha desbordado cualquier límite y cualquier expectativa del propio Cervantes.

Hay un tránsito de lo simple a lo complejo, de las voces aisladas a la polifonía, de la simple parodia y las figuras de una pieza a la emancipación plena de un relato que ya no necesita sostenerse sobre ellas. Y también hay un proceso de cristalización. Cervantes estaba encontrando la manera de contar una historia que arrastra en su caudal poderoso todo tipo de otras narraciones sin perder su impulso, pero sobre todo de hacer de ella el espacio aglutinador en el que se integran su amor por los bellos embustes de la literatura y su otro amor no menos poderoso por la vida real, la síntesis significativa de todo lo que había vivido, escrito y leído hasta entonces. Una gran novela es el campo magnético en el que se congregan por sí solos los elementos fundamentales y dispersos de la experiencia de la vida, transformados en ficción por el paso del tiempo y el poder simplificador de la memoria y el olvido. Desde *La Galatea*, Cervantes no había dejado de escribir y no había llegado a nada, ni publicado nada, salvo poemas dispersos. Y ahora todo aquello encontraba su sitio en la gran explosión abarcadora de *Don Quijote*. Narraciones escritas mucho tiempo atrás de pronto cobraban otro valor y dimensión al incrustarse en el interior de la historia principal. Personajes ideales hechos sobre todo de modelos literarios —Cardenio, Luscinda, Marcela, Dorotea— coexistían jovialmente con los de la pura realidad inmediata. En la misma venta se alojan los unos y los otros, las bellas Luscinda y Dorotea y la pobre criada Maritornes, el cautivo con su pasado de penalidades y heroísmo verdadero y don Quijote con sus fantasías de coraje libresco. Al mismo tiempo que es leída en voz alta la novela tan culta de *El curioso impertinente*, don Quijote revive en sueños su otra novela sonámbula de gigantes decapitados y arroyos de sangre; y Dorotea se besa y se acaricia a escondidas con su don Fernando recobrado, enamorada sensual que a la vez sigue interpretando con desenvoltura y humorismo el papel inventado de la princesa Micomicona.

En su novela, igual que en el espacio de la venta, Cervantes ha encontrado lo que es la ambición máxima y el sueño de un novelista, una maqueta en la que contener el mundo y revelarse a sí mismo a través del artificio de la ficción.

15

Otra iluminación fundamental que sostiene la larga onda expansiva de *El ingenioso hidalgo* es el descubrimiento de una forma compleja y flexible en la que pueden integrarse la propia experiencia profunda de lo vivido por un hombre aventurero y errante de cincuenta y tantos años y junto a ella lo mejor de lo escrito en ese tiempo, piezas necesarias de un gran mosaico, hilos y figuras de un tapiz que las abarca a todas, sin borrar su variedad, integrándolas en un solo y poderoso flujo narrativo: todo lo vivido, todo lo escrito, todo lo imaginado o soñado, grandes fracasos y episodios triviales de la vida por los caminos y las ventas, poemas sin publicar, el trauma y la gloria nunca olvidados de la batalla de Lepanto, toda la muchedumbre de la gente encontrada, recordada, olvidada, la vida entera que encajaba de pronto en una sola composición: como el músico que hasta ahora ha ido escribiendo canciones sueltas y descubre en un momento de fervor una secuencia única que las enhebra a todas en una unidad superior, orgánica como una sinfonía.

El punto de partida es el modelo inmemorial de la sucesión de cuentos organizados con el pretexto de un viaje o una peregrinación, o del retiro en un lugar apartado: el *Decamerón*, los *Cuentos de Canterbury*, las idas y venidas picarescas del Arcipreste de Hita, las historias de Sherezade, interrumpidas cada noche para conservar la atención y la clemencia del sultán al menos hasta la noche siguiente. Los libros de caballerías se ajustaban a ese modelo sucesivo y acumulativo: la secuencia de las aventuras del héroe errante, las narraciones intercaladas, historias en el interior de otras historias. Es más o menos el mismo esquema de las novelas pastoriles, el del *Lazarillo*, y el que había repetido con tanto éxito Mateo Alemán, que en *Guzmán de Alfarache* llevó el recurso a la digresión moralizadora y el relato intercalado hasta un grado exasperante, como no habría dejado de notar la perspicacia lectora de Cervantes.

Hasta la aventura de los galeotes, Cervantes se atiene a ese esquema, aunque con una ambición narrativa cada vez mayor, una polifonía más variada de voces y registros, una textura psicológica, sensorial y verbal que va volviéndose sinfónica en su riqueza. Justo después de ese episodio aleccionador y amargo para don Quijote, en un punto de no retorno porque ahora se ha situado fuera de la ley, cuando él y Sancho se internan fugitivos en Sierra Morena, la simple sucesión da el salto hacia una trama organizada, mucho más premeditada de lo que suele reconocerse. Don Quijote y Sancho andan por aquellos parajes tan perdidos como siempre, pero Cervantes ya sabe a dónde van.

16

El primer indicio es un hallazgo tan cargado de posibilidades de misterio como la primera pista que pone en marcha una novela policial: una maleta abandonada que don Quijote y Sancho encuentran cuando han empezado a internarse en las asperezas de Sierra Morena: *un cojín y una maleta asida a él, medio podridos, o podridos del todo, y deshechos.* En ese lugar tan desolado, la maleta es el testimonio de una presencia humana; un momento después también es la prueba de que una persona distinguida ha pasado por allí, incluso de que puede existir un tesoro: *y por lo roto y podrido della vio lo que en ella había, que eran cuatro camisas de delgada holanda y otras cosas de lienzo no menos curiosas que limpias, y en un pañizuelo halló un buen montocillo de escudos de oro.* Cada nuevo hallazgo aumenta el misterio en vez de disiparlo. Ahora Sancho, buscando más, encuentra *un librillo de memorias ricamente guarnecido.* En el perspectivismo de Cervantes las cosas están siempre vistas con los ojos de los personajes, que las perciben de manera distinta, viendo unas y otras no. El oro del cojín ha despertado la codicia de Sancho; el librillo de memorias acentúa la curiosidad de don Quijote. Como en las novelas policiales, todo parece indicar la posibilidad de un crimen; unos ladrones habrán asaltado a un viajero, *y le debieron de matar, y le trujeron a enterrar en esta tan escondida parte.* El sentido común de Sancho prevalece sobre la novelería instintiva de don Quijote: *No puede ser eso, porque si fueran ladrones no se dejaran aquí este dinero.*

El fragmento siguiente de la historia que ha de ser averiguada es el soneto de amor que se encuentra en el librillo, *como en borrador, aunque de muy buena letra.* El desconocido era un hombre de buena posición, y además cultivado, un aficionado a la poesía con las credenciales adecuadas, capaz de escribir sonetos a la italiana, en la estela de Petrarca y de Garcilaso. Ahora el misterio avanza en otra dirección, porque una trama sentimental se insinúa. Lo confirma el borrador de una carta que don Quijote encuentra en la página siguiente del cuaderno. Las palabras escritas nunca dejan de suscitar la curiosidad de los personajes de Cervantes; de un modo u otro, nunca dejan de estar en el centro de la historia. La carta está escrita en un estilo tan alzado como el soneto, y también alude a traición y desengaño.

En el librillo hay otros versos, otras quejas de amor. Pero en esta soledad de la sierra nada más se puede averiguar por ahora. El refinamiento de las prendas de ropa halladas en la maleta, los escudos de oro, la sofisticación del lenguaje en los poemas y la carta contrastan más con la aspereza bárbara del paisaje.

Paso a paso se va construyendo el enigma. La narración ya no avanza al azar, dejando atrás un episodio cerrado, abriendo otro que acabará poco después. Hay una dirección ahora, una trama sugerida que unificará en una secuencia necesaria lo que vino antes y lo que vendrá después, el misterio gradualmente enunciado y su solución. El progreso del relato es más sabio por la variedad de los materiales, las presencias y las voces que lo componen: objetos, monedas, palabras escritas; y un poco después otra señal, una figura humana, solitaria y fugaz en ese territorio despoblado, tan extraña como una aparición: *iba saltando un hombre de risco en risco y de mata en mata, con estraña ligereza.* Parece un ser primitivo, un salvaje o un náufrago: *figurósele que iba desnudo, la barba negra y espesa, los cabellos muchos y rebultados, los pies descalzos y las piernas sin cosa alguna.*

Pero la figura desaparece, después de haber incitado todavía más la curiosidad de don Quijote, y la del lector. Queremos saber más. Cada indicio que tan cuidadosamente se nos está administrando es un cebo para seguir leyendo. El proceso de conocimiento del lector y de los personajes es simultáneo. Avanzamos con la mirada por la página y doblamos la hoja para continuar la lectura al mismo tiempo que don Quijote y Sancho se internan en la sierra, *y habiendo rodeado parte de la montaña hallaron en un arroyo, caída, muerta y medio comida de perros y pica-*

da de grajos, una mula ensillada y enfrenada. La maleta, el libro de memorias, la bolsa de monedas, la figura espectral, la mula muerta, descrita formidablemente en la materialidad de la corrupción orgánica y el despojo: todo se ordena de golpe en una secuencia temporal y dibuja parcialmente una desgracia sucedida no hace mucho tiempo.

Una figura más se distingue a lo lejos en estas soledades: viene un cabrero y cuenta parte de la historia de ese desconocido que apareció seis meses atrás. La información del cabrero es valiosa, pero todavía muy limitada: lo único que puede contar del desconocido es que parecía estar huyendo del mundo y que sufría accesos de locura furiosa, oscilando entre la sociabilidad y la extrema misantropía, entre una especie de mansedumbre sonámbula y una agresividad destructiva. El nombre del fugitivo nadie lo sabe aún. El único nombre propio del que hay constancia hasta ahora es el de un Fernando que el fugitivo repetía en sus accesos de furia.

Por fin aparece de nuevo y se acerca a don Quijote. Es ahora cuando va a empezar el relato, la novela de su vida, a resolver las expectativas que ha ido acumulando el lector. El náufrago o demente empieza a hablar y el tono que emplea desmiente su apariencia y establece de inmediato las normas de una narración literaria: *Mi nombre es Cardenio; mi patria, una ciudad de las mejores de esta Andalucía; mi linaje, noble; mis padres, ricos...*

Ahora la narración coloquial se ha transmutado en artificio literario, como sucedió antes cuando el cabrero Pedro empezó a contar el amor desgraciado de Grisóstomo hacia Marcela. Es un tránsito tan estudiadamente natural y a la vez tan artificioso, y tan inverosímil, como el que sucede en un musical cuando un personaje que estaba hablando rompe a cantar, o cuando sus andares normales se convierten en pasos de baile. La oralidad ha dado paso a la escritura; la conversación, al monólogo. El tiempo de la novela queda en suspenso porque se ha abierto en su interior el otro tiempo de la historia que cuenta Cardenio. En el musical o en la ópera empieza un aria y los otros personajes se convierten en espectadores cautivos, en una inmovilidad embarazosa. La mutación del tono es también un desplazamiento social. Hasta ahora los personajes eran de una clase modesta, o por lo menos sin lustre: don Quijote, hidalgo pobre, Sancho Panza, campesino analfabeto, el cabrero. En la historia que va a contar Cardenio todos los protagonistas son de clase alta. Incluso ha cambiado el sonido de sus nombres: Cardenio y Luscinda son nombres que solo existen en los géneros codificados de la literatura, como los nombres propios de las historias pastoriles y los libros de caballerías.

17

La historia que estaba siendo insinuada desde el hallazgo de la maleta y la que Cardenio empieza a contar pertenecen a un género muy querido por Cervantes, la *novella* sentimental a la italiana, con sus pasiones amorosas exaltadas y sus personajes de noble condición y rica elocuencia, sus lances de seducciones y de infidelidades, sus golpes de melodrama furibundos, sus mujeres bellísimas, sus galanes aristócratas de gran magnetismo varonil, arrogantes y con frecuencia embusteros, sus dramas de niños ilegítimos y reconocimientos milagrosos entre personajes que fueron separados mucho tiempo atrás.

Es un género que a Cervantes le gustaba mucho cultivar. Tenía para él el prestigio supremo de las invenciones literarias italianas, que lo habían exaltado en su juventud, y que se enorgullecía abiertamente de haber traído a la lengua española. Satisfacían su pasión por la belleza y por lo novelesco, que no lo abandonó nunca. Más de la mitad de sus *Novelas ejemplares* pertenecen a este género. La mayor parte de ellas llevarían escritas muchos años, pero si las publicó juntas en 1613 fue porque le importaban mucho. Quizás la *novella* de Cardenio y Luscinda, Dorotea y Fernando, Cervantes la tenía ya escrita cuando se embarcó en *Don Quijote*, igual que tendría ya escrita la de *El curioso impertinente* y la historia del cautivo. Lo que importa es que, en vez de incluirla íntegra en el relato principal, la descompuso para dispersarla en fragmentos, para repartirla a lo largo de centenares de páginas del libro, haciéndola aparecer y desaparecer, interrumpirse, dividirse entre voces distintas, cada una asociada a un personaje particular y a un punto de vista, cada protagonista contando su parte del mosaico común a testigos que casi nunca son los mismos, como en una novela de Joseph Conrad o William Faulkner. La estabilidad de lo conocido y lo previsible, a la que creíamos haber llegado cuando Cardenio empieza su relato de una manera tan canónica —*Mi nombre es Cardenio; mi patria, una ciudad de las mejores*, etc.—, se quiebra de pronto porque don Quijote lo interrumpe, con su impertinencia de hombre egocéntrico que no sabe quedarse callado mucho rato mientras otro habla. Basta que Cardenio mencione de paso el *Amadís de Gaula* para que don Quijote se embarque en uno de sus monólogos eruditos y desatinados sobre los libros de caballerías, y en ese momento, al que ya parecía mesurado narrador le *había venido el accidente de su locura*, y el lector se queda, como el mismo don Quijote, *con grandísimo deseo de saber el final de su historia.*

La novela de estas dos parejas simétricas, como en un cuarteto polifónico, no existe de principio a fin en ninguna parte; nadie la cuenta ni la domina entera; solo existe completa, se va tejiendo poco a poco, en la imaginación del lector, que ha de seguir sus hilos en medio de la trama general de la historia de don Quijote, como siguiendo una de esas corrientes fugitivas y plurales que se subdividen en el caudal poderoso de un gran río.

Como un relato policial, la historia se mueve a la vez hacia adelante y hacia atrás: queremos saber lo que pasa a continuación para desvelar al mismo tiempo lo que ocurrió en el pasado. El deseo de saber propulsa la historia hacia adelante; y el progreso del conocimiento permite reconstruir lo desconocido del pasado. Lo que don

Quijote se queda con *grandísimo deseo de saber* solo se completa muchas páginas y episodios más tarde, y no será Cardenio quien lo cuente, sino la otra narradora del cuarteto, la espléndida Dorotea, y sus interlocutores serán otros, igual que es otra y más rica la perspectiva desde la que ella lo cuenta.

Creo que al integrar de ese modo en la narración principal las historias independientes de Cardenio, Luscinda, Dorotea y Fernando, la del curioso impertinente y la del cautivo, Cervantes descubrió un orden resplandeciente que abarcaba de golpe todo lo que había vivido, leído y escrito hasta entonces. Historias aisladas entre sí y escritas a lo largo de muchos años encontraban de pronto su lugar. Personajes dispersos cobraban una presencia sólida al conectarse con otros que hasta entonces no habían tenido nada que ver con ellos. La venta de Juan Palomeque no era solo un espacio que servía de pretexto para agrupar muchas historias distintas: era una cámara de compresión y un acelerador de partículas en el que se producían colisiones y conexiones inusitadas, una red neuronal en la que saltaban los impactos químicos y eléctricos de las coincidencias y los reencuentros. El *Don Quijote* de 1605 es una gran reacción en cadena, un prodigio de *escritura desatada*, a la manera de *Ulises* y de *Moby-Dick*. No es nada raro que Herman Melville guardara un ejemplar muy subrayado y anotado en su biblioteca.

18

La sustancia última de don Quijote no es la posible locura, sino la teatralidad. Se apaga cuando no tiene delante un público atento y receptivo al espectáculo de su oratoria y de sus disparates. La aparición de Sancho es decisiva porque asegura que a don Quijote no va a faltarle nunca un espectador, su permanente público cautivo; también, paradójicamente, porque Sancho será el interlocutor con el que mantenga conversaciones de una llaneza sin retórica. Don Quijote es un *performance artist*. Escoge su vestuario, sus armas, su tono de voz, como un actor que se prepara para caracterizar a un personaje. Cuando decide hacer locuras de penitente dolorido o de enamorado furioso entre los riscos de Sierra Morena delibera consigo mismo si le será preferible imitar en sus desatinos a Amadís de Gaula o a Roldán. Solo en momentos de cólera se olvida de que está actuando. Habla y se escucha hablar con la complacencia de un actor y de un ególatra. Rara vez escucha a los demás, porque se está escuchando siempre a sí mismo. La calidad de su actuación le importa más que el público al que va dirigida. Su egolatría requiere la presencia atenta del público pero es él su principal espectador. Al empezar el discurso de la Edad de Oro toma teatralmente en las manos unas bellotas y declama recreándose en su propia voz, ajeno al hecho evidente de que ni los cabreros ni Sancho pueden entender sus palabras. Lo que a don Quijote le importa es la atención cautiva que merecen su elocuencia y su rango.

Don Quijote ejerce una impostura que solo puede tener éxito con personas ignorantes. Es el orador fecundo que deja boquiabiertos a espectadores hechizados por su facilidad de palabra; el que maneja citas literarias que nadie está en condiciones de comprobar. Es la eminencia de pueblo que solo puede impresionar a sus vecinos más próximos y menos preparados; el que exhibe su erudición delante de analfabetos.

Don Quijote es todavía más raro de lo que parece. La niebla aparente de su locura deja ver rasgos de lucidez y también de sarcasmo, y hasta de cinismo, como el que cuenta una trola evidente y quiere forzar a los demás a creerla. Sin venir a cuento, por ejemplo, mientras suelta un discurso noble a los galeotes, da un quiebro para hacer un elogio del proxenetismo, *el oficio de alcahuete, que es oficio de discretos y necesarísimo en la república bien ordenada, y que no le debía ejercer sino gente muy bien nacida.*

Hay un momento revelador, de gran crueldad, en el amanecer del último día en la venta, cuando ya se han narrado y leído todas las historias y se han atado todos los cabos sueltos de la trama. Con la primera luz del día llegan a la venta cuatro viajeros que resultan ser los criados que buscan a don Luis, el enamorado adolescente que abandonó su casa para seguir a la hija del oidor, que ha resultado ser el hermano largo tiempo perdido del *Capitán cautivo*, otra historia lateral que se cierra. Don Quijote, montado en Rocinante, les dice algo a los viajeros que ellos no entienden. Se fijan más en él y se dan cuenta de su aire estrambótico. Pero el ventero los disuade de seguir prestando esa atención que el histrionismo de don Quijote está reclamando siempre: *el ventero les quitó de aquella admiración, diciéndoles que era don Quijote, y que no había que hacer caso dél, porque estaba fuera de juicio.*

De pronto don Quijote no despierta ningún interés. Los personajes tienen cosas más importantes de las que ocuparse, tareas de la vida real y no de la fantasía. Don Quijote ha cabalgado hacia esos recién llegados a lomos de Rocinante, ha embrazado su escudo, ha levantado su lanzón. Probablemente lleva la bacía sobre la cabeza. Aun así, ni burla provoca. El ventero lo tiene ya tan visto que se encoge de hombros y va a seguir con sus tareas en el mundo real. También los viajeros van a lo suyo, urgidos por la misión de encontrar al hijo fugitivo de sus señores. Entonces el despecho de don Quijote se desata en una furia estéril: *Don Quijote, que vio que ninguno de los cuatro caminantes hacía caso dél ni le respondían a su demanda, moría y rabiaba de despecho y saña.* Está tan furioso que tiene el impulso de embestirlos, como ha hecho otras veces con quienes no le guardan respeto. Si no lo hace es porque le ha prometido a la que todavía cree princesa Micomicona que no se enredará en batallas ni aventuras hasta haberla ayudado a recobrar su reino. También, quizás sobre todo, porque al no tener público se ha apagado.

19

Don Quijote es como esos grandes habladores que se quedan desconcertados y como desvaídos y del todo fuera de lugar cuando dejan de ser el centro de atención. Se desdibujan, se borran, murmuran algo entre sí. El caballero que la noche anterior pronunciaba con gran dignidad y elocuencia el discurso sobre las armas y las letras, a la cabecera de una mesa donde le prestaba respetuosa atención un público de personas distinguidas, va descendiendo uno por uno, en esta mañana del epílogo en la venta, los escalones del ridículo. Unos huéspedes que querían irse sin pagar están dando una paliza al ventero, que les reclama la cuenta, y la hija corre en busca del auxilio de don Quijote, con un temblor de miedo y urgencia en su voz joven: *Socorra vuestra merced, señor caballero, por la virtud que Dios le dio, a mi pobre padre; que dos malos hombres le están moliendo como a cibera.* La continuación de la escena parece indudable: don Quijote, defensor de los débiles y los menesterosos, se lanzará en ayuda del ventero. Pero él, que tanta ostentación ha hecho del valor de su brazo, y tanta furia ha puesto en combatir a enemigos imaginarios, argumenta, delante de los agresores que siguen golpeando a su víctima indefensa, que no le está permitido intervenir, a no ser que antes logre la autorización de la princesa Micomicona. Y cuando con todo tipo de formalidades tramposas se ha arrodillado ante Dorotea y ha recibido de esta la licencia solicitada, y ya parece que va a defender por fin al pobre ventero, resulta que se queda inmóvil, a pesar de la paliza, *las puñadas y mojicones*, y a pesar de que la ventera, su hija y Maritornes le suplican a voces que intervenga: *Embazó y se estuvo quedo.* Y en el tono de su explicación hay una sospecha de indigna evasiva: *Deténgome porque no me es lícito poner mano a la espada contra gente escuderil; pero llamadme aquí a mi escudero Sancho, que a él toca y atañe esta defensa y venganza.*

Entonces sucede algo único en toda la novela, algo tan chocante y hasta vergonzoso que se nos olvida haberlo leído. A los ojos de todos los testigos, y a los del narrador de la historia, don Quijote es un cobarde, más indigno aún porque urde pretextos y evasivas frente a las tres mujeres que pedían su ayuda, él que estaba dispuesto a liberar por sí solo el reino de la princesa Micomicona: *Maritornes, la ventera y su hija [...] se desesperaban de ver la cobardía de don Quijote.*

20

Stendhal descubrió *Don Quijote de la Mancha* cuando era niño, al poco de morir su madre, en la biblioteca de la casa sombría a la que lo llevó a vivir su padre viudo. El luto y la soledad en aquella casa le hacían ahogarse de tristeza. Lo que atrajo al niño triste hacia el libro era que tenía estampas *qui me semblaient plaisantes.*[1] Lo recordaba con

1. Que me parecían agradables.

gratitud muchos años después, en uno de aquellos borradores de memorias íntimas que nunca publicó: *Don Quichotte me fit mourir de rire.*[1] Era la primera vez que se reía después de la muerte de su madre: *Au milieu d'une si horrible tristesse, la découverte de ce livre est peut-être la plus grande époque de ma vie.*[2] Su padre, autoritario y seco, le riñe por reír en voz alta, le quita el libro de las manos y lo esconde. Stendhal busca por toda aquella casa tétrica hasta volver a encontrarlo y leerlo de nuevo. Parece que ha conocido el *maravilloso silencio* que amaba tanto Cervantes, el que encuentra don Quijote en casa del caballero del Verde Gabán: *J'aime fort le silence espagnol.*[3]

En 1829 Stendhal hizo un viaje a España, mucho más breve de lo que él hubiera querido. Nunca cumplió su sueño de viajero romántico de ver la Alhambra. Visitó Barcelona, y durante el viaje volvió a leer *Don Quijote*. Esa lectura le despertó, dice él, *l'idée de Julien*. En *Rojo y negro*, Julien Sorel es un lector solitario y más bien enfermizo, tan inflamado por los libros sobre Napoleón como Alonso Quijano por los de caballerías. En las *Memorias de un turista*, Stendhal se propone olvidar todos los meses Don Quijote, *pour y revenir comme à une terre inconnue et pleine de séduction.*[4]

1. Don Quijote me hacía morir de risa.
2. En medio de una tristeza tan horrible, el descubrimiento de este libro es quizá el momento más importante de mi vida.
3. Me gusta mucho el silencio español.
4. Para volver a él como a una tierra desconocida y llena de seducción.

21

La imaginación de Cervantes es avasalladoramente narrativa y conversadora. Cervantes posee en grado máximo lo que podría ser el talento específico del novelista: el don de sintetizar reveladoramente las complejidades de lo real y de la mente humana dándoles la forma de ficción narrativa. Todo lo que sucede es significativo y ocupa un lugar relevante, aunque no siempre necesario, en la secuencia de la trama. Todo lo que se dice llega a nosotros o bien a través de un narrador que de vez en cuando toma la palabra para recordarnos su propia existencia, como ese pintor que se incluye a sí mismo en un retrato colectivo, o bien de las voces singulares de los personajes, que siempre son peculiares y muy distintas entre sí, y nunca actúan como portadores de un mensaje del autor (hay dos o tres excepciones a esta norma en *El curioso impertinente*). No hay reflexiones que no se correspondan con un momento del relato o con el punto de vista o el testimonio particular de un personaje. Un soliloquio se bifurca en diálogo entre varias voces; un diálogo se multiplica desahogadamente en conversación, y entonces las voces se suceden y se yuxtaponen, se alzan las unas sobre las otras, se interpolan, se interrumpen, como las conversaciones desordenadas y vivaces de la realidad. No hay nada discursivo o abstracto en *Don Quijote*, a no ser que esté dicho en la voz de un personaje, y sirva para caracterizarlo, o para ironizar sobre su palabrería.

Ni siquiera los discursos de don Quijote se sostienen como piezas oratorias autosuficientes. Hay nobleza en el discurso de la Edad de Oro, o en el de las armas y las letras, pero hay también una ristra abrumadora de lugares comunes. Cervantes, con su habitual ambivalencia, se complace igual elaborando bellamente los discursos y burlándose de ellos, y no se olvida de señalar el poco o nulo efecto que toda esa retórica tiene sobre quienes la oyen. Hasta Sancho Panza, que progresa tan rápido en su conocimiento de los hábitos literarios de su amo, le hace saber que otra de sus muy trabajadas divagaciones, esta vez sobre la semejanza entre el teatro y la vida, siendo sin duda brillante, no tiene nada de original: *Brava comparación, aunque no tan nueva que yo no la haya oído muchas y diversas veces.*

La forma de la reflexión es el diálogo entre personas de carne y hueso, no sombras que actúen de portavoces de ideas o argumentos. Hasta los procesos de la invención se convierten en parte del relato. Leemos la historia y al mismo tiempo la vemos construirse delante de nosotros. Uno de los momentos cruciales cuando se empieza a escribir una ficción es el de elegir o más bien encontrar los nombres de los personajes. Es una búsqueda decisiva, porque en una historia hecha exclusivamente de palabras el nombre determina la cara y la presencia de cada uno de ellos. Ese proceso Cervantes lo convierte sin ningún esfuerzo, con humor y sin rastro de pedantería, o de eso que ahora se llama metaliteratura, en el episodio en que el hidalgo Quijada o Quesada ha de elegir su nombre como caballero, y además el de su caballo y el de su amada, Dulcinea, *nombre, a su parecer, músico y peregrino y significativo.* Nadie ha definido con más exactitud los rasgos esenciales del nombre de un personaje: ha de tener un sonido de algún modo musical, más que semántico; le hace falta también un punto de rareza, que aluda a la singularidad de la figura; y ha de contener un sentido, casi nunca consciente ni indudable, porque un nombre demasiado obvio, demasiado simbólico, dejará de ser peregrino, y perderá toda su música, y su verosimilitud.

El contratiempo, o más bien la humillación, de no encontrar personas de renombre cortesano o literario que le escribieran sonetos elogiosos para adornar el comienzo de *El ingenioso hidalgo* los convierte Cervantes en burla festiva de esa costumbre irritante, en pastiche de altisonancias poéticas y en la conversación memorable con su amigo en el prólogo. La probable parálisis en un cierto momento del primer tramo de la escritura, y la iluminación que le permitió resolverla, se dramatizan, se narrativizan, si puede decirse así, en el intervalo prodigioso de las espadas inmóviles en el aire, la del vizcaíno y la de don Quijote, y en el hallazgo casual de los cartapacios en árabe en la tienda del ropavejero toledano. Los personajes se quedan congelados con sus espadas en alto, en medio del combate, porque hay un momento en el que un novelista se encuentra así, sin saber qué viene después; y la solución, como los cartapacios, aparece muchas veces por un azar inesperado, y no en el cuarto de trabajo, sino al alejarse de él, no dentro de uno mismo sino en el mundo exterior.

Cuando escribe la segunda parte, *El ingenioso caballero*, la novela de 1605 ya es muy popular, y Cervantes es consciente de esa popularidad, para bien y para mal, en el momento en que decide reanudar la escritura. La traducción narrativa de esa circunstancia real es que don Quijote y Sancho, a través del bachiller Sansón Carrasco, se enteran de que sus aventuras están contadas en un libro muy leído, probablemente escrito por un encantador, pues de otro modo no sería posible que esa historia concluida solo un mes antes haya tenido tiempo de ser escrita, traducida del árabe y publicada. La conciencia de ser leídos y conocidos pesa sobre don Quijote y Sancho igual que pesa sobre Cervantes; y a las críticas desfavorables, y a los errores y descuidos, algunos graves, este escritor tan orgulloso y tan suspicaz responde no en una invectiva personal, sino en conversaciones vivaces y humorísticas entre don Quijote y los personajes que lo rodean, Sancho, el cura, el barbero, el magnífico Sansón Carrasco, que tiene una presencia física y mental a la altura de su nombre.

Es el talento supremo del improvisador: hacer suyo todo lo que el azar le presenta; volver en posibilidades las limitaciones, los errores en aciertos, los contratiempos en ventajas. Tenemos constancia del disgusto inmenso, la sensación de robo y ultraje, que sintió Cervantes al encontrarse con la publicación del *Quijote* espurio de Avellaneda, cuando ya él tenía bien avanzada la Segunda

Parte. En lugar de rendirse al desánimo, Cervantes integra la existencia de ese libro parásito en la narración que está escribiendo, y logra una cadena de invenciones perfectamente cómicas y también vengativas. Es un desquite contra el falsificador que al mismo tiempo que lo desacredita actúa como punto de partida para uno de esos juegos entre la literatura y la vida que le gustaban tanto. Don Quijote y Sancho se encuentran con dos lectores del libro de Avellaneda, los cuales acreditan que sus dobles tramposos son torpes caricaturas, indignas del caballero y el escudero a los que han conocido. En uno de los capítulos finales, es un personaje de Avellaneda, el caballero granadino don Álvaro Tarfe, el que cobra otra vida al cruzarse con don Quijote y Sancho. Cervantes así le roba al ladrón un personaje, y le da la nobleza y la consistencia de las que carecía en su novela originaria: como el luchador en un arte marcial que aprovecha el impulso agresivo de su adversario para derribarlo.

22

El labrador rico es una figura muy señalada en el exhaustivo repertorio social de *Don Quijote de la Mancha*. La palabra *labrador* ya indica propiedad, incluso opulencia, aunque no educación ni rango. Cervantes es siempre muy preciso en sus caracterizaciones de clase. Labrador no es sinónimo de agricultor, y menos aún de campesino. El campesino sin tierra es Sancho Panza, que no posee más bien que su burro, ni más dignidad que la de cristiano viejo, y que trabaja a jornal para otros. El primer labrador aparece muy pronto, en la primera salida, cuando don Quijote aún anda solo. Es *Juan Haldudo el rico, el vecino del Quintanar*, y está azotando a un joven criado suyo, casi un niño, el mozo Andrés, al que acusa de haberle perdido unas ovejas. Juan Haldudo es zafio y brutal, pero también astuto y maniobrero. Habrá necesitado todas esas cualidades para enriquecerse con su propio esfuerzo. También los padres de Marcela, y los de Dorotea, son labradores ricos. Que el de Dorotea ha adquirido una cierta respetabilidad viene indicado por su nombre, Clenardo, el rico Clenardo. Esos nombres de resonancia latina o griega están reservados a los personajes de alcurnia, en las narraciones de alto estilo, de amores y aventuras: Persiles, Sigismunda, Cardenio, Luscinda, Lotario. El tiránico Juan Haldudo, el ostentoso Camacho tienen nombres vulgares, porque el dinero no llega a disimularles el origen.

Cuando yo era niño la palabra *labrador* aún conservaba ese sentido. En los pueblos grandes había un Casino de Labradores, un Círculo de Labradores. Un labrador era un terrateniente sin linaje. En mi niñez, en Úbeda, se les llamaba con cierto sarcasmo «papihonraos». En el término hay envidia y desdén, reconocimiento y rencor. El papihonrao era el bruto que a través de su empuje, su astucia, su capacidad de engañar había acumulado tierras y dinero, en parte gracias al expolio del trabajo de los jornaleros, en parte porque había sabido aprovecharse de la ruina y la incompetencia de los aristócratas, a los que muchas veces había empezado sirviendo, o arrendándoles tierras. En nuestra plazuela de San Lorenzo vivían dos de esos labradores. Uno de ellos vivía en una casa grande que tenía un escudo nobiliario o hidalgo tallado en piedra sobre el dintel hacia los tiempos de la juventud de Cervantes. Acaparaba millares de olivos y de fanegas de viña y cereal, pero vivía austeramente, y trataba con despótica grosería a quienes trabajaban para él, muleros y jornaleros. Al fondo de la casa tenía un corral enorme con una huerta, cuadras para mulos y cerdos, cobertizos a los que se retiraban de noche las gallinas y los pavos, los gallos opulentos de cola enhiesta y cresta colorada. Su riqueza no se manifestaba ni en el vestuario ni en los muebles, sino en la materialidad de la abundancia: los costales de trigo, los sacos y capachos de aceituna, las tinajas enormes de aceite, las ollas de barro rebosantes de carnes en manteca, los mulos relucientes y fornidos. Despreciaba el conocimiento y la buena educación, y sabiendo apenas leer o escribir no había nadie que pudiera engañarlo en las cuentas. Estos papihonraos eran beneficiarios del gran trastorno de la guerra civil, los compradores de latifundios vendidos de saldo por terratenientes con títulos y sin dinero que vivían sin dar golpe en Madrid, los acaparadores de trigo, de aceite, de patatas, de legumbres, en los tiempos de la escasez y el mercado negro, los explotadores del sometimiento político y la extrema necesidad de la gente trabajadora, a la que contrataban con jornales de hambre y mercedes feudales. En los cafés y en las ferias de ganado ostentaban carteras de cuero hinchadas de billetes, sujetas con gomas elásticas. Fumaban puros malolientes y se sentaban en los sillones de mimbre con una hinchazón de hartazgo y de apoplejía. Solo se ponían corbata y traje para asistir a los entierros. Eran los Snopes de Faulkner, los labradores enriquecidos y resabiados de Balzac. Cervantes los conocía muy bien: eran los hacendados a los que tenía que comprarles o incautarles el trigo y el aceite en los pueblos grandes de Sevilla y de Córdoba, los que lo extenuaban con sus dilaciones y trapacerías y lo engañaban, y alguna vez le ofrecerían un pago bajo cuerda para entregarle cantidades inferiores a las oficiales. Acosaban a las criadas con una lujuria babosa de viejos verdes y eran violentos y despectivos con sus inferiores, como Juan Haldudo, que hace escarnio del pobre criado Andrés mientras le desuella la espalda a latigazos.

23

Don Quijote no solo es el libro que he leído más veces a lo largo de mi vida: es también el que más veces he comprado, con cierta frecuencia para regalarlo, pero sobre todo para mí. El primero que compré fue una edición compacta de Austral, en una papelería de Úbeda que ya no existe. En la primera página estampé mi firma adolescente, con sus trazos enfáticos, y debajo la fecha, agosto, 1974. Era el verano después de mi primer curso universitario en Madrid, el primero y el único. Había vuelto a mi ciudad y al amparo de mi casa después de una primera salida al mundo casi tan infortunada como la de don Quijote. Ni una sola de las ensoñaciones que llevaba conmigo cuando llegué el invierno anterior a Madrid había dado fruto. La universidad era un sitio confuso y ajeno donde no llegué a hacer amistad con nadie. Mi vocación de militancia antifranquista empezó y acabó una mañana, entre las piernas de los caballos y las porras de los guardias que me golpeaban tirado bocabajo en el suelo, y luego en un calabozo de la Dirección General de Seguridad, *donde todo triste ruido hace su habitación*, entre otros el ruido de los cerrojos y las puertas metálicas y a veces el de los gritos de los torturados. Mi vocación literaria, que entonces era sobre todo de autor teatral, se había quedado en seco, después de la fecundidad irresponsable de la adolescencia, cuando escribía a máquina todo lo que se me pasaba por la cabeza, poemas, piezas breves de teatro del absurdo o de protesta, arranques de novelas que no pasaban de las primeras páginas. Había traído conmigo a mi pensión de Madrid aquella máquina que tecleaba tan alegremente en casa de mis padres hasta altas horas de la noche, con la preceptiva nube de humo de tabaco, pero en Madrid se me quedó muda. Es probable que padeciera una indigestión de lecturas marxistas, de arideces teóricas que embotaban la imaginación y le secaban a uno *el celebro*, aturdiéndolo con desatinadas fantasías de revoluciones quizás necesariamente sanguinarias y porvenires comunistas regidos por sátrapas al estilo de Lenin, de Mao, de Fidel Castro.

El porvenir inmediato era dudoso para mí. Vivía ese verano en el aire. Escarmentado de Madrid, quería irme a estudiar a Granada, pero no era seguro que me dieran la beca, porque había dejado una carrera para empezar otra. Si no me daban la beca tendría que quedarme en Úbeda, quizás trabajando con mi padre en su huerta, o de empleado en alguna oficina. No sabía lo que iba a ser de mi vida.

Don Quijote me alegraba la sequedad, el tedio, los presagios del final del verano. Un amigo y yo lo leíamos al mismo tiempo, y por la noche, cuando hacía algo de fresco, paseábamos contándonos el uno al otro lo que habíamos leído durante el día, repitiendo frases cómicas de memoria, como cuando de niños nos contábamos películas de risa.

24

Esta vez me ha entrado el deseo y no he podido reprimirlo, ni retrasarlo. Es una mañana fresca de junio, que ya crea de por sí una disposición esperanzadora, una promesa de verano intacto y por ahora respirable. He entrado en una de las buenas librerías de Madrid, la Antonio Machado en la plaza de las Salesas, y he buscado mi *Don Quijote* en la sección de libros de bolsillo.

He comprado el libro con una felicidad no del todo merecida, como la que sentía cuando los tebeos y los libros eran más difíciles de encontrar y a mí me faltaba el dinero para comprarlos, o cuando estaba en la universidad y tenía que elegir entre un libro y una comida. Esta vez es una edición magnífica, de Florencio Sevilla, en Alianza, con el papel muy blanco, la letra grande, buenos márgenes, una bella portada en cada tomo, al estilo de las que hacía Daniel Gil en los tiempos heroicos de esta colección. Y aunque he leído *Don Quijote* tantas veces ahora estoy impaciente por llegar a casa y empezar la lectura, o por ir en metro y así leer durante el camino; y no solo eso, también tocar el volumen flexible y sentir su peso en las manos, oler el papel y recrearme en su blancura mientras leo las palabras que conozco tan bien, quizás como conoce un músico una partitura que ha tocado muchas veces, aprendiendo siempre algo valioso e inesperado, recreándose en lo familiar y en la sorpresa de lo no recordado, lo no advertido hasta ahora.

Llego a mi casa, abro con avaricia el primer tomo, por la mitad, al azar, no queriendo saber qué voy a encontrarme, y entonces el libro empieza a descuadernarse entre mis manos, porque las hojas no están cosidas sino mal pegadas, y mi pobre *Don Quijote* se me desmorona nada más empezar a leerlo. Entonces me acuerdo del otro, el de hace cincuenta años, con su papel amarillo y sus cantos gastados, con mi firma entre dubitativa y arrogante de 1974, su letra diminuta que ahora no podría leer sin gafas, su lomo recio y bien cosido que se mantiene firme después de tantas lecturas, tantos cambios de casa, de ciudad y de vida.

25

De nuevo es el verano de Cervantes, ese largo verano intemporal en el que suceden las aventuras de don Quijote y ese tiempo particular de verano como deshabitado o recogido que el libro exige para la plenitud de su lectura. Las fechas concretas son irrelevantes, pero no esa sensación de retiro, de holganza, de lejanía del tiempo de las obligaciones y la angustia. He empezado a leer al azar y he encontrado la única fecha que aparece en toda la Primera Parte: 22 de agosto. Es el día en que don Quijote le firma a Sancho la libranza de los pollinos que va a regalarle. Es también el día en que yo estoy leyendo. Es el verano en el que escribo ahora mismo y en el que me sumerjo en la lectura con una intensidad, y hasta diría una inocencia, que no parecen posibles en el resto del año; y es cualquiera de los otros veranos en los que he vuelto a la novela a lo largo de mi vida, y el primero de todos, tan lejano de pronto, cuando caigo en la cuenta de todo el tiempo que ha pasado, un verano irreal de hace más de medio siglo, del siglo pasado. Me acuerdo de él y es como si no perteneciera a esta época, sino a la de Cervantes, como si estuviera más cerca de su mundo que del mío, si puedo llamarlo así, el que yo vivo ahora.

Las fechas se vuelven tan vagas como los lugares y las circunstancias de cada lectura, casi todas ellas olvidadas. He leído tantas veces el libro que me parece recordar una larga lectura intermitente, una dedicación asidua, íntima, uno de esos hábitos que lo constituyen a uno sin que nadie o casi nadie lo sepa. Estoy leyendo en un granero, en el calor de la tarde, al fondo de una casa en silencio, donde los mayores, repartidos por las habitaciones, se han rendido a la siesta. Estoy leyendo en un corral fresco, con altos bardales encalados, a primera hora de la mañana, a la sombra de una parra, sobre un suelo de tierra recién rociado de agua con un cubo, igual que se hace delante de la puerta de la casa, para evitar el polvo. Hay en un lado una gran tinaja partida por la mitad para recoger el agua de lluvia y en el otro un pozo por el que se hace bajar con una soga un cubo de latón que resuena con un eco profundo al chocar con la superficie quieta del agua. Más allá hay jaulas con conejos y pollos, y al fondo un cobertizo en penumbra donde las gallinas ponen y empollan sus huevos y donde respira como un gordo asmático un cerdo que se alimenta de los restos de comida y de los higos pasados del verano.

Estoy leyendo como fuera del tiempo, al abrigo del mundo exterior. Nadie me llama a voces para ir al campo o para hacer un fastidioso recado. Parece que los mayores se han olvidado de mi existencia de niño furtivo y silencioso como un gato.

The child is father to the man, dice el poema de Wordsworth. Ahora estoy leyendo en un jardín de muros coronados de parra virgen, en un barrio de casas bajas y calles tranquilas, en la quietud de la mitad de agosto, en Madrid. Ahora el que lee con la misma sensación de huida y retiro y secreto fervor es un hombre que de pronto tiene sesenta años, el pelo y la barba grises, como cuando se veía a la gente envejecida en las películas. (A mi abuela materna esos saltos en el tiempo le parecían indignantes, igual que cuando se veía un recién nacido en un plano y un poco después ya era adolescente. ¿A quién querían engañar? ¿Quién iba a creer que el bebé y el muchacho, el adulto joven y el viejo eran la misma persona? A mi abuela la enfurecían los malvados de las películas y de la televisión, sobre todo cuando parecía que iban a salirse con la suya en sus maquinaciones, y alertaba en vano al héroe o a la heroína para que no se dejaran engañar. Lloraba sin consuelo cuando alguien bueno o inocente moría. Mi madre le explicaba, sin llegar a convencerla, de que no había muerto en realidad. Desconcertada por el hipnotismo de las pantallas, mi abuela nunca aprendió del todo a distinguir entre las ficciones y los hechos reales que se sucedían en ellas, entre los noticiarios y los programas dramáticos.)

En el jardín hay una parra que da buena sombra, un cerezo, un ciruelo, una higuera, un membrillo. Los higos maduros que pican los pájaros y los que se caen al suelo, golosamente abiertos para las hormigas, son iguales a los que yo recogía de niño y echaba en un cubo que luego volcaba en el comedero de los cerdos. La sombra de la higuera es tan favorable como la de la parra. Según las horas, pongo la hamaca debajo de una o de la otra. El tiempo del interior de la novela es tan demorado como el de la vida en agosto.

Leo a ratos en voz alta para apreciar mejor la música de las palabras, para no caer en la velocidad atolondrada de la lectura en silencio. Como un melómano con oído absoluto, como un músico que toca cada nota de una partitura que conoce muy bien, pero en la que sabe que no puede descuidarse, sé que cualquier distracción me hará perder una parte del sentido de lo que estoy leyendo. Leer bien es una tarea de la máxima exigencia: si no fuera tanta no sería tan sustanciosa la recompensa. Quiero leer como un aficionado competente interpreta la reducción al piano de una sinfonía. Hay que estar siempre alerta porque Cervantes es un improvisador infalible. Construye sobre la marcha frases sinuosas que se corresponden exactamente con la acción o el proceso mental que describen.

No soy un extraño que se acerca al libro desde fuera. Poco a poco, a lo largo de toda mi vida, lo he ido conociendo con una familiaridad que no disipa el misterio ni el asombro, y ni siquiera los atenúa. Mi voz lectora se convierte en la de ese narrador que en realidad parece estar leyendo la traducción castellana del manuscrito arábigo de Cide Hamete Benengeli. En ese grado de intimidad la lectura tiene algo de espiritismo. Otras voces se expresan a través de la mía. Es ese espiritismo en el que un músico de jazz interpreta una pieza que ya había compuesto o hecho suya un maestro anterior. Me acuerdo de Tete Montoliu, en sus últimas grabaciones, más libre y despojado que nunca, tocando piezas de Thelonious Monk que había tocado muchas veces a lo largo de su vida. O de Alfred Brendel, que prefería un repertorio limitado de sonatas clásicas, Haydn, Mozart, Beethoven, y las tocaba con aquella mezcla de rigor y ligereza y sentido del humor que había en sus aficiones y en sus saberes inesperados, cuando yo lo conocí. Toda la vida tocando las mismas obras, explorando lo insondable de lo ya muy conocido, la riqueza que viene de la concentración, del asedio insistente y sin embargo nunca rutinario, de esa atención suprema que permite perderse y encontrarse a uno mismo. Hay algo semejante en el repertorio tan voluntariamente limitado de João Gilberto, en la obsesión de John Coltrane por inventar variaciones inagotables sobre la melodía de *My Favorite Things*.

26

No quiero que se termine agosto. Salgo al jardín a las nueve y ya ha anochecido, y hay nubes cárdenas en el cielo, como un aviso de cambio del tiempo. No quiero que las obligaciones me expulsen del jardín y del libro. No quiero sentir la urgencia y el remordimiento de las cosas sin hacer, y menos aún el halago corruptor de la presencia pública, del escritor interpretando el papel de sí mismo. Cuando empecé esta lectura era el verano adelantado de las cerezas y las ciruelas, y ahora es el de los higos, y dentro de poco será el verano ya tardío de las uvas y de las granadas, antes de que llegue el tiempo de los membrillos, del sol rubio y dorado como miel al final de la tarde, y también de las obligaciones y los viajes. Las ciruelas maduras doblaban las ramas del árbol e inundaban el suelo del jardín y hasta la acera delante de la casa, en una catarata de abundancia. Hormigas y abejas se alimentaban glotonamente de sus pulpas de azúcares reventadas en el suelo. Era el verano ardiente y angustiado de julio en Madrid, todavía agobiante de tráfico y de urgencias, en la ciudad de la que no se había marchado nadie todavía, todo el mundo impaciente por irse, los conductores apretando los cláxones en los atascos de tráfico. Yo me sentaba con mi *Don Quijote* a la sombra de la higuera y escuchaba ese fragor casi lejano, a causa de los muchos árboles y jardines del barrio donde vivía entonces. El jaleo de los pájaros en el cerezo me hacía levantar los ojos del libro.

A los pájaros no les llaman la atención las ciruelas. Lo que enloquece a los pájaros en esos primeros calores fuertes del verano son las cerezas, que parece que maduran de golpe de la noche al día, rojas y relucientes entre las hojas ovaladas. El jardinero que venía de vez en cuando a ayudarme se desesperaba y quería cubrir la copa entera del cerezo con una malla muy tupida de plástico, como una gran mosquitera. Pero fue mejor no hacer nada y asistir al festín alegre de los pájaros. Gorriones, tórtolas, urracas, mirlos. Los huesos mondos de las cerezas crujían bajo las pisadas. Las hormigas se encargaban con disciplina de jornaleros a destajo de apurar las cerezas solo picoteadas. Caravanas verticales subían y bajaban por el tronco. Hasta la maduración de los higos no ha estallado de nuevo el carnaval de los pájaros.

En el jardín era más lento el tiempo de la lectura y el verano, en el espacio a la vez abierto y limitado por los muros. Ahora que hacía menos calor y empezaba a atardecer antes me sentaba por las tardes en una mesa del jardín con mi *Don Quijote* y mis otros libros cervantinos, mi cuaderno y la pluma, y el lápiz para subrayar y copiar cosas. El rumor del tráfico ya se había hecho más poderoso, aunque todavía quedaran unos días de agosto. El sonido del agua saliendo a borbotones en la fuente se mezclaba con el de la brisa en las hojas de los árboles, más grave en los pinos de copa ancha y los cipreses del jardín contiguo. Abrir el cuaderno o el libro o usar el lápiz ya eran en sí mismos actos de felicidad. *El sosiego, el lugar apacible, la amenidad de los campos, la serenidad de los cielos, la quietud del espíritu:* Cervantes enumera no sin ironía las condiciones en las que le habría gustado escribir su novela, y no en esa cárcel en la que dice que se engendró, *donde toda incomodidad tiene su asiento y donde todo triste ruido hace su habitación.*

La quietud del espíritu, tan necesaria y tan frágil para mí, el sosiego de la lectura atenta, le han dado a esta parte del verano algo del sabor de las largas duraciones del tiempo en la infancia, en el corral de mi casa, que tenía bardales y no muros blancos como esta, a la sombra de un emparrado con las uvas todavía verdes en el que también zumbaban las avispas, o en el largo silencio inmóvil de la siesta, cuando los adultos dormían y roncaban. Igual que las sensaciones vuelven las palabras, subrayadas en el libro, copiadas en el cuaderno: *dineros* y no *di-*

nero, *almuerzo* y no *desayuno*, *arrobas* y *fanegas* y no *kilos*, *borrica* en vez de *burra*, *bardales* y no *muros*, *corral* y no *jardín*. La comida que pide Sancho al marcharse desengañado y aliviado de la ínsula Barataria es la misma que desayunaba yo por la mañana temprano en la huerta de mi padre, un trozo de pan todavía caliente y un racimo de uvas. En la huerta abundaban los granados, como en la del hortelano morisco que acoge al vagabundo Berganza en *El coloquio de los perros*. Los días de la escuela o del instituto parecían remotos, parte de otra vida apenas recordada. Se volvía a las aulas y al olor de las papelerías como a un país del que se había estado ausente mucho tiempo. Quién sabe si podré seguir la lectura cuando anochezca más pronto aún, en el país futuro de octubre. Si hiciera frío por las noches, ¿cómo podrían dormir al raso don Quijote y Sancho Panza?

27

Cervantes está siempre apareciendo y desapareciendo en la novela. Se nos presenta en el prólogo de 1605 mirándonos de frente, como Velázquez en *Las meninas*, como sorprendido en plena tarea, descubriendo a quien lo mira al levantar los ojos. Velázquez tiene en las manos los instrumentos de su oficio, la paleta, el pincel, el tiento. Cervantes se retrata con el suyo, la pluma. El uno y el otro tienen en común la actitud de suspenso. Velázquez parece estar concibiendo en un golpe de inspiración luminosa el cuadro futuro que tenemos ante los ojos. Cervantes no escribe. Está en ese momento en el que uno espera la llegada de las primeras palabras, la primera frase que lo abrirá todo, en *suspenso, con el papel delante, la pluma en la oreja, el codo en el bufete, y la mano en la mejilla, pensando lo que diría.* Es al copiar la cita cuando me doy cuenta de la inexactitud de mi recuerdo: Cervantes no tiene la pluma en la mano, sino en la oreja. Después de tantas lecturas, esta es la primera vez que percibo ese detalle clave. Cervantes tiene la pluma en la oreja, igual que los carpinteros antiguos que se ponían en ella el lápiz, para mantener desembarazadas las manos. Sosteniendo la pluma en el aire se parecería a esos retratos de evangelistas o de santos que aguardan la inspiración del cielo; con ella en la oreja, el codo en el bufete, la mano en la mejilla, cobra un aire mucho más relajado y terrenal, hasta un poco burlón, como corresponde al tono del prólogo que está escribiendo, y al alivio inmenso de haber terminado ya una novela muy larga a la que ha dedicado mucho tiempo.

Y entonces queremos saber también qué hay alrededor de esa figura en el autorretrato, cómo es la habitación, la casa donde está, qué muebles hay en ella, aparte del bufete, si está ordenada o no, si hay polvo, papeles por el suelo, por dónde entra la luz si es de día. Pero más allá de esa figura sentada para nosotros solo hay oscuridad, esa penumbra abstracta que se ve al fondo de los retratos de Velázquez.

El rostro de Cervantes no podemos verlo. Es un ejercicio necesario y difícil, quizás imposible, quitarse de la cabeza la imagen establecida, siempre reiterada, la del presunto retrato atribuido a Juan de Jáuregui que nos viene instantáneamente a la memoria, porque la hemos visto en tantas ilustraciones y portadas de libros. Ese viejo de cara afable y aspecto formal, con su barba afilada, su mirada inteligente, su gola blanca bien cuidada, no es Miguel de Cervantes. Quién fuera en realidad no podemos saberlo: un intruso en la fama póstuma de otro. Pero es importante borrarse esa cara de la imaginación para apreciar la singularidad de la ausencia, el espacio en blanco que deja. Desde que existen retratos más o menos seguros de autores eminentes —quizás el primero es Dante— el único entre los más grandes de quien no queda una imagen es Cervantes. En la galería de retratos del Siglo de Oro, junto a Góngora, Quevedo, Lope de Vega, Santa Teresa, fray Luis, Calderón, hay un marco vacío en el que está el enigma de la invisibilidad de Cervantes. ¿No tenía medios o influencia para encontrar quien lo pintara, igual que no encontró quien le escribiera sonetos laudatorios para *Don Quijote*? A este sinsabor él le dio la vuelta con el remedio infalible de la ironía. Él se escribió sus propios elogios burlescos, y también hizo con palabras el retrato que nadie le pintó: *éste que veis aquí, de rostro aguileño, de cabello castaño, frente lisa y desembarazada, de alegres ojos y nariz corva, aunque bien proporcionada; las barbas de plata, que no ha veinte años que fueron de oro, los bigotes grandes, la boca pequeña, los dientes ni menudos ni crecidos, porque no tiene sino seis...*

No hay manera de encontrar esa cara. En los registros de los cautivos de Argel que llevan los frailes trinitarios, siempre hay descripciones físicas de los recién liberados, que es una forma de identificación más o menos segura, y ayuda a prevenir contra los impostores. De un cautivo se dice que le faltan los dientes de la parte de arriba, por ejemplo. Esperamos encontrar detalles así sobre el aspecto de Cervantes, pero en vano. Solo se dice de él que es *de mediano cuerpo, muy barbado, de treinta y un años.*

Y de pronto a ese retrato en blanco podemos añadirle un detalle fidedigno: Cervantes con gafas. En una carta de Lope de Vega al duque de Sessa atisbamos por unos instantes el ambiente de un acto literario en Madrid, en 1604. Dice Lope que iba a leer un poema delante de los miembros de la tertulia, y que descubre que no ha traído sus *antojos.* Es Cervantes, sentado junto a él, quien le presta los suyos. Parece que tratándose de Cervantes no puede evitar el sarcasmo: se burla de esas gafas desastrosas, deformes, dice, *como dos huevos fritos.*

28

Otras apariciones son todavía más fugaces, más indirectas. El autor es un pasajero o un polizón en su propia obra, y hasta su autoría es dudosa, *yo que aunque parezco padre soy padrastro de don Quijote.* Surge y se pinta como una sombra por detrás de otros personajes, como esa figura que hay a veces en una foto de gente conocida y que nadie sabe bien quién es. En la biblioteca de don Quijote hay un libro suyo, el primero que publicó, todavía joven, en 1585, que no tuvo mucho eco, y durante muchos años no había tenido continuidad, *La Galatea*. El juego de la ficción y la realidad empieza muy pronto. El protagonista de una novela tiene en su biblioteca un libro del escritor que lo ha inventado. Del motivo por el que don Quijote lo compró o de la opinión que tiene sobre él no sabemos nada. Pero el cura, que a lo largo de la narración se irá revelando como un lector infatigable y agudo, no solo ha leído *La Galatea*, sino que conoce a su autor. *Muchos años ha que es grande amigo mío este Cervantes, y sé que es más versado en desdichas que en versos.* Cervantes es ese nombre que surge en el azar de una conversación literaria y luego fácilmente se olvida, como su libro olvidado al poco tiempo de su publicación, extraviado entre muchos otros, una de esas obras primeras que no pasan de tentativas quizás meritorias y desaparecen sin que se cumpla la promesa que contenían. El cura es un crítico muy preciso en sus observaciones sobre *La Galatea*, lúcido y sin embargo cordial, con la lealtad que merece el trabajo de un amigo, quizás sobre todo este, de quien él sabe que ha tenido una vida tan difícil: *Tiene algo de buena invención, propone algo y no concluye nada; es menester esperar la segunda parte que promete; quizás con la enmienda alcanzará del todo la misericordia que ahora se le niega.*

29

Las historias dejan rastros escritos, huellas fragmentarias que es preciso seguir y descifrar. Cervantes dice que ha encontrado la de don Quijote *en los archivos de la Mancha*, pero se ve que está llena de espacios en blanco y de incertidumbres, y que muchos detalles son objeto de disputas entre los eruditos, *los autores que de este caso escriben*. Del héroe que la protagoniza no se llega a saber su pueblo de origen. Su nombre de pila tarda mucho en aparecer. El apellido es más dudoso todavía: *quieren decir que se llamaba Quijada o Quesada [...] aunque por conjeturas verosímiles se da a entender que se llamaba Quijana*. Nada puede afirmarse categóricamente, con la rotundidad con la que en los poemas épicos se despliegan nombres, títulos y linajes, o con el simple descaro con que el Lazarillo declara su nombre en la primera línea de su historia: *Pues sepa V. M. antes de todas cosas que a mí me llaman Lázaro de Tormes*; Herman Melville, fervoroso lector de Cervantes, empieza *Moby-Dick* con una declaración igual de rotunda, aunque más ambigua: *Call me Ishmael*. En *Don Quijote* el hilo de la narración es tan inestable, tan incierto, que se rompe de golpe, en el momento de máxima tensión, en el arranque del primer combate verdadero entre don Quijote y un rival a su altura, el temible vizcaíno contra el que se arroja *con la espada en alto, con determinación de abrirle por medio*.

Pero entonces resulta que no podemos saber lo que pasa a continuación: la voz narradora que nos guiaba no es la del autor, sino al parecer la de alguien que está leyendo el libro, que lo lee para nosotros en voz alta, como el cura leerá después *El curioso impertinente*: *Pero está el daño de todo esto que en este punto y término deja pendiente el autor de esta historia esta batalla, disculpándose que no halló más escrito.* El narrador que solo estaba leyendo no se resigna a no saber nada más. Queremos que nos cuenten historias y que nos mantengan en vilo y queremos que tengan un final, que se cierre el arco completo de su desarrollo, *lo mucho que, a mi parecer, faltaba de tan sabroso cuento*, igual que queremos y esperamos instintivamente que se cierre el de una frase musical.

Es uno de los quiebros narrativos más audaces en la literatura de ficción. Los contendientes se quedan con las espadas en alto en una escena congelada. La voz que cuenta salta a la primera persona y es Cervantes que habla de frente al lector con la misma naturalidad cordial que en el prólogo, *lector carísimo*, *desocupado lector*, *lector suave*, confesando una pasión lectora tan vehemente que al cabo de cuatro siglos nos conmueve como recién escrita, *yo soy aficionado a leer, aunque sean los papeles rotos de las calles*. Siempre es el azar el que favorece los hallazgos decisivos. En el lugar más inesperado, en el bullicio de un mercado de Toledo, este hombre que va por todas partes buscando un rastro de palabras escritas, *llevado de mi natural inclinación*, encuentra esos cartapacios viejos que nadie quiere y quién sabe de dónde proceden, y que corren más peligro de desaparecer porque están escritos en *caracteres que conocí ser arábi-*

gos (no tendría dificultad en reconocerlos: había vivido cinco años en Argel).

Cervantes juega aquí con un lugar común de los libros de caballerías, el del manuscrito hallado en circunstancias misteriosas, pero le da la vuelta y va un paso más allá. El lugar común del género es socavado por la parodia, pero también celebrado por ella. Cervantes se recrea en esa patraña del manuscrito descubierto por azar dándole al mismo tiempo una encarnadura de precisión y de verdad, la gloria novelesca de lo concreto: la tienda del sedero en Toledo, el muchacho que llega a vender los cartapacios, una España negociante y mudéjar, de gente que compra y vende cosas, que viste de maneras diversas, practica no una sola religión obligatoria y habla en castellano y en árabe, y hasta es posible que si se pone el oído se pueda oír el hebreo, aunque no se le nombre, *otra mejor y más antigua lengua*, más de un siglo después de la expulsión. Quizás no es del todo casual que sea en esa ciudad y en ese barrio mestizo donde se encuentra el manuscrito perdido.

Cervantes toca con las manos la materia de su propia novela. Lo que había quedado interrumpido tiene su exacta continuidad en unos legajos escritos en árabe por un historiador de extraño nombre, Cide Hamete Benengeli. La impaciencia de leer cuanto antes lo que aún no se sabe *de tan sabroso cuento* lleva a este Cervantes convertido en personaje de su propia ficción a alojar en su casa al morisco al que le ha encargado traducirlo *bien y fielmente y con mucha brevedad.* Ahora lo que nosotros estamos leyendo es lo que el morisco tradujo *en poco más de mes y medio*, trabajando de día y de noche, porque si no no habría manera de que completara ese libro tan largo en tan poco tiempo, vigilado por su anfitrión, que oiría el rasgar incesante de la pluma sobre el papel, un documento más en el archivo o la biblioteca prodigiosa donde se guardarían todas las páginas manuscritas y todos los libros que aparecen en *Don Quijote de la Mancha*.

Cuando yo era niño no era raro que se interrumpiera por una avería la proyección de una película, sobre todo en los cines de verano. Los equipos de proyección estarían muy viejos, igual que las copias maltratadas de las películas que nunca eran de estreno. En un momento culminante de la acción la pantalla se quedaba en blanco, o las imágenes congeladas en un fotograma. El clamor de las protestas era unánime, igual que lo habría sido hasta un momento antes el de los aplausos para animar al protagonista o celebrar una victoria suya y los silbidos y los gritos contra los malos, o las carcajadas corales en las escenas cómicas. Si la avería era grave se encendían las luces de la sala. Los espectadores no podían soportar que la historia no continuara. Estábamos colectivamente hechizados por ella en la oscuridad y de pronto aquellas luces tenían la crudeza de un brusco despertar, de una expulsión ingrata del sueño íntimo y sin embargo compartido del cine. Es así como queda en suspenso la batalla entre don Quijote y el vizcaíno.

30

Cuando surge la pastora Marcela resplandeciente, con el pelo suelto, en lo alto de la peña al pie de la cual van a enterrar al suicida Grisóstomo, el paisaje real de Sierra Morena en el que hasta ahora se han movido los personajes se convierte en un decorado de teatro, en una maquinaria escénica de ópera barroca, igual que el retrato verídico de las vidas de los cabreros se convierte en fábula pastoril. El discurso de Marcela, tan pasional y tan sutilmente ajustado a las normas renacentistas de la elocuencia, es como un aria impetuosa de Händel, donde una voz limpia de mujer asciende cada vez más alto en su virtuosismo expresivo y su nobleza moral, su radical afirmación de sí misma: *Yo nací libre y para poder vivir libre escogí la soledad de los campos.* La mujer bella y abstracta a la que se dirigen desde los trovadores y Petrarca los poemas de amor, sin que ella diga nunca nada, como si su silencio fuera un atributo de su perfección, de pronto alza la voz para rebelarse contra el papel que le ha sido asignado, musa y enemiga, tentadora y cruel, incendiaria y helada. Al estereotipo prestigioso de la poesía, Cervantes contrapone el punto de vista de quien hasta ahora se limitaba a ser una figura contemplada, adorada, maldecida. Alzando la voz en lo alto de una peña, al pie de la cual va a ser enterrado el hombre de cuyo suicidio se la hace culpable, Marcela deja en suspenso el melodrama pastoril y fuerza a los testigos a levantar los ojos del mundo en el que estaban embebidos como si fuera el único posible:

a mirar y escuchar lo inaudito, la presencia y la voz de una mujer soberana, no la proyección a la vez ideal y maléfica de un desvarío literario masculino.

Marcela se niega a aceptar el papel que sin consultarle se le ha asignado en el reparto de la narración literaria. No quiere ser la amada perfecta, ni la amante traidora, ni el demonio femenino que causa la ruina de los hombres a los que ha enamorado con su belleza. Marcela aparece como un fulgor y desaparece sin rastro para siempre. Su vindicación de sí misma tiene que ver con la médula estética y moral del arte de la novela: la potestad de cada personaje de existir plenamente y porque sí, en sus propios términos, sujeto y hasta narrador de su propia historia, irreductible a los estereotipos del heroísmo o de la caricatura, no subordinado al papel de máscara en una representación simbólica. Archibald MacLeish dice que un poema no significa, es. Lo mismo le sucede a un personaje de novela. Se yergue delante de nosotros, imprevisto al llegar, desaparecido luego, con esa facultad de desaparición irrevocable que es exclusiva de las criaturas de ficción. Nos mira a los ojos con una expresión como de sereno desafío, y nos dice lo mismo que don Quijote a aquel vecino que lo encontró tirado en mitad del campo: *Yo sé quién soy.*

31

Cervantes se educó en las abstracciones resplandecientes del Renacimiento italiano y no llegó nunca a desprenderse de ellas. Las cultivó hasta el final de su vida, unas veces celebrándolas con un entusiasmo inmune a todo desengaño, otras veces sometiéndolas a la ironía y a la parodia. Cervantes ama con la misma intensidad el amor suicida y literario de Grisóstomo y la rebeldía de Marcela. Su lealtad a las formas ideales de la épica y del romance pastoril era tal vez inseparable de su recuerdo de los años de juventud en la atmósfera abierta y vivificadora de Italia, los tiempos del heroísmo militar y el regocijo de la amplitud del mundo, la inmersión en aquel idioma tan sonoro, *la lengua toscana*, en el que resaltaban todavía más las bellezas de la literatura. Amaba la épica fantasiosa de Ariosto y de Tasso, en la que los desatinos imaginativos quedaban ennoblecidos por la fuerza expresiva de la poesía, el rigor y la flexibilidad de la composición, la envergadura humana de los personajes. En las artes visuales de la Italia que conoció Cervantes, y añoró siempre, prevalecía la belleza genérica, el amaneramiento derivado de un compromiso entre la escuela de Miguel Ángel y la de Rafael, bellas figuras alegóricas y más bien inexpresivas, santos y vírgenes con los ojos vueltos hacia un cielo de cúpulas en trampantojos, paisajes frondosos para escenas mitológicas o pastoriles.

Frescos manieristas recién pintados relucían en las iglesias que frecuentaba el soldado Cervantes, ávido de mirarlo todo; alegorías de dioses y héroes y ninfas adornaban las bóvedas de los palacios romanos en los que sirvió como camarero del cardenal Acquaviva. Lo que él iba a hacer muchos años después en la literatura lo haría en la pintura un contemporáneo suyo que nació algo más tarde y murió antes que él, alguien también versado en desdichas de persecución, de marginalidad y de cárceles, Michelangelo Caravaggio. Es llamativo que los dos recorrieran caminos semejantes, con unos años de diferencia: Roma, Nápoles, Sicilia, el Mediterráneo fronterizo entre la cristiandad y el islam. Los dos fueron perseguidos por la justicia a causa de un duelo y una muerte. Para Cervantes el castigo habría sido la amputación de una mano; la condena de Caravaggio era la muerte por decapitación. Caravaggio estuvo preso en una cárcel de Malta y huyó descolgándose por los muros con una cuerda. La experiencia carcelaria de Cervantes fue más variada y duradera, e incluyó más de una vez el peligro inminente de un empalamiento. En Caravaggio hay una furia desgarrada, una insolencia de provocación erótica y crueldad física. En sus cuadros religiosos pululan campesinos descalzos con la piel quemada por el sol y anchas manos de trabajadores, y personajes del hampa que podrían haber habitado en el patio de Monipodio y compartido aventuras con Rinconete y Cortadillo.

El instrumento de Cervantes no es la crueldad ni el desgarro sino la ironía. Había estudiado el tenebrismo verbal y la negra amargura de Mateo Alemán en *Guzmán de Alfarache* y posiblemente había comprendido que ese no era su camino. La obra de Caravaggio es la de un talento que estalla en plena juventud y arde como una llama que se consume más rápido cuanto más deslumbra; el talento de Cervantes va madurando lentamente en la oscuridad y estalla de golpe cuando ya es un hombre viejo, de vuelta de casi todo salvo de su amor por la literatura.

En 1585 había publicado *La Galatea*, y permaneció en silencio hasta ese 1605 del primer *Don Quijote*, un escritor novel que desaparece después de su primer libro, que por lo demás no había llamado mucho la atención, y que no revelaba dotes excepcionales, tan solo una emulación concienzuda de los modelos de un género de mucho éxito, la clase de libro que encarna el tono medio de la sensibilidad literaria de una época y se extingue sin remedio con ella, y cuyo atractivo se vuelve incomprensible para quienes vienen después. Por inmadurez, por ansiedad de estar al día, un escritor joven a veces se empeña en escribir un libro que podría escribir también cualquiera de sus contemporáneos: puede tardar mucho tiempo en encontrar el libro que no puede escribir nadie más que él, porque estará plenamente enraizado en una experiencia de la vida que es tan solo suya, y por lo tanto exigirá el hallazgo de una forma expresiva nueva y de una voz que nadie ha escuchado antes.

La única manera de ser original es ser uno mismo, dice Stendhal. Hay quien llega muy pronto a ese conocimiento, y quien no llega nunca, y quien lo ronda durante tantos años que solo lo alcanza a una edad tardía. Entre la vida verdadera que había vivido Cervantes hasta los treinta y seis años y el libro que publicó entonces, *La Galatea*, apenas pueden encontrarse conexiones, salvo algunas referencias en clave a personajes del mundillo literario y político del momento que carecen para nosotros de todo interés.

Esa correspondencia fecunda entre lo vivido y lo escrito la había logrado sin embargo Cervantes en piezas teatrales tempranas como *Los tratos de Argel*, escrita muy poco después del regreso a España, y llena en sus mejores episodios de una fuerza testimonial estremecedora sobre el cautiverio y la tortura, sobre los esclavizados que resisten y mantienen su dignidad y los que abdican de ella por miedo o por obtener ventajas materiales.

No hay necesidad de poner en juego los materiales de la propia vida para escribir una literatura hecha primordialmente de literatura, igual que un pintor manierista no tenía necesidad de fijarse en las caras de personas reales para retratar a sus héroes y sus santos, vírgenes y ninfas. Desde esa perspectiva, la vida común y las personas reales son demasiado vulgares para ser usadas como material de partida y objeto de atención. Con los años, esos oros y oropeles que deslumbraron al aprendiz de escritor resultan ser poco más que decorado, espejismo y mentira: una mentira que ya no cumple su antiguo efecto de consuelo o exaltación porque ha perdido su capacidad de hipnotizar, o porque quien tanto la amaba ya no es vulnerable a su influjo. Solo entonces descubre que la arcilla de la existencia común es un material más valioso y más dúctil que el mármol. Caravaggio representa a la Virgen de Loreto como una madre joven y carnal con su hijo en brazos, una mujer romana asomada al quicio de una puerta, recibiendo la adoración de unos campesinos con las plantas de los pies endurecidas de tanto caminar sobre la tierra sin zapatos. Las gentes desastradas, parlanchinas, vulgares, con las que Cervantes se había mezclado durante todos aquellos años en que estuvo más lejos de la literatura, fueron los personajes que iban a poblar todo lo que él escribiría en novelas como *Rinconete y Cortadillo*, *El coloquio de los perros* y *Don Quijote*.

32

Pero quizás no estaba seguro de que lo que él había hecho fuera literatura. Él, desde luego, no habría usado esa palabra. ¿Cómo llamar a lo que no tiene nombre por la simple razón de que hasta ahora no ha existido? Un escritor trabaja en el marco de un género. El género delimita de antemano su imaginación: le suministra recursos, estrategias, expectativas. Tanto el autor como el lector saben a qué atenerse: el autor antes de comenzar la escritura, el lector antes de abrir el libro impreso. El escritor de talento aprovecha todas las ventajas formales del género y al mismo tiempo se atreve a darles la vuelta, a forzar sus límites, incluso los hace estallar desde dentro, al someterlo a presiones expansivas que la forma establecida no puede contener: lo hizo Miguel Ángel en el *Juicio Final*, y Beethoven en la *Novena sinfonía*, en los últimos cuartetos de cuerda y sonatas de piano, y Raymond Chandler en *El largo adiós*, Mahler en cada una de sus sinfonías desde la segunda, Wagner en la ópera,

Melville, Proust y Joyce en la novela. ¿Pero a qué género podía atribuir Cervantes su libro de don Quijote cuando se sentó a escribir el prólogo, después de haber trabajado tanto, casi siempre a tientas, *al cabo de tantos años como ha que duermo en el silencio del olvido*?

No era un poema épico, en verso o en prosa. No era un libro de caballerías ni de pastores. No era un simulacro de autobiografía picaresca. Intercalaba historias narradas por voces diversas en el relato principal, según era una antigua costumbre, pero las entretejía de manera que se integraban en él orgánicamente. No era un tratado de historia, aunque él jugara a imitarlos. Era una forma narrativa que no tenía nombre aún porque él mismo acababa de inventarla.

Tiene el modelo de la parodia y el pastiche, muy arraigados en él, y también la tradición carnavalesca del escarnio, que ya había sido una fuerza inspiradora en la picaresca, con su método riguroso de inversión de los valores, más rígidos y grotescos que nunca en una sociedad obsesionada con la ortodoxia religiosa, las glorias militares, la pureza de sangre, los rangos nobiliarios, las diferencias de casta, el desprecio del trabajo productivo, la irrelevancia del mérito personal. También tiene un constante propósito de crítica literaria, más allá de la sátira de los libros de caballerías. Muchas veces la crítica está incluida en el puro discurrir de la ficción, parodiando estilos de escritura y personajes y situaciones muy familiares para los lectores, y examinando su grado de verosimilitud y representación de lo real; otras veces es una crítica abierta, aunque no expresada en la voz del autor sino de algunos de sus personajes, una evaluación de todas las formas de literatura de su tiempo y de sus autores. Y por último es una crítica reflexiva, del mismo Cervantes hacia lo que él ha escrito o está escribiendo: su entrega jubilosa a la *escritura desatada*, la pura libertad de la invención, se corresponde con una conciencia alerta del trabajo que tiene entre manos, mientras la pluma fluye rasgando el papel. Américo Castro explica con agudeza admirable el doble juego de la novela: *En ella se ofrece el primer caso de consciente inserción de una técnica y un propósito estético en la trama misma del esfuerzo creador.*

33

Según pasan los días de este verano sin fechas, el libro los ocupa de una manera más completa. Yo no lo he decidido. Me dejo llevar, y como estoy de vacaciones y no tengo ninguna obligación exterior no hay obstáculos que limiten el tiempo de la lectura, ni tareas propias que me distraigan la imaginación. Había alguna, pero el regreso a *Don Quijote* la ha debilitado, señal quizás de que no era su momento. Había empezado a tantear una historia, una posible novela, a la que llevo años dando vueltas en vano, muy enraizada en un tiempo fundamental de mi vida, y ahora había creído encontrar el tono, la manera de llegar a ella, pero se me ha deshecho entre las manos, como tantas veces. Me satisface más dedicar toda mi atención a la novela de otro. La imaginación tenía que volcarse entera no en lo que yo estaba inventando sino en el ensueño mucho más poderoso del mundo de Cervantes. Las fuerzas mentales que exige la creación de una novela son las mismas que hacen falta para la plenitud de la lectura de una gran obra de ficción. Por eso un escritor no se entrega del todo a leer la novela de otro mientras está escribiendo la suya. Así que mis facultades de novelista las estoy volcando en leer *Don Quijote*, con la misma felicidad incondicional con que uno se entrega a la historia que ha surgido en su imaginación, aunque sin su parte de incertidumbre y angustia.

El libro, la voz que escucho en sus palabras escritas, es una planta invasora que se infiltra por todas partes y lo ocupa todo. Siento esa *soul in white heat* de la que habla Emily Dickinson: un alma al rojo vivo. *Me embriago de tinta, como otros de vino*, dice Flaubert. Quiero seguir leyendo solo este libro y quiero saber más de Cervantes. Salgo de casa con fastidio, y estoy impaciente por volver para encontrarme de nuevo con mis libros cervantinos. Ahora caigo en que hay dos tipos distintos de verano en mi vida: el verano de inventar y escribir y el verano de haber ya escrito y poder dedicarme sin culpa a la vagancia y a la lectura, a los libros apropiados para la lenta amplitud de este tiempo. En esos veranos he leído y releído *Ulises*, *Al faro*, *Fortunata y Jacinta*, *Moby-Dick*, *En busca del tiempo pedido*, *Guerra y paz*, *Vida y destino*, *Casa desolada*. En muchos de ellos, en casas, ciudades, países, vidas diferentes, he leído *Don Quijote de la Mancha*. Por eso vivo en el libro como en una casa de campo inmemorial, fuera del tiempo, en el presente de ahora mismo y en cada uno de aquellos veranos y lugares del pasado, y quizás también en el porvenir en que lo leeré de nuevo, más viejo ya que el viejo Cervantes. Soy ese lector del que habla Wallace Stevens, que se convierte en el libro mientras lo va leyendo.

34

Algo que hace metódicamente Cervantes en *El ingenioso hidalgo* —y en mucha menor medida en *El ingenioso caballero*— es someter la literatura a la prueba de fuego de la realidad. El discurso de la Edad de Oro, si se lee aislado, es impecable como una pieza de oratoria humanística, con todo su juego de alusiones a la Antigüedad y a la mitología, y su tono elevado y solemne. Pero don Quijote lo recita inopinadamente delante de unos cabreros que ni se explican su aspecto ni entienden nada de lo que oyen, y Sancho Panza mastica duras tajadas de carne de cabra y bebe vino mientras habla su amo, como quien oye llover. A don Quijote el escenario rústico y las bellotas que sostiene teatralmente en la mano le invocan un mundo de primitiva autenticidad, pero no se fija, ahíto y enfermo de literatura, en las personas reales que tiene delante, y por lo tanto no puede calibrar la discordancia entre lo que dice y quienes le escuchan y no pueden entenderlo. Es como un discípulo de Rousseau predicando en francés las virtudes del estado de naturaleza a unos nativos de Tahití. Las palabras nobles del discurso, dichas en el vacío, suenan a hueco y se convierten en caricatura y parodia. Entre la realidad y esa literatura, en apariencia inspirada por ella, no hay ninguna conexión.

Esa literatura rica y exaltada hacia la que Cervantes no dejó nunca de sentir aprecio, porque era un entusiasmo de su juventud, es una suma de exhaustos lugares comunes y vacuas rutinas oratorias cuando se la somete al contraste de lo real: los duros tasajos de carne de cabra hervida en una olla sobre el fuego, las pieles de cabra extendidas sobre la tierra como manteles, el apetito hambriento de esos cabreros que se han agotado en un trabajo áspero durante todo el día, y se quedarán dormidos en cuanto terminen de cenar, como bien le advierte a don Quijote su escudero, que conoce la dureza de esa vida campesina que los ociosos literatos de ciudad idealizan: *Que el trabajo que estos buenos hombres tienen todo el día no permite que pasen las noches cantando.*

A través de la mutación del habla hacia un registro elevado, cuando empieza a contarse la historia de Grisóstomo y Marcela, la novela de la realidad en la que viven y cuentan cosas los cabreros va derivando hacia una bien previsible novela pastoril, bien ajustada a las normas del género. Es una inclinación a la que Cervantes nunca ha sabido resistirse. Hasta los cincuenta y siete años su única obra publicada había sido *La Galatea*: hasta el final de su vida siguió planeando una continuación. Dos días antes de morir, en el prólogo estremecedor de *Persiles*, todavía estaba prometiendo una segunda parte. Y al final de todo, el don Quijote derrotado y desengañado de 1615 se propone hacerse pastor, cambiando así el género literario de su locura.

Para nosotros, *La Galatea* es una antigualla indigerible, por muy buena voluntad filológica que se le quiera poner a la lectura. Cervantes, con esa ambivalencia que hay siempre en su talento de escritor, ama la literatura pastoril y al mismo tiempo es consciente de lo ridículo de sus artificios. Es el amor incorregible que a veces seguimos manteniendo hacia los géneros que nos gustaron en la infancia y la primera juventud. Pero en un solo párrafo devastador de *El coloquio de los perros*, este hombre viejo y fatigado que seguía soñando con la segunda parte de *La Galatea* desacredita sin piedad un género que para sus contemporáneos tiene más prestigio literario que *Don Quijote*, y casi tanto éxito comercial como los libros de caballerías. Los pastores de la realidad, cuenta el sabio perro Berganza, no cantaban *con voces delicadas, sonoras y admirables, sino con voces roncas, que, solos o juntos, parecía que no cantaban, sino que gritaban o gruñían. Lo más del día se les pasaba espulgándose o remendando sus abarcas [...] por donde vine a entender que todos aquellos libros son cosas soñadas y bien escritas para entretenimiento de los ociosos, y no verdad alguna.*

Y sin embargo, los mismos cabreros que han acogido a don Quijote y le han aguantado un discurso engolado en el que quizás la única palabra que llegan a entender es *bellota*, tan parecidos a los pastores toscos de Berganza, dan paso a una trama *de cosas soñadas y bien escritas* en la que no hay *verdad alguna*. Uno de los cabreros, Pedro, es el que empieza a contar la historia de Grisóstomo y Marcela, y mientras va contándola se produce una mutación que reside al mismo tiempo en la cualidad de fábula de lo que cuenta y en el lenguaje que usa. Pedro empieza a contar y su habla es tan rústica que don Quijote no para de corregirlo con una impertinencia gradualmente más enojosa según Pedro usa nuevos términos equivocados. Pero poco a poco, a medida que avanza la historia del amor desquiciado de Grisóstomo por Marcela, el habla rústica de Pedro deriva en elocuencia literaria. El cabrero está tan poseído por la historia que su expresión oral se transmuta en el alto estilo literario que le corresponde. Ahora don Quijote se deja llevar por lo que escucha y ya no interrumpe lo que él llama con admiración *tan sabroso cuento*.

35

En el verano de 1883, a los veintisiete años, todavía un médico joven y desconocido, Sigmund Freud le cuenta en una carta a su novia: *Estoy leyendo mucho, empleando gran parte del día. Por ejemplo, ahora estoy poseído por* Don Quijote de la Mancha, *más concentrado en él que en la anatomía del cerebro.* Cuarenta años después, en 1923, ya viejo y célebre, le escribe a su traductor al español, Luis López Ballesteros: *Siendo yo joven estudiante, el deseo de leer el inmortal* Don Quijote *en el original cervantino me llevó a aprender, sin maestros, la bella lengua castellana.* En esa época de juventud, Freud se intercambiaba cartas en español con su amigo Silberstein, también cervantino fervoroso. Los dos firmaban con los nombres de *El coloquio de los perros*: Freud era Cipión; Silberstein, Berganza. En una de ellas le dice: *Somos nobles caballeros, que pasamos por el mundo atrapados en un sueño.* Y en otro lugar: *En el reino de la ficción encontramos la variedad de vidas diversas que necesitamos.* Hay quien dice, quizás no sin fundamento, que en la conversación de los dos perros dotados milagrosamente de la facultad de hablar durante toda una noche, Freud encontró la inspiración para el diálogo terapéutico entre el psicoanalista y el paciente.

36

Don Quijote es imperioso, irascible, impaciente, colérico. Salta con violencia ante la menor sospecha de haber sido ofendido, o tratado sin el respeto que su rango merece. Pasa de la templanza a la furia con una rapidez que puede ser mortífera. Cuando uno de los guardias que vigilan a los galeotes le hace un comentario burlesco, el caballero, que hasta ese momento ha hablado *con corteses razones*, monta en cólera y lo insulta atropelladamente, y un instante después lo ha acometido y derribado de un lanzazo, *dejándole muy malherido.* El delito imperdonable del guardia ha sido mostrarle en voz alta su propio ridículo: *Váyase vuestra merced, señor, norabuena su camino adelante, y enderécese esa bacía que lleva en la cabeza*: de pronto vemos a don Quijote como lo ven los demás, como quien lleva por sombrero una cacerola, como esos locos del Bosco que llevan en la cabeza un embudo.

Tan engolado y redicho siempre cuando habla, como el vanidoso que se escucha con admiración a sí mismo, pierde el control de sus palabras tanto como de sus actos, y acumula atropelladamente los insultos: *Vos sois el gato y el rato y el bellaco*, le grita al guardia un momento antes de derribarlo, y la misma ira se apodera de él cuando Ginés de Pasamonte se toma a guasa la petición de que él y los otros galeotes recién liberados vayan al Toboso a rendir homenaje a Dulcinea: *don hijo de la puta, don Ginesillo de Paropilla o como os llaméis.* Solo en esos momentos tenemos la seguridad de que don Quijote no actúa, no está interpretando a conciencia su propio personaje. Su desatada impulsividad, excitada por las fantasías caballerescas, puede tener consecuencias desastrosas por las que don Quijote no se siente aludido. Ataca lanza en ristre y sin motivo alguno a los encamisados que desfilan de noche con hachas encendidas, y como ninguno de ellos va armado no le cuesta nada ponerlos a todos en fuga y derribar a algunos de sus cabalgaduras. Uno de ellos acaba con una pierna rota y aplastado bajo el peso de la mula en la que viajaba. Y cuando don Quijote, ebrio de victoriosa vanidad, le dice que su oficio es *andar por el mundo enderezando tuertos*, el otro le reprocha la desgracia bien real que ha derivado de su fantasía: *No sé cómo pueda ser eso de enderezar tuertos, pues a mí de derecho me habéis vuelto tuerto, dejándome una pierna quebrada, la cual no se verá derecha en todos los días de su vida.*

Don Quijote tiene una opinión muy elevada de sí mismo. Celebra y exagera sin apuro sus propias hazañas. Enseguida piensa que las mujeres se sienten atraídas irresistiblemente por él. Una parte de su falta de sentido de la realidad no procede de los excesos literarios de su imaginación sino de su egocentrismo. Está convencido de tener siempre razón y de que las cosas han de ser como él quiere que sean. Su locura no es la del delirio sino de la soberbia, la obstinación programática de ver lo que él quiere ver y no lo que tiene delante de los ojos. Toda su vida ociosa ha consistido en mandar sin esfuerzo sobre personas que le están sometidas y a las que siempre ha visto como inferiores: el ama, la sobrina, ese *mozo de campo y plaza* fantasmal que es el personaje más fugaz de toda la novela, porque aparece una vez en las primeras líneas y luego ya no se vuelve a aludir a él. Una prueba de la importancia inaudita que don Quijote se concede a sí mismo es que no se conforma con su condición de hidalgo, y además pobre, como le recuerda en algún momento la sobrina, aprovechando la debilidad convaleciente de su tío para decirle una verdad a la que de otro modo no se atrevería.

37

Don Quijote puede ser ridículo, con sus armas desiguales, su bacía de barbero torcida, su caballo esquelético, pero está muy lejos de ser un viejo decrépito, y ni siquiera débil, al menos en las primeras salidas. *Era de complexión recia, seco de carnes, enjuto de rostro, gran madrugador y amigo de la caza.* Los libros lo han apartado de la saludable vida al aire libre, pero su fuerza física se ha mantenido intacta, y en un combate puede ser un adversario temible. Descarga su espada sobre el vizcaíno y *es como si le hubiera caído encima una montaña.* A un arriero y luego a otro, en la primera venta, mientras vela las armas, les abre de un lanzazo la cabeza. Lo derriban los yangüeses porque lo atacan en cuadrilla con estacas, y después los pastores de los dos rebaños, que le disparan piedras de hondas numerosas y eficaces como balas, contra las que no puede defenderse. Le rompen las costillas y varios dedos de una mano, sufre una caída de Rocinante, y poco después, esa misma noche, en la venta, es apaleado por un arriero, y descalabrado con el candil que blande sobre él *con todas sus fuerzas* el cuadrillero de la Santa Hermandad. Pero su naturaleza es tan fuerte que a la mañana siguiente ya está dispuesto a irse de la venta y emprender nuevas aventuras, tan impaciente, con la impaciencia del mandón y el colérico, que él mismo ensilla a don Quijote y hasta enalbarda al burro de Sancho.

Pero la prueba más evidente de su fortaleza y su buena salud es su dentadura. Cuando le pide a Sancho que le mire la boca a ver cuántos dientes le han derribado los guijarros temibles de los pastores, dice: *En toda mi vida me han sacado diente ni muela de la boca, ni se me ha caído ni comido de neguijón, ni de reúma alguna.* Don Quijote es un hombre de principios del siglo XVII que ha llegado a los cincuenta años con una dentadura perfecta.

38

A Vladimir Nabokov *Don Quijote* le parecía una novela cruel y detestable, y escribió, siendo tan inteligente, cosas bastante obtusas sobre ella. Pero el violador y asesino enamorado Humbert Humbert, en las memorias apócrifas que escribe en la cárcel, se acuerda con dulzura de que cuando era niño, en un hotel de lujo de la Costa Azul *—A Kingdom by the sea—*, su padre, que era el director, le leía *Don Quijote de la Mancha.*

39

De pronto, en una novela de personajes que hablan tanto y hacen tanto ruido, hay una larga escena silenciosa: es el encuentro entre don Quijote y Cardenio, el loco al que él y Sancho han ido siguiendo la pista desde que se internaron en las soledades de Sierra Morena.

En el momento en que irrumpe el personaje tan buscado, lo que sucede es el silencio. Don Quijote y el desconocido que todavía no tiene nombre se miran atentamente sin decir nada, cada uno intrigado por la rareza del otro, en un trance misterioso de reconocimiento, que enseguida se convierte en fraternidad. Don Quijote *le fue a abrazar y le tuvo un buen espacio estrechamente entre sus brazos, como si de luengos tiempos le hubiera conocido.* Es don Quijote quien abraza, y el otro el que quiere observarlo con más detalle: *le apartó un poco de sí y, puestas sus manos en los hombros de don Quijote, le estuvo mirando, como que quería ver si le conocía.* Cada uno de los dos está reconociendo el trastorno del otro, los dos unidos en el asombro ante una presencia inusitada que el sexto sentido de la locura o la racionalidad que hay oculta tras ella les permite adivinar. Quizás en ese instante la locura visible del otro le permite a cada uno de los dos sentirse cuerdo; quizás los dos intuyen la parte de concienzuda representación que hay tras el desatino. En el perspectivismo extremo de Cervantes cobra igual importancia la mirada de cada uno de los dos. Quizás Cardenio también se fija, como el guardia de los galeotes, en que don Quijote, tan solemne, lleva en la cabeza una bacía de barbero torcida, tan absurda como una cacerola. *No hacía sino mirarle y remirarle y tornarle a mirar de arriba abajo.*

40

Pero la locura de don Quijote, circunscrita al ámbito de la caballería andante, y sin embargo inocua o inexistente en los demás aspectos de la vida, no tiene nada de excepcional. En realidad es la forma más común de locura: una locura emocional, intelectual, ideológica. Casi todo el mundo ha tenido alguna vez convicciones o apasionamientos que lo han llevado a sostener una idea equivocada precisamente de las cosas que más le importaban, e incluso a actuar con insensatez o temeridad en una faceta particular de la vida, mientras que en todas las demás mantiene lo que parece una sólida cordura. Personas de una extraordinaria inteligencia y muy competentes en el campo de su especialidad, incluso científica, se entregan sin reparo a temibles alucinaciones ideológicas, y son capaces de hacer compatible el fanatismo con la realidad, la física teórica con la fe en las apariciones de la Virgen María, la mesura y la seriedad profesional con fábulas paranoicas y hasta criminales sobre la patria o sobre la felicidad colectiva. Ernesto Guevara, eficiente y frío mandamás del régimen comunista en Cuba, y también lector de *Don Quijote*, abandonó más o menos en secreto sus cargos políticos para lanzarse a una aventura guerrillera en las selvas de Bolivia, tan poseído por sus fantasías de revolución continental como don Quijote de las suyas de ganar reinos y proteger a los débiles y a los perseguidos con el valor de su brazo. Antes de la que podríamos llamar su última salida, Guevara anotó en su diario: *Ya siento apretar con mis talones los ijares de Rocinante.*

La ceguera privada solo conduce a la frustración o al desengaño personal. Un hombre o una mujer enamorados eligen no ver a la persona real que tienen delante, sino que construyen en torno a ella un personaje a la medida de sus fantasías, una Dulcinea etérea a la que desean y por la que sufren, y que en la realidad, y a la vista de otros, carece de las virtudes y los atractivos que el enamorado ve en ella. La ceguera pública, el quijotismo colectivo, proyecta sobre el mundo real las alucinaciones de un libro, y lo toman como guía de comportamiento, y como justificación de sus barbaridades, y de sus impulsos agresivos y hasta criminales. La Biblia, el Corán, el *Manifiesto comunista*, *Mein Kampf* han trastornado muchas más cabezas que *Amadís de Gaula*, y han causado mucho más daño al mundo.

El idealismo de don Quijote es atolondrado y doctrinario. Empeñado en hacer el bien según las enseñanzas de sus libros, y sin pararse a mirar lo que sus ojos están viendo —y aquello de lo que Sancho muchas veces le advierte—, don Quijote ni escarmienta ni sufre remordimiento alguno por los desastres que ha causado. Deja tullido de un lanzazo a un pobre hombre que no le ha hecho nada y se va tan contento, convencido de haber culminado una hazaña más. Por fortuna las catástrofes que don Quijote puede provocar son muy limitadas, a diferencia de las de los quijotismos ideológicos del siglo XX. Pero lo que salva a don Quijote no son sus presuntos ideales, caballerescos o justicieros, sino su fondo de bondad y candidez, según sabe mejor que nadie Sancho Panza: *no tiene nada de bellaco; antes, tiene un alma como un cántaro; no sabe hacer mal a nadie, sino bien a todos, ni tiene malicia alguna: un niño le hará entender que es de noche en la mitad del día...*

Fue Borges quien observó que don Quijote no mata a nadie.

41

Leí *Don Quijote* igual que leía todo lo que cayera en mis manos, *hasta los papeles rotos de las calles.* Leía tebeos, novelillas baratas de las que se vendían en los kioscos, novelas del Oeste, de gangsters, de espías, de aventuras espaciales. En los soportales de la plaza de Úbeda había puestos ambulantes que llamaban «los carrillos», y en ellos, además de todo tipo de baratijas, juguetes, bolsas de pipas, cigarrillos sueltos, se vendían y alquilaban tebeos y novelas de segunda mano. Se alquilaban por unos céntimos para ser leídos allí mismo, sobre la marcha. Había quien los leía ávidamente de pie, y quien se sentaba con más sosiego a leer en los escalones de las casas cercanas, a la sombra de los soportales. Todo anunciaba los esplendores de la ficción: las ilustraciones en las portadas de los tebeos y novelas, los carteles de los estrenos de cine, y sobre todo los paneles en los que se montaban sobre bastidores de madera fotogramas de las películas, secuencias inconexas que daban una idea prometedora y fragmentaria del argumento.

Ahora me doy cuenta de que lo que ofrecían la mayor parte de aquellas ficciones filmadas, dibujadas o escritas eran versiones de los libros de caballerías y de los romances de amor y aventuras sentimentales que le gustaban tanto a Cervantes, y a sus personajes, y a la mayoría de sus contemporáneos. El héroe de las películas del Oeste que veíamos en los cines de verano era un caballero andante que cabalga siempre para derrotar a malvados, auxiliar a desvalidos, seducir castamente a mujeres hermosas, salir victorioso en combates en los que la rapidez y puntería de su revólver equivale a la destreza con la espada o la lanza de los caballeros antiguos.

El caballero andante era unas veces un pistolero del Oeste y otras un héroe del espionaje como James Bond y como los innumerables sucedáneos que triunfaban en el cine de los últimos años sesenta, dotados de poderes tan fantásticos como Amadís de Gaula, luchando él solo y venciendo con el valor de su brazo a monstruos y gigantes que eran plutócratas dispuestos a dominar el mundo o a destruirlo en conflagraciones nucleares. En las películas de ciencia ficción los caballeros andantes vestían trajes y escafandras espaciales en vez de armaduras. El héroe más popular y el más andante de los tebeos era el Capitán Trueno, que vivía sus aventuras en una Edad Media como la de los libros de caballerías, vagando de un lado a otro del mundo, a veces en un globo aerostático que había construido para él una maga llamada Morgana, pariente lejana de Urganda la Desconocida. La Dulcinea del Capitán Trueno era una princesa rubia que reinaba no en el Toboso sino en la isla nórdica de Thule, tan inverosímil como el reino Micomicón de Etiopía, y su escudero comilón se llamaba Goliath, y disfrutaba tanto en los festines con los que se agasajaba a su señor después de las victorias como Sancho Panza en las bodas de Camacho.

Algunos niños preferíamos al Capitán Trueno, pero había otros que coleccionaban los tebeos del Jabato, caballero andante de la época del Imperio romano. Su escudero fuerte y comilón era Taurus; su dama, una belleza morena de Hispania que se llamaba Claudia; y también iba con él una especie de poeta, músico y bufón, Fideo de Mileto, que llevaba siempre una corona de laurel y una lira, atributos de saldo de un simbolismo pagano todavía no extinguido del todo cuatro siglos después de que Cervantes se burlara de él en su largo poema *Viaje del Parnaso.*

42

A don Quijote, tan lector y tan imaginativo, tan devoto del heroísmo, algo que no parece excitarle la fantasía son las historias verdaderas que cuentan los cronistas de Indias, ni los testimonios en primera persona de algunos conquistadores, que relatan aventuras más extraordinarias que las de los libros de caballerías. Una sola vez alude, de pasada, a la hazaña legendaria de Hernán Cortés cuando dejó embarrancadas sus naves para negarse a la indignidad de una retirada. En la biblioteca de don Quijote está el poema heroico de Alonso de Ercilla, amigo o conocido de Cervantes, sobre la conquista de Chile, la briosa *La Araucana*, que el cura y el barbero salvan de la quema, pero don Quijote nunca la cita, él que tiene una memoria tan fértil en recuerdos de aventuras ficticias. A lo largo de la novela, docenas de personajes estrafalarios cuentan sus vidas: ninguno de ellos ha estado en las Indias. Sabemos de oídas que un hermano del capitán Viedma, el cautivo de Argel, se ha hecho rico *en el Pirú*, pero no se dice cómo. Precisamente el otro hermano, el imperioso oidor, viaja a Sevilla con gran pompa en un coche para embarcarse hacia América, donde tendrá un alto cargo. Las Indias son el espacio en blanco de los altos escalafones burocráticos, no una desmedida geografía de naturaleza inimaginable en España, donde pululan gentes de figuras y costumbres inauditas. La dama a la que escolta el vizcaíno también va a Sevilla para embarcarse junto a su marido, *que pasaba a las Indias con un muy honroso cargo*. América no es una tierra de conquistadores, ni de escenarios fantásticos de aventuras, sino de funcionarios vestidos de negro, clérigos y frailes.

El horizonte imaginativo y vital de Cervantes es el Mediterráneo. Es un hombre que sigue viviendo mentalmente en el tiempo de su juventud, el de la batalla de Lepanto, la amenaza marina de los turcos, el poderío político y comercial de Venecia, el enclave pirata y esclavista de Argel. En los años de su vejez y su creciente visibilidad literaria, el mundo europeo había virado hacia el Atlántico, pero su mentalidad ya no podía cambiar. Estuvo en una misión secreta en Lisboa y Orán, y solicitó en vano puestos en América, pero su interés parece que fue exclusivamente administrativo. Qué raro que una imaginación y una curiosidad tan poderosas no se vieran estimuladas por aquellos mundos tan desconocidos, tan prometedores. Hacia el oeste, la tierra se acababa para él en Sevilla y en Lisboa. Carrizales, el viejo celoso, ha pasado veinte años en Perú y ha amasado una fortuna, pero no se cuenta nada de cómo la hizo. Debió de ser explotando esclavos indígenas en las minas de plata, pero esa parte oscura de la historia no llega a saberse.

43

Las películas, igual que los libros leídos en voz alta en tiempos de Cervantes, se convertían para nosotros en narraciones orales. Un grupo de niños rodeaba con curiosidad ansiosa al que había visto la noche anterior una película en el cine de verano. Contar películas era una variedad del arte narrativo. A la mañana siguiente, después de ver una película a la que yo no había ido porque era de mayores, mi madre me la contaba con todo lujo de detalles, exigidos por mí. El corro de niños se formaba junto al escalón de una casa, sobre los adoquines o el suelo de tierra en el que se había estado jugando antes a las bolas. Si el narrador tenía algo de destreza los otros lo miraban y lo escuchaban con la misma atención que si estuvieran congregados ante la pantalla del cine. También las mujeres y las niñas se contaban películas, pero ellas preferían las que eran de amores o de llorar. A la mujer y a la hija del ventero aficionado a los libros de caballerías lo que le gustan no son los relatos de batallas sino los de los amores entre los caballeros y las damas. Las películas *de llorar* eran mexicanas y además en blanco y negro, y trataban de esposas abandonadas, de seductores sin escrúpulos, de hijos ilegítimos. A los varones, niños y adultos, les parecían tan detestables como aquellas otras, también en blanco y negro, que trataban de gente pobre y de vidas comunes, y en las que no pasaba nada, y sucedían en lugares y a personajes muy parecidos a nosotros.

En las proyecciones de las películas mexicanas la luz de la pantalla iluminaba en la sala caras de mujeres relucientes de lágrimas. Las mujeres gritaban insultos a los malvados de pelo aceitoso y bigote negro que abandonaban a sus seducidas después de dejarlas embarazadas, o que prohibían a sus hijos y herederos casarse con las muchachas humildes —a veces de oculto origen nobiliario— de las que se habían enamorado.

Los argumentos del romance caballeresco y del romance sentimental eran tan invariables como en tiempos de Cervantes. Tan avariciosamente como leía libros y tebeos, y veía películas, yo procuraba escuchar cada tarde los seriales radiofónicos que apasionaban a las mujeres en mi casa: niños o niñas abandonados al nacer, hombres despóticos que abusaban de muchachas de clase trabajadora, galanes jóvenes que se enamoraban de una chica bella pero muy pobre que resultaba ser hija natural, y al final reconocida, de una dama aristocrática que tuvo que abandonarla al nacer porque era hija del pecado.

44

En la galería de mujeres de la novela, la hija del ventero es una presencia sigilosa y asidua, un personaje menor en el que es fácil no reparar, como esas personas de la vida real que se vuelven invisibles porque están rodeadas de gente ruidosa, o porque prefieren quedarse al margen: *... una hija suya, doncella, muchacha y de muy buen parecer.* Ni siquiera llegamos a saber su nombre. De pronto interviene en la conversación entre su madre y Sancho Panza para contar un sueño: *A mí me ha ocurrido muchas noches soñar que caía de una torre abajo, y que nunca acababa de llegar al suelo, y cuando despertaba del sueño hallábame tan molida y quebrantada como si verdaderamente hubiera caído.* Don Quijote va a salir de la venta, y entre la gente que lo mira irse está la muchacha, a la que absurdamente el caballero ególatra le ha atribuido una pasión secreta por él: *Mirábale también la hija del ventero, y él también no quitaba los ojos della, y de cuando en cuando lanzaba un suspiro.*

Cuando se anima en la venta la discusión sobre los libros de caballerías, todo el mundo parece que habla al mismo tiempo, y una vez más nos hemos olvidado de la hija del ventero. Pero al preguntarle el cura su opinión —el cura lector siempre quiere estar debatiendo sobre literatura— nos acordamos de la presencia de la muchacha, como si nos la mostrara un movimiento de cámara. El cura es ese indagador atento a todo que en un debate acalorado quiere saber la opinión del que guarda silencio. Su delicadeza es extraordinaria: entre tantos hombres, le está preguntando a una mujer, una adolescente: *¿Y a vos qué os parece, señora doncella?* Y la que estaba escuchando sin abrir la boca rompe a hablar fogosamente y rebela de golpe todo lo que la agitaba por dentro: *No sé, señor, en mi alma también yo lo escucho, y en verdad que, aunque no lo entiendo, que recibo gusto en oíllo, pero no gusto yo de los golpes que mi padre gusta...*

Después vienen otras historias y nos olvidamos por completo de la hija del ventero. No le corresponde ningún papel en la trama. Podía no haber aparecido y nada habría sido distinto en la novela. Se lee ahora el relato de *El curioso impertinente*, interrumpido luego por un delirio de don Quijote, cuando pelea en sueños con un gigante y quiere decapitarlo clavando desastrosamente su espada en las botas de vino. En medio del ruido y del griterío, aparece de nuevo esa figura menor, a un lado de la escena, como los curiosos que observan en los márgenes de una pintura el milagro o el martirio de un santo: *La hija del ventero callaba, y de cuando en cuando se sonreía.*

45

Era el primer año de mi vida de estudiante en Granada, en un piso compartido, feo y estrecho, interior, más inhóspito aún porque mis compañeros y yo éramos bastante puercos, a la manera masculina y tardoadolescente. A veces me faltaba dinero hasta para comer. Había recibido un paquete de comida que me mandaba mi madre. Pasando tanta necesidad en Granada, y comiendo tan mal, aquellos manjares que revelaban su vista y su olor al levantar la tapa de cartón eran un paraíso: chorizos prietos y muy rojos, morcillas negras, butifarras reventonas, botes de aceitunas aliñadas por mi madre y mi abuela, de ensalada de pimientos rojos, tajadas de lomo sumergidas en manteca, los lujos terrenales de la matanza y de la cocina popular. Uno de mis compañeros de piso era poeta, y había publicado ya un libro, lo cual a mí me impresionaba mucho. Venía de mi misma tierra y casi del mismo mundo que yo, pero se consideraba por encima, con su libro de versos y las cartas elogiosas que recibía de importantes literatos a los que se lo había enviado. Me vio abrir el paquete y comer con avidez de hambriento, y me dijo, complaciéndose en el calificativo, repitiéndolo muchas veces, siempre con la misma carcajada: «Eres sanchesco».

46

El viaje de don Quijote es a la vez un relato de ficción y un ejercicio itinerante de crítica literaria. A lo largo de los caminos y las ventas don Quijote encuentra las formas más variadas de la vida real y al mismo tiempo las representaciones literarias que la muestran o la encubren. Encuentra cabreros y pastores dedicados a sus duras ocupaciones y también a pastores ficticios de historias pastoriles que pasan lujosamente el tiempo componiendo poemas e intercambiando suspiros y confidencias amorosas. Los pastores de la realidad son pobres, hablan con rudeza, se alimentan de tasajos de cabra hervida, queso duro y bellotas. Los pastores de las historias pastoriles son ricos y ociosos. La literatura es una cuestión de clase. Los pastores de la realidad cantan ásperos romances acompañándose con un rabel. Grisóstomo, el falso pastor privilegiado y suicida, se expresa en versos de arte mayor. Tiziano o Giorgione podrían haber pintado la fábula de Grisóstomo y Marcela. La de los pastores de cabras con los que cena don Quijote pertenece a Bruegel. Y también estarían cerca de los campesinos con pies grandes y sucios y manos musculosas de trabajadores que escandalizaban en los cuadros de santos de Caravaggio.

Don Quijote encuentra a delincuentes condenados a galeras y escucha sus historias y sus formas particulares de hablar, y al hacerlo se ve también confrontado con el género literario de la picaresca. Ginés de Pasamonte es un delincuente y es el autor de un libro sobre su propia vida, como contó la suya Lázaro de Tormes y la ha contado hace poco con tanto éxito el Guzmán de Alfarache de Mateo Alemán. En las primeras horas de su primera salida don Quijote imagina y hasta improvisa en voz alta la prosa retorcida del cronista que contará su historia en un libro de caballerías: *Apenas había el rubicundo Apolo tendido sobre la faz de la ancha y espaciosa tierra las doradas hebras de sus hermosos cabellos...*

La picaresca, el relato pastoril, los libros de caballerías, las novelas sentimentales, los testimonios de cautivos, los sonetos de amaneramiento petrarquista, los cuentecillos populares: todas las formas de narración y de invención verbal están incluidas en la novela y confrontadas y mezcladas con las facetas de la realidad a las que se corresponden, y así se revela su validez o su artificio, su posible ridículo, su irrelevancia en el mundo real. Leída aisladamente, la *Canción desesperada* que Grisóstomo dedicó a Marcela poco antes de quitarse la vida es una pieza literaria admirable, de una poderosa elocuencia, un arrebato pasional ennoblecido por los lujos retóricos del humanismo. Pero cuando el poema termina, y aparece Marcela, y toma la palabra, su discurso pone ante nosotros una visión de lo real que es más verdadera y también más justa, porque de pronto estamos escuchando a una mujer que no es un arquetipo de belleza y crueldad, según los cánones de un género literario en el que no cabe su libre albedrío. Los versos tan bien medidos y rimados de la *Canción* se quedan en puro juego verbal al contrastarlos con la franqueza serena, la limpia rebeldía de Marcela.

No basta que la literatura se mida con la literatura. Importa más que se mida con la vida misma. El tono de la narración y la textura de la prosa se modifican al mismo tiempo que la historia prosaica del caballero y su escudero deriva hacia la fantasía de un género literario tan establecido como el pastoril: como si en una novela de John le Carré, por ejemplo, George Smiley se viera confrontado con James Bond, o el Philip Marlowe de Raymond Chandler, hospedado por azar en una mansión de campo inglesa, tuviera que resolver un asesinato de novela de Agatha Christie. *Tanto la mentira es mejor cuanto más parece verdadera, y tanto más agrada cuando tiene más de lo dudoso y posible.* Cervantes hace al mismo tiempo ficción y crítica de la ficción. Pero no teoriza ni monologa, a la tediosa manera de Mateo Alemán. El escrutinio de los libros de la biblioteca de don Quijote que llevan a cabo el cura y el barbero es una rigurosa evaluación crítica de la literatura contemporánea: también es un relato vigoroso, cómico, agitado, conversado, con los personajes haciendo cosas y hablando al mismo tiempo, sacando libros, examinándolos, tirándolos por la ventana hacia el corral. El canónigo de Toledo es sin duda portavoz de las opiniones de Cervantes, pero es sobre todo un personaje de cuerpo entero, que actúa y no solo habla, que cabalga a la cabeza de su séquito con la autoridad de su alta posición, y que expresa sus puntos de vista con seguridad y hasta arrogancia. El canónigo observa la locura de don Quijote con una mezcla de piedad y desdén, porque no puede sentir respeto hacia un hombre que se toma en serio los libros de caballerías y los confunde con la realidad: para enjuiciar con buen criterio la literatura hace falta siempre reflexionar sobre el lugar que ocupa en la vida de los lectores y el efecto que tiene sobre ellos.

Por eso, después de cada uno de los discursos tan bien elaborados de don Quijote, viene la advertencia de su inutilidad: como un globo que se hincha con gran empeño y a continuación estalla por culpa de un solo pinchazo. Después de las dos tandas de consejos que le da don Quijote a Sancho Panza, a punto de ser gobernador de la ínsula Barataria, sobre asuntos tan graves como la ética del gobierno y la buena presencia y gravedad de los que lo ejercen, páginas de un destilado humanismo, Sancho desbarata toda su solemnidad: *Bien veo que cuanto vuestra merced me ha dicho son cosas buenas, santas y provechosas, pero ¿de qué me han de servir, si de ninguna me acuerdo?* Se esfuerza, sin embargo, y logra rescatar algo de los consejos de don Quijote: *aquello de no dejarme crecer las uñas.*

47

Marcela es una aparición; Dorotea es una sostenida presencia. Marcela es una belleza casta que declara en voz alta su verdad y las razones de su rebeldía y luego se pierde para siempre en la espesura de un bosque, como una Diana cazadora. Marcela y Dorotea vienen del mismo origen de clase, los labradores ricos que han hecho fortuna con su propio esfuerzo, aunque no tienen linaje nobiliario, y ni siquiera categoría de hidalgos, pero por eso se enorgullecen todavía de lo que han logrado, y de la limpieza de sus credenciales: *gente llana*, dice Dorotea de sus padres, *sin mezcla de alguna raza malsonante, y como suele decirse, cristianos viejosranciosos.* Es la misma vanidad de Sancho Panza, cuando alardea de sus *cuatro dedos de enjundia de cristianos viejos.* Marcela se siente inclinada hacia el retiro y la vida agreste, en una comunidad de mujeres que escapan de la dominación de los hombres. Dorotea es desde muy joven una mujer práctica y despierta que ayuda a sus padres en la administración de una hacienda opulenta. *Por mí se recibían y despedían los criados; la razón y cuenta de lo que se sembraba pasaba por mi mano: los molinos de aceite, los lagares del vino, el número de ganado mayor y menor, el de las colmenas.* Hay una complacencia en la narración de esos trabajos; en la enumeración de los bienes y la abundancia de sus frutos, una desenvoltura de dinamismo económico en una sociedad paralizada por la obsesión del rango y la limpieza de sangre y el desprecio hacia el trabajo manual. Los padres de Dorotea son vasallos de unos duques que serán sin duda tan haraganes y derrochadores como los de la novela de 1615. Pero sus tierras fértiles y bien labradas y gobernadas por esta familia campesina producen cosechas de vino y cereal muy rentables, así como todo tipo de ganados, y hasta esos ricos panales de miel.

Marcela es una mujer que se retira del mundo; Dorotea tiene las facultades y la inclinación para instalarse provechosamente en él, y como es tan activa, cuando no está dirigiendo a los hombres que trabajan en las tierras administradas por sus padres, se pone a coser, o a bordar, o a tocar el arpa, porque le gusta mucho la música, o a leer libros de devoción, aunque no parece que tenga la paciencia para pasar muchas horas en la iglesia. También sabemos que es una gran lectora de libros de caballerías, como lo fue de niña Santa Teresa de Jesús, y está tan empapada de ellos que no le cuesta ningún esfuerzo hacerse pasar ante don Quijote por la gran princesa Micomicona de Etiopía.

Las dos mujeres vindican con igual vehemencia una irreductible libertad personal: *yo nací libre y para poder vivir libre escogí la soledad de los campos*, proclama Marcela; *tengo libre condición y no gusto sujetarme; ni quiero ni aborrezco a nadie*. Marcela pone su libertad por encima de cualquier lazo humano. Ha huido para no someterse ni atarse a nadie. Dorotea también huye, y abandona su casa vestida de hombre, pero lo hace para buscar al aristócrata que la ha seducido con promesas falsas y la ha traicionado, pero al que tampoco ha querido someterse, incluso cuando se ha entregado a él: *tu vasalla soy, pero no tu esclava; ni tiene ni debe tener imperio la nobleza de tu sangre para deshonrar y tener en poco la humildad de la mía; y en tanto me estimo yo, villana y labradora, como tú, señor y caballero.*

La elocuencia de las dos mujeres exalta con igual entereza el albedrío personal, la determinación de vivir la propia vida en libertad al precio que sea. Dorotea se lanza intrépidamente a los caminos disfrazada de hombre y con la ayuda de un criado. Se esconde como Marcela en el interior de la sierra cuando le llega la noticia de que sus padres están buscándola. Su arrojo no cesa ni cuando se ve más vulnerable. El criado que la había acompañado lealmente decide aprovechar la soledad del campo para intentar forzarla. La respuesta de Dorotea es tajante: *con mis pocas fuerzas, y con no poco trabajo, di con él por un derrumbadero, donde le dejé, no sé si muerto ni vivo.*

Dorotea es más atractiva aún porque tiene el don de la metamorfosis. Pareció al principio un muchacho campesino de extraordinaria belleza y con solo quitarse la montera y echar a un lado la cabeza despliega una gran melena rubia y ahora es una mujer. Pero como ya no tiene necesidad de seguir disfrazándose, *sacó luego Dorotea de su almohada una saya entera de cierta telilla rica y una mantellina de otra vistosa tela verde, y de una cajita, un collar y otras joyas, con que en un instante se adornó de manera que una rica y gran señora parecía* (es el prodigio de la escritura de Cervantes: la secuencia de la frase se corresponde con el despliegue de la acción que describe).

Sancho se la queda mirando y lo sobrecoge su belleza. *Pero el que más se admiró fue Sancho Panza, por parecerle (como así era verdad) que en todos los días de su vida había visto tan hermosa criatura.* Dorotea es arrebatadora, pero también visiblemente sensual, a diferencia de todas las demás mujeres jóvenes de la novela. Es la única que llama a las cosas por su nombre. Dice, contando el asedio a que la sometió don Fernando: *estos recatos míos [...] debieron ser causa que avivara más su lascivo apetito, que este nombre quiero dar a la voluntad que me mostraba.* En circunstancias semejantes, otras mujeres en las historias de Cervantes muestran una castidad incorruptible. Dorotea no tiene pudor en reconocer que es sensible a los halagos, al atractivo físico y a la posición social del galán que la asedia, *porque me daba un no sé qué de contento verme tan querida y estimada de un tan principal caballero.* A cada momento sucede un nuevo avance en la seducción: *apretóme más entre sus brazos, de los cuales jamás me había dejado.* Y con franqueza descarnada se atestigua la culminación no del todo forzada del encuentro: *Y con esto, y con volverse a salir del aposento mi doncella, dejé yo de serlo.* Igual de franca es la descripción de las ganas de marcharse cuanto antes que siente el seductor cuando ha logrado lo que perseguía: *El día que sucedió a la noche de mi desgracia se venía no tan apriesa como yo pienso que don Fernando deseaba; porque después de cumplido aquello que el apetito pide, el mayor gusto que puede venir es apartarse de donde le alcanzaron.*

Dorotea es una observadora perspicaz del deseo masculino. Y tampoco tiene mucho reparo en seguir el suyo propio. Sancho Panza, que nunca deja de observarla —en ningún otro momento presta tanta atención a una mujer—, se fija en la venta en lo que nadie más ha parecido reparar, y lo expresa con tanta tosquedad como agudeza, *porque, a ser lo que ella dice, no se anduviera hocicando con alguno de los que están en la rueda, a vuelta de cabeza y a cada traspuesta.* Al oír a Sancho, tan claro en sus palabras como ella, Dorotea se pone colorada, *porque era verdad que su esposo don Fernando, alguna vez, había cogido con los labios parte del premio que merecían sus deseos*: no hay manera más delicada y más visible de mostrar la impaciencia con que un hombre y una mujer que se desean buscan cada momento para acariciarse y besarse en un lugar lleno de gente donde no tienen manera de encontrarse a solas.

48

En el *Don Quijote* improvisado y experimental de 1605 Cervantes se complace en el relato de la violencia física extrema, si bien nunca mortal. El mundo del caballero y su escudero es de una brutalidad cotidiana que provoca risa y diversión en quienes asisten a ella, y la provocarían redoblada en quienes la leyeran en voz alta y quienes la escucharan. Don Quijote recibe palos y pedradas, pero él también puede ser muy violento. A un arriero, en la primera venta, lo ataca con la lanza *y dio con ella tan grande golpe en la cabeza que le derribó en el suelo.* Pero al arriero que viene después lo golpea con más furia todavía: *alzó otra vez la lanza y sin hacerla pedazos hizo más de tres la cabeza del pobre arriero, porque se la abrió por cuatro.*

Poco después, cuando don Quijote está caído indefenso delante de los mercaderes de Toledo, un mozo de mulas, *que no debía de ser muy bien intencionado, [...] tomó la lanza y después de haberla hecho pedazos con uno solo dellos comenzó a dar a nuestro don Quijote tantos palos que a despecho y pesar de sus armas le molió como cibera.* Sus amos le gritan que pare, pero el mozo está ebrio de su propia crueldad y sigue golpeando, *y no quiso dejar el juego hasta envidar todo el resto de su cólera, y acudiendo por los demás trozos de la lanza los acabó de deshacer sobre el miserable caído, que con toda aquella tempestad de palos que sobre él llovía no cerraba la boca, amenazando al cielo y a la tierra...* Hay que leer despacio para calibrar el grado de la violencia que se nos está mostrando; también el gusto con que el narrador se recrea en ella.

La crueldad se ejerce tan sin reparo contra los animales como contra las personas. A Sancho lo mantean en la venta *como a perro por Carnestolendas,* lo cual nos revela festivamente y como de pasada una tradición brutal. Imaginamos el terror de un perro al que fuerzan a subir y bajar rebotando sobre una manta extendida y las carcajadas y los gritos de júbilo de quienes lo atormentan. Cuando Rocinante se acerca tan inoportunamente a un rebaño de yeguas, los mozos que las cuidan *acudieron con estacas, y tales palos le dieron que le derribaron malparado en el suelo.* Son más de veinte hombres vigorosos agrediendo a estacazos a un solo animal flaco y desvalido, los mismos que un poco después se abaten al unísono sobre don Quijote y Sancho: *Acudieron a sus estacas y cogiendo a los dos en medio, comenzaron a menudear sobre ellos con grande ahínco y vehemencia. Verdad es que al segundo toque dieron con Sancho en el suelo, y lo mismo le avino a don Quijote, sin que le valiera su destreza y buen ánimo [...] donde se echa de ver la furia con que machacan estacas puestas en manos rústicas y enojadas.*

En la oscuridad de la noche en la venta la violencia adquiere una desmesura entre de gran guiñol y crudo derramamiento de sangre. El arriero amante de la criada Maritornes *enarboló el brazo en alto y descargó tan terrible puñada sobre las estrechas quijadas del enamorado caballero que le bañó toda la boca en sangre; y no contento con eso, se le subió encima de las costillas, y con los pies más que de trote se las paseó todas de cabo a rabo.* Bajo el peso y los pisotones del arriero se rompe el camastro frágil donde yace don Quijote. Y un poco después, un cuadrillero ofendido por algo que le ha dicho el caballero ensangrentado y tirado en el suelo, *alzando el candil con todo su aceite dio a don Quijote con él en la cabeza, de suerte que le dejó muy bien descalabrado.*

No parece que vaya a haber fin a la violencia. Después de haber sido apaleado por yangüeses, descalabrado con un candil, golpeado en la boca y pisado en las costillas por un arriero, justo a la mañana siguiente don Quijote ataca a los rebaños de ovejas a los que imagina ejércitos y sucumbe a las pedradas que le lanzan con sus hondas certeras los pastores: *Llegó en esto una peladilla de arroyo y, dándole en un lado, le sepultó dos costillas en el cuerpo.* La descripción del daño es jubilosa y quirúrgica: *... llegó otra almendra y diole en la mano y en el alcuza, tan de lleno que se lo hizo pedazos, llevándole de camino* *tres o cuatro dientes y muelas de la boca, y machacándole malamente dos dedos de la mano.*

Parece que oímos las carcajadas de los que leen estos pasajes en voz alta y los que escuchan la lectura. La risa brota con más felicidad cuando es colectiva. Que *el melancólico se mueva a risa* es una de las aspiraciones que el *amigo discreto* de Cervantes le sugiere en el prólogo. La hija del ventero, una muchacha tan delicada y dulce, se muere de risa igual que Maritornes cuando entre las dos engañan a don Quijote y lo dejan varias horas colgando dolorosamente de una cuerda atada a una ventana, y se ríen más aún cuando al hacerse de día cortan la cuerda, haciendo que se desplome con todas sus armas contra el suelo.

Pero el espectáculo más cruel de violencia extrema y brutales carcajadas colectivas sucede de improviso muy cerca del final de *El ingenioso hidalgo*, cuando ya parecía que la historia iba derivando con cierta prisa y desaliño y sin incidentes mayores hacia su conclusión. Quizás por eso es un episodio del que uno se olvida, y se sorprende de encontrarlo en una nueva lectura. La comitiva de don Quijote encerrado en el carro de bueyes se ha detenido a descansar y a comer en un prado. Ha llegado un pastor y ha contado a los comensales una historia, que a esas alturas, después de haber escuchado tantas, ya parece algo superflua. Es una escena tranquila, en uno de esos lugares frescos y apacibles que le gustan a Cervantes para que sus personajes descansen y se alivien del calor, y que pertenecen más a la geografía de la literatura caballeresca o pastoril que a la aspereza habitual de los campos manchegos.

Entonces estalla la violencia, con esa velocidad que la vuelve inexplicable para quienes la presencian. El pastor que parecía tan agradable se enreda a golpes y luego a insultos con don Quijote, presa de uno de sus temibles accesos de cólera. La escena es de una extraordinaria precisión narrativa, de un ritmo tan rápido y entrecortado como la pelea que describe: *Y, diciendo y haciendo, [don Quijote] arrebató un pan que junto a sí tenía, y dio con él al cabrero en todo el rostro, con tanta furia, que le remachó las narices; mas el cabrero, [...] sin tener respeto a la alfombra, ni a los manteles, ni a todos aquellos que comiendo estaban, saltó sobre don Quijote, y asiéndole del cuello con entrambas manos no dudara de ahogalle, si Sancho Panza no llegara en aquel punto, y le asiera por las espaldas, y diera con él encima de la mesa, quebrando platos, rompiendo tazas y derramando y esparciendo cuanto en ella estaba...*

Pero lo más perturbador son las reacciones de los espectadores: el barbero, tan gran amigo de don Quijote, ayuda al pastor en su ataque, por pura diversión. Y todos los demás, en vez de poner fin a la pelea, disfrutan sin ningún escrúpulo de ella, incluidos el cura y el canónigo de Toledo, que hasta un poco antes han mantenido una conversación erudita y sofisticada sobre literatura: *Reventaban de risa el cura y el canónigo, saltaban los cuadrilleros de gozo, zuzaban los unos y los otros, como hacen a los perros cuando en pendencia están trabados.*

49

En las películas y en las novelas, hasta en los seriales de la radio, los personajes principales montaban gallardamente a caballo, con sillas de cuero recio y espuelas. Nosotros teníamos más trato con burros y mulos muy castigados por el trabajo, y cuando íbamos montados en ellos era sobre albardas, y con los pies colgando a los lados, como Sancho sobre su jumento. Yo sabía ponerle la albarda a un mulo y ajustarle bien la cincha en el vientre, para que no se le soltara como al pobre Rocinante, al que Sancho le traba las patas delanteras para que no se mueva, en la aventura de los batanes, usando un nudo que yo también sabía hacer cuando llevaba a nuestros animales a pastar en algún barbecho. Sabía cómo eran los camaranchones de la venta, porque los había en lo alto de mi casa. Cuando don Quijote mira a Sancho manteado por encima de las bardas del corral no tenía que imaginar nada, porque estaba viendo las que separaban los corrales de las casas campesinas. Y conocía igual de bien el pilón en el corral de la venta donde los arrieros llevan a abrevar a sus animales al final del día, y esos desvanes o cobertizos traseros en los que don Quijote tenía arrumbadas las armas de sus bisabuelos, que en el caso de mi familia eran herramientas viejas de labranza. Y en las altas varas de varear los olivos veía sin dificultad la lanza de don Quijote.

No había una biblioteca, ni una estantería para libros, ni un sillón en el que sentarse a leer, ni lámparas para alumbrar la lectura. Había bombillas peladas colgando del techo, del que colgaban también morcillas, ristras de chorizos, racimos de uvas que se irían consumiendo a lo largo del invierno. Había tinajas en las que al asomarse se veía el brillo del aceite, como el agua en un pozo, y que a don Quijote le habrían provocado tal vez el mismo ataque de nostalgia que las *tobosescas tinajas* que encuentra en casa de don Diego de Miranda.

Los pocos libros que teníamos parecían pertenecer a un pasado lejano, tan anacrónicos como los candiles de aceite que ya no se encendían, o como una sombrilla inexplicable, de seda blanca amarilleada por el tiempo, con un puño de marfil, igual a las que se veían en algunas películas de época. Nunca supe a quién había pertenecido, desde luego a ninguna mujer de mi familia. La sombrilla estaba en un baúl que yo examinaba furtivamente bajo el techo inclinado de un pajar, y que olía a antigüedad y a tiempo muerto cuando se levantaba la tapa. Era el baúl en el que encontré *Don Quijote* y los otros libros, y un ejemplar de una revista que se llamaba *Cosmópolis*, y que yo de algún modo asociaba a la sombrilla, porque el tacto de sus páginas satinadas era tan suave, y tan raro para mí, como el de la seda y el puño de marfil. Era una revista de alta sociedad, que quizás provenía de los salones de los señores en el cortijo. Tenía la fecha para mí remota de 1929. Había fotos de damas vestidas de blanco y con bellos sombreros de campana, de recepciones en palacios aristocráticos, de hombres a caballo compitiendo en algún deporte exótico, o vestidos con pantalón corto y calcetines blancos, jugando al tenis, todos con el pelo como lacado, con el mismo brillo de las chisteras.

50

La gran lección del arte de la novela es la diversidad: también es su sustancia. No la diversidad como de catálogo reglamentario de identidades sexuales o étnicas o patrióticas que se lleva ahora, sino la pura variedad desordenada de todas las personas y todas las cosas de la vida, el mareo de que no haya ni dos caras ni dos cosas que sean exactamente iguales, de que cada voz de cada ser humano sea distinta, igual que lo son las hablas, los vestidos, los oficios, los intereses, las maneras de percibir una realidad que parece mostrarse invariable y objetiva delante de los ojos, y sin embargo basta que otra persona la mire desde otro ángulo o en otro momento de su vida para que sea distinta, porque uno mismo también está cambiando siempre, casi a cada momento, oscilando entre la inteligencia y la tontería, la lucidez y la ceguera, la mezquindad y la bondad. Los sociólogos, los ideólogos, los teólogos quieren reunir o dividir a las personas en grupos inmutables, en todo tipo de identidades forzosas que suprimen el libre albedrío, en santos y pecadores, fieles y herejes, justos o injustos, nativos o extranjeros, hombres o mujeres, heterosexuales u homosexuales, o cualquier otra particularidad que se corresponda con una letra en la variable ristra de siglas que esté de moda o sea ortodoxa en cada momento. La España de Cervantes es un catálogo de identidades arbitrarias, pero también impenetrables, de purezas de sangre y legitimidades o condenas originarias que determinan para siempre el lugar de cada uno en el orden social. Sancho es un campesino sin tierra destinado a la pobreza y al trabajo sin fruto, pero tiene la vanidad cerril de no ser moro ni judío, como esa gente blanca y pobre del sur en Estados Unidos cuya fuente de orgullo es que al menos están por encima de los negros.

El arte de la novela se basa en aquello mismo que atestigua y celebra, que cada uno y cada una son hijos de su padre y de su madre, que *nadie es más que nadie si no hace más que nadie*, que una mujer despojada de soberanía jurídica puede escaparse al mundo disfrazada de hombre o retirarse al campo a vivir libre y salvaje cuidando rebaños, que un hidalgo sin fortuna puede poner por delante de su nombre inventado la partícula *don*, que legalmente no le corresponde, y elegir convertirse en caballero andante y personaje de su propia novela, y que un escudero analfabeto puede esconder una inteligencia aguda y sarcástica y merece ser tratado con tanto respeto y atención como un personaje distinguido. En la conciencia de un hombre en principio templado y sensato como el Anselmo de *El curioso impertinente* puede surgir *un deseo tan estraño y tan fuera del uso común de otros, que yo me maravillo de mí mismo, y me culpo y me riño a solas, y procuro callarlo y encubrirlo de mis propios pensamientos.* En cada persona, y no solo en don Quijote, se suceden la lucidez y el trastorno, la generosidad y la crueldad, la cobardía y el coraje. La venta de Juan Palomeque el Zurdo es un gran carnaval en el que se mezclan todas las condiciones sociales, los oficios, los caracteres humanos, las historias verdaderas o inventadas, contadas en voz alta o leídas. Los personajes de más alto rango en toda la novela, el duque y la duquesa sin nombre, son una pareja de idiotas acomodados en la holganza, el privilegio y la injusticia feudal de su parasitismo, bromistas crueles a costa de un pobre loco y un campesino sin más hacienda que su rucio y la fuerza de sus brazos.

51

También yo me siento *poseído por Don Quijote*, como el joven Freud. No leo otra cosa, a no ser otras obras de Cervantes, o estudios y biografías que me gustan, y me ayudan a iluminar el libro. Caigo cautivo a largas rachas de los escritores que más amo. Hay escritores a los que admiro: los que amo son muchos menos. Lo que me los vuelve adictivos es una sensación de humanidad y cercanía, y una cierta música particular, el rumor del estilo, una voz al oído, o escuchada en una conversación reveladora; una voz que no se detiene pero que tampoco impone o abruma; una voz que no monologa porque escucha; la voz de alguien familiar que me habla, y lo que me dice es inseparable de la respiración y el fraseo, como si estuviera escuchando a uno de esos músicos que imprimen a su instrumento un sonido tan exclusivamente suyo como su cara o su voz: Lester Young o John Coltrane al saxo tenor, Ornette Coleman, Charlie Parker, Art Pepper al alto, Thelonious Monk y Bill Evans al piano, Miles Davis o Clifford Brown a la trompeta. Basta leer una frase para saber quién la escribe, una o dos notas para reconocer al músico que está tocando.

Me vuelvo adicto a la nicotina del estilo, a la sustancia química peculiar que contiene: a Montaigne, a Proust, al Cervantes de *Don Quijote* y las *Novelas ejemplares*, a Josep Pla, a Flaubert, al Stendhal de los diarios y los libros de viajes y divagaciones, a Emily Dickinson, a Galdós, a Baudelaire, a Juan Carlos Onetti. Caigo cautivo sin proponérmelo, sin darme cuenta. Leí más bien por casualidad *Middlemarch* y ya me hice adicto a George Eliot, más aún porque confirmaba dos de mis adicciones anteriores, Proust y Henry James, herederos de su música y de su perspicacia psicológica. Un estilo se apodera de mí y estoy siempre buscándolo, y hay veces, semanas, temporadas, que no leo nada más. Cualquier otra lectura me impacienta, me cansa. El libro está en mi mesa de noche y en mi cuarto de trabajo. Lo llevo conmigo cuando voy de un lado a otro de la casa, como el fumador que no se separa de los cigarros y el mechero, y se angustia si no los encuentra a mano. Salgo a la calle y el libro va conmigo: en un bolsillo ancho del chaquetón en invierno, en la mochila en verano. Lo llevo para leer en el metro o en la sala de espera del dentista o en un banco de un parque un rato antes de llegar a una cita.

Ahora me veo con un cautiverio doble. Miguel de Cervantes me lleva de regreso a Michel de Montaigne. Solo dejo de leer a uno para seguir leyendo al otro. Miguel de Cervantes, Michel de Montaigne y Marcel Proust son los escritores que probablemente más he leído en mi vida, los que me han cautivado más veces durante más tiempo. En cada uno de ellos es posible quedarse a vivir sin fatiga ni aburrimiento, sin necesitar ninguna otra lectura, tan nutritivos y saludables para la inteligencia, la imaginación y la sensibilidad son los tres. Sin hacer aspavientos, sin reclamar demasiada atención, cada uno de los tres inventa una prosa que no ha existido antes. Es una forma orgánica y por lo tanto abierta, que da más una impresión de proceso que de obra cerrada, la sensación de que lo que se está leyendo ha sido creado en el momento mismo en el que se escribía, y ha preservado esa palpitación, ese temblor de lo improvisado; una duración que se dilata con la misma persistencia tranquila que hay en el flujo de las vidas comunes y de los pensamientos, en la pura sucesión de las horas y los días. Los tres son improvisadores que se concentran en unidades fragmentarias —una frase, un breve episodio— y no pierden de vista, aunque a veces lo parezca, el dibujo general. Cada figura cuidadosamente dibujada y cada elemento singular tienen un sitio en la amplitud del tapiz, cada pormenor topográfico una relevancia en la totalidad del mapa, cada célula sonora un engarce preciso en la espléndida unanimidad orquestal. Los tres dedican muchos años a la escritura de una obra, los de la plenitud y luego los del declive de la vida. Entre las primeras tentativas de *Don Quijote* y la maestría abrumadora de la Segunda Parte pasan al menos veinte años de la madurez de Cervantes. Proust empezó a trabajar en serio en *En busca del tiempo perdido* hacia 1908 y se murió escribiendo y corrigiendo en 1922, igual que se murió Cervantes revisando el manuscrito de *Persiles*. Y Montaigne siguió tachando y añadiendo cosas a mano en un ejemplar de la última edición de los *Ensayos*. Los tres podrían haber dicho lo que le dice Ginés de Pasamonte a don Quijote, cuando este le pregunta si está acabado el libro de su autobiografía. *¿Cómo puede estar acabado, si aún no está acabada mi vida?*

52

La lectura es un acto contingente, material, inmediato. El lector se convierte en el libro, pero el libro también absorbe y hace suyas las circunstancias precisas de la lectura, el tiempo en que sucede, el lugar, la estación, el momento de la vida; hasta la forma particular de la edición que se está leyendo, su peso en las manos, el tacto del lomo y del papel. La variedad del mundo y de la experiencia de leer no puede uniformarse en una tableta de plástico y una pantalla iluminada. La mirada y la mente humana necesitan anclajes físicos. Nuestra imaginación es nuestro cuerpo. En una misma tableta caben por igual todas las lecturas posibles, y por lo tanto deja mucho menos rastro en la memoria. Un ejemplar de un libro en papel es único igual que lo que contiene es único. Mirando las estanterías y hasta la mesa y el alféizar de la ventana de mi cuarto veo el paisaje de los libros que he leído y los que habré de leer, y algunos que no leeré nunca. Esta lectura de *Don Quijote* es inseparable del volumen compacto de la edición que estoy siguiendo esta vez, del tipo de letra generoso, de la portada austera, azul claro, una versión modernizada y digna de la antigua Austral. Como no tiene notas es más ligera todavía: un libro de bolsillo, de bolsillo grande, de chaquetón de invierno. No pesa en las manos y es cómodo de leer en la cama. Cuando a mi madre se le debilitaron tanto las manos que no podía sostener su *Don Quijote* mi hermana le buscó un ejemplar en el Kindle.

En la lectura de esta vez entran este verano demasiado caluroso, un largo viaje en tren hacia el norte, una habitación de hotel con algo de balneario antiguo, un mirador acristalado que daba a un paisaje llano y verde de Asturias del que sobresalían los muros, las ventanas sin postigos, la cúpula de azulejos dorados de una casa de indiano abandonada. La historia del cautivo la he leído sentado en el mirador, una mañana de niebla y llovizna, con el alivio del aire fresco y el olor del mar. Este aire húmedo y salado que yo respiraba paseando por la orilla era el de la playa de Argel en la que se esconden los fugitivos del cautiverio en espera de la barca que vendrá a rescatarlos.

En un tren que volvía despacio a Madrid mientras iba atardeciendo he leído el regreso de don Quijote a su aldea, al final de *El ingenioso hidalgo*, encerrado ignominiosamente en una jaula sobre un carro de bueyes. He terminado la Primera Parte y ya era noche cerrada, y el tren se aproximaba a más velocidad a Madrid, como por la urgencia de llegar a tiempo. No he seguido leyendo, y se ha acentuado la sensación de final y despedida, el viaje del libro y el del tren concluidos a la vez. Cervantes no sabía tal vez que iba a escribir una continuación. Habría quedado exhausto de este volumen tan difícil de organizar, nacido como a rachas, a partir de materiales diversos escritos a lo largo de mucho tiempo, sin un modelo preciso, sin ninguna garantía de éxito. Es dudoso que le volvieran las ganas de escribir sobre don Quijote y Sancho Panza de no haber sido por el éxito desconcertante de la primera entrega. Así que yo he tenido más sensación de despedirme de la historia porque la he terminado cuando acababa mi viaje. El *Don Quijote* completo que nosotros conocemos Cervantes nunca llegó a verlo. Murió mucho antes de que empezaran a publicarse juntas las dos partes, las dos novelas tan diferentes entre sí. La melancolía y el cansancio de un viaje largo que termina de noche se ha fundido con la de la lectura. El viaje se ha convertido en el libro. Al entrar en la casa cargando el equipaje el aire es más caliente porque ha estado cerrada unos cuantos días, y porque nosotros venimos de otros climas menos áridos, de otro verano menos seco que el de *Don Quijote*.

53

La historia que alguien cuenta en el interior de otra historia es uno de los artificios inmemoriales del arte narrativo, que es muy anterior no ya a lo que nosotros llamamos literatura, sino a la escritura misma. Un narrador cuenta algo que dice haber vivido, o escuchado a otros; y dentro de su relato aparece un personaje que se convierte a su vez en narrador, como una segunda voz que se añade a una fuga o a una polifonía. En la *Odisea* Ulises cuenta la historia de sus viajes y naufragios en la corte del rey de los feacios, y ahora no solo es el protagonista, sino también el narrador, y la acción queda en suspenso mientras él prosigue su relato. En *Las mil y una noches* hay constantemente historias que se intercalan o se bifurcan en el interior de otras historias anteriores, y proliferan derivando las unas en las otras como ramas de un árbol tan frondoso que acaba perdiéndose la vista de su tronco principal.

En tiempos de Cervantes no hay narración larga en prosa que siga una línea recta y exclusiva, una trama unitaria. Los libros de caballerías, los de pastores y las truculentas aventuras bizantinas que a él le gustaban tanto son racimos de historias apenas enhebradas por un hilo principal que suele ser la crónica de un viaje, o el relato de una vida, como en *Guzmán de Alfarache*, obra que Cervantes debió de leer con mucha atención, y que le enseñó sobre todo a no hacer ciertas cosas, una de ellas los pesados comentarios morales sobre las mismas acciones que se están contando. No es que Cervantes intercalara historias ajenas en la trama del primer *Don Quijote* por culpa de una inexperiencia de la que se habría librado al escribir diez años después el segundo. Lo hizo, seguramente, porque no conocía otra forma de organizar un relato tan largo, porque ese era el modelo narrativo que mejor convenía a su voluntad de parodia y a su propia inclinación de lector.

La originalidad de Cervantes es el modo en que esas historias se imbrican en la trama principal, no como invenciones estancas, cerradas sobre sí mismas, sino como encuentros azarosos y acontecimientos que hallan su sitio necesario en las peripecias de don Quijote y Sancho, permeables a sus circunstancias, modificadas por la identidad de quienes las cuentan, por la actitud de los oyentes y por los hechos que las envuelven y las interrumpen. Cardenio y Luscinda, don Fernando y Dorotea, el cautivo y Zoraida son portadores y protagonistas cada uno de su relato particular, pero también tienen una presencia poderosa en la historia de don Quijote, y se relacionan y se influyen los unos a los otros.

Y casi todo el mundo cuenta siempre algo. El cabrero Pedro cuenta la historia de Grisóstomo y Marcela, pero solo sabe una parte, porque le falta el testimonio del pastor fingido Anselmo, confidente de Grisóstomo, y más todavía el de la propia Marcela. Para distraer el miedo y la espera en la oscuridad antes del chasco de los batanes, Sancho le cuenta a don Quijote un cuentecillo folklórico que no llega a terminar, porque su amo lo interrumpe.

Cardenio le cuenta a don Quijote una parte de la historia de su desgracia y su locura, el amor y la pérdida de Luscinda y la traición de don Fernando, pero una vez más el relato se queda en suspenso, como los que deja a medias Sherezade cada vez que comienza el día. Dorotea cuenta su vida al cura, al barbero y a Cardenio, y al hacerlo completa sin saberlo la parte que Cardenio no puede conocer. *Donde quiera que va el hombre lleva siempre consigo su novela*, dice Galdós, el mejor discípulo de Cervantes en la literatura española. El cautivo, que lo ha perdido todo en el curso de sus infortunios, posee al menos su gran historia que contar, el testimonio del heroísmo militar, del cautiverio y la huida, la otra historia de la mujer que viaja a su lado, la Zoraida silenciosa y velada que traicionó su religión y a su padre por amor a ese esclavo cristiano.

54

De las narraciones intercaladas, imbricadas, la más misteriosa, y la única del todo cerrada sobre sí misma, es *El curioso impertinente*: esa sí que parece tan desconectada de la trama principal que podría eliminarse sin que afectara a la estructura tan inestable y atractiva del collage de las historias entrecruzadas de la venta. Está contada en una tercera persona objetiva, que interviene de vez en cuando para hacer severos comentarios morales sobre los personajes y sus actos, algo que Cervantes evita en todo el resto del libro. Está copiada a mano, no impresa, y en el manuscrito no figura el nombre del autor. Poco a poco nos damos cuenta de que las circunstancias de su aparición ya son en sí mismas novelescas. Empezamos sabiendo que el manuscrito está en una maleta que un viajero del que no ha quedado recuerdo dejó olvidada en la venta. El cura, siempre alerta a todo relato, más aún si está escrito, inmediatamente siente el deseo de leerla. De modo que la historia tiene una existencia material dentro de esa maleta que ya es el rastro de alguien —el portador de otra historia posible—, igual que lo fue un poco antes la maleta en la que encontró Sancho el librillo de notas que interesó a don Quijote y la bolsa con cien escudos de oro que él va a darse tanta maña en conservar.

El manuscrito de *El curioso impertinente* nos alerta sobre una forma de transmisión que era común en tiempos de Cervantes. Más de un siglo después de la llegada de la imprenta, las obras literarias continúan difundiéndose en copias manuscritas, un trasiego mucho más rico y frecuente de lo que nosotros imaginamos: es una vida sumergida de los textos, clandestina, o al menos no sometida a las formalidades legales y a la censura, y también sin la garantía de fidelidad a un original que permite la imprenta, y muchas veces, como en este caso, sin que conste el nombre del autor.

Historias copiadas en letra clara, leídas en voz alta, no en la soledad que probablemente aceleró el enloquecimiento de don Quijote sino en reuniones en las que puede que una parte de los oyentes sea analfabeta: así el mundo de la literatura escrita y el de la oralidad, en vez de contraponerse, se complementan entre sí, en una materialidad sensorial que los vuelve más reales. Hemos tenido la sensación de tocar con nuestras manos los cartapacios atados con cintas en los que estaba contenida la narración en árabe de Cide Hamete Benengeli, y ese librillo tirado en la sierra en el que venían unos poemas quejumbrosos y una carta incompleta. Ahora asistimos al momento en que el ventero abre el baúl donde se contiene la historia que estamos a punto de escuchar: *Sacó dél una maletilla vieja, cerrada con una cadenilla, y abriéndola, halló en ella tres libros grandes, y unos papeles de muy buena letra, [...] hasta ocho pliegos escritos a mano, y al principio tenían un título grande que decía:* Novela del curioso impertinente.

Lo escrito despierta enseguida el deseo de saber, el atractivo de la ficción como entretenimiento y suspensión de las tareas de la realidad. *Harto reposo sería para mí entretener el tiempo oyendo algún cuento*, dice Dorotea. El enigma de la maleta y su contenido es el de la autoría de la novela y el de la identidad de quien la guardaba en su equipaje. El ventero quisiera devolvérsela *a quien aquí dejó esta maleta olvidada con estos libros y esos papeles; que bien puede ser que vuelva su dueño por aquí algún tiempo.*

55

En esta historia de ensoñaciones y quimeras, el dinero, el precio y el valor de las cosas, el salario que se recibe a cambio del trabajo, tienen desde el principio una importancia extraordinaria, casi tan descarnada como en las novelas futuras de Balzac. La primera aventura de todas es también la primera de las muchas ocasiones en que asistimos a un cálculo monetario y a una disputa salarial. Requisador a la fuerza de cereales, cobrador de impuestos durante muchos años, prisionero por una deuda, Cervantes es un hombre habituado a hacer números, a repasar sumas complicadas, a calcular precios y pagos. La mayor parte de los escasos documentos escritos o firmados con seguridad por su mano son listas interminables de cobros y pagos, recibos de gastos a veces ínfimos, aceite para el candil, papel, tinta, candados para almacenes en los que guarda grano o aceite requisados, tenazas para romper los candados que a veces ponen a sus graneros los labradores que se niegan al abuso de ver sus cosechas incautadas o mal pagadas. Ese brutal Juan Haldudo, *el rico, el vecino del Quintanar*, le debe a su criado Andrés, poco más que un niño, el salario de *nueve meses, a siete reales cada mes.* Don Quijote, subido en su caballo, cubierto por su armadura, esgrimiendo su lanza, hace la cuenta de memoria, aunque se equivoca, bien por descuido propio, o de Cervantes, que escribe tan rápido, o porque quiere favorecer al débil, *y halló que montaban setenta y tres reales.* Pero el insolente labrador —ahora *el medroso villano*, porque don Quijote acaba de amenazarlo de muerte— aduce gastos que han de ser descontados del salario, también en cantidades muy precisas, *porque se le habían de descontar y recebir en cuenta tres pares de zapatos que le había dado y un real de dos sangrías que le habían hecho estando enfermo.*

El primer ventero ya ha aleccionado a don Quijote sobre algo muy importante en lo que él no había caído, *una cosa tan clara y tan necesaria de traerse como eran dineros.* Y al prepararse para la segunda salida, ahora más a conciencia y en compañía de Sancho, *dio luego orden don Quijote en buscar dineros; y vendiendo una cosa y empeñando otra, y malbaratándolas todas, llegó una razonable cantidad.*

No hay nada que no tenga un precio, para este hidalgo pobre de tan modesto linaje que ni siquiera llega a saberse cómo se llama de verdad. Para satisfacer su manía lectora *vendió muchas hanegas de tierra de sembradura para comprar libros de caballerías en que leer.* Es la misma pasión de leer *aunque sean los papeles rotos de las calles* la que lleva al Cervantes narrador de la historia a incurrir en un gasto considerable con tal de encontrar la continuación de las aventuras de don Quijote en esos *cartapacios y papeles viejos* que ha hallado por azar en una tienda de Toledo. Al muchacho que los vende sin saber su valor se los compra por medio real, aunque confiesa que habría estado dispuesto a pagar *más de seis reales.* Y al morisco al que le encarga la traducción castellana de los manuscritos le paga en especie, *dos arrobas de pasas y dos fanegas de trigo*, cantidades más considerables de lo que parece: 27 kilos de pasas y casi 87 de trigo, además del alojamiento, por un trabajo que hubo de ser agotador, porque duró *poco más de mes y medio.*

Don Quijote no piensa en *los dineros* porque ha llevado una vida de rentista holgazán y *porque no había leído en las historias de caballeros andantes que ninguno los hubiera traído.* Pero la historia que él vive no es como las de los libros, aunque él se empeñe tanto y tan en vano en que lo sea, y una prueba crucial de esa diferencia es que en ella el dinero importa más que el valor caballeresco. El segundo ventero, uno de esos *instructores de realidad* de los que habla Saul Bellow, se lo aclara crudamente a don Quijote: *Señor caballero, yo no tengo necesidad de que vuestra merced me vengue ningún agravio [...], solo he menester que vuestra merced me pague el gasto que esta noche ha hecho en la venta, así de la paja y la cebada de sus dos bestias, como de la cena y la cama.* Hasta un objeto tan trivial y memorable como la bacía de barbero que puede ser o no el yelmo de oro de Mambrino —o las dos cosas a la vez, y ser un *baciyelmo*— tiene un precio exacto, según calcula meticulosamente Sancho Panza, que no sabe leer ni escribir pero sí hacer cuentas cuando le conviene: *Vale un real de a ocho como un maravedí.* Y es Sancho quien reclama las condiciones salariales que no aparecerían mencionadas en ningún libro de caballerías: *Querría yo saber [...] cuánto ganaba un escudero de caballero andante en aquellos tiempos, y si se concertaban por meses o por días, como peones de albañil.*

Casi al principio de *El ingenioso caballero*, cuando don Quijote se ocupa de los preparativos para su tercera salida, tiene una de sus disputas más graves con Sancho, que los lleva al filo de la ruptura, y el motivo es una rigurosa exigencia laboral del escudero, más rotunda ahora que nunca: *Voy a parar en que vuesa merced me señale salario conocido de lo que me ha de dar cada mes el tiempo que le sirviere, y que tal salario se me pague de su hacienda; que no quiero estar a mercedes, que llegan tarde, o mal, o nunca [...] En fin, yo quiero saber lo que gano, poco o mucho que sea...* Estar a mercedes es depender del capricho del amo, de sus cambios de humor o de fortuna. El salario fijo otorga un principio de dignidad laboral, muy valioso para Sancho Panza, que se ha ganado siempre la vida como jornalero, desde que era niño y guardaba un rebaño de cabras. A un libro ya escrito y aún no publicado se le puede ya asignar un precio: Ginés de Pasamonte, antes de salir condenado a galeras, ha dejado el manuscrito de su autobiografía en la cárcel, *empeñado en doscientos reales.*

De la aventura calamitosa y burlesca de *El retablo de maese Pedro* se nos suele olvidar que tiene un epílogo contable. El *titerero* fugitivo de la justicia contempla el desastre que ha dejado tras de sí don Quijote con los mandobles de su espada, el retablo en ruinas, los títeres descabezados, e inmediatamente hace las cuentas detalladas y tramposas de la compensación que reclama, *que llegaron a cuarenta reales y tres cuartillos.* No nos cuesta nada imaginar al aposentador oficial de granos que había sido Cervantes, y al cobrador de impuestos, discutiendo precios y pagos con los labradores a los que compraba el trigo, con los molineros y tratantes, con los arrieros a los que tenía que encargar su transporte, todas las cuentas agotadoras que debió de hacer, los fajos de papeles llenos de cifras y de operaciones aritméticas, las cuentas que no cuadraban, el peso de la responsabilidad, el miedo al error, al fraude, al posible castigo. Fueron disputas sobre cuentas y cantidades de dinero las que lo llevaron a la cárcel, y es posible que fuera tan rápido trazando columnas de números sobre una hoja de papel como debió de serlo siempre en la invención de la escritura.

56

La aventura de los batanes es un prodigio de complejidad sensorial. Yo no sé si alguna vez antes en la literatura se había presentado a unos personajes tan densamente sumergidos en sus circunstancias de lugar y momento. Pero en esa representación también se incluyen las palabras que dicen en voz alta y las que cada uno esconde en su conciencia, y el modo en que las palabras y los actos de cada uno influyen en el otro y son percibidos o no por él. Es un episodio narrativo completo, en lo visual y en lo acústico, en lo olfativo, en lo pensado y lo dicho, en lo percibido y lo imaginado. Como la luz blanca al traspasar un prisma se descompone en colores, el acontecimiento exterior —la noche en el bosque, el ruido inexplicable y pavoroso— se descompone en el modo distinto en que lo experimentan don Quijote y Sancho. Lo mismo que provoca el miedo en Sancho despierta la imaginación aventurera y el ímpetu batallador de don Quijote. Cuando se hace de día y se descubren los batanes, y con ellos el ridículo de la aventura frustrada, don Quijote baja la cabeza y Sancho intenta contener la risa, tan inútilmente como unas horas antes quiso contener la satisfacción de su necesidad.

Cada persona es un mundo. El punto de vista salta del uno al otro. Don Quijote mira a Sancho *y viole que tenía los carrillos hinchados y la boca llena de risa, con evidentes señales de querer reventar con ella.* Y aquí sucede lo imprevisto cervantino, uno de esos cambios rápidos de ánimo y de humor que desmienten la consistencia forzada de los personajes de una pieza, porque la risa del criado se contagia al señor frustrado en su heroísmo, *y no pudo su malenconía tanto en él que no dejara de reírse.* El escudero medroso y socarrón y el caballero de valentía delirante quedan unidos en la gran explosión fraternal de la carcajada, aunque no por mucho tiempo. Sancho ríe más aún porque ve reír al grave don Quijote, pero eso le desata la temeridad, y se anima tanto repitiendo en tono de burla todas las afirmaciones tremebundas que su amo hacía unas horas antes en la oscuridad que no se da cuenta de lo que nosotros ya intuimos, la furia que se va acumulando en el caballero siempre colérico, que ha dejado de reír antes de que Sancho se dé cuenta. De la pesadumbre a la risa, de la risa a la ira, de la benevolencia a la crueldad: *Viendo pues don Quijote que Sancho hacía burla de él, se corrió y enojó en tal manera que alzó el lanzón y le asestó dos palos tales, que si, como los recibió en las espaldas, los recibiera en la ca-*

beza, quedara libre de pagarle el salario, si no fuera a sus herederos.

A palos se restablece en un momento el abismo social entre señores y criados, que será confirmado por el tono despótico con que don Quijote habla ahora y por el tratamiento con que se dirige a Sancho, no el tú de la confianza, sino el vos con que se dan órdenes a un sirviente. El ser invariable y siempre idéntico a sí mismo es la falacia contra la que ejerce sus poderes de instantánea observación el arte de la novela. Frente a la rigidez de los héroes de la épica y a los estereotipos de la literatura sentimental, don Quijote va cambiando casi a cada línea, unas veces cuerdo, otras loco, otras colérico, otras apacible, otras cordial y generoso. *Se me desliza entre las manos como anguila*, le dice en la novela de 1615 el hijo poeta del caballero del Verde Gabán, que no ha dejado de observarlo, queriendo descubrir si es un sabio o un mentecato, o las dos cosas a la vez. En el desenlace nada glorioso de la aventura de los batanes, después de haber reído con Sancho y de haber estado a punto de romperle la cabeza, don Quijote ya se ha recuperado de su impulso vengativo y no solo restablece el tú de confianza, sino que le pide francamente perdón: *Y perdona lo pasado, pues eres discreto y sabes que los primeros movimientos no son en mano del hombre.* Los héroes de la ficción caballeresca o romántica son de una pieza, como lo serán en el siglo XX y en el XXI los de las novelas cargadas de ideología, donde los personajes se dividen entre los virtuosos portavoces de la opinión de quien escribe y los malvados que representan una maldad incorregible. Una de las lecciones supremas de Cervantes es la atención a lo inconstante, lo ambiguo, lo contradictorio de las personas, las trastornadas y las en apariencia cuerdas, las mezquinas y las generosas. Don Quijote es *cortés y comedido* y un momento después está ciego de cólera y grita atropelladamente groserías, y ataca por sorpresa y con extrema violencia a alguien que no puede defenderse. Sancho se conmueve con el llanto de un galeote viejo y le da una limosna, y unas páginas después está especulando sobre la posibilidad de gobernar un reino que tenga costa y esté poblado por súbditos negros para hacerse rico vendiéndolos a todos como esclavos.

57

En Cervantes la forma natural del discurso es la conversación. No el diálogo artificioso y erudito de los humanistas, sino la charla viva entre dos personas que disfrutan hablando. El prólogo de *El ingenioso hidalgo* es, desde el principio, una invitación a conversar, al dirigirse al *desocupado lector* de una manera tan cordial como si estuviera delante. Y muy pronto la cavilación solitaria se convierte en diálogo animado cuando irrumpe ese amigo *gracioso y bien entendido* que va a darle a Cervantes la clave para resolver el prólogo mismo que está escribiendo. Está, por supuesto, el juego de las dos voces principales que van urdiendo la novela, y que probablemente fueron su principio generador, después de las vacilaciones y tanteos de los primeros capítulos. Pero en torno a ellas hay un rumor continuo de otras conversaciones, igual que sucede en las *Novelas ejemplares*. La amistad inmediata de Rinconete y Cortadillo desemboca en una larga conversación. El monólogo receloso y misántropo de los protagonistas de la picaresca se convierte en Cervantes en conversaciones dilatadas y sabrosas, en las que los personajes se retratan a sí mismos contándose los unos a los otros sus vidas. Cipión y Berganza, en *El coloquio de los perros*, son tan buenos narradores como conversadores que aprovechan el don prodigioso del habla para pasarse una noche entera conversando, dispuestos a no desperdiciar ni un minuto de ese regalo.

El escrutinio de los libros, entre el cura y el barbero, es un episodio de crítica literaria práctica y conversada. Mientras don Quijote va cautivo y callado en su jaula tirada por bueyes, a su lado conversan durante páginas y páginas el cura y el canónigo, apasionados discutidores sobre literatura. Acaban de conocerse en el azar de los caminos y ya no paran de charlar. Conversando los personajes se revelan soberanamente a sí mismos y los unos a los otros sin que haga mucha falta la mediación del narrador. Cuanto más seguro está Cervantes de sus facultades como novelista y más profundo es su conocimiento de los personajes, más largas y sabrosas se vuelven las conversaciones. La gran explosión creativa de la Segunda Parte comienza con una secuencia caudalosa de encuentros conversados. Todos hablan, todos explican, todos discuten entre sí, todos cuentan historias y exhiben opiniones. Don Quijote, Sancho, el ama, la sobrina, el cura, el barbero, la admirable Teresa Panza, el bachiller Sansón Carrasco. En esos capítulos el arte de la novela se abre al camino de una naturalidad que ha de culminar siglos más tarde en el fluir caudaloso de *La educación sentimental* o de *Ana Karenina*. Todas las huellas del artificio se han borrado. No hay una flecha narrativa indudable, no hay tensión, no hay énfasis. La prosa discurre como la vida misma, *como las aguas mesmas de la vida*, según dice Santa Teresa de Jesús.

El cura y el barbero visitan a don Quijote, todavía convaleciente, y charlan de esto y de lo otro. Viene Sancho Panza de visita, y luego el bachiller Carrasco. Sancho tiene una conversación tan memorable con su mujer que, según Cervantes, puede que ese capítulo sea apócrifo. Todas estas escenas de pura conversación son un anticipo del episodio que para mí es una cumbre secreta de la novela, el encuentro y la conversación con el caballero del Verde Gabán, y los días que don Quijote y Sancho pasan en su casa, en los que simplemente no sucede nada, solo unas cuantas conversaciones, contra un fondo de silencio y sosiego. Cuando se encuentran en el camino, don Quijote y don Diego de Miranda se observan el uno al otro, y emplean la conversación para ir revelándose y también para construir una identidad personal ante ese interlocutor que cada uno a su manera ve desconcertante. Se observan, se escuchan, y el punto de vista salta del uno al otro, jugando con el misterio que hay siempre en una presencia recién aparecida, la curiosidad que despierta, el interés por averiguar la historia que lleva consigo.

58

La novela es la provincia fronteriza y bastarda de la literatura. Saquea sin escrúpulo los demás géneros, y hasta invade territorios que no le pertenecen, como una especie oportunista e invasora que puede adaptarse a cualquier medio y saca beneficio de lo que otros desdeñan o no saben asimilar, y acaba prevaleciendo sobre ellos. En muchos casos, las novelas se han presentado tramposamente como testimonios reales: sucedió así con el *Lazarillo*, y con el *Diario del año de la peste* de Daniel Defoe, que ya había urdido una estafa semejante presentando como verídica autobiografía su *Robinson Crusoe.* Imitadora fiel de lo real, la novela da un paso más y juega a suplantarlo. Max Aub presentó su *Jusep Torres Campalans* como la biografía de un pintor que parecía tener una existencia plena y comprobable más allá del libro: fotos de sus obras, y de él mismo, aparecían intercaladas entre las páginas. En una de las fotos Torres Campalans estaba sentado junto a Picasso. Aub organizó una exposición de sus obras en una galería de México. Solo cuando aparecieron algunas críticas dio por terminado el juego revelando que Torres Campalans no existía. Don Quijote piensa que los libros de caballerías son libros de historia. Cervantes juega a reclamar el crédito que merece *en pre-*

mio del inmenso trabajo que le costó inquerir y buscar todos los archivos manchegos. La crónica del historiador Cide Hamete está escrita originalmente en árabe, pero *en una caja de plomo [...] que se había hallado en los cimientos derribados de una antigua ermita* habían aparecido *unos pergaminos escritos con letras góticas, pero en versos castellanos, que contenían muchas de sus hazañas.* A diferencia del poema épico y del drama, la novela no tiene modelos antiguos que le den prestigio y normas seguras pero que al mismo tiempo limiten su libertad.

59

El curioso impertinente es una obra maestra escondida en el interior de otra obra maestra, y por lo tanto menos visible y celebrada de lo que merece por sí misma. En una novela larga hay un impulso proliferante y desordenado que se parece a la vida, y que por lo tanto excluye la perfección, y además no la necesita. Eso sucede más todavía en un novelón experimental y en parte improvisado como el *Don Quijote* de 1605, en el que hay tantos descuidos no corregidos y tantos episodios que llegan como sobre la marcha, al hilo alegre y veloz del acto de escribir. Dentro de todo ese tumulto, *El curioso impertinente* es medida y perfecta, con un tono sostenido de gran estilo, sin franjas de tono coloquial o parodia. Me recuerda al *tempietto* de Bramante que está como oculto en el interior de ese convento de Roma, en el Janículo. En la novela, como en el pequeño templo, todo es proporción y exactitud. Tiene el formato y la extensión aproximada de los relatos largos de Henry James, a los que parece adelantarse en su control expresivo y la perspicacia psicológica, en la definición de lugares cerrados que tienen su equivalencia en la vida interior de los personajes y en las relaciones que establecen entre sí, tan contenidas y tensas como las palabras que se dicen, y las que piensan cuando callan.

Por debajo de la formalidad se insinúa lo desatinado y lo ominoso. Pensamientos y deseos secretos estallan de pronto quebrando sin remedio un orden que parecía impecable, el del matrimonio, la amistad, la vida acomodada y respetable. La historia, tan italiana por su tono y su probable origen, sucede en Florencia, pero la ciudad es invisible en ella, apenas el nombre de una lejanía que es la que separa a los lectores y oyentes de sus personajes, habitantes exclusivos de la literatura. *Don Quijote*, las *Novelas ejemplares*, *Persiles* hormiguean a cada momento de gente. En *El curioso impertinente* no hay más que los tres personajes principales, aislados contra un fondo neutro, una vaga escenografía en la que se mueven algunas sombras auxiliares. Como en las historias de Henry James, estos protagonistas acomodados y ociosos no tienen más ocupación que observarse los unos a los otros y cada uno a sí mismo, mientras los criados que los sirven y sin duda también los observan son fantasmas útiles que no tienen otra existencia que la necesaria para sus tareas. Anselmo y Lotario intercambian sus complicados parlamentos como sobre un escenario desnudo, las dos siluetas iluminadas contra una oscuridad, recitando frases de suntuosa elocuencia, sin rasgo alguno de coloquialismo ni viveza, como la propia voz narrativa que lo va contando impasiblemente todo, y que de vez en cuando se permite severos comentarios morales.

Ellos dos y la tercera protagonista, Camila, se mueven, se aproximan, se alejan, se esconden, como en pasos ceremoniosos de danza, hasta que todo se rompe: unas veces los tres juntos, otras en parejas cambiantes, Anselmo y Lotario, Anselmo y Camila, Camila y Lotario. Cuando no hablan, se miran de soslayo, furtivamente, o en silencio, se espían. Camila y Anselmo están solos y callados después de cenar, en una soledad que ha forzado Lotario, el marido celoso de ella, el curioso obsesivo que no sabe resistirse a un impulso dañino, a una estrategia de *voyeur*. Anselmo y Camila siguen sentados a la mesa pero no dicen nada. Platos y manteles han sido servidos y luego retirados por los fantasmas eficientes, tan silenciosos como sus señores. Lotario ha fingido salir de la ciudad: en realidad está observando por el ojo de la cerradura. Ve a las dos figuras inmóviles, sentadas a la mesa, como en una luz gris de Vermeer. Quisiera ver más pero solo tiene una perspectiva incompleta de la sala. En el silencio de la casa aplica el oído a la puerta cerrada y quizás tiene la impresión de escuchar un murmullo, pero no puede oír nada porque ni Anselmo ni Camila separan los labios. La escena es de una irrealidad hipnótica. En su propia casa Lotario es un intruso, porque para ejercer su morbosa vigilancia tiene que esconderse también de los criados.

Inacción, letargo, silencio encubren la desgracia que está creciendo como un tumor por dentro: la traición, la mentira, el trastorno. En el proceso de descubrir la verdad Anselmo va encontrando una sucesión de ausencias y de lugares desiertos. Viendo lo que no está comprende paso a paso el horror que todavía no ha visto y no supo prever, aunque nadie más que él tiene la culpa de haberlo desatado. Abre la puerta de la habitación en la que había encerrado a la criada Leonela y ve la habitación vacía y una sábana hecha nudos que cuelga de la ventana abierta. Busca a Camila *y, no hallándola en la cama ni en toda la casa, quedó asombrado.* Va ahora a buscar a su amigo Lotario, por una calle de esta Florencia invisible, y los criados le dicen que se ausentó en mitad de la noche. Y cuando vuelve a su propia casa *no halló en ella ninguno de cuantos criados y criadas tenía, sino la casa desierta y sola.* El que anduvo a escondidas por esos corredores, se escondió detrás de los tapices, espió por puertas entornadas y cerraduras, ahora anda solo y aterrado por las estancias vacías, de las que sin ninguna explicación ha desaparecido su mujer y han huido los criados, como escapando de un lugar maldito, que es el de su vergüenza y su condena.

60

Yo leía a solas, durante mucho tiempo, perdido por las habitaciones altas, en un silencio habitado por las voces de las vecinas en los corrales, el canto de los gallos, el cloquear de las gallinas y los pavos. Leía mis tebeos, sin hacer asco a nada, mi *Don Quijote* de tapas duras y quemadas en los filos, los folletines encuadernados en varios tomos que había coleccionado mi abuelo, las novelillas del Oeste, las de espías, las de marcianos. Esperaba a que empezaran por la tarde las novelas de la radio, una tras otra, en episodios de media hora, escuchando en los intermedios coplas en las que también se contaban historias, todas de amores y penas, aunque yo no acabara de entender su sentido, lo cual no me impedía emocionarme con las voces y las melodías. Como mi hermana nació cuando yo tenía casi seis años, pude disfrutar de una larga infancia de hijo único, nieto y sobrino único además, para mayor privilegio. Llegaba uno de mis tíos y me traía uno de aquellos «sobres sorpresa», que vendían en el kiosco de la plaza: un sobre grande y en blanco que revelaba al abrirse unos cuantos tebeos siempre inesperados, y por eso todavía más tentadores, para perderme de nuevo por ahí y disfrutar ávidamente de su lectura. El sobre costaba dos cincuenta, una cantidad no irrisoria, medio duro, diez reales. Los adultos contaban el dinero en reales, como don Quijote y Sancho Panza, en reales o en duros, nunca en pesetas, y no decían el dinero sino *los dineros*, igual que en tiempos de Cervantes.

Pero las historias no solo se leían en soledad, sino también en los corrillos de la calle, donde los niños se apretujaban entre sí para estar más cerca del que en ese momento sostenía el tebeo. Comprábamos en el kiosco o en los carrillos cuando teníamos algo de dinero, pero sobre todo practicábamos el trueque, cambiando nuestros tebeos por otros que no hubiéramos leído, no sin regateos ni disputas, dos tebeos muy usados por uno nuevo, uno del Capitán Trueno por otro del Jabato, o del Guerrero del Antifaz, pero no del Cosaco Verde, que era un caballero andante de las estepas, pero mucho menos importante, un advenedizo.

Y algunas historias me las inventaba yo y se las contaba a mis amigos más cercanos, apiñados en el escalón de una casa en la plazuela. Las improvisaba al mismo tiempo que las iba contando. Pero reconocer que eran una invención mía les habría quitado valor a los ojos de mis amigos, así que me inventé también que había encontrado un cajón lleno de tebeos y novelas en casa de unos tíos que tenían dinero y ya no vivían en nuestro barrio de hortelanos. Si no podían encontrarse en el kiosco o en los carrillos de los soportales era porque se distribuían exclusivamente por correo a los suscriptores. Y mis tíos me dejaban leer los tebeos, pero no sacarlos de su casa, así que me era imposible traerlos para que mis amigos pudieran ver sus extraordinarias ilustraciones en colores.

Los géneros de mis historias variaban, de acuerdo con las cosas que yo hubiera leído o escuchado en la radio, o las películas que más me gustaban en el cine de verano: historias de agentes del FBI, o de la colección *Hazañas Bélicas*, que seguían celebrando el heroísmo de los soldados americanos en la Segunda Guerra Mundial, o de vampiros, de gladiadores, de fantasmas, de indios y vaqueros, de visitantes del espacio. Si me pedían que contara alguna y yo no tenía ganas, les decía que no había podido ir a casa de mis tíos. ¿Y por qué la próxima vez no los llevaba a ellos conmigo, y les dejaba ver el cajón inagotable, y nos pasábamos toda la tarde leyéndonos en voz alta los unos a los otros? A mi tío inexistente no le gustaba recibir visitas, o mi tía estaba mala, o los dos se habían ido de viaje.

61

Una de las variantes cervantinas de la ficción es justamente el embuste improvisado, la trola enorme que se alimenta de su propio disparate, la fantasía verbal que está naciendo en el mismo momento en que se la formula, sin escrúpulo, sin mesura, con un descaro que parece calculado para abrumar la incredulidad. Sin otro punto de partida que una gran nube de polvo y un estrépito de balidos, gritos y pisadas de pezuñas, don Quijote improvisa la formidable parodia épica de los dos ejércitos a punto de entrar en batalla. Es una borrachera verbal que brota de la imaginación de don Quijote a la misma velocidad con que brota de la pluma de su autor, en uno de sus muchos trances de *escritura desatada*: nombres de reyes, de caballeros, de gigantes, de imperios, Pandafilando de la Fosca Vista, Brandabarbarán de Boliche, Espartafilardo del Bosque, Alfeñiquén del Algarbe; pormenores sobre armamentos o divisas pintadas en los escudos;

parodias de las formalidades expresivas y las hipérboles de la poesía épica. Y todo mezclado con la potencia sensorial de las nubes de polvo en los campos secos del verano, los gritos y silbidos de los pastores, los sonidos de cencerros que en la imaginación de don Quijote se confunden con un estrépito de armas y galopes de caballos. El delirio y la realidad se mezclan con una violencia simultánea; la fantasía de los ejércitos innumerables deriva de un momento a otro en la violencia bien real de las piedras arrojadas por las hondas de los pastores, que se hunden en las costillas de don Quijote, le destrozan la alcuza del bálsamo de Fierabrás y la mano en que la sostenía, le saltan los dientes, lo derriban contra la tierra áspera de la que se levanta el polvo de los rebaños.

Dorotea es una improvisadora todavía más rápida y fértil. Cuando está a punto de quedar atrapada en un disparate sale del apuro inventando un disparate mayor. Dorotea está tan empapada como don Quijote de fantasías novelescas, *porque ella había leído muchos libros de caballerías y sabía bien el estilo que tenían las doncellas cuitadas cuando pedían sus dones a los andantes caballeros*. Pero Dorotea, *que era discreta y de gran donaire*, tiene sentido del humor además de sentido práctico, y está facultada para disfrutar sensualmente de la vida. Ha sido un poco antes la narradora fidedigna de su propio infortunio, con tal viveza persuasiva que sus interlocutores, el cura, el barbero y Cardenio, *quisieran que durara el cuento más tiempo, tanta era la gracia con que Dorotea contaba sus desventuras*. Y un poco después, con admirable desenvoltura, pasa de narradora a personaje de ficción, y se transforma en la princesa Micomicona. Y la belleza majestuosa que tiene cuando se presenta ante don Quijote no es más seductora que su *gran donaire* cuando improvisa una historia a la medida de las fantasías de los libros y las expectativas del pobre caballero andante, tan sin malicia que acepta cualquier extravagancia que a ella se le vaya ocurriendo, y no desconfía ni cuando la princesa imaginativa, pero también ignorante, le asegura que al llegar a España en su busca desembarcó en Osuna, error geográfico tan grande que hasta don Quijote se da cuenta, a pesar de su ávida disposición a creer todo lo que ella le cuente.

Pero quizás el máximo fabulador improvisado en la novela de 1605 es Sancho Panza, cuando le cuenta a don Quijote su visita a Dulcinea, que es un gran embuste urdido sobre la marcha y alimentado por las preguntas de su amo, que está empeñado en imaginar el encuentro entre la dama y el escudero según los códigos de la literatura. Sancho miente, escurre el bulto, teme ser atrapado en sus mentiras, que sin embargo tienen una gran verosimilitud, porque él solo sabe inventar a partir de la vida real y campesina que conoce. Su mentira es una escena incomparable de realismo agrícola y manchego, y establece el contrapunto cómico de las mentiras idealizadoras que don Quijote quiere escuchar. Dulcinea estaba en el corral, cerniendo trigo y cargando costales llenos en un burro, tareas propias del verano permanente en que sucede toda la historia, cuando ya está terminando la cosecha de cereales. Y esta es una de las grandes ironías de la novela: el relato que nos da una impresión mayor de realismo es también el más embustero de todos, porque Sancho Panza cuenta una visita que no ha hecho a una mujer a la que no ha visto nunca.

62

Hasta que llegó a Úbeda el equipo de rodaje de una serie de televisión sobre un bandolero romántico del siglo XIX, aquel vecino de nuestra calle Fuente de las Risas había llevado una vida normal: algo de campo, unas vacas, uno o dos caballos. Vivía en la parte baja de la calle, en el límite de la ciudad, delante del terraplén que bajaba hacia las huertas, donde empezaba el camino antiguo hacia Granada. Empezarían alquilándole un caballo de los muchos que hacían falta en la serie, una mezcla de *spaghetti western* y folletín de bandolero generoso que tuvo mucho éxito, sin duda porque repetía el esquema inmemorial del caballero andante en busca de justicia. Como el vecino era buen jinete, lo contrataron luego de asesor de equitación, y más tarde de extra. Además de cabalgar bien tenía una cara como de bandolero o pistolero de una película de Sergio Leone, unas facciones de aguafuerte en un libro de viajes románticos: la piel muy morena, los ojos negros, el pelo negro y crespo, los rasgos toscos, como tallados en madera. Quizás empezaron poniéndole unas patillas postizas, para completar el disfraz, pero poco después él dejó crecer exageradamente las suyas, y ese fue el primer signo de una transformación que no se interrumpía cada tarde al final del rodaje. Las patillas desmedidas de hacha volvían extravagante su presencia sobria de hombre del campo, que habría sido cómica si no viniera acompañada de una perfecta seriedad.

La gente empezó a llamarle Curro Jiménez, como al protagonista de la serie. Y poco después, según se rodaban nuevos capítulos, en los que él seguía teniendo una participación muy modesta, empezó a salir a la calle vestido de pies a cabeza con su traje de bandolero. Aquel hombre, que muy poco tiempo antes era idéntico a cualquiera de los hortelanos y jornaleros que vivían en el barrio, ahora iba gallardamente por la calle con pañuelo a la cabeza y una ropa como de guerrillero o bandolero de los tiempos de la guerra de la Independencia, o los de Fernando VII, con una montera sobre el pañuelo rojo anudado a la nuca, una chaquetilla corta, una faja ceñida a la cintura, los pantalones enfundados en unas botas altas, las espuelas tintineando en los talones. Compró un trabuco en la tienda de un chamarilero, o se quedó con uno de los que se usaban en la serie. De su faja roja sobresalían la empuñadura y la punta de una faca pulida.

Cuanto más completa era su transformación, con mayor gravedad se presentaba en público, como desafiando de antemano a quien fuera a burlarse. Cuando salió por primera vez montado en un caballo blanco idéntico al que cabalgaba el protagonista, ya fue evidente la aceleración de su desvarío, lo que este había tenido de cumplimiento gradual y metódico de un programa.

Terminó el rodaje, al cabo de varias temporadas de éxito, y se emitió el último capítulo. Las apariciones de nuestro paisano nunca dejaron de ser ocasionales: cabalgando entre otros jinetes, sirviendo jarras de vino en alguna taberna, aclamando a alguien debajo de un balcón. Quizás había tenido ilusiones de progreso en el mundo de la interpretación que no llegaron a cumplirse. Pero ya no regresó a su antigua vida, que se le habría vuelto insufrible. Abrió una taberna en los bajos de su casa, y colgó en la puerta un letrero con el nombre tallado en madera: TABERNA DE CURRO JIMÉNEZ. La taberna estaba decorada como las que aparecían en la serie, con un atrezo entre exótico y rústico: barriles y botas de vino, ristras de ajos, herramientas del campo por las paredes encaladas de gotelé, vigas bajas de madera, botijos, carteles taurinos. El éxito del principio no duró mucho más que el recuerdo de la serie. Curro Jiménez ataba su caballo a la reja —auténtica— de su casa, y esperaba en el interior sombrío, con olor a vino y a madera, vestido de bandolero, mirando hacia la claridad de la calle, demasiado apartada para atraer mucho público. De vez en cuando aparecían unos turistas extraviados y tomaban fotos, contentos de encontrar por fin huellas de la Andalucía auténtica en aquella ciudad sobria y más bien manchega. Curro Jiménez se fotografiaba con ellos a cambio de una propina. Se fue haciendo mayor y las patillas se le agrisaron, aunque él las teñía de un negro de betún. Dejó de montar a caballo pero no de ir por ahí vestido de bandolero. En la taberna clausurada siguió colgando el letrero con el nombre del héroe. Y allí permaneció también el tejadillo pintoresco y postizo que amenizaba la fachada. Curro Jiménez, viejo y misántropo, vestido de bandolero de los pies a la cabeza, andaba desconcertado por la calle, sin que la gente se fijara ya apenas en él, como si no encontrara la puerta que lo llevara de regreso a la realidad.

63

Desde el principio ha sido el camino con sus azares y la parodia como método lo que articulaba el relato. Al llegar don Quijote por segunda vez a la venta de Juan Palomeque, ahora con una troupe que incluye al cura, al barbero, a Dorotea y a Cardenio, y a la que muy pronto se añadirán en tumulto nuevos personajes, el modelo narrativo cambia de lo errante a lo sedentario, y del campo abierto al espacio cerrado, siguiendo un arquetipo tan antiguo como el del viaje, aunque opuesto a él, o complementario, el de la posada o la casa de campo en la que un cierto número de habitantes y huéspedes intercambian sus historias. El lugar cerrado es un espacio físico pero sobre todo un marco que agrupa y unifica los relatos, igual que antes los ha enhebrado el camino. Es la casa de campo en la que se han refugiado esos jóvenes de clase alta de Florencia que entretienen el tiempo contándose historias en el *Decamerón*. Cada invitado cuenta su cuento por turno, y esa es su única actividad conocida, su tarea exclusiva de portavoz. Entre cada narrador y su historia hay la misma distancia aséptica que separa las historias de quienes las escuchan. Son narradores y oyentes, pero nada más.

En la venta cochambrosa de Juan Palomeque no existe ese orden, que tiene algo de la elegancia geométrica de una danza cortesana. Hay muchos personajes y muchas historias, pero los unos y las otras son muy diversos entre sí. Los jóvenes de Boccaccio pertenecen de manera uniforme a la clase alta y se expresan en un mismo lenguaje. En la venta de Juan Palomeque están representadas todas las clases sociales y casi todos los oficios de la España de Cervantes. La venta es un microcosmos social en el que se encuentran amontonadas y confundidas personas que por su origen y condición habitan mundos muy distintos, y esa promiscuidad se corresponde con la de las historias que cuentan, leen, escuchan, inventan, viven, presencian. Hay campesinos, hay mozos de mulas, hay arrieros, hay cuadrilleros de la Santa Hermandad, hay criadas que rozan la prostitución, un cura, dos barberos, un magistrado de alta jerarquía, un militar que vuelve empobrecido del cautiverio de Argel, una mujer musulmana con la cara tapada por un velo, un personaje de la alta nobleza, un adolescente heredero de una gran fortuna que lo ha dejado todo por amor, una mujer bella y batalladora y otra igual de bella pero desmayada y pasiva, un hidalgo disfrazado con armas de al menos un siglo atrás que asegura ser caballero andante, un hombre joven que ha vivido durante meses en una especie de estado salvaje causado por la locura.

En medio de toda esta gente, don Quijote se desdibuja y se eclipsa, se vuelve más crédulo, obstinado y ridículo que nunca. De todo este reparto humano, él es el único que no ocupa un lugar seguro en el orden social. El nombre que lleva es inventado, y el título de «don» que le pone por delante es otra impostura. En un mundo en el que la ropa es un uniforme que designa sin ambigüedad el oficio y el rango de cada uno, don Quijote lleva una indumentaria militar descabalada y anacrónica que manifiesta su excentricidad tanto como el lenguaje rancio que usa. Otros poseen un rango verdadero, en virtud del cual habitan el mundo elevado de la literatura y de las historias amorosas: don Fernando, Dorotea, Cardenio, Luscinda, doña Clara y don Luis, los dos adolescentes enamorados. El oidor se inviste con tranquila arrogancia de esa posición en lo más alto de la burocracia cortesana que le permite viajar en un coche camino de Sevilla y del destino privilegiado que le espera en las Indias. Su hermano infortunado, el cautivo, es pobre y ha sufrido mucho, pero tiene derecho al orgullo de su origen *en un lugar de las montañas de León*, y además posee la dignidad irrefutable de su heroísmo militar y su coraje durante el cautiverio en Argel.

Al otro lado de la tajante divisoria social están los criados, los trabajadores, los campesinos, los venteros, los cuadrilleros de la Santa Hermandad: el mundo que habitan no es el de la alta efusión sentimental y las aventuras novelescas, sino el del entremés y la burla, el de la vulgaridad de lo real. Ambos mundos se yuxtaponen pero no se encuentran de verdad: don Fernando o Cardenio nunca van a enamorarse de la hija del ventero; Sancho y el barbero al que don Quijote dejó sin su bacía se pelean a puñetazos con gran júbilo de un público que aplaudiría igual una función de títeres de cachiporra: pero si los señores pelearan entre sí sería en un duelo con espadas y nadie se atrevería a reírse de ellos.

Solo los pobres son grotescos y feos, como la infortunada Maritornes; los pobres y también don Quijote, que no pertenece ni a un mundo ni a otro, que oscila imprevisiblemente entre la sensatez y la locura, entre la nobleza y la parodia, y es más ridículo cuanto más aspira a lo sublime. Se considera a sí mismo un caballero, pero los jinetes que llegan al amanecer a la venta, aunque son criados, lo tratan con desprecio, y hasta Maritornes y la hija del ventero se burlan cruelmente de él. Al lado de un verdadero militar como el cautivo, don Quijote se desmorona en su hojarasca retórica, y luego se queda en silencio, borrado por un relato de heroísmo cierto que no es el suyo, y cuando vuelve a aparecer, interrumpiendo las narraciones y los reencuentros felices de otro, es para combatir en paños menores y en estado de sonambulismo contra unos pellejos de vino.

Tan numerosas y variadas como los personajes, las historias pululan por la venta. La trama romántica de los amores cruzados —Luscinda, Cardenio, Fernando, Dorotea— había sido hasta ahora un relato fragmentado entre varias voces, y se resuelve de pronto en un reencuentro prodigioso al que asisten con sus propios ojos los testigos: en la cima del repertorio novelesco, el reconocimiento instantáneo y por sorpresa de los que llevan separados mucho tiempo, el espacio menesteroso de la venta se convierte en escenario de teatro.

Llegan más viajeros y traen sus historias, algunas de las cuales se enredan con las que ya conocíamos, contadas en un crescendo de voces que tiene algo de jovial polifonía expansiva, como en los finales de acto de la ópera bufa.

64

Pero hay por debajo otro manantial narrativo, que emerge y vuelve a esconderse, y surge de nuevo en un quiebro o guiño final, cuando todos los hilos de las tramas diversas se han entretejido satisfactoriamente. Es ese momento en que aparece de nuevo algo que se mencionó al principio y que ha sido olvidado entre tanto barullo: la maleta en la que el ventero guardaba unos libros y papeles manuscritos, la *maleta vieja atada con una cadenilla* que alguien dejó olvidada en la venta, y que contiene otro tesoro de historias, no contadas en voz alta sino escritas.

Es como ese cofre que los náufragos de *La isla misteriosa* creen haber encontrado por azar en la playa, y que contiene todo tipo de herramientas y objetos necesarios para mejorar su vida de colonos en la isla de Lincoln. Al final se sabe que ese cofre lo dejó ex profeso para ellos el capitán Nemo, que tiene oculto su Nautilus en una gruta de la isla, y que ha velado en secreto por ellos desde que naufragaron, sin hacerse nunca visible. El personaje igual de invisible y también omnipresente que dejó la maleta en la venta como si la hubiera olvidado es el propio Cervantes.

Es la maleta que hubiera llevado un viajero como él: bien abastecida de lecturas, igual de puro entretenimiento que de historia, y conteniendo también esas obras copiadas a mano que circulaban entonces tanto como los libros impresos, y que podían ser más libres y aventuradas que ellos, porque no estaban sometidas a la censura. Hay un libro de caballerías, de los más disparatados, *Don Cirongilio de Tracia*, los que irritaban y seducían a Cervantes, desatando su poderoso espíritu de parodia; hay tres libros históricos, sobre caballeros heroicos que existieron de verdad, el Cid, el Gran Capitán, García de Paredes. Está la pieza más misteriosa porque en el manuscrito no consta el nombre de su autor, la *Novela del curioso impertinente*, y junto a ella otra más que ya no da tiempo a leer, la de *Rinconete y Cortadillo*, que el cura se lleva como un tesoro secreto y anónimo consigo.

En el último momento, en las efusiones de la despedida, el ventero se acerca al cura y le da unos papeles que estaban también en la maleta, pero que no había visto hasta ahora porque estaban *en un aforro*. En la ocasión anterior el ventero había dicho que guardaba la maleta por si volvía su dueño, pero ahora ha cambiado de opinión, *que pues su dueño no había vuelto más por allí, que se los llevase todos.* Y ahora ese viajero es una figura que empieza a perfilarse, a la manera indirecta y como de juego de adivinanza que es la firma invisible del propio Cervantes. El cura, lector siempre ávido, echa un vistazo rápido a esos papeles y lee el título, también escrito a mano, *Novela de Rinconete y Cortadillo.* Por ahora no hay tiempo de leer más: *Entendió ser alguna novela, y coligió que, pues la del* Curioso impertinente *había sido buena, que también lo sería aquella, pues podía ser fuesen todas del mesmo autor.* El cura se la guarda *con presupuesto de leerla cuando tuviera comodidad*, pero ya no se sabe nada más. Y así Cervantes juega una vez más a mostrarse escondiéndose, a dejar el rastro de su presencia al fondo de la escena en la que se mueven los personajes que él mismo ha inventado. Quizás el cura, que dijo ser amigo suyo y ha leído *La Galatea*, no reconocerá tantos años después el estilo del autor sin nombre que ha cambiado tanto desde que publicó ese libro, su única obra impresa antes de *Don Quijote.*

Para el lector de 1605, *Rinconete y Cortadillo* no es más que un título, en el que es difícil que repare o vuelva a pensar. Cervantes ha dejado una pista que no se resolverá del todo hasta que *Rinconete y Cortadillo* aparezca en el volumen de las *Novelas ejemplares.* Es el juego secreto en el que se complace un novelista sabiendo que muy pocos lectores van a reparar en él, y que en el fondo no hace falta que lo hagan. Y es un sigiloso autorretrato:

es el Cervantes viajero forzoso que anduvo tantos años por los caminos de Andalucía y la Mancha, ocupándose de misiones ingratas, muy difíciles, tratando con labradores, alcaldes, arrieros, alguaciles, alojándose en ventas calamitosas, llenas de gente de toda condición, de ruidos, de animales de carga, con una maleta en la que guardaría sus documentos oficiales, sus cartapacios de cuentas que no cuadraban nunca; y también las historias que mientras tanto iba escribiendo, aunque nadie se las solicitaba y era posible que se quedaran siempre en copias manuscritas, el escritor tenaz que no publica y no se desalienta, que ha de escribir en los ratos perdidos y en la incomodidad de esos corrales y camaranchones que poco a poco pasaron a formar parte de la historia más compleja que iba surgiendo en su imaginación.

Quien se encontrara con él no pensaría que era un literato. Los literatos estaban en la corte o en sus cercanías, y se buscaban la vida a la sombra de algún señor poderoso, a costa de humillarse ante él y halagarlo en las dedicatorias serviles de sus obras. Los literatos solo pueden ganarse decentemente la vida escribiendo para el teatro, y teniendo éxito en él.

Este hombre que ha dejado su maleta en la venta y puede que vuelva alguna vez a recogerla no ejerce ninguno de esos papeles. Su trabajo son las cuentas y los informes administrativos, no los versos. Publicó hace muchos años ese libro pastoril que nadie recuerda, y logró estrenar algunas comedias que según él lograron cierto éxito, pero después pasaron de moda, borradas por el triunfo del teatro de Lope de Vega. En los veinte años que son el corazón de la vida adulta, entre los treinta y los cincuenta y tantos, no ha vuelto a publicar nada, no ha estrenado ninguna comedia. Lo que sabemos de él en todo ese tiempo es mucho y es poco, casi nada, aunque muy revelador: que ha viajado sin pausa por Castilla y Andalucía, y conocido por igual el hormiguero humano de Sevilla y los pueblos habitados por campesinos pobres y por hidalgos con escudos de armas labrados en piedra en las fachadas de caserones ruinosos; que ha solicitado en vano puestos oficiales en las Indias, amparándose en su historial de soldado veterano y mutilado; que ha tenido que dedicar su tiempo, su inteligencia y su energía a requisar trigo y cebada y a recaudar impuestos atrasados; que ha leído mucho y escrito mucho, poemas, narraciones imitadas de las de su querida Italia, novelas cortas manuscritas que quizás habrá olvidado alguna vez en alguna venta, urgido y agobiado por sus tareas; que ha estado varias veces en la cárcel y no se molesta en ocultarlo; que no ha perdido nunca el orgullo de haber combatido con arrojo en la batalla naval más grande del siglo, cuyo recuerdo, sin embargo, se ha difuminado con los años.

65

A Cervantes no le basta con reunir en la venta el máximo de formas posibles de contar: también se detiene en las modalidades distintas en que los relatos son recibidos, leídos, escuchados, creídos o no, porque esas diferencias permiten descubrir el modo en que las historias varían según quién las reciba. El ventero, a diferencia de don Quijote, es un hombre práctico y astuto, pero tampoco sabe distinguir la fantasía caballeresca del relato histórico, en gran medida porque los dos llegan a él con la autoridad de la palabra impresa y encuadernada en un volumen. El analfabetismo no es un impedimento para disfrutar de esas historias: hasta treinta segadores pueden escuchar a la vez al que puede leerlas en voz alta. Pero no todos los que escuchan la misma historia encuentran lo mismo en ella: el ventero se fija en las batallas; su mujer, su hija y Maritornes no celebran los actos de heroísmo guerrero, sino las efusiones amorosas entre los caballeros y sus damas.

El libro de caballerías ofrece un entretenimiento indiscriminado y vulgar. Es el cura, dotado de una gran sofisticación lectora, el que sabe apreciar desde las primeras líneas el manuscrito de *El curioso impertinente*, y también lo lee a los demás en voz alta. No se sabe si el dueño de la maleta es el autor de la historia o un lector entusiasta que se tomó el trabajo de hacer o encargar una copia. La historia se difunde con una pura fuerza espontánea, sin el nombre de su autor y sin el permiso de una autoridad que podría haberla mutilado o prohibido por su evidente carácter licencioso, a causa del cual se consideraban reprobables estas *novelle* casi siempre venidas de Italia. Es la inquietud y el desconcierto que despierta siempre la pura ficción en los censores potenciales.

66

El oído absoluto para el idioma es un rasgo de la curiosidad universal de Cervantes, de la amplitud y la profundidad de su experiencia de la vida, en la que el infortunio y los desengaños no han minado su atención cordial hacia toda la variedad de los seres humanos. Es el hijo del cirujano sordo y pobre, el nieto del funcionario insolente y pomposo, encargado de administrar los bienes incautados por la Inquisición a sus víctimas: hijo y nieto de gente nómada, y nómada él mismo más que ningún otro, conocedor de todos los caminos de España e Italia y de las ciudades más populosas de su tiempo, Sevilla, Lisboa, Argel, Córdoba, Roma, la prodigiosa Nápoles; y también de los pueblos grandes de labradores en Andalucía y en la Mancha, las aldeas, las trochas difíciles de Sierra Morena, las temibles ventas en las que debió de pasar tantas malas noches, y tantas horas de conversación con la gente viajera, dotado de una sensibilidad infalible para las bellezas y las vulgaridades del habla popular, y para las tonterías y los tics del idioma, de los que extraía un efecto cómico y un modo de caracterización de cada personaje, como hicieron mucho después Dickens, Galdós, Flaubert, Proust.

Uno lee a Shakespeare y piensa que supo imaginarlo todo: Cervantes parece que lo ha visto todo, haberlo atesorado todo a lo largo de su vida, tan incesante de peripecias como de lecturas y proyectos literarios, y que ha prestado atención a cada historia escuchada o leída. La escrupulosidad lingüística de don Quijote, que reprueba, no sin impertinencia, cualquier error de quien habla con él, es tan severa como la de un director de orquesta que distingue la menor nota falsa en el sonido colectivo de los instrumentos. Cervantes identifica las hablas específicas de los oficios y de las clases sociales, las jergas de los delincuentes y las de los leguleyos y los defensores del orden, las de los soldados, los pastores, los clérigos, los venteros, la gente del hampa, los presos. Su agudeza en la observación es tan excepcional como la amplitud de sus lecturas y de su experiencia directa del mundo. Tiene la cultura literaria de alguien que hubiera pasado la vida sosegadamente entre libros, y la frescura de percepción de alguien que no ha dejado nunca de comprometerse a fondo en la vida real, por voluntad propia o por azar, incluso por mala suerte. Se ha empapado de literatura guerrera y heroica y ha sido soldado durante muchos años y ha combatido en batallas sanguinarias. Ha leído novelas picarescas disfrutando y aprendiendo de ellas y ha conocido muy de cerca a los marginados y los delincuentes que las inspiran. Ha sido cautivo cinco años y ha sentido el miedo a la tortura y a la ejecución. En Shakespeare nos asombra el contraste entre lo limitado de la experiencia personal y la riqueza lujuriante de los personajes y las pasiones a veces criminales que retrata. Pero la vida de Cervantes es todavía más aventurera que la de cualquiera de sus héroes. Sus años tardíos de dedicación sedentaria a escribir se parecen a los de Joseph Conrad, que alimentaba su fertilidad narrativa sin tregua con los recuerdos de todo lo viajado y vivido antes, en su retiro campestre inglés. Conrad, que escribía en una lengua prestada, escribe con un estilo levantado y uniforme, grave, flexible hasta cierto punto, de un fluir homogéneo, en el que prevalece la voz narradora por encima de las hablas singulares de los personajes. Aunque con mayor variedad de registros, Henry James conquista muy pronto una dicción semejante, perfecta por su correspondencia con el mundo social y moral que refleja. Conrad, James, logran un efecto de rica solvencia orquestal, cuerdas llenas de matices pero muy conjuntadas, un instrumento tan persuasivo como su perfección, tan poderoso en las claridades como en las negruras, como una orquesta muy compenetrada, o uno de esos cuartetos de cuerda cuyos miembros llevan toda la vida tocando juntos.

A Cervantes también le seduce ese «gran estilo»: nadie lo ha cultivado como él en la lengua castellana. Es un estilo que está más cerca de la elocuencia que del habla: es de una naturalidad severa y lujosa, de un complicado virtuosismo sintáctico, adecuado para personajes de alta posición social, para historias pasionales que pueden desembocar en la locura o el crimen, pero que nunca estarán contaminadas de la vulgaridad de lo cotidiano. Es el estilo que alcanza su maestría plena en *El curioso impertinente* y en la que Cervantes estaba seguro que era su obra más perfecta, la que más años tardó en escribir, en la que más cuidado puso, aunque no llegara a terminarla, *Persiles y Sigismunda*. A nosotros su extremada artificiosidad nos aleja de su posible maestría. Orgulloso del éxito de *Don Quijote*, Cervantes no estaba seguro de su pleno valor literario, y sus contemporáneos la leían como un gozoso entretenimiento: si despertaba tanta risa, era difícil que mereciera admiración. También Arthur Conan Doyle estaba seguro de que lo perdurable de su obra eran los novelones históricos en los que ponía tanto esfuerzo, y que no tenían muchos lectores, y no las historias mercenarias e inmensamente populares de Sherlock Holmes.

67

En otro baúl o en otro armario de la casa encontré una novela todavía más voluminosa que *Don Quijote*. Eran tres tomos recios, con toscas tapas de cartón, impresos en un papel muy fino y quebradizo. Se titulaba *Rosa María*, y todavía me acuerdo del nombre del autor, Mario D'Ancona. La historia empieza en Triana y termina en México muchos años y varios miles de páginas después, y abarca medio mundo, desde los barrancos de Sierra Morena hasta la Patagonia y las praderas del Oeste americano. Su extensión acentuaba mi glotonería y mi ensimismamiento de niño lector, estimulado además por las ilustraciones que había cada pocas páginas, como fotogramas de películas en blanco y negro. Rosa María es una muchacha guapa y humilde que está enamorada de un joven tan pobre como ella, que aspira a ser torero y se llama Rafael. Pero la belleza de Rosa María ha despertado la lujuria de un aristócrata rico y sinvergüenza, un señorito terrateniente andaluz, hijo de una dama de alcurnia que se llama doña Petronila. El señorito rapta con engaños a Rosa María y la mantiene secuestrada en un cortijo de Sierra Morena, en parajes tan desolados como aquellos en los que don Quijote y Sancho encuentran a Cardenio. En las ilustraciones, el edificio del cortijo parecía más bien un castillo de novela gótica al filo de un precipicio. Los faros de un automóvil antiguo de mucho lujo alumbran de noche una carretera estrecha de montaña. El señorito intenta forzar a Rosa María pero no lo consigue, por la resistencia valerosa de ella, que logra huir sin sacrificar su virtud, aunque acongojada por el pensamiento de que nadie va a creerla, ni siquiera el aspirante a novillero Rafael. En una ilustración Rosa María se descuelga por una ventana sujeta a una sábana o a una soga, mirando con pavor la hondura del barranco. Rafael busca a su novia desaparecida, desconfía de ella tal vez, imaginando que lo ha abandonado porque es pobre. El rencor vuelve más enérgica su vocación de torero. Va siempre con un banderillero gracioso y charlatán que se llama el Miguillas. Rafael es guapo y valiente, y cuando empieza a tener éxito como matador es un galán de chaqueta estrecha y pelo engominado como los del cine de los años treinta. El Miguillas es leal y cobardón. Rafael es ese héroe de clase que logra, a través del toreo, del boxeo o del fútbol, un ascenso social que está vedado a la inmensa mayoría de los que lo admiran y se reconocen en él. El triunfo y el enriquecimiento del torero corrige simbólicamente el desorden del mundo.

Más de mil páginas después, Rosa María es una monja o novicia en un convento de la Ciudad de México. Al otro lado de las tapias del jardín oye el rumor de música y de multitud de una corrida de toros. Rosa María ha vivido hasta entonces aventuras tan truculentas como las de Persiles y Sigismunda. Recuerdo ilustraciones de canoas indígenas despeñándose por un torrente en los bosques de Canadá y cautividades a manos de gangsters, de indios, de gauchos malvados. Recuerdo las ilustraciones con más viveza que los detalles de la historia, tantos años después. A quien aclama la multitud en la plaza es a Rafael, que ahora se llama Rafael Granados y es uno de los matadores más célebres en España y América, siempre acompañado por su escudero el Miguillas. A pesar del cambio tan grande en su vida y del paso del tiempo, Rafael no se ha olvidado nunca de Rosa María. En las ficciones populares los protagonistas son de una perfecta belleza y los amores son para siempre. De algún modo, en virtud de azares sucesivos que rozan la predestinación del milagro, Rafael y Rosa María se encuentran y se reconocen, en el último momento, cuando ella estaba a punto de profesar como monja y él de continuar su gloriosa gira americana. Es probable que ella resulte ser, además, hija secreta de aristócratas, y heredera de un título y una fortuna más cuantiosa que la de la pérfida doña Petronila y que su hijo golfo y gandul, que habrá dilapidado la suya en borracheras y timbas de jugadores...

Rosa María era una «novela por entregas». Cada semana se publicaba un cuadernillo, llamado folletín, y había vendedores que los repartían por las casas. A una familia trabajadora el folletín semanal le costaba unos céntimos, y era más accesible que un libro adquirido de una sola vez. Era así como se difundían las novelas de Dickens, y las de los llamados folletinistas franceses. Probablemente mi abuelo materno había coleccionado y mandado encuadernar *Rosa María* antes de la guerra. La ropa, los peinados y los coches eran de ese tiempo. En mi casa, mi abuelo era el único capaz de leer y escribir con fluidez. Mi abuela, que se avergonzaba de su casi analfabetismo, leía silabeando con mucha dificultad, y nunca aprendió a escribir nada más que su nombre en la firma. Por las noches, después de la cena, antes de que yo naciera, mi abuelo abría sobre la mesa camilla uno de los tomos de *Rosa María* y empezaba a leer, rodeado de su mujer y sus hijos, entre ellos mi madre. La lectura en voz alta difundía las historias escritas igual que en la venta de don Quijote, cuando algún segador que supiera leer fascinaba a sus compañeros iletrados con las aventuras de los libros de caballerías. Mi madre recuerda que mi abuelo leía con una voz modulada y clara, engolada a veces, con un sentido instintivo del suspense y del drama. Así lo oí yo rememorar no muchos años más tarde sus infortunios y sus heroicidades, quizás en parte imaginarias, como guardia de asalto en la guerra civil. Al cura leyendo en la venta la prosa enfática de *El curioso impertinente* yo le podía atribuir una voz como la de mi abuelo, que se recreaba con la atención de un público embobado que nunca se cansaba de escuchar, a pesar del cansancio, después de un día muy largo de trabajo. Mi abuelo cerraba de golpe el libro y la aventura que estuviera viviendo Rosa María o la corrida peligrosa de Rafael quedaban en suspenso hasta la noche siguiente.

68

En las más de mil páginas de *Don Quijote* siempre es verano y llueve una sola vez. Es una lluvia fugaz, de primera hora de la mañana, tan pasajera que antes de que haya terminado vuelve a salir el sol. Es una circunstancia tan azarosa como llena de consecuencias: es el sol que brilla a través de la lluvia el que da un resplandor de oro a la bacía de latón que se ha puesto un barbero en la cabeza a modo de paraguas.

La escena, recordada, está llena de detalles sensoriales: la mañana fresca y respirable antes del calor, la lluvia breve, la figura que cabalga a una cierta distancia, el objeto metálico que reluce como hecho de oro, y que precipita como un reactivo químico la transformación de las cosas en la imaginación aturullada y literaria de don Quijote: la bacía en yelmo, el latón en oro, el barbero sobre su burro con albarda en un caballero armado y al galope.

Vuelvo al libro y leo ese pasaje y resulta que hay menos pormenores de los que yo recordaba: *En esto, empezó a llover un poco [...] y descubrió don Quijote un hombre a caballo que traía en la cabeza una cosa que relumbraba como si fuera oro...* Acercarse al texto de Cervantes es muchas veces como mirar de cerca un cuadro de Velázquez o Rembrandt: lo que a distancia, en la rememoración, es detallado y hasta prolijo, leído de nuevo es como en un cuadro una yuxtaposición de manchas puras de color y líneas sumarias. La escena bajo esa lluvia matinal que ya no volverá a caer en toda la novela solo existe completa y detallada en mi imaginación, como las figuras de Velázquez en la mente del que se aleja un poco del cuadro.

69

Cuando don Quijote llega hambriento y agotado a la primera venta, las mozas *que llaman del partido* están sentadas fuera, al fresco escaso del anochecer. Viene a recogerse un rebaño de puercos, que seguirán engordando a lo largo del verano, hasta que llegue la matanza con los primeros fríos. Al día siguiente, cuando don Quijote yace en tierra, molido por los golpes de los mozos de mulas, el campesino que lo encuentra *venía de llevar una carga de trigo al molino.* Cervantes conoce muy bien, por su trabajo como requisador, el calendario de las cosechas de cereales. Tiempo después, en la segunda salida, Sancho inventa su visita burlesca a Dulcinea, y dice haberla encontrado *ahechando trigo*: cerniéndolo vigorosamente con un cedazo para quitarle cualquier rastro *de polvo y paja* y cargarlo en costales. Los costales son más estrechos y altos que los sacos normales, y cuando están llenos de grano muy apretado pesan mucho. Los hombres los tenían que abrazar por la mitad para alzarlos del suelo y cargarlos sobre un animal de carga o en un carro. Que Dulcinea sea capaz de levantar ella sola un costal es prueba de su gran fuerza física.

Incluso en Sierra Morena, don Quijote y Sancho no tienen dificultad en dormir al raso. Esa vida a la intemperie solo es posible en verano. Cuando don Quijote le firma a Sancho el papel en el que le regala sus pollinos, la fecha que pone al pie es el 22 de agosto. El cura y el barbero, que han venido acompañando a Sancho, se separan de él, para que vaya solo a buscar a don Quijote en su penitencia desatinada, se quedan a descansar junto a un arroyo, a la sombra de unos árboles: *El calor, y el día que allí llegaron, era de los del mes de agosto, que por aquellas partes suele ser el ardor muy grande.*

La segunda parte, *El ingenioso caballero*, está publicada diez años después, pero en el tiempo interior de la historia solo ha pasado *algo menos de un mes.* Don Quijote no ha debido de recuperarse todavía del agotamiento de sus pasadas aventuras, porque recibe a sus amigos en la cama. Ha pasado menos de un mes desde el regreso lamentable a su aldea, pero cuando la acción comienza de nuevo no es a finales de septiembre, sino de marzo, o principios de abril. Lo deducimos porque don Quijote planea asistir a unas justas que se celebrarán dentro de poco en Zaragoza con motivo de la fiesta de San Jorge, que es el 23 de abril.

Pero esa cronología se desvanece enseguida, y el verano se impone otra vez, en cuanto don Quijote y Sancho emprenden su tercera salida. Cuando llegan al Toboso, todavía de noche, se encuentran con un labrador que va al campo con dos mulas tirando de un arado. Esos madrugones anteriores a la primera luz del día eran propios de los trabajos más duros del campo en agosto: cavar con azadas la tierra endurecida por la sequedad del verano; abrirla y revolverla con la hoja metálica del arado. Por las ventanas abiertas, junto al fresco del final de la noche, entraba en mi cuarto el ruido de los cascos de los animales y las ruedas de los carros, muy nítido en el silencio profundo de esa hora en la que no habían empezado a cantar los gallos.

Pero el verano de don Quijote nunca es lineal. Después del encuentro con la presunta Dulcinea hechizada, don Quijote y Sancho se cruzan por el camino con el carro de los comediantes que van a un pueblo cercano a representar un auto sacramental, y entonces resulta que debemos situar el relato no en un verano avanzado, sino muy al principio, al final ya cálido de la primavera, porque los autos sacramentales se representaban en las fiestas del Corpus, que llegan justo en vísperas de los calores del verano, entre finales de mayo y mediados de junio, según las variaciones del calendario litúrgico.

Solo en pleno verano puede ser verosímil el esplendor de las bodas de Camacho, con su despliegue de banquetes y danzas al aire libre, bajo un dosel de ramas entrecruzadas y toldos que protegen a los invitados del sol.

Este lento verano no termina nunca. Tomé Cecial y Sancho Panza, y el caballero de los Espejos y don Quijote, señores y escuderos cada uno por su lado, conversan demoradamente en la oscuridad, a lo largo de toda la noche, y en ningún momento les molesta el frío. Ya en el palacio de los duques, unas semanas después, Sancho, a punto de ser gobernador, dicta una carta a su mujer y la encabeza con la otra fecha concreta que aparece en la novela, esta más precisa aún, porque se especifica hasta el año, el 14 de agosto de 1614. Quizás era el día en el que Cervantes estaba escribiendo ese pasaje. Es una fecha que los aficionados de la cofradía cervantina deberíamos celebrar como se celebra en Dublín el 16 de junio de 1904, también un día casi de verano, por cierto, para permitir así una secuencia narrativa de casi 24 horas, con un Stephen Dedalus donquijotesco y propenso a abstracciones y quimeras y un Leopold Bloom sanchopanza, atento a la realidad del mundo exterior y a la gente común, propenso a disfrutar de la comida y a complacerse en sus demás funciones corporales. Joyce comprime el tiempo en *Ulises*, como Cervantes lo expande en *Don Quijote.* Pero los dos hacen lo que Samuel Beckett atribuye a Joyce, su maestro: *Trying to bring in as much as he could*, llenar el libro con todo lo que pudiera.

70

Cervantes tiene el rigor intelectual y el discernimiento de un crítico adiestrado en lecturas de máxima calidad en varios idiomas y en las teorías más recientes sobre la literatura: y también el fervor de un narrador oral, de un aficionado que se deja seducir por cualquier clase de relato, y que mantiene los ojos y los oídos abiertos a las cosas que la gente va diciendo por ahí y al espectáculo variado y plebeyo de la vida. Como los nombres mayores de la novela moderna, que de un modo u otro han sido sus lectores y sus herederos, Cervantes está tan atento a la vida y al habla como a las sutilezas interiores de la literatura, y no distingue entre la técnica, por usar una palabra siempre dudosa en este ámbito, y el deseo o la necesidad y el disfrute de contar las cosas tal como son o de recrearlas e inventarlas con todas las facultades de la fantasía. La parodia que se queda en parodia es un juego formal. La parodia le sirve a Cervantes, como a todos los grandes ironistas de la novela, para resaltar el contraste entre la realidad y las formas siempre insuficientes de apresarla, entre el deseo de dar cuenta precisa de lo que tenemos delante de los ojos y el impulso no menos imperioso de huir hacia lo inusitado, de explorar no lo ocurrido sino lo que habría podido ocurrir, las alternativas virtuales a los hechos. Cervantes posee el talento de la observación y el oído en la misma medida que el de la parodia, y en eso se parece —se le parecen— Flaubert, Proust, Jane Austen, George Eliot, Joyce, Galdós, que se recrean igual que él en el pastiche de los estilos elevados o los lenguajes de la pedantería y de la moda, los tics verbales y las *«idées reçues»* que atraen a los pedantes y a los tontos de cada época.

71

«¡Qué bien se ven en *Don Quijote* esas llanuras castellanas que no están descritas en ninguna parte!», dice Flaubert con admiración en una carta. Cervantes se detiene a describir muy pocas cosas. Imaginamos vívidamente la venta en la que tantas aventuras suceden y tantas historias se cuentan, pero no tenemos el menor indicio verdadero sobre su aspecto exterior, salvo el detalle de que en todos sus muros no hay más apertura que el agujero que da a un pajar. Cervantes no describe la venta porque no le da la gana y porque no tiene la menor necesidad, dado que todos sus lectores saben muy bien cómo son esos establecimientos detestables. Cervantes, como Balzac, presta mucha atención al vestuario de algunos de sus personajes, pero a diferencia de él no da en general detalles de su aspecto físico. El vestuario permite una clasificación social inmediata y precisa: una cara es más difícil de describir, porque el lenguaje no es un buen transmisor de pormenores visuales específicos. La belleza de las mujeres que aparecen en sus tramas amorosas, siempre de buena posición social, la describe de una manera admirativa pero genérica, incluso rutinaria, según los repertorios verbales de la poesía o la novela sentimental. Cuando Dorotea, aún vestida de hombre, se quita la montera y revela de golpe su verdadera identidad, *se comenzaron a descoger y desparcir unos cabellos que pudieran los del sol tenerles envidia.* Posee, desde luego, *una hermosura incomparable*, pero no se sabe nada más, porque el único pormenor físico que se describe de ella es *la blancura y la belleza de los pies* que se está lavando en un arroyo, *que eran tales que no parecían sino dos pedazos de blanco cristal que entre las otras piedras del arroyo se habían nacido.*

Más precisa es siempre la caricatura, que también es más fácil, al basarse en la exageración de los rasgos. La caricatura solo parece permitida en el caso de los servidores y los pobres. La más cruel, y la más expresiva de todas, es la de la pobre criada Maritornes, *una moza asturiana, ancha de cara, llana de cogote, de nariz roma, de un ojo tuerta y de otro no muy sana.* De Sancho Panza tenemos una idea muy clara, incluso rotunda, que sin embargo no procede del libro, sino de sus ilustraciones. Sobre el aspecto de Sancho Cervantes no dice prácticamente nada, salvo de manera indirecta, cuando asegura haberlo visto retratado en el manuscrito en árabe de Cide Hamete Benengeli: *Debía de ser que tenía, a lo que mostraba la pintura, la barriga grande, el talle corto y las zancas largas.* ¿Quiere decir eso que era alto, no rechoncho, como nosotros pensamos? ¿Uno de esos hombres de piernas flacas y largas y barriga prominente? En una frase simple y concisa se revela el retrato contundente de don Quijote: *Era de complexión recia, seco de carnes, enjuto de rostro.* Que la presunta Dulcinea no es una dama como las de los libros de caballerías, ni como las de las novelas a la italiana a las que pertenecen Dorotea y Luscinda, con sus bellezas hiperbólicas, lo confirma el aspecto físico que se le atribuye en un par de poemas burlescos al final de la Primera Parte. *Esta que veis de rostro amondongado / alta de pechos y ademán brioso.* Y hasta en su epitafio se atestigua su plebeya abundancia corporal: *Reposa aquí Dulcinea / y aunque de carnes rolliza...*

Cervantes describe con detalle a algunos personajes y a otros no. Del aspecto de la mayor parte de ellos, incluso algunos relevantes, no dice nada. No tenemos ni una mínima idea de cómo son el cura y el barbero, ni la sobrina, ni el ama. A la mujer de Sancho Panza, que además va teniendo nombres distintos hasta que alcanza el rotundo y definitivo de Teresa Panza, o Teresa Cascajo, apellido cómico que ya alude a su pobre condición social, la imaginamos gordita y redonda. Muy avanzado *El ingenioso caballero* descubrimos, no sin sorpresa, que es *fuerte, tiesa, nervuda y avellanada.* El nombre del cura, Pedro Pérez, se dice una sola vez, y es tan vulgar como si no se hubiera dicho, lo cual lo hace todavía más borroso físicamente. Del canónigo de Toledo, que es tan importante en la historia como portavoz nada menos que del manifiesto ético y estético de Cervantes, lo único que se sabe es la calidad de la mula sobre la que cabalga. Se dice *mula de canónigo* y ya no hace falta decir nada más.

En las descripciones de las novelas, casi todos los detalles los pone el lector, aunque no se dé cuenta.

72

Nunca leí aquel *Orlando furioso* que estaba en el baúl de los libros, porque empezaba a leerlo y no entendía nada, y quizás por eso me afectó más la poesía misteriosa y a veces terrorífica de las ilustraciones, que debían de ser de Gustave Doré, y que algunas veces afloraban en mis pesadillas. Miraba hechizado esas ilustraciones antes de saber leer: tinieblas turbulentas, figuras de dragones y criaturas fantásticas, entre animales y humanas, caballos alados, mazmorras como negras bocas abiertas. Hace muchos años que no he vuelto a ver el libro, y no sé si estará todavía en algún armario o baúl de mi casa de entonces, que ahora es más grande porque no vive nadie en ella, pero me acuerdo de que en una página en blanco están algunas de las primeras letras que escribí en mi vida, desiguales y separadas entre sí, conteniendo mi nombre. Las imágenes que un niño no puede comprender tienen un efecto muy poderoso sobre su imaginación. El detallismo y la barroca proliferación visual de los grabados acentuaba el efecto que tenían sobre mí. La tapa grande y pesada del libro la levantaban mis manos infantiles como si fuera la de un cofre que contuviera algo a la vez excitante y maléfico.

Sin darme cuenta, yo me asomaba al mundo imaginario que había trastornado a don Quijote. No había nadie que me explicara aquel libraco ni que me lo quitara juiciosamente de las manos. Yo no podía comunicar a nadie las sensaciones turbadoras que me producía; tampoco podía entenderlas. En los filos de las hojas y en el lomo con el título impreso en letras doradas había señales ennegrecidas de aquel fuego de treinta años atrás.

73

Uno de aquellos veranos primeros de *Don Quijote* fue también el del noble pistolero Shane, en aquella sobria película que en España titularon *Raíces profundas.* El resplandeciente tecnicolor, el tamaño de la pantalla, la música difundiéndose más allá de los muros blancos del cine de verano fortalecían el fervor épico, y el público multitudinario se removía en las sillas de tijera y aplaudía cuando el héroe derribaba de un puñetazo a un malvado, o lo fulminaba desde lejos con un disparo de revólver.

Shane aparecía en el horizonte montado a caballo como don Quijote, aunque sin escudero, tan sin pasado como él, tan sin miedo, igual de empeñado en hacer el bien y en enfrentarse con limpio coraje a los más crueles y traicioneros enemigos. Aparte de los balones de fútbol los juguetes preferidos de los niños eran las pistolas, sobre todo cuando venían en su funda, sujeta a un cinturón cargado de balas de plástico. Y yo montaba en la burra grande y difícil de mi padre, en el camino blanco de polvo hacia la huerta, y aunque iba sobre una albarda sujeta a la panza con una cincha, como el rucio de Sancho, me imaginaba que iba montado a caballo, sobre una silla y no sobre aquella albarda, por los paisajes monumentales del Oeste y no en las afueras campesinas de mi ciudad. Cada año, con las vacaciones de verano, mi padre me compraba un sombrero de paja, con una cinta que lo sujetaba a la barbilla. Yo aprendí a atar la cinta por encima del sombrero, de modo que al cabo de unos días las alas se quedaban curvadas hacia arriba, y en vez de un sombrero del campo andaluz tenía otro como los de los pistoleros de las películas.

Años después mi padre compró una yegua, que habría debido de ser más gallarda y novelesca que la burra, más parecida a los caballos del cine. Pero era una yegua mansa y paciente que nos servía sobre todo para cargar sacos y canastas de hortaliza, y tenía el cuello caído y el paso cansino, como Rocinante, aunque por suerte era más fornida. Yo iba montado sobre mi yegua o la llevaba por el ronzal —aquellos animales de trabajo no tenían bridas— por los caminos que llevaban al mercado de abastos, con toda la carga de hortaliza bien equilibrada y sujeta en los dos corvos del serón. Y mi padre me había enseñado a apretar la cincha con mucha fuerza, para que la carga no se volcara, o para no caerme luego yo, cuando al dejar la hortaliza en el mercado ya podía volver a mi casa montado en la yegua, no exactamente con la estampa de un jinete del Oeste. Había que ir con cuidado, porque ya pasaban más coches por las calles, y la yegua era asustadiza.

74

Un motivo visual brilla como un reflejo de un libro a otro en la distancia del tiempo. El oro de un yelmo fantástico en el poema *Orlando innamorato*, que Cervantes leía desde su juventud, reluce en la bacía de latón con la que un barbero montado en un burro se protege en una mañana de llovizna y de sol. Ese relumbre fugaz y engañoso de la bacía o yelmo o baciyelmo surge inesperadamente más de dos siglos después al principio del segundo capítulo de *Middlemarch*, en un epígrafe que George Eliot transcribe en español y luego en inglés. El compañero de Eliot, Henry Lewes, había escrito en 1846 un ensayo muy bien documentado sobre el teatro del Siglo de Oro. Los dos viajaron juntos por España, en aquella vida europea itinerante que tenían, por afición al nomadismo y por huir de la sociedad inglesa que censuraba una relación no legitimada por el matrimonio. En Sevilla y en Madrid George Eliot se había familiarizado con la gran pintura española, Velázquez, Murillo, Zurbarán. Cuando estuvieron en Granada a ella le gustaba perderse por las calles del Albaicín en busca del cante y el baile de los gitanos. La protagonista de *Middlemarch*, Dorothea Brooke, viene de la Dorotea bella y bravía que se ha transformado en mozo campesino de cabellos sueltos y dorados y luego en princesa Micomicona, heredera del gran reino Micomicón de Etiopía. La Dorothea de Eliot tiene una estampa parecida, porque es muy atractiva y monta con elegancia y desenvoltura a caballo, pero su temperamento es muy distinto, y sus inclinaciones y deseos. Dorotea es resuelta y terrenal y aunque disfruta con gusto de las fantasías literarias es inmune a sus efectos hipnóticos y a los desvaríos que pueden inducir en mentes algo trastornadas. Dorothea Brooke, dice Eliot, *was enamoured of intensity and greatness.* Mujer de clase media en la provincia inglesa, está destinada al matrimonio y a la vida doméstica pero ansía que llegue el momento de cobrar la herencia que le corresponde para dedicarla a hacer grandes cosas que mejoren el mundo estrecho en el que vive. Antes de citar a Cervantes, Eliot ha mencionado en el prólogo de la novela a Santa Teresa, su sueño infantil, inspirado por las lecturas de vidas de santos, de viajar con su hermano a tierra de infieles para sufrir el martirio, su imaginación exaltada por los libros de caballerías. *La naturaleza apasionada e idealista de Teresa exigía una vida épica*, dice Eliot: *¿Qué eran para ella los libros de caballerías y las conquistas mundanas de una joven brillante?* Teresa de Ávila encontró su épica, el objetivo a la altura de sus energías y su generosidad de corazón, reformando una orden religiosa. Pero Eliot sabe que muchas otras Teresas posibles, *fundadoras de nada*, quedaron frustradas por no poder dar salida a sus facultades y ambiciones, a una *conciencia impetuosa de la vida más allá de uno mismo.* Dorothea Brooke lo tiene todo para convertirse en una de tantas santateresas malogradas: el fulgor imaginativo y generoso del talento y la imposibilidad de la acción. Su romanticismo, su quijotismo, no es el de las novelas caballerescas o sentimentales, sino el de la sed de conocimiento, las ganas de comprender el mundo y hacerlo mejor; el brillo de las ideas puras la trastorna. Se pasa las noches leyendo, pero no libros de caballerías, sino de filosofía. Necesita interlocutores con los que debatir, cómplices con los que llevar a cabo sus ensoñaciones prácticas; necesita una figura de brillo intelectual indudable sobre la que volcar su admiración y a la que ayudar y alentar con toda su energía desinteresada. Es una Dulcinea en busca de caballero andante; una Oriana que en vez de esperar pasivamente a Amadís lo acompañará en sus aventuras justicieras. Inevitablemente quiere ver un brillo de yelmo de oro en una bacía de latón. En el capítulo que lleva ese epígrafe de *Don Quijote* Dorothea Brooke conoce a un hombre sobre el que proyecta su ensueño con los ojos cerrados, creyendo que los tiene abiertos. Es el severo Mr. Casaubon, erudito empeñado en una obra inmensa y admirable de historiografía religiosa, serio y austero como un eremita, con unos ojos cavernosos que a la pobre Dorothea le recuerdan la mirada del filósofo Locke, con un aire de sabiduría y hondura de espíritu, como Bossuet, como Pascal, como san Agustín, *un sabio y un santo.* A un alegre aristócrata presente en la cena, Mr. Casaubon le parece *un ratón de biblioteca reseco y cincuentón.* Celia, la hermana menor de Dorothea, quiere que se fije en lo feo que es, y en los dos lunares peludos que tiene en la cara. Celia es a Dorothea lo que Sancho a don Quijote, lo que el primer oficial Starbuck al capitán Ahab, uno de esos *reality instructors* que advierten tan en vano a los enajenados de las consecuencias calamitosas de sus actos. *Middlemarch* es una novela ejemplar, en el sentido cervantino: a costa de mucho sufrimiento, desengaño y coraje, Dorothea Brooke aprenderá a curarse de la variedad delirante de su quijotismo, pero no de la parte noble y generosa que hay en él, la que alienta en el espíritu de Santa Teresa la voluntad de no resignarse a las limitaciones personales y sociales de lo establecido, de dedicar la vida al aprendizaje soberano de la lucidez y la bondad y al activismo contra la ignorancia y la injusticia. Santa Teresa había dejado el testimonio de ese aprendizaje en el *Libro de la vida*. Mary Ann Evans, George Eliot, dejaba cervantinamente el suyo en *Middlemarch*, una ficción que era un autorretrato.

75

Por muchos años que pasen, Cervantes se ve a sí mismo como un veterano de guerra, un viejo militar mutilado que lleva visible la huella de sus antiguas heridas como medallas colgadas en el pecho. En el prólogo de la Segunda Parte sigue recordando, con una vehemencia invulnerable al tiempo, la gloria de una batalla que sucedió hace nada menos que cuarenta años: como un veterano de Vietnam que sigue rememorando en estos tiempos, en la tercera década del siglo XXI, batallas que sucedieron en los ya remotos años sesenta del siglo pasado. En la época de Cervantes sin duda la sensación de lejanía en el tiempo era aún mayor porque no había imágenes documentales que mantuvieran la memoria, y porque habría muchos menos supervivientes que hubieran llegado a una edad tan tardía como la de Cervantes, sesenta y ocho años. En la «aprobación» impresa al principio de la novela, un texto administrativo que pudo haber escrito él mismo, se le describe de manera sumaria: *era viejo, soldado, hidalgo y pobre.* Que todavía siga llamándose soldado sugiere una emoción a la vez íntima y orgullosa. Cervantes era, efectivamente, hidalgo y viejo, y seguía siendo pobre a pesar del éxito del primer *Don Quijote.* Pero soldado había dejado de serlo justo cuarenta años atrás, cuando al ser hecho cautivo y llevado a Argel se le desbarató una carrera militar en la que ya había alcanzado veteranía y mérito suficientes para aspirar a un puesto de oficial, como el que tuvo su hermano Rodrigo.

Las hipérboles que sigue repitiendo a lo largo de su vida al invocar la batalla de Lepanto —*la más alta ocasión que vieron los siglos pasados, los presentes*, etc.— pueden ser exageradas en relación con la importancia posterior de la victoria cristiana, pero no lo son en absoluto sobre la magnitud de la batalla misma. Para la mirada de un hombre de 1571 el espectáculo de las dos armadas acercándose la una a la otra y embistiéndose entre el fragor de los cañonazos no sería menos abrumador ni apocalíptico que el de los innumerables buques de guerra desplegándose frente a las playas de Normandía el 6 de junio de 1944. En su epístola a Mateo Vázquez, escrita unos ocho años después en el cautiverio de Argel, Cervantes lo recuerda todo con una inmediatez de reportero de guerra:

Vi el formado escuadrón roto y deshecho [...]
La muerte airada con su furia insana
Aquí y allí con priesa discurriendo,
Mostrándose a quién tarda, a quién temprana;
El son confuso, el espantable estruendo,
Los gestos de los tristes miserables
Que entre el fuego y el agua iban muriendo.

Sin mediar la ficción, ni la ironía, ni la elocuencia heroica, el soldado se retrata a sí mismo en el momento en que suenan las trompetas de la victoria cristiana:

A esta dulce sazón, yo, triste, estaba
Con la una mano de la espada asida
Y sangre de la otra derramaba;
El pecho mío de profunda herida
Sentía llagado, y la siniestra mano
Estaba por mil partes ya rompida.

La fiebre que lo debilitaba al comienzo de la batalla acentuaría la intensidad alucinatoria de lo que estaba viendo y oyendo; la fiebre unida al coraje y al miedo y al aturdimiento de los cañonazos, los disparos, los gritos, el ruido y la agitación del mar le haría asistir a sus propios actos como en un sueño. Llevaba muy pocos meses alistado, así que aquella sería su primera entrada en combate. El *lugar del esquife* era uno de los más peligrosos cuando se peleaba en una galera. En la galera Marquesa, alrededor del joven Cervantes, cayeron muertos cuarenta soldados. En la exaltación de la cercanía de la muerte y la furia del combate el tiempo parece detenerse, o ralentizarse. En unos segundos cabe una eternidad porque en ellos es más probable morir que vivir. El choque cuerpo a cuerpo en el que participó Cervantes acabó en hora y media. La batalla entera duró poco más de cuatro horas.

En plena lucha, sobre las planchas inestables de las galeras que chocaban entre sí, con los tímpanos heridos por las explosiones y la exaltación de la adrenalina, el soldado no sería consciente de las heridas que estaba recibiendo. Se oscurecía la tarde y el mar era iluminado por el resplandor del fuego de las galeras incendiadas. Seiscientas naves estaban incrustadas las unas en las otras, enganchadas por los remos, hundiéndose al ser alcanzadas de lleno por las balas de cañón, y provocando remolinos de agua ensangrentada en los que se ahogaban los combatientes que caían al mar.

Quien ha visto algo así y ha sobrevivido no lo olvida nunca. Con el paso del tiempo la batalla se convierte en imágenes idealizadas de pintores, en grabados de propaganda, en arengas marciales y sermones de catolicismo triunfal en los púlpitos, en largos poemas enfáticos. Poco después toda esa retórica irá dando paso al olvido. Solo el que estuvo allí preserva la memoria verdadera de lo que sucedió. Solo él puede calibrar la distancia entre las representaciones y los relatos heroicos y la realidad atroz de la confusión y la carnicería, las vidas anónimas sacrificadas, el porvenir miserable de los supervivientes mutilados.

Pasan los años, las décadas, cambian las estrategias internacionales, la geografía de los intereses y las guerras, surgen nuevos conflictos o calamidades que exigen una atención imperiosa. Solo el veterano se empeña en seguir recordando aquella guerra que fue la suya, y es consciente de que cuando él muera, cuando mueran los últimos testigos longevos, toda aquella experiencia vivida se perderá. Pero eso reafirma su orgullo en vez de apagarlo: *Tuve parte, aunque humilde, en la vitoria.* Cuando Cervantes escribe este verso en el *Viaje del Parnaso*, unos cuarenta y dos años después, sabe que ya queda muy poca gente que pueda repetirlo; y esa conciencia es un alivio parcial a la pobreza y a los sinsabores de la falta de reconocimiento literario. Su parte en la victoria pudo ser humilde, y sus muchos años de servicio militar y cautiverio no tuvieron ni de lejos la recompensa que merecían, y que sin duda él había esperado. Pero en ese mérito, y en la certeza íntima del coraje en medio de tantos peligros, no hay nadie que pueda hacerle sombra, y nadie se lo puede arrebatar, ni siquiera el miserable Avellaneda, que ha querido ofenderlo llamándole viejo y manco. El pasado militar, aventurero y marítimo de su juventud está tan presente en él que muy cerca del final de *El ingenioso caballero* Cervantes ha incluido la más bella y vívida escena naval que escribió nunca: el apresamiento de la galera berberisca en la que navega la hermosa Ana Félix, hija impetuosa del morisco Ricote, que es la última de esas mujeres aventureras disfrazadas de hombres que atraviesan como cometas la novela.

76

El pantalón militar de faena era un regalo para el soldado lector. En cada uno de sus dos grandes bolsillos laterales de lona recia cabía holgadamente un libro, aunque fuera voluminoso. En el verano de 1980, en el cuartel de Cazadores de Montaña de San Sebastián, yo llevaba unas veces mi *Don Quijote* de Austral de letra diminuta, tan recio y gastado como el propio pantalón, y otras veces llevaba un volumen de *Las mil y una noches*, en aquellas ediciones en papel biblia de Aguilar, quizás traducido por el omnisciente políglota Rafael Cansinos Assens. Después de casi un año en el Ejército yo era ya un veterano resabiado y gandul, adiestrado en las astucias de lo que el lenguaje del cuartel se llamaba el escaqueo, el talento para escabullirse de tantas obligaciones como fuera posible sin recibir un castigo. Como era oficinista, o escribiente, según la arcaica denominación militar, tenía a mi disposición un despacho diminuto y una máquina de escribir, y allí me encerraba a leer en cuanto podía, o a matar el tiempo y el tedio conversando con mi amigo del alma, Pepe Rifón, José Díaz Rifón, que iba a morir en un accidente de tráfico apenas un año después de que saliéramos licenciados del Ejército. Leíamos alternativamente *Don Quijote* y *Las mil y una noches.* En las horas llamadas de paseo dejábamos los uniformes en las taquillas que nos alquilaban en un bar y nos íbamos de paisano a beber zuritos de cerveza y txikitos de vino tinto por los bares de la Parte Vieja. Siempre que recuerdo mi primera juventud me veo a mí mismo suspendido en el aire, como un equilibrista torpe, sometido al vértigo de un porvenir que era un puro espacio en blanco, tan incierto como la España convulsa de los últimos años setenta. La pausa forzosa del servicio militar era el preludio de otra vida que uno no sabía cómo podría ser, con una carrera universitaria que no parecía que fuera a servirme de gran cosa, sin expectativas de trabajo, de nada. También se había quedado en suspenso y quizás perdida para siempre la novela que hubiera querido terminar durante el verano anterior a mi entrada en el Ejército. Es muy fácil que un libro interrumpido o abandonado se malogre. En la dura máquina de escribir de mi oficina yo escribía cuentos que mandaba a concursos en los que nunca llegué ni a finalista. Mandé uno al Premio Ciudad de San Sebastián, en el que daban la cantidad inconcebible de cien mil pesetas. Nuestro sueldo mensual como soldados era de 500. Esperé mucho tiempo y luego me olvidé de esperar. Creía que mi nombre y mis apellidos eran demasiado vulgares para un escritor. Hubo épocas en las que estuve cavilando posibles pseudónimos de más fuste literario. Mi amigo Rifón, que tenía una idea bastante desdeñosa de las vanidades intelectuales, me vaticinaba, como el que intuye una desgracia: «Acabarás escribiendo en un suplemento cultural».

Pero nos unía la risa y el amor por aquellos dos libros, que según los íbamos leyendo nos parecían más semejantes entre sí: la vida en los caminos, la pululación de gente y de historias, los cuentos que alguien empezaba a contar en el interior de otro cuento. Cada mañana, entre la formación de diana y el toque para el desayuno, yo me tumbaba en mi camareta y leía un capítulo de *Don Quijote*, o un cuento de *Las mil y una noches*. Nos escondíamos en la lectura como en aquellos lugares secretos del cuartel en los que nadie podía encontrar al veterano astuto que se escaqueaba en ellos. Lo que para mí era tan tortuoso cuando me sentaba a escribir, la sequedad de la imaginación, la imposibilidad de hilar una secuencia narrativa y engarzarla en otra, en esos dos libros manaba tan sin esfuerzo como el caudal de un arroyo. En nuestras conversaciones golfas por la Parte Vieja Pepe Rifón y yo intercambiábamos nombres fastuosos de héroes y criaturas fantásticas de *Las mil y una noches* y de encantadores o gigantes cervantinos: Brandabarbarán de Boliche, Pandafilando de la Fosca Vista, el Gran Mameluco de Persia. Sentir el peso del libro en el bolsillo generoso del pantalón de faena era una garantía de felicidad. Bastaba abrirlo en aquella penuria cansina del cuartel y era como frotar una lámpara mágica o encontrar un tesoro al fondo de una cueva. Bastantes años después, en otro continente, en otra vida, escuché a Salman Rushdie contar que la primera vez que leyó *Don Quijote* se dio cuenta de que en la retahíla de historias que se van sucediendo, sobre todo en la Primera Parte, reconoció el mundo de *Las mil y una noches*, la tradición de todos aquellos relatos enlazados entre sí que desde la India llegaron a Europa transmitidos por peregrinos y comerciantes a lo largo de la Ruta de la Seda.

77

La prosa de Cervantes, como la de Montaigne, es algo más que un estilo personal ajustado al relato de la propia experiencia y a la visión particular del mundo: es un instrumento que puede ser tan de utilidad pública como cualquiera de los de observar y medir inventados hacia principios del siglo XVII, como la perspectiva de Caravaggio o el telescopio de Galileo, o el microscopio de Robert Hooke o de Leeuwenhoek, como la cámara oscura que pudo usar Vermeer. Es una prosa que transmite los procesos de la inteligencia y del ánimo y a la vez los disciplina y encauza; una prosa tan útil para la ficción como para la autobiografía, y también para la fijación y la transmisión del conocimiento en todos los campos que estaban abriéndose entonces. Es la prosa lúcida y casi científica de Bacon, que la aprendió de Montaigne, la que tendrán luego los informes de la Royal Society, las crónicas de viajes de Bougainville y de Cook, los ensayos de Locke y las indagaciones psicológicas de Hume, los «salones» y los diálogos de Diderot, que tiene un eco tan poderosamente cervantino en esos dos personajes conversadores y errantes que son Jacques el Fatalista y su señor. En francés la continuó Stendhal, en sus novelas, y más todavía en sus diarios, relatos de viajes, apuntes autobiográficos y confesionales.

Es una prosa como un limpio cristal a veces, y otras como una lente de aumento, que permite observar con claridad lo visible; y también lo bastante cargada de imaginación y de ironía para indagar en lo que no está a la vista. Es una prosa que continuamente purga y depura el idioma a través de su empeño de precisión y de su capacidad de parodia de las tonterías y las rutinas verbales; que aspira a la fluidez del habla llana y capta la variedad de las voces, y que al mismo tiempo las eleva hasta un máximo de intensidad expresiva sin desnaturalizarlas.

Precisamente ese impulso de naturalidad sirve para delatar por contraste las hinchazones y los amaneramientos de lo demasiado literario. Esta prosa recicla y depura el idioma como las ostras que mantienen limpia el agua de una bahía filtrando las partículas de las que se nutren. Transmiten su ejemplo Cervantes por su lado y Montaigne por el suyo, y a veces los dos conjuntamente: Stendhal procede en la misma medida de los dos. Sus viajes a Italia parece que siguen la huella por el relato del viaje de Montaigne, igual que sus reflexiones azarosas sobre esto y lo otro, sobre su vida íntima, la gente que encuentra en los caminos, la pintura, la ópera. Su prosa escrita como sobre la marcha y velozmente fluye igual que la prosa de agua fresca de Cervantes. El camino a lo largo del cual va transcurriendo el espejo de la novela es el de las peripecias errabundas de don Quijote y Sancho, o las de Rinconete y Cortadillo.

La prosa española no tuvo acceso al modelo de Montaigne: aislada por la cerrazón del país y la vigilancia de la Inquisición, se contrajo y se esterilizó en palabrería eclesiástica y retorcimientos barrocos, igual que las universidades se quedaron fosilizadas en la escolástica, en santo Tomás y Aristóteles. Era una prosa que no servía ni para inventar el mundo ni para describirlo, ni para ejercer la racionalidad; privada de un instrumento así, la conciencia carecía de un espejo en el que observarse a sí misma. La claridad, la naturalidad perdieron un prestigio que en el fondo todavía no han recuperado. *Gloria me ha dado hacerme oscuro*: cuántos escritores en español, en las dos orillas del idioma, podrán repetir esa arrogancia de Góngora. Hacerse oscuro es una astucia conveniente cuando cualquier desliz puede *llevar a los hombres al brasero / y a las mujeres a la casa llana*, según dice el alcalde orgullosamente analfabeto de un entremés cervantino. La prosa ya no dice lo que parece decir. No es un instrumento que pueda servir por igual a cualquiera que desee utilizarlo. Es un simulacro, una envoltura lujosa de la nada, y lo que se esconde en ella solo puede comprenderlo quien comparta con el autor el código de su interpretación.

Montaigne no llegó a la España de entonces (aunque parece que Quevedo pudo leerlo). Pero Cervantes estaba aquí, y habiendo escrito en esta lengua, permanece en un limbo extraño, el de la obra muy leída que no provoca resonancias, que no origina una tradición. Donde Cervantes tiene discípulos entusiastas es donde también los tiene Montaigne: en Francia, en Inglaterra. Diderot, Fielding, Sterne, Jane Austen, George Eliot, Dickens, Balzac, Flaubert vindican su linaje cervantino. Aquí lo más que hay son parodias groseras de *Don Quijote*. Pedro Álvarez de Miranda me dio la pista sobre los quijotes paródicos del siglo XVIII, libelos toscos contra la Ilustración, que se prolongaron durante el negro reinado de Fernando VII, cuando hay novelas sobre liberales que han enloquecido leyendo no libros de caballerías, sino la Constitución de 1812.

La prosa de Cervantes y Montaigne es un instrumento tan de máxima utilidad expresiva como el verso blanco de Shakespeare, o los versículos de la Biblia del rey Jacobo —y los de la Biblia castellana proscrita de Casiodoro de Reina—: son a la vez formales y flexibles, y sirven lo mismo para la concisión que para el desbordamiento, para la sobria reflexión y el libre vuelo de lo imaginario. Es en esta prosa en la que Cervantes cultiva un género nuevo que ha inventado sobre la marcha, como ha ido haciendo tantas cosas, sobre todo en los últimos diez o quince años de fertilidad extraordinaria de su vida. Es un tono de escritura que se parece al de Montaigne, y que no tiene continuidad en español después de su muerte: la confesión tranquila, la rememoración de viejos tiempos, la divagación personal que usa en los prólogos de 1605 y 1615, y que va mejorando en cada uno de los libros que publica, en el prólogo de las *Novelas ejemplares*, el de las *Comedias y entremeses*, en la prodigiosa *Adjunta al Par-*

naso de 1614, y en lo que puede que sea la cima de toda su escritura, la dedicatoria y el prólogo de *Persiles y Sigismunda*. En las *Novelas* Cervantes ha perfeccionado la desaparición del autor, tan a conciencia como su discípulo de más de dos siglos después, Gustave Flaubert. En *Don Quijote* Cervantes está apareciendo y desapareciendo siempre, sobre todo en la Primera Parte, en la que aún no ha desarrollado plenamente las posibilidades de Cide Hamete.

En los prólogos es él mismo quien habla, igual que en los interminables tercetos encadenados del *Viaje del Parnaso*, donde lo notamos sometido a unos rigores de métrica y de rima que obedece con poco éxito, y quizás con desgana. Pero terminan los versos, y empieza la «adjunta» en prosa, y asistimos de inmediato a una fulguración expresiva. El talento de Cervantes tiende de manera natural a las expansiones y las libertades de la prosa; de inmediato se resiente cuando debe ajustarse a las limitaciones formales y la exigencia de síntesis del verso. A lo largo de los ocho capítulos en tercetos nos hemos visto confrontados de manera turbadora con la que sin duda es su propia voz: el yo confesional, sarcástico, lúcido pero también rencoroso, vindicador del propio mérito y herido por la falta de reconocimiento, resentido al comparar su relativa oscuridad con el éxito desproporcionado o inmerecido de otros.

Es solo al llegar al epílogo en prosa cuando la voz de Cervantes se escucha sin distorsión: sin las afectaciones de la retórica ni los fatigosos lugares comunes de la mitología, con una claridad en la revelación de lo más despojado y verdadero de uno mismo que a mí solo puede recordarme, de nuevo, a Montaigne. Cervantes se expone, en el doble sentido de la palabra: se muestra a sí mismo tal como es, y se arriesga al mostrarse, porque está haciendo visible su vulnerabilidad, lo que hay también en él de vanidoso y mezquino. No hay una máscara: *Yo socarrón, yo poetón ya viejo.* Hay orgullo y hay queja, conciencia de lo que ha logrado y dolor simultáneo por todo lo que se le negó siempre, lo que el éxito popular de *Don Quijote* no compensa. Cervantes no se desconsuela por no haber triunfado en el teatro, ni por no haber recibido la consideración como poeta que hubiera deseado tener, incluso por no estar muy seguro de sus facultades. En uno de los tercetos del *Viaje* ha definido con toda claridad su actitud: *Nunca me contenté ni satisfice / de hipócritas melindres. Solamente / pedí alabanza de lo que bien hice.*

78

La mirada realista o cómica queda cancelada en las representaciones del amor. Es el origen noble o, en su ausencia, la riqueza lo que da derecho a los personajes al heroísmo verdadero y al amor pasional, y por lo tanto a ese estilo levantado en el que Cervantes y sus contemporáneos reconocen lo que nosotros llamamos la literatura. El realismo y la burla se quedan para los pobres, como en los cuadros de Bruegel. Bruegel pinta campesinos borrachos y comilones, pero se guarda mucho de representar así a aristócratas o eclesiásticos. Don Quijote es un intruso en la clase alta y en la literatura. Tiene un linaje tan dudoso que no hay ninguna seguridad sobre su verdadero apellido, y que se llame a sí mismo «don» es uno de sus dislates, según observa la muy aguda Teresa Panza: *y yo no sé por cierto quién le puso a él* don *que no tuvieron sus padres ni sus agüelos.* Su pretensión de ser caballero es tan irrisoria como su amor inventado por una campesina del pueblo de al lado a la que es dudoso que haya visto alguna vez y a la que le ha puesto el bello nombre *músico y peregrino y significativo* de Dulcinea del Toboso. La gente trabajadora se aparea más bien zafiamente. La pobre Maritornes, a la que Cervantes ha retratado con una brutalidad en la que ya no vuelve a incurrir con ningún otro personaje, se ha citado con un arriero que se aloja en la venta *para satisfacerle el gusto en cuanto le mandase*, y él la espera no en una cama, sino tendido sobre las mantas y los aparejos de sus mulos.

El amor literario, el que siglos después se llamará romántico, surge súbitamente entre hombres y mujeres jóvenes de alta posición y perfecta belleza, que tienen nombres rebuscados y sonoros, y está sujeto a contratiempos exteriores —separaciones forzosas, raptos, naufragios— y con cierta frecuencia también al tormento de los celos, y siempre limpio de cualquier indicio de sensualidad verdadera o flaqueza carnal. La única excepción es Dorotea, que confiesa haberse entregado a don Fernando, aunque solo después de obtener de él una promesa formal de matrimonio, y a la que Sancho, fascinado por ella desde el primer momento que la ve, la espía cuando se está *hocicando* —la palabra es tremenda— con su esposo recobrado, quien *a hurto de los ojos, había cogido parte del premio que merecían sus deseos.*

Quizás la sensualidad de Dorotea es permisible porque no es hija de nobles, sino de labradores que no por ser ricos son menos plebeyos. El talento supremo que tenía Cervantes para contar lo real y para burlarse de lo engolado y lo solemne no le estaba permitido ejercerlo con los nobles. Cuando ironiza sobre los duques, en la Segunda Parte, lo hace con mucha cautela. El realismo solo se universaliza parcialmente en la pintura burguesa de Holanda, aunque también en ella los pobres y los trabajadores manuales suelen ser comparsas grotescos ofrecidos a la burla de quien puede costearse coleccionar cuadros.

79

El 11 de mayo de 1934, en la primera clase de un transatlántico a punto de zarpar hacia Nueva York, Thomas Mann, vestido de etiqueta, toma un vermut y empieza a leer *Don Quijote de la Mancha*, en una traducción alemana que le gusta mucho. Es una edición sólida y manejable en cuatro volúmenes, encuadernados en tela amarilla. Escribe en su diario: *Extrañamente nunca he llevado a cabo su lectura sistemática.* En el diario también cuenta que en el bar del transatlántico no hay nadie, y que hay muy pocos pasajeros en la cubierta de primera clase. Le gusta la coincidencia entre el comienzo del viaje y el de la lectura: *Quiero hacerlo a bordo y tratar de apurar este mar narrativo, como también apuraremos en diez días el océano Atlántico.* Mann, junto a su mujer, Katia, viaja como una eminencia internacional de las letras, premio Nobel, gloria hasta hace poco de la literatura alemana, sin duda con buenas maletas y baúles marcados con sus iniciales. Pero lo cierto es que ninguno de los dos lleva pasaporte: les caducaron hace meses, y el Estado alemán, ahora servilmente rendido a los nazis, se ha negado a renovárselos. En un par de años los habrán despojado de su ciudadanía. Las autoridades americanas les han proporcionado unos visados especiales de entrada, siendo Thomas Mann quien es. Dentro de poco hará un año que Katia y él salieron huyendo de Alemania. Mann llevaba años denostando a los nazis y defendiendo la legalidad de la República de Weimar, pero no creía que cuando llegaran al poder fueran a perseguirlo. Son sus hijos Erika y Klaus, mucho más al tanto de la realidad que él, quienes los urgieron a marcharse cuanto antes. Después supieron que su chófer y asistente era un espía de la Gestapo, y que había una orden de detención contra Mann. Vive un confortable destierro, en una villa en Suiza, y aunque los nazis se han incautado de su casa en Múnich y de su cuenta bancaria sigue pudiendo permitirse los sólidos privilegios a los que está acostumbrado. Pero no deja de ser un expulsado de su país y del otro país que es para él la lengua alemana.

La tarde siguiente reanuda la lectura instalado en una hamaca en cubierta. Al abrir el libro se acuerda de su personaje Hans Castorp, reclinado en un sillón igual de cómodo, no en la cubierta de un buque sino en la terraza de un sanatorio en los Alpes. Que haya tan pocos pasajeros es otra de las comodidades del viaje. Como cualquiera que lea con atención la novela, se siente intrigado y admirado por el hombre misterioso que la escribió. Lo encuentra *supeditado a su tiempo en el gusto, más de lo que su sátira en contra de este gusto quisiera, y sin embargo libre en el terreno de lo literario y de los sentimientos, crítico y humanamente muy por encima de su tiempo.* Quizás la novedad de la travesía hacia un horizonte en el que solo se ven el mar y el cielo, y la dificultad y la incertidumbre de su situación, afilan la sensibilidad lectora de Mann, su aprecio de la bondad serena y el humorismo del libro: *Humorística, por fin, en el sentido profundo de la complejidad humana, es la ambivalencia vital de los dos personajes principales, de la que el autor toma conciencia con orgullo a la vista de la mediocre continuación tan odiada* (el *Quijote* espurio de Avellaneda).

80

¿Quién cuenta la historia que estamos leyendo? Parece la voz irónica, sosegada, socarrona siempre del prólogo, una voz narrativa reconocible y a la vez impersonal, porque cuenta las cosas tal como parece que van sucediendo, con la misma naturalidad con que las vemos fluir delante de nosotros, que es la misma de las conversaciones entre los personajes. Pero esa naturalidad se interrumpe cuando el narrador regresa inesperadamente a la primera persona, en un momento de máxima tensión, la lucha entre don Quijote y el vizcaíno, para decirnos con burlesca pesadumbre que no ha encontrado más información en los archivos de la Mancha, y a continuación pasa ella misma al primer plano. Ahora es el propio Cervantes quien habla, *padrastro y no padre de don Quijote*, al fin y al cabo, y juega entre la confesión personal y la fábula. Es él, sin la menor duda, quien lee hasta los papeles rotos de la calle, y quien probablemente ha curioseado algunas veces por las tiendas de los ropavejeros en el Alcaná de Toledo, quizás reconociendo en su barullo entre morisco y cristiano los mercados que conoció en Argel. Pero al encontrar los cartapacios donde está el manuscrito de Cide Hamete Benengeli ya ha saltado a la ficción, y cuando continúa el combate interrumpido ya parece que nos da cuenta de lo que ha escrito otro, ese autor primero que añade exclamaciones y comentarios al margen. Es como si el narrador que se dirige a nosotros tuviera delante de sí no un libro que está leyendo, sino un juego de manuscritos, porque unas veces alude a una anotación de Cide Hamete y otras a un comentario del traductor.

No hay una voz, ni siquiera dos, pues a la de Cervantes y a la de Cide Hamete hay que añadir la del traductor, que hace sus propias observaciones, y que en un momento dado llega a confesar que ha estado a punto de no traducir un cierto pasaje, o de suprimir otro que le parece apócrifo.

¿Qué estamos leyendo entonces? Al mismo tiempo el original en árabe, del que su mismo autor no siempre está seguro; y además la traducción, con sus incertidumbres inevitables; y por fin lo que parece, en último término, en la superficie más cercana a nosotros, el relato de una lectura, o su resumen en voz alta. Y todo este juego de ironías literarias no interfiere con el disfrute pleno de una narración que parece un caudal incesante de agua fresca y limpia, una historia que alguien nos cuenta seductoramente, sin premeditación, como se cuenta un chisme sabroso a un amigo, recreándose uno en el manejo del tiempo, en la construcción gradual de una intriga y en la astucia de un golpe final.

81

Asediada y envuelta en la maraña de las interpretaciones, la obra maestra se mantiene impasible, no alterada por ninguna de ellas, tranquilamente instalada en los límites que ella misma estableció, muda como un cuadro en la pared de un museo, hermética en su pertenencia al tiempo más o menos lejano en el que se hizo y también presente en el nuestro, un enigma no cubierto del todo por su duradera familiaridad. Según dice Nietzsche, la obra maestra nos mira con cierta negligencia, como una vaca pastando. Es un oráculo que acepta con benevolencia todas las preguntas, hasta las más peregrinas, pero no responde a ninguna de ellas. El que cree escuchar una respuesta clara es porque inadvertidamente la ha dado él mismo, o porque es víctima de una alucinación doctrinaria o erudita, o de la trampa de un estafador o un ventrílocuo, como los que debían de operar en los santuarios antiguos.

Pasa una moda filológica o interpretativa y la obra, que pareció rendirse a ella y entregar sus secretos, muestra ahora que permaneció inalterable. Las oleadas de interpretaciones que parecieron tan nuevas cuando surgían, como un nuevo instrumental cargado de promesas tecnológicas, quedan arrumbadas al poco tiempo como una embarazosa antigualla. Las interpretaciones tienen una fecha de caducidad todavía más acelerada que las traducciones. El misterio es que la traducción, incluso la más afortunada, se queda obsoleta mientras que la obra original sigue inalterable, como una de esas pinturas flamencas al óleo del siglo XV cuyos colores mantienen la misma vibrante intensidad al cabo de los siglos, gracias a la maestría artesanal con que fueron molidos y mezclados, a la calidad de los pigmentos y los aceites, y a la de la madera de las tablas sobre las que se pintaron. Las interpretaciones se pueden escoger y descartar igual que prendas de ropa con olor a polilla en una tienda de segunda mano.

En internet encuentro yacimientos espectrales de

erudición psicoanalítica aplicados a don Quijote durante las largas décadas en que estuvo de moda aplicar el psicoanálisis a la literatura: Alonso Quijano y su evidente complejo de Edipo no resuelto, etc. Don Quijote es un defensor de nobles ideales en lucha contra la vulgaridad sanchopancesca del mundo; don Quijote representa la España derrotada pero no humillada de la generación del 98. Cervantes es un hijo de conversos para Américo Castro y una especie de veterano heroico de la División Azul para Luis Astrana Marín, tenaz investigador en los archivos y al mismo tiempo *entreverado loco* que se extravía en sus erudiciones y sus diatribas como el mismo don Quijote en sus libros de caballerías. Para la profesora Rosa Rossi la clave de la obra de Cervantes no es su criptojudaísmo ni su recio patriotismo de la España imperial sino su homosexualidad encubierta. Y para Unamuno el secreto de Cervantes es que fue una especie de tonto afortunado que sin merecerlo dio con la idea de *Don Quijote*, pero la desperdició irresponsablemente, porque quien de verdad estaba dotado para escribir el libro era el propio Unamuno, según pensó que demostraba en su *Vida de don Quijote y Sancho*, pieza involuntariamente cómica de un intelectual tan arrogante y tan sin sentido del humor que no vio el humorismo que anima casi cada página de la novela. A Ortega y Gasset ese humorismo también lo desconcierta: *¿Se burla Cervantes? ¿Y de qué se burla?* Y llega a la severa conclusión de que aquí debe de esconderse algo muy profundo, pues de otro modo no habría despertado el augusto interés del propio Ortega y

Gasset: *Razón de más para que encontremos en el* Quijote *la magna pregunta: Dios mío, ¿qué es España?*

Cervantes dedica la misma sonrisa a todos sus intérpretadores, a los que le ennoblecen y a los que le denigran, una sonrisa un poco impersonal, como de figura en un retrato, en el retrato que nadie le hizo, revelándose hasta cierto punto y escondiéndose cuando así le parece, asombrado y envanecido por el éxito y también defraudado por él, porque parece que el éxito siempre defrauda poco o mucho a quien lo recibe, porque le ha llegado muy tarde y ya es viejo para disfrutarlo, porque le ha traído celebridad pero no dinero, envidia y no prestigio, o porque este no es el éxito que él hubiera deseado, por ejemplo el éxito teatral y monetario de Lope de Vega, o bien la gloria poética irrefutable de Garcilaso o de Fernando de Herrera, o la que ya disfruta, todavía joven, Luis de Góngora.

Hay heridas persistentes para las que no sirve de consuelo el reconocimiento de un público que no aprecia aquello mismo que le ha hecho reír. En una compilación de 1605, titulada *Flores de poetas ilustres*, en la que se incluyen más de sesenta autores, no está Cervantes. Éxito de verdad era escribir un largo poema heroico, como los de Torquato Tasso en Italia, o como *La Araucana* de Alonso de Ercilla.

Cada uno hace un Cervantes a su medida, con la misma deliberación con la que don Quijote hacía suya la figura de Dulcinea, sin más base que una aldeana a la que había visto alguna vez, de lejos, o nunca, o con la misma mezcla de deliberación y delirio, olvidando en cierto momento que todos esos rasgos y virtudes que ve en el personaje estudiado son los que cada uno le ha ido agregando, olvidándose de su propia invención para así verla verdadera.

Cervantes presta o finge atención con cortesía, con una aquiescencia socarrona *—yo socarrón, yo poetón ya viejo—* dándoles, dándonos, la razón a todos, sin inmutarse, entretenido o aburrido, dándonos la razón como a los locos, muy cervantinamente.

82

Mateo Alemán se marcha para siempre de España llevando consigo un *Don Quijote* de 1605. Ha ocultado su condición de converso, o ha sobornado a algún funcionario, para que le sea permitido emigrar a las Indias. A las Indias no pueden viajar judíos ni se pueden llevar novelas. La nave parte de Cádiz el 12 de junio de 1608 y llega al puerto de San Juan de Ulúa, en la Nueva España que después será México, el 19 de agosto. Uno imagina a Mateo Alemán leyendo el libro en los días de calma y tedio de la travesía, quizás con algo de envidia de escritor, aunque su *Guzmán de Alfarache* tuvo más éxito cuando se publicó. Quizás también se da cuenta de que en ese libro hay algunas influencias del suyo, aunque le falta su seca amargura. Al llegar al puerto un oficial de la Inquisición registra su equipaje y se incauta de *Don Qui-*

jote. Al comisario de Aduanas le pareció *ser romance que contiene materias profanas, fabulosas y fingidas.*

83

El canónigo de Toledo es un individuo de cuidado. Aparece de golpe en todo su poderío, rodeado de cinco o seis servidores, todos cabalgando mulas poderosas y rápidas, que sobrepasan enseguida el cansino desfile del carro de bueyes en el que don Quijote va ignominiosamente preso en una jaula. El canónigo de Toledo no tiene nombre propio y eso refuerza su autoridad, la prepotencia impersonal de su cargo. Es canónigo, y canónigo en una diócesis tan importante como la de Toledo está muy cerca de ser casi lo máximo que se puede ser en su profesión eclesiástica. Es un hombre urgido por la prisa de sus muchas tareas y potestades, un hombre enérgico impaciente de las lentitudes y vacilaciones de otros. Algunos de sus criados se adelantan buscando un paraje adecuado donde el canónigo pueda descansar; y también para ir a la venta más cercana a comprar provisiones para su augusto regalo. El canónigo de Toledo no dice una palabra sobre religión o sobre asuntos de Iglesia pero lo sabe todo sobre literatura, y en eso se parece a Pedro Pérez, el cura de la aldea de don Quijote, que ya en el nombre muestra el indicio de su posición modesta. El cura aldeano cabalga junto a la mula lozana y vigorosa del canónigo, y como también es muy letrado conversa con él sin amedrentarse por la distancia jerárquica. Los dos comparten una afición idéntica por la literatura y por el teatro, un género este de moralidad sospechosa para los censores de la época, y por lo tanto no muy adecuado para dos eclesiásticos.

El canónigo observa la figura estrambótica de don Quijote con curiosidad y estupor, y muy pronto con desdén, aunque no con lástima, pues no da la impresión de ser un hombre compasivo. El canónigo ve en don Quijote una prueba viviente de los efectos dañinos de los libros de caballerías, que le parecen despreciables, y también irresistibles, *aunque he leído, llevado de un ocioso y falso gusto, casi el principio de todos los más que hay impresos.* El canónigo es ese hombre culto y arrogante que mide las cosas con criterios de máxima exigencia, y aun así se rinde al disfrute de lo que considera vulgar, y se recrea en su condena como un predicador puritano en la morbosa descripción de los pecados de los que abomina. El canónigo es el portador explícito de las ideas estéticas de Cervantes, y de sus juicios certeros contra la banalidad mercenaria del teatro de Lope de Vega, pero si fuera solo eso no alcanzaría un espesor de personaje literario verdadero. Cervantes usa al canónigo para vindicar sus principios como escritor, y de paso para ventilar su resentimiento de dramaturgo fracasado contra Lope, pero también hace en él un autorretrato de sus impulsos y sus aficiones irresistibles, su fascinación por lo mismo que le parece lamentable en los libros de caballerías, que tiene la honestidad de reconocer, porque lo que está reconociendo es el atractivo visceral de la ficción, el imán que hay en esos libros y que arrastra por igual a venteros ignorantes y segadores exhaustos después del trabajo que a damas intelectuales, a altos eclesiásticos, a figuras de la nobleza: el tirón de lo mentiroso, lo sentimental, lo fantástico, lo truculento, lo inverosímil.

El gran censor, el antipático mandarín de la cultura, de pronto confiesa una debilidad más grave que la de leer libros de caballerías: si a don Quijote dejó de bastarle la lectura y decidió vivir en la realidad lo que leía, el digno canónigo de Toledo ha encontrado tiempo entre sus muchas obligaciones para ponerse a escribir uno de esos libros, y lleva ya más de cien hojas, aunque lo ha abandonado, dice con la displicencia del hipócrita que ha de mostrarse por encima de los placeres a los que le gusta rendirse. Lo que el canónigo admira, y envidia, es lo que él mismo llama *la escritura desatada*, desatada de las normas que él considera sacrosantas, el desbordamiento de la invención que es quizás el rasgo más definitivo de ese arte que acabará llamándose la novela: la proliferación de las voces, de los personajes, de los relatos que se enredan entre sí, el torrente verbal que es como un río que arrastra todos los materiales de la vida. *La épica puede escribirse en prosa igual que en verso*, argumenta el canónigo, montado sobre su mula, y ese es justo el sueño de Cervantes, el que estaba poniendo en práctica en *Don Quijote*, aunque él creyera que su gran poema épico en prosa, el que le garantizaría la huidiza, la irrebatible gloria ante sus contemporáneos, iba a ser *Persiles y Sigismunda.*

84

Estaba recién nacido mi primer hijo y yo empezaba a escribir seriamente mi primera novela. Las mañanas las pasaba en mi trabajo, en el Ayuntamiento de Granada. Por las tardes la cuna del niño y la bañera en la que su madre y yo aprendíamos con poca habilidad a bañarlo, y la bolsa con los pañales, los biberones, todas las nuevas cosas necesarias, estaban en la misma habitación que mi máquina de escribir. Arreciaba el calor en el apartamento diminuto, y en cuanto tuve vacaciones nos marchamos a Úbeda, a la casa destartalada y espaciosa en la que vivían mis padres y mis abuelos maternos, en una época en la que aún no había llegado a nuestra familia la epidemia gradual de la muerte. Mi abuelo, que había tenido aquel talento innato de narrador, se había ido quedando callado, inmóvil en una esquina del sofá, en la antigua cocina en la que aún seguía encendiéndose el fuego, aunque ya casi nunca se cocinara en él, salvo cuando mi padre se daba el capricho de asar chuletas de cordero a la brasa. Mi abuelo se quedaba pensativo o con la mente en blanco y miraba con sus claros ojos azules, como si estuviera viendo las historias del pasado lejano que ya no relataba. Ahora la cocina ocupaba el lugar que hasta unos años antes había sido la cuadra. Y en ella había un frigorífico, una hornilla de gas, una lavadora, un lavavajillas. También había un cuarto de baño digno donde antes estuvo el cobertizo con una taza de retrete y un gancho para colgar hojas cortadas de periódico.

Yo me instalé con mi máquina de escribir y mis carpetas de borradores en la habitación de arriba que aún llamábamos «el cuarto grande», donde en otro tiempo se almacenaba el grano y se guardaban las orzas con las carnes y los embutidos de la matanza sumergidos en manteca, y donde se extendían los jamones sobre lechos de sal, enterrados en sal para que se curaran. En ese cuarto me había retirado o escondido a leer muchas veces cuando era niño. Allí era donde había leído *Don Quijote de la Mancha* en las siestas de verano, junto a una ventana por la que llegaban los sonidos de los corrales en las casas del vecindario, las voces de las mujeres, el chirrido de las poleas cuando se sacaban cubos de agua de los pozos, los cantos madrugadores de los gallos, el cloqueo de las gallinas y los pavos.

Al hombre, al casi muchacho de veintisiete años que yo era, la infancia vivida en aquella misma casa le parecía remota. Solo ahora me doy cuenta de lo cerca que estaba todavía de ella. Los jóvenes no saben lo jóvenes que son, igual que no saben que un hombre o una mujer de más de sesenta años no son tan viejos como a ellos les parecen. Ser padre o ser madre lo sitúa bruscamente a uno en otra escala del tiempo. La paternidad era tan nueva para mí como la conciencia de estar escribiendo de verdad una novela. Era una historia que llevaba conmigo desde los últimos cursos en la universidad. Había trabajado en ella a golpes irregulares de inspiración malogrados enseguida por el desaliento, urdiendo una maraña de fragmentos que unas veces se conectaban entre sí y otras se desmoronaban como torres de arena, sin encontrar un hilo, una voz segura, una forma que le diera sentido a todo, y que permitiera alumbrar los espacios a oscuras. Durante años, la posible novela la tuve olvidada. Pude perfectamente no haberla escrito. En un momento de determinación había clavado en la pared un póster puesto del revés y había ido anotando, como si dibujara un mapa muy incompleto, las historias y escenas parciales que tenía más o menos escritas, las solo esbozadas, nombres y fechas posibles. La novela era muy difícil de escribir porque estaba hecha de materiales de origen muy diverso, y con dosis muy variables de realidad o de invención, muchos de ellos vinculados a sucesos de la guerra civil y de la postguerra que habían sucedido en las mismas calles y los paisajes del campo de la ciudad en la que ahora escribía, la Úbeda de la imaginación o el recuerdo que yo transmutaba en otra ciudad inventada, una maqueta del mundo a mi medida.

En Granada, poco antes de que naciera mi hijo, en el apartamento en el que me sentaba a escribir por las tardes, tuve el primer chispazo de una iluminación que me permitía vislumbrar el tono, el punto de partida, la forma posible de la novela. Pero fue en Úbeda, en el cuarto grande, a lo largo del candente julio de mis vacaciones, cuando viví plenamente por primera vez toda la intensidad de una escritura desatada. Todos los preparativos, los bocetos, los esquemas temporales habían desaparecido en el simple acto soberano de escribir. La novela surgía mientras yo la inventaba. Inventaba conexiones fundamentales de la trama y también pormenores sin ninguna importancia que precisamente por eso cobraban un valor extraordinario para mí. Me acordé del Cardenio de *Don Quijote* y del loco Ayrton de Verne y de ellos nació ese personaje secundario y valioso al que puse sin pararme a pensarlo el loco Cardeña. La sombra lejana y querida del capitán Nemo me ayudó a inventar al protagonista oculto de la novela, que rige desde la oscuridad los hilos de la historia, y podría haber dicho lo que dice Nemo en *Veinte mil leguas de viaje submarino*: *Las diferencias cronológicas se borran en la memoria de los muertos.* Mis lecturas de niño vivificaban la novela que estaba escribiendo porque habían sucedido exactamente en el mismo lugar, la casa, la habitación donde ya no se almacenaban ni el grano ni los alimentos de la matanza, en la que ya no colgaban morcillas ni racimos de uvas de las vigas del techo. Unas palabras de la pastora Marcela alumbraban algo de lo que yo estaba escribiendo: *Fuego soy apartado y espada puesta lejos.* Y la propia voz de Cervantes contenía el secreto que iba a estar desde la primera frase en el corazón de mi novela: *Después de tantos años como ha que duermo en el silencio del olvido.*

85

Hay sin duda un apresuramiento en el tramo final de *El ingenioso hidalgo*; una impaciencia de Cervantes por terminar un trabajo tan largo, al que ha dedicado tanto tiempo, tanto esfuerzo obstinado, sin ninguna certeza de obtener algún fruto: *al cabo de tantos años como ha que duermo en el silencio del olvido*. El barullo y el clímax de la venta han quedado muy atrás, igual que la larga conversación entre el cura y el canónigo de Toledo, en la que se han debatido las posiciones rotundas de Cervantes sobre la ficción y el teatro. Inopinadamente suceden dos aventuras que son una reiteración del modelo esquemático de los primeros capítulos, incluyendo el malentendido de don Quijote que causa un nuevo desastre: esta vez confunde con encantadores o bandidos a los disciplinantes encapuchados que se azotan las espaldas en una procesión presidida por una imagen de la Virgen, rogando por la lluvia en el verano de sequía. Quizás esa misma prisa en el momento de escribir se transmite a la lectura, porque solo esta vez me fijo detenidamente en dos pormenores que no recordaba. El carro de los bueyes con la jaula en la que va preso o encantado don Quijote entra de regreso en la aldea *en la mitad del día, que acertó a ser domingo, y la gente estaba toda en la plaza, por mitad de la cual atravesó el carro en el que venía don Quijote*. No puede haber mayor oprobio público: el señor hidalgo conocido por todos entra en su pueblo en una jaula, como un demente, expuesto al escarnio como esos condenados por un robo o por una herejía que son paseados sobre un burro, con un capirote en la cabeza. La descripción que los chicos de la calle llevan festivamente a la sobrina y al ama no puede ser más humillante: *su tío y señor venía flaco y amarillo y tendido sobre un montón de heno y sobre un carro de bueyes.*

El segundo pormenor es todavía más cruel. La última imagen de don Quijote que les queda a los lectores de la novela de 1605 es un retrato exacto del trastorno mental, a cuyos síntomas visibles Cervantes presta siempre tanta atención; de la confusión y el miedo de un hombre extraviado sin remedio en la irrealidad. Cuando ha entrado por fin en casa y el ama y la sobrina lo han acostado en la cama, *Mirábalas él con ojos atravesados, y no acababa de entender en qué parte estaba.* En la Segunda Parte el ama se acuerda de cómo lo encontró: *flaco, amarillo, los ojos hundidos en los últimos camaranchones del celebro.*

Me acuerdo de alguien muy querido, un anciano de aspecto fuerte y energía atolondrada y quijotesca que se encontró de pronto en una cama de cuidados intensivos en un hospital, con una de esas batas livianas y humillantes de enfermo, una máscara de oxígeno tapándole media cara. Nos miraba con ojos atravesados y asustados, y era evidente que *no acababa de entender en qué parte estaba.*

86

Cervantes ha encontrado una forma que le permite ordenar y volcar en ella la experiencia completa de su vida, aprovechar todo lo que le ha pasado a lo largo de los años, las experiencias concretas y la destilación lenta del aprendizaje; todo lo vivido y también lo no vivido pero imaginado y deseado, lo soñado, lo perdido, todo lo que ha visto con sus propios ojos y lo que el tiempo ha hecho de esa vivencia, cómo la han modelado la memoria y el olvido, el fervor y el desengaño. El tiempo perdido (los años de oscuridad, la falta de reconocimiento, la obstinación de escribir y volver sobre lo escrito en absoluta soledad) resulta ser el alimento necesario para el tiempo recobrado: lo que pareció que era desperdicio y extravío y pérdida dolorosa de tiempo es el material imprescindible del que por fin va naciendo como a borbotones la invención literaria. El libro no lo escribe este hombre de cincuenta y tantos años a pesar del sufrimiento, del desánimo, del tedio y la angustia del cautiverio, las mezquindades y los sinsabores de la vida, a pesar también de la indignidad de haber ido a la cárcel y haberse visto acusado y humillado: el libro no se ha escrito a pesar de, sino gracias a. Ha hecho falta la acumulación de todo, la vida entera, para que el libro llegue a existir. Ha hecho falta la postergación, el fracaso en el teatro, el poco éxito en la poesía, el entusiasmo y luego el descrédito de las ilusiones, las más ambiciosas y las más modestas, el tránsito del heroísmo militar a la monotonía administrativa, del triunfo engañoso de Lepanto a la ruina quijotesca de la Armada Invencible. Han sido tan necesarios el esplendor y la alegría de la primera juventud en Italia como los cinco años del cautiverio en Argel y la aspereza de los años de madurez en Andalucía y en Castilla, requisando trigo y cebada, buscando maneras de cobrar impuestos atrasados. Gracias a que no pudo cumplir su propósito de ganarse la vida en los teatros de Madrid, Cervantes tuvo que hacerse funcionario real y recorrer los caminos y conocer la variedad inagotable de gente que puebla cada una de las páginas de *Don Quijote.* ¿No dice él mismo que la historia *se engendró en una cárcel*? ¿Quién que haya experimentado la iluminación súbita que hace cristalizar una novela no reconoce con gratitud y algo de miedo que sin ese golpe de azar la novela no habría llegado a existir, o no habría encontrado la mejor forma posible? La palabra elegida por Cervantes es muy específica: un libro no se planea, se engendra, y empieza a hacerlo mucho antes de que el autor lo sepa, en ese espacio *de oscuridad y silencio* del que habla Proust.

Ha hecho falta enamorarse juvenilmente de los brillos lujosos y las artificiosidades de la literatura para desembocar luego no en el desengaño sino en el descubrimiento de la naturalidad, y en la desconfianza hacia lo demasiado visiblemente literario. Dice Manuel Azaña: *Cervantes se embriagó de las mismas lecturas que Alonso Quijano. Se advierte en el* Quijote *la fiebre que le produjeron. La reacción no sería tan profunda si a él no le hubieran en cierta edad avasallado.* Hay que amar la literatura y hay que hacer burla de ella, como un antídoto de la palabrería y el engolamiento. *Llaneza, muchacho, no te encumbres,* le dice maese Pedro a su asistente, *que toda afectación es mala.* Y el amigo *gracioso y bien entendido* del prólogo le propone medio en broma a Cervantes un riguroso manifiesto por la claridad: *procurar que a la llana, con palabras significantes, honestas y bien colocadas, salga vuestra oración y período sonoro y festivo, pintando en todo lo que alcanzáredes y fuera posible vuestra intención, dando a entender vuestros conceptos sin intrincarlos ni escurecerlos.*

La arcilla de la vida cotidiana se transforma en el oro de la ficción; los oropeles retóricos de los libros de caballerías y las novelas pastoriles incitan a Cervantes al mismo tiempo a la emulación y a la sátira. Ha tenido que vivirlo todo y que leerlo todo. Su conocimiento de los libros es tan exhaustivo como el que ha acabado adquiriendo sobre todos los aspectos de la vida en la España de su tiempo, sobre todos los oficios y los mundos sociales, incluyendo el de los delincuentes y el de los presos. En un país que se ha ido encerrando a sí mismo como entre las valvas fúnebres de un molusco, en la obsesión por la pureza de sangre, en la misantropía y la ortodoxia de Felipe II, Cervantes es ese gran conversador que puede hablar con autoridad y desenvoltura de las ciudades luminosas de Italia, y recitar de memoria *en su lengua toscana* pasajes enteros de Ariosto y de Tasso; y contar también cómo era de cerca don Juan de Austria, qué se sentía al entrar en combate desde la cubierta de una galera, y hablar en el árabe de Argel o en la lengua mestiza de los renegados y los cautivos, y comparar las sórdidas ventas españolas con las hospederías de Italia que había conocido en su alegre juventud de soldado.

Su escritura está llena de referencias topográficas precisas. Sabe de los garbanzos de Martos en Jaén, de los quesos de Tronchón, de los arrieros de Arévalo y de los rufianes y pícaros de la playa de Sanlúcar, y de todas las ventas y las tabernas y los patios donde tienen su centro de operaciones los maleantes de Sevilla. La guasa y la curiosidad con que observa a la gente son las de quien lo ha visto y escuchado todo y sin embargo nunca deja de asombrarse de la versatilidad humana, lo variado y lo machaconamente repetido del espectáculo social, el tedio y la novedad del teatro del mundo. Cervantes tiene la ventaja insuperable de haber visto y vivido lo que cuenta, lo mismo un naufragio en el mar que una reyerta en una cárcel o un encuentro con un correoso ricachón de pueblo, o un hidalgo con lamparones en las medias. Es ese escritor libresco que tiene siempre presente lo que ha leído y ese otro escritor que apenas necesita inventar nada porque ha visto tantas cosas en la primera mitad de su vida que puede pasar entera la segunda escribiendo sobre sus recuerdos. Cervantes, hacia 1600, cuando escribe en la quietud relativa de Valladolid y de Madrid, es un Joseph Conrad que vuelve la mirada hacia un tesoro de experiencias que no van a agotársele nunca como material novelesco.

Pero hasta la vida de destierro y navegaciones de Conrad empalidece por comparación con la de Cervantes. Herman Melville, que amaba tanto *Don Quijote*, pasó unos pocos años de su vida en el mar y en las islas del Pacífico, y luego apenas se movió de Nueva York. Norman Mailer escribió sobre batallas tan sanguinarias como la de Lepanto, pero la realidad es que sus años de guerra los pasó como ayudante de cocinero en un barco.

J. D. Salinger participó en el desembarco en Normandía y en algunas de las batallas más crueles del último invierno de la guerra en Europa, y vio luego el horror de los campos de exterminio, pero nada de aquello apareció nunca explícitamente en las historias que escribía. Es Cervantes quien lo vive todo y lo cuenta todo. Él ha estado en el corazón de las tinieblas.

87

En septiembre de 1855 Herman Melville compró una edición sólida y cuidada de *Don Quijote de la Mancha*, traducida dos años atrás por Charles Jarvis, y con una introducción de Louis Viardot, que había traducido la novela al francés. Las conexiones en la difusión de la literatura pueden ser sorprendentes: la traducción de Viardot fue la que leyó Iván Turguénev, que compartía la amistad y la afición cervantina con Gustave Flaubert. La biblioteca de Melville, unos mil volúmenes, quedó dispersada en gran parte después de su muerte, vendida por sus herederos. Estudiosos apasionados y tenaces la han ido reconstituyendo a lo largo del tiempo, buscando en anticuarios, librerías de segunda mano, domicilios de descendientes de Melville. Facilita la tarea que él firmaba y fechaba muchos de sus libros, y dejaba en ellos subrayados, asteriscos, anotaciones al margen, siempre a lápiz. Esa colección está ahora en la Houghton Library de Harvard. En ella se conserva ese *Don Quijote*, que muestra en el lomo y en los cantos de las hojas las huellas de haber sido muy leído y consultado. La firma y la fecha están inscritas a lápiz, con una letra tenue y nerviosa, en el reverso de una de las primeras páginas: *H. M., Sept. 18/1855.* Pero Melville había leído *Don Quijote* mucho antes, en inglés y probablemente en español. De joven había navegado a lo largo de las costas de América del Sur, y recalado durante meses en Lima. También había tenido en sus manos una colección de obras de Calderón de la Barca en su lengua original, y subrayado pasajes en ellas. En 1849 compró *Guzmán de Alfarache.* En una biblioteca de Boston que frecuentaba tomó prestado un ejemplar del *Lazarillo.* Las huellas de los grandes escritores de otros países perduran más que las de los españoles.

En la introducción de Louis Viardot Melville subrayó una frase: *Don Quijote no es un hombre con el cerebro enfermo; su monomanía es la de un hombre bueno que se revuelve contra la injusticia y quiere exaltar la virtud.* Otros pasajes marcados con asteriscos en la novela son el de la aventura del yelmo de Mambrino, y en la Segunda Parte la vindicación de su amor imaginario por Dulcinea que hace don Quijote en el palacio de los duques: *Dios sabe si hay Dulcinea o no en el mundo, o si es fantástica o no es fantástica; y estas no son de las cosas cuya averiguación se ha de llevar hasta el cabo. Ni yo engendré ni parí a mi señora, puesto que contemplo como conviene que sea una dama que contenga en sí las partes que puedan hacerla famosa en todas las del mundo...*

En *White-Jacket*, la novela de aventuras en un buque de guerra que publicó dos años antes que *Moby-Dick*, el narrador, que parece que habla con su propia voz contando recuerdos muy vívidos, agobiantes muchas veces, sobre la dureza disciplinaria de la vida en el mar, evoca a un marinero llamado Nord, *lector de buenos libros, «muy romántico», revolcado por el molino de la adversidad.* Dice Melville: *Muchas veces me había fijado en su figura alta, erecta, austera, marchando como don Quijote entre los pigmeos de la tripulación a la que pertenecía.* La sombra del caballero sigue rondando por las páginas desordenadas y convulsas de la novela, que tiene mucho de imperfecta anticipación de *Moby-Dick.* Un médico del barco, *de buena familia pero de escasa fortuna, había leído* Don Quijote, *y esa lectura, en lugar de curarlo de su quijotismo, como hubiera debido, lo volvió todavía más quijotesco.* Durante una parada en Río de Janeiro, y a pesar del calor del trópico, este médico arruinado se pasea por la ciudad con un gran chaquetón azul de marinero, *echado con un gesto de elegancia española sobre un hombro de caballero.* En un cuento escrito en 1856, *The Piazza Tales*, Melville describe un prado muy verde en el que unas vacas permanecen tan inmóviles que ni siquiera rumian, como si estuvieran hechizadas. *Y los hechizados no comen, al menos eso dice don Quijote, el más sabio de todos los sabios que han existido nunca.*

88

La sombra de don Quijote se proyecta con intensidad aterradora en la figura del capitán Ahab, desde la presencia física hasta el trastorno mental, la persecución obsesiva de un enemigo que es sobre todo un monstruo de la imaginación. Pero la locura de don Quijote está alimentada por los libros de caballerías, que ya tienen una parte de autoparodia y pura fiesta literaria, mientras que la de Ahab hierve con la furia vengativa del Antiguo Testamento, en la que no hay margen para la burla ni para la compasión. Imagino al capitán Ahab y le atribuyo los rasgos de don Quijote, su cuerpo flaco y fibroso, su expresión exaltada. Voy a mi ejemplar de *Moby-Dick*, que es otra de las lecturas de mi vida, y busco el capítulo en el que Ahab por fin se hace visible, en el capítulo XXIX, cuando el Pequod lleva ya muchos días navegando, después de una expectativa que se volvía más ominosa según se prolongaba: el capitán invisible, encerrado en su camarote, el marinero Ishmael que mira cada mañana hacia su puerta cerrada y hacia el castillo de proa sin que aparezca esa figura de la que ya le han contado tantas cosas, algunas de ellas inquietantes. Por fin lo ve, una mañana, inesperadamente, y su descripción, como suele ocurrir, no se parece a lo que yo creía recordar, sobre todo porque es mucho menos detallada. Ahab, dice Ishmael, no tiene aire de estar enfermo, ni de estar recuperándose de una enfermedad. Parece un condenado a la hoguera al que hubieran apartado del fuego, *que le habría desgastado todos los miembros sin consumir-*

los, sin quitarles ni una sola partícula de su envejecida fortaleza. Toda su figura, alta, ancha, parecía hecha de bronce, y forjada en un molde inalterable, como el Perseo *de Cellini.* Solo hay tres detalles concretos en este retrato, aparte de la pierna ortopédica de marfil de ballena: el pelo gris; la piel tan bronceada como cuero viejo; la cicatriz blanquecina que le nace en el pelo, le atraviesa entero un lado de la cara y desciende por el cuello hasta perderse en la ropa, como la señal que deja un rayo en el tronco de un árbol poderoso.

Unos capítulos antes, en el calculado crescendo hacia la aparición del capitán Ahab, Melville hace una invocación visionaria, como de poeta épico o bardo antiguo, a un Dios democrático que podría haber sido invocado igual por Walt Whitman, el que le permitirá contar las vidas vulgares de los marineros, los náufragos, los polizontes, los renegados, un *Espíritu de la Igualdad que ha desplegado su manto real de humanidad* sobre todo los seres. Y es ese gran Dios democrático el que cubrió *con delicadas láminas doblemente batidas del oro más puro el brazo mutilado y empobrecido del viejo Cervantes.*

89

Don Quijote es una gran enciclopedia del mundo, un retrato completo de la sociedad, tan ambicioso, aunque mucho más sintético, como *La comedia humana* de Balzac, en la que por cierto abundan las referencias admirativas hacia la novela. En *Don Quijote* están retratadas todas las clases sociales, de lo más alto a lo más bajo, duques, virreyes, canónigos, labradores ricos, jueces, soldados, cuadrilleros de la Santa Hermandad, molineros, maleantes, prostitutas, cabreros, jornaleros del campo, moriscos, renegados, párrocos, frailes, barberos, cómicos, titiriteros, penitentes, disciplinantes, venteros, arrieros. Hay locos de atar, hay asesinos, hay suicidas, hay porqueros, hay mercaderes, hay mozos de mulas, hay mujeres disfrazadas de hombres, hay hombres que se disfrazan de mujeres, hay incluso un hombre muy joven y muy guapo, cautivo en Argel, que se hace pasar por mujer para no sufrir el acoso de los varones aficionados a los muchachos. Cada estrato social y cada oficio está representado en el lenguaje que le corresponde. Cada personaje, por muy fugaz que sea su aparición, tiene su plena identidad singular, y no solo como ejemplo o muestra del grupo al que pertenece. Cuando aparecen los galeotes cada uno de ellos habla con su propia voz y da testimonio de un destino únicamente suyo. De la señora que viaja en un coche custodiada por el vizcaíno no llegamos a saber el nombre, pero Cervantes puntualmente nos informa de que, *como después se supo [...], iba a Sevilla, donde estaba su marido, que pasaba a las Indias con muy honroso cargo.* En medio de la intriga como de cine mudo o teatro de títeres de cachiporra de la primera noche en la venta, cuando Maritornes va a acudir a su cita mercenaria con el arriero, se nos ofrece la información, del todo superflua, de que este cuenta con una recua de *doce [mulos] lucios, gordos y famosos, porque era de los ricos arrieros de Arévalo.* Lanzado al puro juego y al remedo de la erudición inútil, Cervantes continúa, sin duda con una ocurrencia que ha surgido en el momento mismo de escribir: *según lo dice el narrador de esta historia, que deste arriero hace particular mención, porque le conocía muy bien, y aun quieren decir que era algo pariente suyo.*

En el trasfondo de la broma hay un indicio social: el oficio de arriero era frecuente entre los moriscos, y eso explicaría el parentesco con Cide Hamete Benengeli, *historiador arábigo y manchego.* Los mercaderes montados en mulas poderosas y protegidos del sol con parasoles con los que se encuentra don Quijote en su primera salida, *como después se supo, eran unos mercaderes toledanos que iban a Murcia a comprar seda.*

¿Como después se supo? ¿Quién lo supo? ¿Por qué motivo hizo alguien esa averiguación, que no tiene importancia alguna en la trama? Es la ficción y la broma de que no estamos leyendo una obra de imaginación o de poesía, sino un relato histórico; y es sobre todo el espíritu de la novela: el amor por lo específico, por lo mínimo, lo en apariencia inútil, *the poetry of fact*, dice Saul Bellow; la sobreabundancia, como en la vida misma, de lo valioso y de lo innecesario, de los mil pormenores que nunca agotarán la riqueza inabarcable, el desorden magnífico de lo real. Si la novela quiere parecerse a la vida tiene que admitir su desmesura, su incertidumbre, su proliferación. Es de nuevo el dictamen de Samuel Beckett sobre Joyce; y es la respuesta de Mahler al rigor constructivo que Sibelius buscaba en la sinfonía: «No, la sinfonía ha de abarcarlo todo».

90

En el arranque de *El ingenioso caballero*, cuando don Quijote y Sancho se han lanzado de nuevo al camino, alentados por el trapacero Sansón Carrasco, la noche de la llegada al Toboso, en busca del palacio de Dulcinea, es una resonancia de la noche de los batanes. La primera es muy oscura, la otra *entreclara*, una de esas noches sedosas de verano manchego en las que solo hace frío un poco antes del amanecer. La de los batanes sucede en campo raso, en una vaga topografía de arboledas rumorosas y riscos por los que se despeñan torrentes; la otra es una noche de pueblo grande, de pueblo campesino en el que todo el mundo duerme muy profundamente después de los trabajos de un largo día de verano. *Estaba el pueblo en silencio, porque todos sus vecinos dormían y reposaban a pierna tendida.* En el gran espacio cóncavo del silencio de fondo los sonidos resaltan con extraordinaria pureza, o con un fragor amenazante exagerado por la oscuridad: la brisa en los grandes árboles, el ruido del agua despeñada, los golpes como de cadenas y engranajes y mazos en la noche a campo abierto; la polifonía amortiguada en la noche del pueblo. Cervantes lo registra todo con un oído tan afilado y tan meticulosamente como enumera Proust los sonidos callejeros del amanecer en París: *No se oían en todo el lugar sino ladridos de perros, que atronaban los oídos de don Quijote y turbaban el corazón de Sancho. De cuando en cuando rebuznaba un jumento, gruñían puercos, maullaban gatos, cuyas voces, de diferentes sonidos, se concertaban en el silencio de la noche.*

Por las calles de Úbeda, cuando yo era niño, en lo profundo del verano, se oían cascos de animales sobre el empedrado desde antes del amanecer, y ruedas metálicas de arados o de carros. La claridad plateada de la luna llena podía ser más intensa que el pobre brillo de las bombillas en las esquinas. Había que levantarse y salir de noche, cuando el olivar o el haza a la que íbamos a trabajar estaban muy lejos, a veces más de una hora caminando o en mulo. Y también era preciso madrugar más que en ninguna otra época del año para tener concluido el trabajo antes de que se abatiera sobre la tierra el pleno calor irrespirable del mediodía. Pisábamos el polvo de los caminos, más blanco según las pupilas se acostumbraban a la oscuridad, y según iba llegando el amanecer. Al fondo se iba definiendo el perfil de Sierra Mágina. Sobre ella se alzaba un cielo inmenso tupido de estrellas y nítidas constelaciones, atravesado por la gasa espectral de la Vía Láctea, otro camino blanqueando en la noche. Las cosas estaban frías al tacto a esa hora: el acero de una herramienta, la panza de un botijo que transpiraba el agua. En las cuadras había un calor fermentado de estiércol y de cuerpos de animales. Los ojos alerta de los mulos tenían en la oscuridad un brillo de agua al fondo de un pozo. Algunas veces, en mitad de la noche, me despertaba el sonido de los cascos de un caballo o un mulo que pasaba cansinamente por la calle y entraba por mi ventana abierta. En la noche del Toboso me parece que encuentro ese recuerdo sonoro: *Vieron que venía a pasar por donde estaban uno con dos mulas, que por el ruido que hacía el arado que arrastraban por el suelo juzgaron que debía de ser un labrador que había madrugado antes del día para ir a su labranza.*

Muchos años después me desperté de un sueño en el que acababa de escuchar ese sonido exacto de entonces. Ya despierto, el sonido todavía duraba. Me había dormido un rato antes, en el desarreglo del *jet lag*, después de un vuelo transatlántico, que acentuaba la sensación de extravío. Entre el final del sueño y la plena consciencia del despertar yo habitaba un mundo ambiguo en el que me conmovía la inmediatez de mi infancia tan lejana, y con ella el recuerdo de la noche cervantina del Toboso, tan mío como si perteneciera a mi vida. Poco a poco la memoria me ancló en el aquí y el ahora. Estaba en la habitación de un hotel en Sevilla, frente a la sombra montañosa de la catedral. *Dio con un bulto que hacía sombra, y era una gran torre*, dice Cervantes. Había dejado abierto el balcón. El cielo sobre las cresterías de la catedral era todavía de noche cerrada. No se oía tráfico, ni gente por la calle. En una pequeña plaza, delante del hotel, había una hilera de coches de caballos. Los cascos de los caballos fatigados o dormidos golpeaban los adoquines. También sonaban ruedas con cubiertas metálicas. Estaba escuchando de verdad el *sosegado silencio.*

91

Los pocos libros míos que iba teniendo, aparte de *Don Quijote*, los estaba leyendo siempre, uno y luego otro, volviendo a veces a la primera página nada más terminar la última, recreándome no solo en el texto, sino también en las ilustraciones, cuando las tenían, y en las portadas, tan atractivas como carteles de películas, tan prometedoras cuando me quedaba mirándolas en los escaparates de las papelerías. Esos libros eran más misteriosos aún porque solían llegarme con los Reyes, uno o dos al año, como máximo, no comprados sino aparecidos, detrás de la cortina del balcón, junto a otros regalos igual de prodigiosos en su simplicidad, un estuche de lápices de colores de dos pisos, un barco de latón, un coche azul al que se daba cuerda, una caja de Juegos Reunidos. Dejé de creer en los Reyes pero el hechizo de esos libros encontrados con la primera luz del amanecer no se disipó, en parte porque mi hermana era varios años menor que yo y aún conservaba la creencia. Nos despertábamos de noche, juntos en la misma cama, muy cerca del balcón en el que estarían los regalos, pero no nos atrevíamos a movernos y menos todavía a encender la luz, y como no había reloj no sabíamos cuánto podía faltar para que llegara el día.

Así encontré *Tom Sawyer*, y después *Miguel Strogoff*, *La isla misteriosa*, *Los hijos del capitán Grant*, mis libros de aventuras y de caballerías, cada uno leído febrilmente el mismo 6 de enero en que lo había encontrado, en un estado de trance, aunque no de soledad, porque en aquella casa, en invierno, todo el mundo estaba reunido en las dos únicas habitaciones no dominadas por el frío, la cocina con su lumbre alegre en la chimenea, el comedor con la mesa camilla y el brasero. En verano podía irme a leer y a estar solo en otras habitaciones a las que no llegaban las voces ni el trajín doméstico y campesino de la casa, pero en invierno había que estar cerca del fuego y aprender a aislarse de conversaciones, voces de la radio y más tarde de la televisión, y algún amigo hortelano de mi padre me veía embebido en mi libro y aseguraba que de tanto leer podría acabar «cazando moscas con la gorra».

Miguel Strogoff era un caballero andante de las estepas ilimitadas de Rusia, y su Dulcinea era la Nadia bella y rubia que en las ilustraciones se parecía a la Sigrid del Capitán Trueno. Mucho más cercano para mí era Tom Sawyer, que tenía la mente tan llena de fantasías de lecturas como yo, pero que a diferencia de mí las volvía verdaderas en su propia vida: se hacía pirata y náufrago en una isla, encontraba un tesoro, se perdía en una gruta con su novia Becky, tan exótica y atractiva para mí como su nombre, y conseguía salvarla encontrando la salida de aquel laberinto cuando los dos estaban a punto de morir, una cueva que a mí me hacía pensar en la de Montesinos.

Tom Sawyer tiene un sombrero de alas anchas al que le falta un trozo en forma de media luna por delante, como al yelmo o baciyelmo de don Quijote. En uno de los primeros capítulos de *Las aventuras de Huckleberry Finn*, Tom convence a los miembros de su pandilla, Huck incluido, para formar una banda de forajidos dedicados al robo, al asesinato y al secuestro con rescate. En ocasiones anteriores ya los había inducido a ser miembros de la cofradía ladrona y justiciera de Robin Hood o a ejercer de piratas con nombres como Manos Rojas, el Vengador Negro, el Terror de los Mares. Ahora se llamarán *The Tom Sawyer gang*, y han de juramentarse pinchándose cada uno con una aguja en un dedo y mezclando sus sangres. Cualquiera que traicione a la cuadrilla será ejecutado, y también uno por uno todos los miembros de su familia. Uno de los aspirantes a bandido le pregunta a Tom qué significa rescate. Tom confiesa que no lo sabe, pero que de un modo u otro tendrán que exigirlo a sus víctimas, igual que robar y matar, porque es eso lo que dicen los libros. Tan puntilloso como don Quijote en el cumplimiento de las normas de la caballería, Tom Sawyer se esfuerza en convencer a su cómplice: *¿Quieres hacer algo de manera distinta a como está escrito en los libros?* También está escrito en ellos, informa Tom a sus secuaces, que a las mujeres que se haga cautivas no hay que matarlas, ya que se enamoran siempre de los bandidos y quieren quedarse con ellos.

Un día Tom llega a la cueva en la que se reúne la cuadrilla con una noticia que según él le han transmitido sus espías: a la mañana siguiente va a pasar por un valle cercano una caravana de mercaderes españoles y árabes ricos, con doscientos elefantes, seiscientos camellos y más de mil mulos, todos ellos cargados de diamantes, y protegidos por una escolta de seiscientos soldados. Llegado el momento empuñan las armas que Tom les indicó que limpiaran y afilaran —unos palos o cañas— y se lanzan al asalto de la presunta caravana, que vista de cerca es una excursión de párvulos acompañados por una maestra. Saltan y gritan, esgrimen sus armas, ponen en fuga a los chiquillos, y el botín que obtienen se resume en unas rosquillas, una muñeca de trapo vieja, un bote de mermelada. Pero Tom no se da por vencido: sigue hablando excitadamente de los cargamentos, los árabes, los elefantes y todo lo demás. Huck le pregunta incrédulamente cómo es que él no ha visto nada más que un grupo de párvulos asustados: *Tom Sawyer dijo que si yo no fuera tan ignorante y hubiera leído un libro llamado* Don Quijote *no tendría ni que preguntar. Dijo que todo estaba hecho por encantamiento, que había centenares de soldados, y elefantes, y tesoros, pero que teníamos enemigos a los que llamó encantadores, y que lo habían convertido todo en un grupo de niños de excursión.*

92

Desde las primeras líneas de *El ingenioso caballero* el lector asiste a una arrolladora plenitud narrativa, que se revela por igual en la presencia física y en las voces de cada uno de los personajes, redondos y no planos, según la distinción de E. M. Forster, redondos y rotundos, cada uno con su propio nombre y su albedrío, su elocuencia oratoria o deslenguada para expresar lo que son, lo que piensan y desean. De pronto, en los primeros capítulos, no hay ninguna figura que sea secundaria, ni siquiera el ama y la sobrina, que hasta entonces habían sido poco más que sombras. Don Quijote, el cura, el barbero son los que fueron en la novela de diez años atrás, pero cada uno está más ricamente perfilado y es más dueño de sí mismo. Don Quijote habla con más temple y cordura que nunca, y cuando desvaría lo hace sin previo aviso y desatadamente, aunque no por eso pierde la agudeza de adivinar lo que otros piensan sobre él; Sancho Panza, con el tirón de su habla popular, ha ganado en elocuencia, en desenvoltura y seguridad en sí mismo. Y su mujer, Teresa Panza, de soltera Teresa Cascajo, de la que en la novela anterior no estábamos seguros ni de su nombre, esta vez se yergue con una fuerza y una dignidad enriquecidas por su inteligencia y su sentido cómico, y por la gallardía y el sarcasmo con que lleva la contraria a Sancho: *que con esta carga nacemos las mujeres, de estar obedientes a sus maridos, aunque sean unos porros.*

Más que nunca los personajes se dan a conocer y se definen por el encuentro con los otros, en una variedad de interacciones que nos recuerda por su vehemencia festiva los diálogos en las óperas de Mozart con libretos de Da Ponte. En el trato con cada uno de los demás, el personaje revela una faceta específica de sí mismo, sin necesidad de que el narrador nos informe desde fuera de lo que ya nosotros estamos presenciando. Hay una gloriosa facilidad, un dejarse llevar de Cervantes por sus propias criaturas, lo que descubre acerca de ellas según va escribiendo, réplicas y ocurrencias sobre la marcha que a él mismo le harían sonreír, o quizás reír a carcajadas mientras se las leía recién escritas a alguien.

El propio Cide Hamete cobra una relevancia que no había tenido antes, y no solo porque se le atribuye el mérito de haber escrito gran parte de *El ingenioso hidalgo*, y ser por lo tanto responsable de su éxito comercial y de la celebridad mundana de don Quijote. Historiador *arábigo y manchego*, Cide Hamete es también el cronista dotado de poderes adivinatorios sobrenaturales, porque ha escrito las aventuras de don Quijote casi al mismo tiempo que sucedían, espiando milagrosamente los pensamientos y hasta las conversaciones más secretas entre escudero y amo. Y además ha logrado que se imprima y se difunda internacionalmente *en poco menos de un mes*, según el tiempo interior de la novela. A partir de ahora Cide Hamete toma la palabra directamente para intervenir en la narración, y habrá momentos en que se lamente del tedio de escribir *una historia tan seca y limitada*, y otros en los que se elogiará a sí mismo por haberla escrito, y hasta dará la palabra a su pluma para que se enorgullezca de haber cumplido esa tarea, que le estaba reservada solo a ella, igual que ciertas aventuras gloriosas están reservadas únicamente a la espada del caballero que las ha merecido: *Para mí sola nació don Quijote, y yo para él: él supo obrar y yo escribir; solos los dos somos para en uno.*

Pero la voz de Cide Hamete no es la única que participa en la narración. Está también la del presunto traductor del árabe al castellano, que pone en duda la autenticidad de algunos episodios, que por improbables le parecen apócrifos, y que decide suprimir pasajes descriptivos por miedo a que se aburra el lector. Cide Hamete está contando *todas las circunstancias de la casa de don Diego, pintándonos en ellas todo lo que contiene la casa de un caballero labrador y rico; pero al traductor desta historia le pareció pasar estas y otras semejantes menudencias en silencio, porque no venían bien con el propósito principal de la historia.* A cada momento esas voces ponen en cuestión el relato mismo que estamos leyendo. Y hay una tercera, que no es la de Cide Hamete, ni la de su traductor, sino la de alguien que nos da cuenta de su lectura del texto traducido. Así que nosotros, los que tenemos el libro abierto en las manos, somos el cuarto eslabón de la cadena, sometidos a un juego de incertidumbres sucesivas, la más grave de las cuales podemos no advertir: si el libro, *El ingenioso hidalgo*, existe como objeto material en el mismo plano de realidad en el que se mueven los personajes de *El ingenioso caballero*, entonces la crítica a la inverosimilitud de los libros de caballerías se derrumba, porque la presunta realidad desde la cual se quiere desacreditarlos es igual de inverosímil, a no ser que se acepte la posibilidad de lo fantástico.

93

El agente provocador en todo este embrollo entre hiperliterario y burlesco es el bachiller Sansón Carrasco. Desde su propio nombre, *peregrino y significativo*, Carrasco es uno de esos personajes de las novelas que surgen dotados de una sugestión irrefutable de verdad —de las novelas y de cualquier otra forma de ficción, el cuento, la película, el teatro, la ópera, el cómic—. Carrasco no es el héroe, pero en cuanto aparece ya ha ganado nuestra atención y abolido nuestra incredulidad. Es el misterio de una presencia humana cabal, de un carácter, una voz, una especie de imán que impone en el relato su influjo magnético, que varía la dirección de la trama y es al mismo tiempo vulgar e inolvidable, extravagante y normal.

Pensamos, o ni siquiera eso, damos por supuesto que los grandes personajes de la ficción era inevitable que llegaran a existir, en virtud de una fatalidad de algún modo inscrita en la imaginación del autor. Pero todo es mucho más aleatorio. ¿Cómo se le ocurriría a Cervantes una figura como la de Sansón Carrasco, con ese nombre en el que está ya contenida, su cara redonda, su nariz chata, su guasa más cercana de lo que parece a la malevolencia, su soberbia de bachiller recién titulado en Salamanca? *No muy grande de cuerpo, aunque muy gran socarrón.* Habría encontrado su modelo, cercano o lejano, en la galería inagotable de la que nacieron tantos de sus personajes, entre la multitud de gente con la que se había cruzado a lo largo de una vida tan rica en peripecias y oficios.

Lo que es muy probable es que sin Carrasco no habría existido *El ingenioso caballero* tal como lo conocemos. Empieza la historia y nos encontramos en un espacio familiar, habitado por personajes a los que ya conocíamos, aunque ahora aparecen agrandados, más tangibles, con voces más sonoras. Podríamos seguir en el mismo mundo que quedó en suspenso al final de la novela de 1605. Pero irrumpe Sansón Carrasco —en la novela, y en la casa de don Quijote— y todo queda trastornado. Es un bromista, un estudiante pícaro, no por necesidad sino por inclinación, porque su padre, labrador rico, lo ha podido enviar a estudiar a Salamanca. Es sarcástico y al mismo tiempo adulador, y sabe usar astutamente su habilidad para el halago con el fin de burlarse de aquellos mismos a los que agasaja. Es leído, desde luego, pero no pedante ni erudito, y no da la impresión de haberse quemado las cejas ni amargado la vida en los estudios. Tiene el talento cortesano de decir a cada uno lo que quiere escuchar, y él se reserva su guasa, una trampa en la que cae la gente crédula al sonido de sus palabras untuosas, sin fijarse en la expresión de su cara, ni en el tono en que las dice. Don Quijote, hombre culto y loco crédulo y en extremo vanidoso, es su presa perfecta. Es justo Sansón Carrasco quien da su retrato físico más completo: *es un hombre alto de cuerpo, seco de rostro, estirado y avellanado de miembros, entrecano, la nariz aguileña y algo corva, de bigotes grandes, negros y caídos.*

94

En *Las aventuras de Huckleberry Finn*, un viejo barco de rueda encallado en el río que se va pudriendo y hundiendo poco a poco se llama The Walter Scott. Al leerlo me di cuenta de que es una pequeña venganza o una burla cruel por parte de Mark Twain, que profesaba a Scott un profundo desprecio que no era solo literario, y que está conectado sutilmente con su amor por Cervantes. En su libro de memorias *La vida en el Misisipi*, Twain se enzarza de pronto en una diatriba contra las novelas de Walter Scott, a las que culpa nada menos que de intoxicar las conciencias de al menos dos generaciones de ciudadanos en los estados del Sur, literalmente de enloquecerlas con lo que él llama sus *romances* medievales. En su viaje a lo largo del río, que es también un viaje por su memoria de juventud, Mark Twain llega a la ciudad de Baton Rouge, la capital de Luisiana, y monta en cólera al ver el capitolio del estado, que en esa época era un pastiche de castillo gótico, en la estela de tantas arquitecturas pseudomedievales que la popularidad del mundo de nostalgias caballerescas y feudales de Walter Scott sembraba en el siglo XIX, y no solo en los países de habla inglesa.

El Sur no se ha recuperado de la influencia debilitadora de sus libros, escribe Twain, que encuentra grotescas las almenas, las torres, las ojivas de un edificio que debería representar los valores de la modernidad democrática, no de un pasado legendario y feudal. *La admiración por sus héroes fantásticos y sus grotescas hazañas de caballerías y romanticismos juveniles todavía sobrevive aquí; y rastros de su lenguaje inflado y otras ampulosidades fraudulentas sobreviven a la vez.*

Desde Baton Rouge Twain llega a Nueva Orleans y en los periódicos encuentra las palabras *belleza* y *caballerosidad* como rasgos del Sur repetidas veinte veces al día, dice con irritación, veinte mil veces al día. *La vida en el Misisipi* se publicó casi veinte años después del final de la guerra civil, pero Twain constata con desolación y alarma que las mismas leyendas que sirvieron para legitimar la esclavitud ocultando su horror tras un velo de literatura siguen prevaleciendo todavía, convirtiendo ahora la derrota militar en una noble causa perdida: *Llega Sir Walter con sus encantamientos y por sí solo detiene la ola del progreso y la vuelve hacia atrás; hace que el mundo se enamore de sueños y fantasmas, de formas decrépitas y serviles de religión, de la estupidez y la vacuidad, de la grandeza falsa, los falsos ornamentos, las falsas hazañas de una sociedad sin valor y sin cerebro desvanecida hace mucho tiempo. Hizo un daño imposible de medir; más real y más duradero que cualquier otro individuo que haya escrito nunca. En el Sur todo eso sigue vigorosamente floreciendo todavía.*

La requisitoria de Mark Twain es devastadora: una denostación de los peligros políticos y morales que puede sembrar una literatura hecha tramposamente de espejismos románticos cuyo fin es halagar la imaginación encubriendo los horrores y las injusticias del mundo, ofreciendo argumentos para intentar borrarlos. Twain conocía de primera mano la realidad de esclavitud y brutalidad que se escondía bajo las leyendas de aristócratas sureños gobernando paternalmente sus plantaciones como antiguos señores feudales, pero también había visto de cerca la realidad de la guerra civil, en la que había participado brevemente con una especie de desastroso pelotón de voluntarios, y en la que decía haber visto sobre todo *paletos y fanáticos matándose insensatamente los unos a los otros.* También en la guerra se infiltraba el espíritu de sir Walter. Twain habla de un camarada suyo, el soldado Dunlop, que es *ignorante, joven, de buen natural, bien intencionado, trivial, lleno de ideas románticas, y dedicado a leer novelas caballerescas.* En un momento de confusión, que se parece a la guerra de Miguel Gila y a la del soldado Švejk, Twain y sus compañeros matan por azar a un desconocido, y esa muerte absurda *le quitó todo el romanticismo a aquella campaña, y convirtió nuestros sueños de gloria en una pesadilla repugnante.* Con el recuerdo de la guerra su escritura encendida se desata: *Fue Sir Walter quien hizo de cualquier caballero del Sur un Mayor, un General, un Coronel, un Juez. Él fue quien creó allí las castas y el rango, y también la reverencia por la casta y el rango, y el orgullo y el placer en guardarlos. Sir Walter hizo tanto por crear el carácter del Sur, tal como existía antes de la guerra, que él es en gran medida responsable de la guerra.*

Después de tan tremenda acusación, estremece que Twain invoque como contrapunto el espíritu de Cervantes: *Los efectos provocados por* Don Quijote *son lo contrario de los de Ivanhoe. El primero barrió de la existencia la admiración del mundo por la estupidez medieval de la caballería; el otro la restauró. En lo que respecta al Sur, el buen trabajo hecho por Cervantes quedó en nada, tan efectivamente lo socavó el trabajo pernicioso de Scott.*

95

En estos días lentos de verano no leo tan concentradamente por amor a la literatura, por amor al arte. Leo por el puro *vicio sin castigo* de leer, y también para esconderme y para consolarme. Leo *Don Quijote* por el mismo motivo por el que salgo cada día a caminar, a correr, a montar en bicicleta, por ganas de huir y de encontrar un respiro; para refugiarme del mundo exterior, de este Madrid cada vez más agobiante y agresivo, y también del otro mundo sombrío que hay a veces dentro de mí mismo. Leo, anoto cosas, cuido plantas, hago ejercicio, cocino platos sencillos que aprendí de mi madre, arroces, potajes, tortillas, ensaladas, las ensaladas frescas y suculentas del verano, tomate, pepino, queso fresco, aceitunas, albahaca. Respiro la atmósfera serena y protectora que mi mujer ha creado como una casa invisible que siempre va con nosotros. Tomo cada día pequeñas pastillas blancas que a veces no llego a saber si ayudan a disipar la negrura o la acrecientan, o sobre todo si tienen efectos secundarios. *Don Quijote* es un refugio porque me saca de mí mismo y a la vez me devuelve un tiempo lejano y perdido de mi vida, y retrata un mundo que en muchas cosas me es más familiar que el mundo que encuentro al salir a la calle, leer el periódico, vagabundear por internet. Oigo a personas que creen saberlo todo sobre lo que sucede ahora mismo, en la política o en la literatura o en el arte. El mundo en el que yo me crie, en el que viví al menos hasta el final de la adolescencia, no se ha quedado más lejos que el otro en que me hice adulto, en el que tuve hijos, me enamoré, escribí libros, disfruté del cine, de la música y de la pintura.

Parece mentira los años que han pasado. Ahora empiezo a no entender el idioma en el que están escritos los periódicos, y menos aún las reseñas de literatura o las críticas de arte. Hay días en los que no tengo fuerzas para salir a la calle y otros en los que voy por ahí sintiéndome rodeado de amenazas, el tráfico, las sirenas, la gente que grita, los patinetes eléctricos, el estruendo violento y consentido de las motos. Pienso en lo que dice don Quijote en uno de los momentos de derrota y escarnio de la Segunda Parte: *Yo no puedo más.*

Me cruzo por la calle con personas que pertenecen ya a una civilización futura que yo no conoceré. Muchas van cubiertas de tatuajes. Casi todas miran teléfonos móviles, avanzando a ciegas por las aceras, hablan y gesticulan mientras caminan, como si discutieran con fantasmas, o como los locos antiguos que iban hablando por la calle, porque llevan auriculares inalámbricos y no les hace falta sostener el teléfono. En el metro van todos sumergidos en sus móviles como en el interior de un submarino por el fondo del mar. Abro mi segundo volumen recién empezado, ligero y manejable, de tapas negras, la última edición que compré, esta vez la estupenda de John Jay Allen, y siento una cierta incomodidad, pues ahora mismo no hay nadie más que yo con un libro entre las manos en este vagón del metro. En la primera página del *Don Quijote* de Austral que compré aquel verano de hace cincuenta años he encontrado una cita de Luis Cernuda que no recordaba haber copiado: *No tengo sino alargar mi brazo y alcanzar su libro para toparme con don Quijote, hablándome y acompañándome como nadie de este mundo me habló ni me acompañó jamás.*

Era un buen refugio y un consuelo para la intemperie del exilio.

96

En la literatura del sur de Estados Unidos, la discordancia entre la novela y el romance, entre las ficciones que de un modo u otro representan las cosas y a los seres humanos tal como son y las que se evaden a mundos idealizados, es menos que nunca un asunto solo literario o académico y cobra una imperiosa dimensión política que quizás fue Mark Twain el primero en señalar. Será porque pocas veces ha existido una distancia mayor entre la realidad y las leyendas; entre el carácter verdadero de una sociedad y la representación que ella hace de sí misma, fortalecida por su éxito exterior y su perduración; y porque la leyenda, heredera de Walter Scott, se fue perfeccionando en su mistificación de la realidad a lo largo de décadas y de generaciones, logrando un poder de persuasión que creció y se hizo todavía más eficaz cuando pasó de la palabra escrita y los libros severamente editados a la cultura de masas y al cine, al cine americano, con su capacidad universal de irradiación.

Robert E. Lee, general en jefe del Ejército del Sur, se enorgullecía, según un biógrafo, de *llevar en sus venas sangre de conquistadores, de cruzados, de caballeros*. Recién terminada la guerra, los caballeros legendarios de Walter Scott cobran nueva vida real en los Knights of the Ku Klux Klan, que como su nombre indica tomaba inspiración de los clanes escoceses glorificados por Scott, y también como los cruzados medievales se ponían nombres como los héroes de los libros que enloquecían a don Quijote: *El caballero de la Blanca Camelia, el caballero de la Magnolia Blanca.* Se ordenaban en ceremonias de iniciación de aire medieval, y hasta sus títulos y sus dignidades tienen una resonancia de la nomenclatura extravagante de aquellos libros antiguos: Gran Dragón, Mago Imperial, Gran Cíclope, Gran Turco, Gran Gigante. La mala literatura llega a cualquier parte y puede infectarlo todo. Sus túnicas y sus tocados blancos eran otra fantasía caballeresca. El blanco es el color obsesivo del Sur: es el de las flores gigantes de los magnolios y los *dogwoods* que se abren en primavera en su humedad tropical, y el de las muchachas y las damas, tan blancas de piel como las heroínas de las novelas sentimentales intercaladas en *Don Quijote.* Y es el blanco ante todo de una pureza racial tan fanática que solo puede compararse a la limpieza de sangre de la época de Cervantes. En 1880 el estado de Virginia estableció legalmente la llamada *«one drop rule»:* bastaba esa única gota, esa mancha nimia en el linaje, para que a una persona se la calificara como negra. Hacía falta una pureza sin eso que Dorotea llama *mezcla de alguna raza malsonante.*

Y cuanto más extrema la blancura de las mujeres del Sur, mayor es el peligro de cualquier amenaza o sombra de vulneración de esa blancura, que es pureza de sangre y de piel y pureza sexual al mismo tiempo. Uno de los deberes esenciales del caballero andante, como repite don Quijote, es la protección de las doncellas. Los caballeros del Ku Klux Klan defienden o vengan el honor de las doncellas blancas dando caza en patrullas armadas y acompañadas de jaurías de perros a cualquier negro acusado de violarlas, o ni siquiera eso, de decirles algo en voz baja, o de no apartar los ojos al cruzarse con ellas. En *The Clansman*, una novela de Thomas Dixon publicada en 1905, un esclavo negro liberado viola a una muchacha blanca, que se suicida a continuación: *En la tierra de la luz y de la belleza y el amor nuestras mujeres viven prisioneras del peligro y del miedo. Los infieles se pasean a sus anchas, sin miedo y sin daño, y nuestras hermanas, hijas y esposas no se atreven a salir a la calle en cuanto anochece.*

Proteger la honra de la esposa, la hija o la hermana es la misión sagrada de un caballero del Sur, que es tan médico de su honra como un esposo ofendido de Calderón.

En *El sonido y la furia*, los dos hermanos varones, Jason y Quentin, se ven humillados y deshonrados porque ninguno de los dos ha sido capaz de controlar a su hermana más joven, Caddy, que es temeraria y promiscua, una mancha en el honor de una antigua familia con ambiciones de grandeza caída en la ruina. En *¡Absalón, Absalón!*, la tragedia irrumpe porque el hermano mayor quiere salvar a su hermana del doble peligro del incesto y del matrimonio con un pretendiente que es mulato.

97

En la época en que se publicó *The Clansman*, el Klan había caído en decadencia, en gran parte porque sus objetivos estaban cumplidos, al imponerse legalmente la segregación en el Sur, y el sistema de supremacía blanca en todos los aspectos de la vida que se llamó Jim Crow. Pero en 1915 David W. Griffith adaptó la novela al cine, con el título de *El nacimiento de una nación*, y su éxito fue tan abrumador que resucitó del olvido a los caballeros andantes de las túnicas y los capirotes blancos, quienes por influencia directa de la película incorporaron a sus siniestros rituales las cruces de fuego. Como bien sabía Cervantes, hay que tener mucho cuidado con la ficción, porque puede invadir incontroladamente la realidad, además de trastornar las conciencias.

El vendaval desatado por esa presunta obra maestra del cine, más repulsiva a mi juicio que cualquier romance de Walter Scott, hizo que en los primeros años veinte el Ku Klux Klan tuviera cinco millones de miembros, y no solo en el Sur. En el mundo entero los aficionados al cine celebraban una cruda apología del racismo, el linchamiento y el asesinato. En 1936, otra fantasía de damas de piel muy blanca, mansiones pintadas de blanco y plantaciones cultivadas por esclavos negros tan dóciles como siervos medievales y caballeros elegantes que se convertían en heroicos guerreros volvió a ampliar más todavía la victoria del *romance* sobre la novela, de la leyenda azucarada y narcótica sobre las asperezas de lo real. Margaret Mitchell publicó *Lo que el viento se llevó* al mismo tiempo que William Faulkner publicaba su alegato supremo contra la barbarie y la leyenda del Sur, *¡Absalón, Absalón!*

Faulkner vendió unos pocos miles de ejemplares. La novela, el *romance* más bien, de Margaret Mitchell es la obra de ficción más vendida en el siglo xx. Tres años después, el éxito de la película empezó a multiplicar hasta nuestros días la resonancia de la novela, y con ella todas las mentiras y las neblinas caballerescas y medievales que espantaban a Mark Twain. Faulkner definía despectivamente ese Sur como *una región engañosa de espadas y magnolias y ruiseñores que quizás nunca existió en parte alguna [...] una leyenda falsa en parte y estúpida y cruel.* En el principio de la película *Lo que el viento se llevó* aparece una especie de peregrino antiguo escrito en letra pseudogótica: *Hubo una vez una tierra de caballeros y campos de algodón llamada el Viejo Sur. Aquí, en este bo-*

nito mundo, la galantería hizo su última reverencia. Fue la última vez que pudo verse a los caballeros y sus bellas damas, al señor y al esclavo. Búscala en los libros, pues ya no es más que un sueño recordado, una civilización que el viento se llevó. En *¡Absalón, Absalón!* Faulkner también se refiere a esos caballeros: *hombres con valor y fortaleza pero sin misericordia y sin honor.* Una vez más *Ivanhoe* prevalece sobre *Don Quijote*, y la tarea de ironía y lucidez crítica de Cervantes queda desbaratada por el triunfo de sir Walter. Quizás el poema de T. S. Eliot tiene razón, y los seres humanos no son muy capaces de soportar la realidad con la que las mejores novelas les piden que se enfrenten.

98

Un lector o un crítico se interesan casi exclusivamente por el modo en que se construyen y se cuentan las historias. Para Cervantes es igual de prioritaria la reflexión sobre el efecto que pueden tener en las personas que las leen o escuchan, y la influencia que ejercen sobre sus vidas y sus percepciones de lo real, haciéndoles ver o no ver lo que hay en su propia conciencia y lo que tienen delante de los ojos, verse o imaginarse a sí mismos. Cervantes, muy sensible siempre a los síntomas del trastorno mental, constata con alarma que los libros pueden hacer desvariar y enloquecer a las personas, cuando estas les conceden demasiado crédito, o cuando no saben o no quieren distinguir la ficción de la realidad, cuando se obstinan en poner por delante y proyectar sobre el mundo las fantasías o las abstracciones o creencias que han leído en los libros, y en las que creen más aún porque las han visto impresas. Hay una grave responsabilidad en el que escribe, y la hay también en el que lee, que ha de someter cada texto a la indagación sobre su naturaleza, y aprender a ejercitarse, delante de las ficciones, en lo que Coleridge llamó la suspensión temporal de la incredulidad.

El pastor Grisóstomo ha enloquecido hasta el suicidio porque se ha empeñado en ver en Marcela una figura canónica de la poesía amorosa petrarquista y no una mujer real. El ventero Juan Palomeque siente deseos de sumarse a las batallas caballerescas de los libros, y no sabe distinguir entre los relatos históricos y los ficticios, de modo que piensa que Amadís de Gaula fue tan real como el Cid o el Gran Capitán. En *El ingenioso caballero*, el primo de Basilio que acompaña a don Quijote y a Sancho a la cueva de Montesinos es también un loco de los libros, pero no de los de caballerías sino de los de abstrusa erudición. El contagio de la literatura puede ser tan poderoso que ni el sentido común campesino ni el analfabetismo libran de él a Sancho Panza, que sabe distinguir un molino de viento de un gigante, y una bacía de latón de un yelmo de oro, y sin embargo se cree las promesas de ínsulas, condados y gobiernos que le hace don Quijote.

La amenaza de la locura es mayor todavía porque es perfectamente compatible con la sensatez, o con su apariencia. No hay frontera indudable o segura entre la clara percepción de lo real y el delirio. Cardenio es sosegado y afable y de repente se convierte en un loco furioso. Don Quijote puede reflexionar con una inteligencia madura y cultivada sobre el amor o sobre el matrimonio o la poesía, y de un momento a otro comete el desatino de lanzarse al ataque contra un rebaño de ovejas o de desafiar a cuerpo limpio a una pareja de leones. Pero más delirante que cualquier alucinación de don Quijote es la invasión naval de Inglaterra planeada por Felipe II, tan ajeno a la realidad en su convento mesetario de El Escorial, *pasaban las noches leyendo de claro en claro, y los días de turbio en turbio*, tan rodeado de papeles y libros como el hidalgo Quijana o Quesada en su biblioteca.

En el reverso exacto de esas fantasmagorías de victorias navales y cruzadas contra los infieles anglicanos, Miguel de Cervantes, el veterano mutilado, recorría los pueblos andaluces armado con un título de comisario real y requisando grano, vino y aceite para aprovisionar los barcos que iban a naufragar en el mar sin llegar siquiera a su destino. Por toda Europa los libros que ahora multiplica ilimitadamente la tecnología de la imprenta difunden por igual la racionalidad y el fanatismo, los hallazgos de Galileo, las vidas de santos, los manuales para quemar brujas, los tratados de zoología en los que aún caben monstruos y unicornios. Lo real y lo inventado, la verdad y la mentira, el desatino y la belleza, la superstición y los primeros indicios de la ciencia experimental se expresan con las mismas palabras, se imprimen con caracteres idénticos en las páginas impresas, en volúmenes sólidamente encuadernados que parecen certificar la veracidad de todo lo que se contiene en ellos.

Cervantes ha conocido en primera persona el terror y la ebriedad de la batalla y el tedio y la miseria de la vida militar, la exaltación de la poesía heroica que él mismo ha admirado y cultivado y la prosa amarga de la enfermedad, el cautiverio, la espera sin fin y el esfuerzo sin fruto. Sabe que una fantasía pública puede conducir a la ruina colectiva y a la matanza y que una fantasía privada convertida en obsesión puede destruir simultáneamente varias vidas: es la historia de Anselmo, el curioso impertinente, morbosamente obcecado en poner a prueba el amor de su mujer induciendo a su mejor amigo a seducirla. Cervantes, que desde su primera juventud ha alimentado y vivido tantas fantasías de la vida y de la literatura, sabe que la mente humana es extraordinariamente frágil, y de ahí la responsabilidad de quienes cuentan historias e inventan ficciones, queriendo hacerlas tan perfectas que se confundan con la realidad.

99

Una novedad del *Don Quijote* de 1615 es la amargura. En *El ingenioso hidalgo* no había rastro de ella. Los contratiempos eran casi todos exteriores, físicos, exagerados por la comicidad, atenuados por ella. Después de cada paliza y de cada derrumbe de Rocinante don Quijote volvía a levantarse casi tan ileso como Buster Keaton después de provocar una catástrofe. El desengaño del gran proyecto aventurero de la princesa Micomicona no pareció desmoralizarlo; ni siquiera el cautiverio o encantamiento en la jaula tirada por el carro de bueyes. El don Quijote de 1605 no habría dicho lo que declara amargamente el de diez años después, tras el desenlace malogrado de la aventura del barco encantado: *Yo no puedo más.* Es la confesión de un derrumbe, una íntima capitulación, un reconocimiento de la propia impotencia. El episodio acaba en fraude y ridículo muy poco después de empezar. Nunca hasta ahora había sido tan ínfimo el punto de partida para el delirio caballeresco: una barca de pescadores, amarrada a la orilla del Ebro. Hay algo del todo gratuito y casi exasperante en esa voluntad de aventura que se sostiene sobre tan poco: en el empeño de don Quijote por ver que tiene delante uno de esos barcos de los libros de caballerías que invitan al héroe a subir a él, para llevarlo a quién sabe qué escenario prodigioso.

Don Quijote y Sancho saltan a la barca y se dejan llevar por una corriente mansa, dejando a Rocinante y el rucio atados en la orilla. Una vez más el desvarío de las palabras envuelve lo real en una niebla de aturdimiento. La inacción sin mérito de los dos pasajeros en esa barca que tarda mucho en avanzar porque la corriente es muy débil se corresponde con el relato improvisado de una fantasía literaria, en la cual se le disuelve a don Quijote, aunque no a Sancho, el sentido del espacio y del tiempo. Es la impaciencia neurótica de que suceda algo, la determinación incorregible de no ver la realidad. Quizás cuando más evidentes son las razones para la incredulidad con más furia se afirma la creencia. En lugar de alzar simplemente los ojos hacia la orilla, de la que apenas se han alejado, don Quijote propone una prueba de empirismo libresco para saber si la barca ha cruzado ya la línea equinoccial: bastará que Sancho se tiente la ropa y compruebe si se le han muerto los piojos, porque hay eruditos fabuladores que dicen que eso les sucede a los marineros nada más pasar el ecuador.

Pero ahora la corriente se acelera y la barca está acercándose a las ruedas de un molino que giran en el centro del río. La fantasía se vuelve grotesca en el simple encuentro con los trabajos de la gente común. Don Quijote se empeña ahora en otra rutinaria alucinación de libro de caballerías: ese molino es un castillo encantado en el que hay princesas prisioneras a las que a él toca liberar, etc. Todo ocurre sumariamente, aceleradamente, igual que se acelera la fuerza del río en dirección a la catástrofe. Unos molineros enharinados de blanco logran apartar la barca con sus pértigas: para el hidalgo ocioso y novelero un hombre que se ocupa de un oficio real es más exótico que un fantasma. Cuando por fin don Quijote y Sancho se han salvado de ahogarse, o de quedar destrozados por las palas del molino como la barca en la que iban, los pescadores a los que pertenecía les gritan sin ningún respeto exigiéndoles el pago del daño. Con grosería inaudita se dirigen a don Quijote en la segunda persona del singular, como a un ganapán o a un criado. Por un agravio semejante, el caballero iracundo le rompió el cráneo al cuadrillero que le había faltado al respeto en la venta de Juan Palomeque. Ahora no reacciona, exhausto, asustado, sumido en una confusión de hombre viejo a la que no encuentra salida.

La escena es más ridícula aún porque la vemos a través de los ojos de los molineros y los pescadores de la orilla: don Quijote, vencido y empapado, más desacreditado aún en su visible trastorno a los ojos de Sancho, se empeña en no aceptar la evidencia de lo real y en justificarse con el argumento paranoico de que una vez más sus enemigos encantadores han enturbiado las apariencias de las cosas para hacerle daño a él, para impedirle liberar con todo el esfuerzo de su brazo a las encantadas o cautivas que tanto lo necesitaban. Está empapado en la orilla, sucio de barro, imaginamos, absurdo en su armadura descompuesta de militar de otro siglo. No habla en voz alta; no declama para ese público cercano o imaginario ante el que está actuando siempre, salvo cuando de verdad lo arrebata la locura. *Dijo entre sí don Quijote*, precisa Cervantes, *Dios lo remedie, que todo este mundo es máquinas y trazas, contrarias unas de otras. Yo no puedo más.*

Pero más amargo todavía, y de una crueldad inusitada, es el final del capítulo: *Volvieron a sus bestias, y a ser bestias, don Quijote y Sancho, y este fin tuvo la aventura del encantado barco*. Hay una disonancia que nos hiere de pronto, como una nota destemplada que ofende al oído. No estamos acostumbrados a que Cervantes se exprese con esa falta de consideración, hasta de humanidad, hacia esos dos personajes que llevan tanto tiempo acompañándolo.

No hay un momento más desolador en toda esta novela que se va oscureciendo. Ha terminado el capítulo anterior con esas palabras tan dolorosas de recordar, *volvieron a sus bestias, y a ser bestias*, y en el capítulo siguiente ocurre lo que hasta ahora nunca había sucedido, un largo silencio entre don Quijote y Sancho; ese silencio enconado de dos personas que ya no soportan estar juntas, que sienten cada uno la presencia silenciosa del otro como un oprobio y una esclavitud; que se concentran cada uno en sus pensamientos rencorosos, en sus catálogos repetidos de agravios, en el tedio inmenso de estar juntos sin que nadie más los distraiga de una asfixiante soledad compartida. Don Quijote y Sancho cabalgan sin decir nada. El coloquio que parecía un caudal que no se agotaría nunca ahora se ha interrumpido.

Hay un malhumor, quizás, un cansancio y un fastidio que pueden ser los del propio novelista, aburrido de sostener la historia sobre estos dos personajes, sin los cuentos intercalados que daban su variedad festiva a la primera novela. Ha vuelto a usar trucos y patrones narrativos que ya había repetido mucho, el de la lluvia de palos y pedradas, el de la manía de don Quijote de ver lo que quiere ver porque lo ha leído en los libros de caballerías y no lo que tiene delante de los ojos. El malhumor de los personajes entre sí es el que en ese trance de desaliento narrativo siente el novelista fatigado de ellos. Hace falta mucho tiempo y mucha paciencia para escribir un libro tan largo. Sancho se dice a sí mismo que en la primera ocasión que se le presente abandonará a don Quijote sin decirle nada: esa sería la traición máxima, la amargura definitiva. Quién puede imaginar a don Quijote despertando una mañana, llamando a Sancho, descubriendo que no está, ni el rucio tampoco, que ha aprovechado la noche para abandonarlo. Justo cuando la historia se oscurece, surge algo que salva a don Quijote y a Sancho de su aburrimiento, y quizás también a Cervantes de su desgana de escribir sintiendo que ya no le queda nada que contar. Hay una luz de atardecer y don Quijote y Sancho salen *de una selva*, y ven a una hermosa dama a caballo, una gallarda cazadora que sostiene en la mano un halcón. De la negrura y el tedio de lo real los va a salvar de nuevo el resplandor de las mentiras.

100

Son las zonas más sombrías de la novela; las primeras de amargura y desaliento sin remedio, y de burla sin misericordia. Parece que se va acabando el verano de largos días luminosos de la aventura novelesca y se impone otro tiempo más áspero, de oscuridades prematuras, como esos anocheceres de octubre que llegan como a traición cuando aún parecía que iba a durar todavía la tarde soleada. La amargura se corresponde con una crueldad interior, la de Sancho hacia su amo, agravada por la deslealtad, algo que no había existido en la novela gozosamente cómica y paródica de 1605. La crueldad no es ya apaleamiento ni broma pesada que desata una risa colectiva. Es la crueldad del que hace un daño muy hondo, a conciencia, y la comete Sancho cuando le dice a don Quijote que esas aldeanas que vienen montadas en burro por el camino del Toboso son Dulcinea y dos de sus doncellas, que vienen lujosamente engalanadas para encontrarse con el caballero.

Es una crueldad y una traición. Con su malicia de palurdo y su conocimiento tan profundo de la mente de don Quijote, Sancho urde un embuste que se dirige justo al núcleo de su conciencia trastornada. Hasta ahora, ha sido don Quijote quien elegía y modelaba sus alucinaciones. La trampa cruel de Sancho es que le da la vuelta a ese mecanismo mental. Por primera vez don Quijote no controla los términos de una ensoñación; por primera vez intuye de verdad en qué consiste la locura. Y lo que siente, como otras veces, es puro terror: si esa aldeana chata y grosera que huele a ajo y a sudor es en realidad Dulcinea, el mundo real es una pavorosa confusión en la que no hay manera de orientarse, porque en ella no sirve de nada el testimonio inmediato de los sentidos. Hasta ahora don Quijote los ha dejado en suspenso cuando le convenía a su empeño de imponer la literatura sobre la realidad: si él lo quería así, si hacía el esfuerzo de imaginarlo, los molinos de viento eran gigantes, las rameras damas, las ventas castillos, la fealdad belleza. Pero ahora lo que hubiera debido ser belleza es indiscutiblemente fealdad, y Sancho es cómplice de esa aberración: *miraba con ojos desencaja-*

dos y vista turbada a la que Sancho llamaba reina y señora, y como no descubría en ella sino una moza aldeana y de no muy buen rostro, porque era carirredonda y chata, estaba suspenso y admirado, sin osar despegar los labios. La risa de Sancho es la más cruel de todas las que suenan a lo largo de la novela: *Harto tenía que hacer el socarrón de Sancho en disimular la risa, oyendo las sandeces de su amo.*

Y sin embargo muy poco después, conversando con el escudero enmascarado del caballero de los Espejos, Sancho habla de don Quijote con una ternura estremecedora: *Tiene un alma como un cántaro; no sabe hacer mal a nadie, sino bien a todos, ni tiene malicia alguna: un niño le hará entender que es de noche en la mitad del día, y por esa sencillez le quiero como a las telas de mi corazón, y no me amaño a dejarle, por más disparates que haga.*

101

Cuando leí por primera vez *Las palmeras salvajes* me encontré por sorpresa con una escena en la que había resonancias evidentes de la aventura del barco encantado. Estaba en Granada, en la universidad, a principios del otoño de la muerte de Franco. Para ese curso me habían dado por fin una beca decente, y disponía de una habitación alquilada solo para mí, y de dinero para comprar libros. Era una fiebre simultánea de adquisición y de lectura. Los libros que antes miraba en los escaparates de las librerías ahora podía comprarlos. Apenas iba a clase. Pasear por la ciudad y leer eran mis únicas tareas. Pasaba *las noches leyendo de claro en claro, y los días de turbio en turbio*, descubriendo un caudal de lecturas que me alimentaban el espíritu y me desataban la imaginación como en los tiempos adánicos del final de la infancia. Empecé a leer en serio a Borges, a Proust, a Juan Carlos Onetti, a Raymond Chandler, al Vargas Llosa de *Conversación en La Catedral* y *La casa verde*, a Juan Rulfo, a Joyce, a Stendhal, a Faulkner. La primera novela suya que leí fue *Santuario*, en una edición antigua de Austral. Las librerías eran cuevas de tesoros. Compré después *¡Absalón, Absalón!*, y aunque me estremecía aquella prosa, que entonces leía traducida, me venció la densidad del libro, lo oscuro y complicado de su trama. Compré *Las palmeras salvajes*, traducida por Borges, y en el segundo capítulo encontré de pronto a dos remedos de don Quijote y Sancho Panza, uno alto y flaco y otro bajo y gordito, *plump*, dice Faulkner, los dos presos en una cárcel-granja del Sur, los dos subidos a una barca que va sin rumbo por la corriente desbordada del Misisipi, durante las grandes inundaciones de 1927. Ninguno de los dos tiene nombre. *El penado alto*, en palabras de Borges, *el penado bajo*.

En la biblioteca de Faulkner, en su casa de Rowan Oak, donde le complacía tanto hacerse pasar por un señor de campo, un *gentleman farmer*, había y sigue habiendo un busto de don Quijote, y una edición de la novela firmada y fechada en Nueva York, en 1938. Dijo en una entrevista: *Los libros que leo son los que descubrí cuando era joven y a los que vuelvo como vuelve uno a los viejos amigos: el Antiguo Testamento, Dickens, Conrad, Cervantes. Lo leo cada año, igual que leo la Biblia.* En una charla a los cadetes de West Point habló con más detalle sobre don Quijote: *Es admiración, y piedad, y entretenimiento. Eso es lo que obtengo de él. Y el motivo es que se trata de un hombre que intenta hacer lo que puede en este universo caótico en el que le ha tocado vivir. Es trágico y es cómico. Puedo verme a mí mismo en don Quijote leyendo una página o dos de vez en cuando, y quisiera pensar que mi comportamiento es mejor porque he leído esa novela.*

102

Del crimen del preso bajito no sabemos nada, aunque sí de su condena, ciento noventa y nueve años. El preso alto cumple una pena de quince años por un atraco armado en un tren que en realidad no pasó de tentativa. En el sistema judicial del Sur las condenas que reciben los pobres son tan desproporcionadas como las de los galeotes de Cervantes. Pero su resentimiento no va contra los policías que lo detuvieron o el juez que lo condenó a un castigo tan severo, *sino contra los escritores*, dice Faulkner, *los nombres incorpóreos adheridos a las historias, las novelas baratas que según él creía lo habían llevado a su presente infortunio.* De muy joven el preso alto se aficionó a las novelas de vaqueros, detectives y gangsters que no costaban más de diez o quince centavos, y, como el hidalgo manchego del que probablemente nunca supo nada, decidió que no le bastaba ya con leer tantas historias de tiroteos y atracos, y se decidió a protagonizarlas. *Había premeditado sus planes, había seguido a aquellas autoridades impresas (y falsas) al pie de la letra, había guardado las novelas durante dos años, leyéndolas y releyéndolas, aprendiéndolas de memoria.*

Su primera y única salida acabó más abruptamente que la de don Quijote. En vez de armas viejas *del tiempo de sus agüelos* se proveyó de una pistola falsa, una linterna y de un pañuelo negro para taparse la cara como los de los atracadores de sus novelas y revistas de portadas en colores fuertes, adquiriéndolos por correspondencia en los anuncios que se publicaban en ellas. Pistola en mano y con el pañuelo negro en la cara subió a un tren con la intención de robar joyas, relojes y billeteras a los viajeros, y al cabo de unos minutos ya lo habían detenido y desarmado, y muy poco después estaba cumpliendo su condena, quince años de trabajos forzados por no haber robado nada, con la conocida ecuanimidad de la ley hacia quien no tiene dónde caerse muerto, trabajando de sol a sol con los pies encadenados en una plantación penitenciaria.

No había buscado riqueza, ni botín, solo una cierta gloria: *un símbolo, una insignia para mostrar que él también era el mejor en su artimaña favorita, en el mundo vívido y fluido de su tiempo.* Y empujando el arado o cargando balas de algodón bajo la vigilancia de los guardias armados a caballo, maldecía obsesivamente a los escritores de las ficciones y crónicas embusteras que lo habían trastornado, *a los que ni siquiera sabía que eran pseudónimos, solo los apelativos de sombras que habían escrito sobre sombras.* Pero en la prisión siguió leyendo las novelas *con la antigua avidez, aunque hubieran causado su ruina, las fábulas imposibles impresas en papel malo cuidadosamente pasadas de contrabando.* Como un caballero andante involuntario que salva a una doncella, el preso alto rescata desde su barca extraviada en la crecida oceánica del río a una mujer embarazada que ha encontrado refugio en las ramas de un árbol. *Y a qué Helena, a qué Greta Garbo no habría él soñado con rescatar de qué risco agrietado o guarida de dragón.*

103

La tarea humilde, tenaz, necesaria, desagradecida, amarga, exaltada, insobornable del arte de la novela es contar las cosas como son, muchas veces a través de personajes tan aturdidos o zarandeados por las circunstancias que no llegan a entenderlas, o que las descubren por fin después de un doloroso aprendizaje. No como debieran ser, o como uno quisiera que fuesen, o como parece que fueron en otras épocas, o en las novelas, sino como se muestran delante de los ojos a quien quiere mirarlas o no tiene más remedio que hacerlo, aunque quisiera que fuesen de otro modo pero no consigue o no quiere engañarse, o engañar a otros. En Balzac hay momentos súbitos de revelación en los que alguien ve lo hasta entonces oculto. Rastignac, el trepador social que ha aprendido a disimular y a mentir, *vio entonces el mundo tal como es.* En las novelas de Saul Bellow, protagonistas distraídos, sensuales y de escasa voluntad y sentido práctico encuentran siempre a alguien que se convierte para ellos en un *reality instructor.*

La novela trata de lo vulgar y lo áspero y lo trivial y lo desastrado de la vida, pero al mismo tiempo presta atención a las fantasías que lo niegan y lo endulzan, y se complace con perversa ironía, con un sarcasmo atemperado por la misericordia, en resaltar el contraste entre lo tangible y lo imaginario, entre la vida humana tal como es y las invenciones literarias o mitológicas o religiosas que quieren ennoblecerla, dotarla de un sentido y una coherencia mundana o metafísica. La novela se complace en lo concreto y no en lo abstracto, en lo singular y no en lo quimérico, en lo común y no en lo excepcional o heroico, en el habla vernácula y no en la retórica literaria, en lo azaroso y terrenal y no en lo inflexible del destino.

La novela es pura inmanencia. En la novela, contrapunto de la épica, los ideales se exhiben para ser desacreditados y los héroes, vistos de cerca, resultan ser fantoches, los cuerdos locos, los señores idiotas o vulgares, los analfabetos racionales, las mujeres más sabias y astutas que los varones. La novela viene del cuento popular y la celebración carnavalesca. La novela es desmesura formal, improvisación, brochazo, mescolanza, burla, parodia. La novela parece no aspirar a otra cosa que eso que Cervantes llama entretenimiento, dirigido no a un erudito exigente, sino a un *desocupado lector*. La novela es una historia que alguien empieza a contar o a leer en voz alta y deja en suspenso a los que escuchan, queriendo saber lo que viene a continuación, enfadados si el relato se interrumpe: es el *sabroso cuento* que fascina tantas veces a los personajes de *Don Quijote*, empezando por él mismo, y que deja en suspenso la acción principal, sin que nadie se preocupe demasiado por ella.

La novela es un hilo que no debe romperse y una madeja en la que se entrecruzan los hilos de diversas narraciones, porque siempre son muchos los cabos sueltos, las perspectivas, las peripecias de las vidas, y porque no hay ninguno que no merezca ser considerado. La novela es la burla ácida de los lenguajes más levantados y de las historias más nobles o heroicas, porque todo artificio verbal se vuelve ridículo por comparación con la naturalidad y la viveza del habla. Cualquiera que tenga dos ojos en la cara sabe que no hay heroísmo que no encubra una dosis de impostura o de farsa, y que cada apariencia visible de superioridad o nobleza oculta la cruda verdad del abuso. La novela hace suya la comicidad vulgar del entremés para mostrar lo que permanece invisible en cualquier otra forma de expresión literaria. La novela explora y hace suyos territorios narrativos y verbales que están fuera de la literatura. La literatura, en cuanto se formaliza, excluye el habla y el fluir y la variedad de la vida. La novela es vulgar como el entremés y en tiempos de Cervantes no da prestigio a quien la escribe. Despierta la risa y no la culta admiración, y se complace sin escrúpulo en todo lo más vulgar de la vida privada, y de la vida corporal, lo bajo y no lo alto, la carcajada y no el éxtasis, la comida y la bebida y la digestión con todas sus consecuencias orgánicas, incluidas las más repelentes, que son las que ofrecen mayores oportunidades para una comicidad impresentable. Sancho Panza caga sin separarse de don Quijote la noche de los batanes y Leopold Bloom lo hace todavía con mayor deleite después de haberse desayunado un riñón de cerdo a la plancha. Sancho eructa, vomita encima de don Quijote, se come una gallina entera asada en las bodas de Camacho, y media empanada de liebre con el escudero del falso caballero de los Espejos, y fija la mirada en el cielo estrellado mientras recibe en la boca abierta el chorro de vino de una bota. Los amos, mientras tanto, debaten cortesanamente sobre sus amores incorpóreos.

104

La novela celebra con más descaro todo lo tangible y común porque lo presenta en contraste con las fantasías idealizadoras, en las que hay siempre un componente de fraude, un embellecimiento engañoso de la injusticia o la brutalidad. Don Quijote se imagina heroico y Sancho se sabe cobardón y tranquilo. Sancho mira las hazañas y las insensateces de don Quijote como el soldado Švejk las de los oficiales austríacos de la Gran Guerra. Sancho es el campesino inmemorial que desconfía de los señores que quieren siempre reclutarlo como carne de cañón en las guerras que ellos emprenden, borrachos de ideales literarios y homicidas, o de maquinaciones de negocios. Sancho es el soldado Miguel Gila, que a los diecisiete se ve arrojado al frente en la guerra civil española, sin entender nada, sin la menor beligerancia militar o ideológica, inventando artimañas de pícaro antiguo para comer cada día y evitar que lo maten.

Me acuerdo de los Sanchos a los que conocí de niño, hortelanos reclutados a la fuerza, llegaban al frente sin apenas instrucción y sin saber muchas veces ni dónde estaba el enemigo. Compartían entre todos el único objetivo de sobrevivir eludiendo en lo posible el peligro y procurando hacer el menor daño posible. En todas las guerras desde la de 1914 los campesinos y los trabajadores sin cualificación son los que van al frente. Cualquiera que tenga estudios, o que domine un oficio mecánico, o logre una influencia, un enchufe, se las arregla para eludir la primera línea en las batallas. Son campesinos los que luchan y mueren. En la Primera Guerra Mundial los oficiales castigaban con particular severidad a los soldados a los que sorprendían disparando con los ojos cerrados. Muchísimos lo hacían. En la huerta de mi padre y en las cuadrillas de la aceituna yo trabajaba codo a codo con hombres mayores que de jóvenes habían participado a la fuerza en la guerra civil, como soldados de reemplazo. Mi abuelo paterno era uno de ellos. No he conocido a un hombre más pacífico. Todos ellos, sin excepción, contaban que cuando se veían forzados a disparar en el frente lo hacían con los ojos cerrados. «Si yo no conocía a los del otro lado y no me habían hecho nada, ¿por qué iba a querer hacerles daño?»

El campesino vive o vivía en el mundo de las cosas concretas, del trabajo incesante y la incertidumbre sobre su fruto, y por lo tanto no concibe la existencia de enemigos abstractos. Podía ser cruel y hasta homicida en algunos casos, si tenía una disputa enconada sobre lindes o sobre turnos de riego, en una tierra donde el agua siempre es escasa. Pero hacia alguien a quien no conoce no siente ninguna animadversión, igual que es difícil que sienta solidaridad si es un pequeño propietario, tan apegado a lo suyo que descree de cualquier empeño colectivo. Sancho Panza no está dispuesto a luchar porque sí con el *narigante escudero* del caballero de los Espejos. Allá los señores con su desatino de batirse jugándose la vida por disputas sobre la belleza de damas tan irreales como dogmas políticos.

105

La novela es la simultaneidad en las conversaciones de los dos escuderos y los dos caballeros andantes, porque si hubiera solo una de ellas sería o bien una historia picaresca o un entremés o bien un simulacro de libro de caballerías. En uno y otro caso se estaría mostrando una visión unilateral del mundo. La novela es abarcadora y mestiza y quiere contener esos dos ámbitos, y proyectar una ironía equitativa sobre ellos. El espíritu de la novela es justo esa mezcla, ese choque, esa yuxtaposición de cosas discordantes. Es el romanticismo criminal y los malabarismos expresivos de Humbert Humbert y la evidencia insinuada y sórdida del abuso. Es el delirio del capitán Ahab y la sensatez lúcida pero también impotente o cobarde del primer oficial Starbuck. Es el sentimentalismo y la poltronería de Frédéric Moreau hacia Madame Arnoux, la nobleza generosa de Dorothea Brooke y la mezquindad fabuladora de Emma Bovary, la mezcla de soberbia aristocrática y humillación sexual del barón de Charlus, la venalidad con que lo extorsiona su protegido Charlie Morel, la codicia y la devoción del chalequero Jupien, el adulterio y el fondo de ternura conyugal de Molly Bloom. Don Quijote es un *entreverado loco, lleno de lúcidos intervalos.* Sancho manipula sin misericordia la locura de don Quijote y se burla cruelmente de ella en el encuentro con la aldeana a la que llama Dulcinea, y un poco después declara quererlo *más que a sus entretelas.*

La novela es la conciencia de que no hay pureza química ni espiritual en nada, que nada es firme ni del todo noble ni duradero ni incondicionalmente dañino o benéfico, que cada persona es un mundo, incluso varios mundos. *Nadie sabe cómo es el alma de nadie*, dice Sancho, con esa solemnidad con que formula un campesino los lugares comunes. La novela irrita y desconcierta porque no se casa con nadie, porque no ofrece ninguna de las certezas que le exigen los teóricos de la literatura y de la felicidad social, ninguno de los significados indudables que les gustaría tanto encontrar en ella, sometiéndola así a cualquiera de sus variados catecismos. La novela, como don Quijote, se escapa siempre como anguila. Es tan híbrida como esa vulgar bacía de barbero que ha parecido de oro al brillar en el sol de la mañana y que su dueño sigue cabezonamente llamando bacía, mientras todos los demás dicen que no saben si es bacía o es yelmo, hasta que Sancho Panza resuelve la disputa inventando un objeto quimérico llamado *baciyelmo*. En un país de feroces identidades separadas entre sí, Cide Hamete es un *autor arábigo y manchego*. Una ramera puede ser una dama, un escudero analfabeto un gobernador prudente, un caballero de armadura reluciente y casco con penacho puede convertirse en ese vecino socarrón de don Quijote que es el bachiller Sansón Carrasco. Dulcinea puede haberse transformado en una aldeana que monta en burro y despide un olor a sudor y ajo. Un muchacho de aire labrador que se ha lavado unos bellos pies blancos en el agua transparente de un arroyo se suelta una larga melena rubia y ahora no es un campesino sino una muchacha deslumbrante. *Señora mía, o señor mío, o lo que vos quisierdes ser*, le dice el cura a la recién aparecida Dorotea, aceptando de antemano una variedad de identidades posibles, o eso que ahora se llamaría fluidez de género.

La novela nunca llega a satisfacer a los teóricos ni a los doctrinarios porque no se hace con ideas, sino con palabras comunes y peripecias humanas. La novela puede parecer progresista porque no respeta ninguna jerarquía y muestra la podredumbre de todo privilegio y la falsedad y el ridículo de todas las retóricas; pero también parece reaccionaria porque puede ser tan ácida y tan irrespetuosa con los oprimidos y con los poderosos, tan cercana a las almas de los canallas como a las de los justos. No concede crédito a ningún ideal, por elevado que parezca, ni lo excluye de la burla, y muestra lo limitado y lo frágil de la condición humana. Los duques son crueles en sus burlas de don Quijote y Sancho, pero igual de crueles y cómplices necesarios son los servidores que las organizan para ellos. Sancho se siente aliviado al dejar la farsa de su gobierno en la ínsula Barataria, pero le queda siempre la nostalgia del gusto de mandar. Don Quijote proclama a cada momento su propia valentía, y con frecuencia actúa con temeridad, pero en unas cuantas ocasiones de verdadero peligro se esconde o se da a la fuga. *Las burlas se vuelven veras y los burladores se hallan burlados*, declara el mayordomo de los duques.

La novela es esa inestabilidad, inconstancia, incertidumbre de todo. Ningún valor es indiscutible ni sólido. Nadie es del todo de fiar, aunque en el mundo de Cervantes, a diferencia del de Shakespeare, nadie actúe tampoco guiado por la pura maldad. La curiosidad y el escepticismo de Montaigne los muestra Cervantes en forma narrativa en el fluir de la novela, en su tránsito. Al final de todo don Quijote está muriéndose con estoicismo ejemplar, y todos lloran a su alrededor, pero no en todo momento, porque *con todo, comía la sobrina, brindaba el ama, y se regocijaba Sancho Panza; que esto del heredar algo borra o templa en el heredero la memoria de la pena que es razón que deje el muerto.* El muerto al hoyo, y el vivo al bollo. La novela es el relato de la agonía y del luto, y también de esa cruda evidencia. Alguien agoniza detrás de una puerta y los que lo velan hablan del tiempo o hacen una broma en voz baja. El idioma lo declara con su catálogo de frases hechas. Es lo que hay. Las cosas son como son. No hay más cera que la que arde. La novela es la plena aceptación y la denuncia amarga y también humorística, si hace falta, de esa realidad ineludible, y la sátira de las buenas palabras que aspiran a solemnizarla. Y también es la celebración de la bondad que puede no dar frutos o salvar a alguien, y de la inocencia que puede conducir al desastre o a resistir con sereno heroísmo el acoso de la vulgaridad y la corrupción.

106

En *El ingenioso caballero* ha desaparecido el propósito de la parodia literaria igual que la ansiedad doble por la acumulación de peripecias y la variedad de historias intercaladas para eludir el peligro de la monotonía y no aburrir al lector. Ahora la historia parece fluir por sí sola, a un ritmo demorado y continuo, como va fluyendo la vida diaria de cualquiera, con una naturalidad que no ha existido hasta entonces en la literatura de ficción y que no regresará plenamente a la novela hasta quién sabe si *La educación sentimental*, en la que Flaubert puso en práctica su deseo de escribir una novela sobre nada. Hay algo inconcluso en muchas de las aventuras, o los episodios, de *El ingenioso caballero*, algo interrumpido o malogrado, o simplemente dejado en el aire, como esos motivos musicales que Beethoven enuncia y no desarrolla en las últimas sonatas para piano, o como esas zonas de un cuadro que Velázquez o Rembrandt parece que dejan sin acabar, o que resuelven de cualquier manera, por cansancio, por acabar antes, o por simple y desahogada maestría.

En estas nuevas aventuras, en el caso de que alguna de ellas pueda llamarse así, la tensión crece y se acumula y está a punto de ocurrir algo muy grave, algún desastre de comicidad previsible: pero al final resulta que no pasa nada, o casi nada. El despliegue visual y escenográfico del encuentro con el carro de las Cortes de la Muerte está cargado de promesas narrativas que no llegan a nada. En cuanto don Quijote ve esas figuras con disfraces fantásticos de reyes o demonios y los interpela damos por supuesto que se repetirá el patrón de la primera novela: el caballero les atribuirá poderes maléficos, las desafiará en combate, o las embestirá sin más. Tiene el impulso de acometer a los cómicos maleantes, que se han burlado de él: por una vez haciendo caso de Sancho, desiste de atacarlos, y hasta conversa afablemente con ellos. Pero como es de temperamento colérico acaba enfureciéndose, y ahora sí que parece que culminará la aventura: don Quijote está a punto de cargar; los cómicos se arman de piedras para responderle. La acción queda congelada, un cuadro escénico complicado y estático: los personajes inmovilizan sus gestos, como en un fotograma detenido. La inmovilidad y la tensión se prolongan silenciosamente como en el preludio de un duelo a tiros, en una película de Sergio Leone. Los cómicos bajan las manos que sostenían las piedras y no pasa nada. El que va disfrazado de demonio, que parece haber robado el burro de Sancho y huye montado sobre él, cuando ya está alejándose cambia de intención y se deja caer del animal, que vuelve dócilmente a su amo, sin necesidad de que don Quijote haga el esfuerzo de rescatarlo.

La hazaña probablemente más satisfactoria para don Quijote hasta el momento, su combate victorioso con el caballero de los Espejos, ocurre muy rápido, atropelladamente, y no tiene nada de gloriosa. El caballo de su adversario se queda parado justo cuando don Quijote se lanza sobre él, y el caballero, que sin duda es muy torpe, no ha sabido espolearlo.

Nada de lo que se propone don Quijote llega a buen término. Van él y Sancho al Toboso en busca del presunto palacio de Dulcinea y dan vueltas sin norte por la ciudad deshabitada y a oscuras, y se marchan sin haberlo encontrado, entre otras cosas porque no existe. Don Quijote, con su cara chorreante de líquido de requesón, ordena que le abran la jaula de los leones, pero el león cuyo fiero ataque él espera blandiendo su espada y su escudo lo mira y bosteza, y en lugar de responder a su provocación, *volvió las espaldas y enseñó sus partes traseras a don Quijote, y con gran flema y remanso se volvió a echar en la jaula.*

107

Ese no suceder de las cosas llega a su perfección en la casa de don Diego de Miranda, el caballero del Verde Gabán. No sucede nada novelesco, ni extraordinario, ni siquiera cómico. La sustancia y el pleno contenido de la narración es el discurrir tranquilo de la vida: comidas gratas y abundantes, con buenas conversaciones sobre poesía, en las que don Quijote se recrea en exponer sus juicios mesurados y lúcidos delante de don Diego y de su hijo, don Lorenzo, aspirante a poeta y quizás también algo gandul. Toda la aventura, si puede llamarse así, gira en torno al enigma de lo que se puede o no se puede saber sobre los otros, lo que se ve y lo que no se ve, lo que aun siendo bien visible es confuso, o ambiguo. Alguien aparece delante de ti y es un completo misterio que puede ser ignorado, pero que a una persona curiosa lo instiga a desvelarlo. Ir por los caminos es encontrar desconocidos y escuchar sus historias, que pueden igual ser ciertas o embusteras, y contrastarlas con lo que el aspecto físico dice sin palabras. El caballero del Verde Gabán va a adelantar a don Quijote y a Sancho porque va cabalgando *una muy hermosa yegua tordilla*, vigorosa y ágil, y no un rucio soñoliento, ni un jaco descalabrado como Rocinante. La primera visión detallada es la de su indumentaria, en la que Cervantes se recrea con ese deleite que heredarán de él Dickens y Balzac, no por el detallismo innecesario que suele achacarse a los novelistas del siglo XIX, sino por una aguda conciencia de la posición social, y también por la pura sorpresa que sienten don Quijote y Sancho ante este personaje recién aparecido en mitad de un camino rural, *vestido un gabán de paño fino verde, jironado de terciopelo morado, con una montera del mismo terciopelo...* El orden de la descripción es el de una mirada de arriba abajo: *Traía un alfanje morisco pendiente de un ancho tahalí verde y oro, y los borceguíes eran de la labor del tahalí; las espuelas no eran doradas, sino dadas con un barniz verde, tan tersas y bruñidas, que por hacer labor con todo el vestido parecían mejor que si fuera de oro puro.*

Vamos viendo las cosas desde una mirada en movimiento, como a través de una cámara de cine: es cuando el caballero se pone al mismo paso y empieza a hablar con ellos, interpelado por la curiosidad de don Quijote, cuando es posible fijarse en su cara, aunque con mucho menos detalle que en su vestuario: *La edad mostraba ser de cincuenta años; las canas, pocas, y el rostro, aguileño; la vista, entre alegre y grave.*

Cada percepción es singular, pues depende no de la omnisciencia del narrador sino del punto de vista de cada personaje. Todo está visto a través de los ojos de alguien. La realidad visible es un mosaico desordenado, hecho con las teselas de observaciones parciales y muchas veces contrapuestas, entreverado con los pensamientos que esas imágenes suscitan, también discordantes con las palabras que se dicen. Cada uno por su cuenta, don Quijote y Sancho observan al desconocido de quien no saben nada todavía, y el desconocido los observa a ellos, más sorprendido todavía, y más intrigado por su aspecto inexplicable. Y cada uno es consciente de la curiosidad que despierta en los otros, y se apresura a satisfacerla.

108

Don Quijote mira a don Diego con admiración y algo de recelo, y muy pronto alcanza una conclusión verosímil sobre él, antes de haber escuchado su historia. Le parece *hombre de chapa.* La solidez de su posición social es inequívoca: *en el traje y apostura daba a entender ser hombre de buenas prendas.* Sancho admira su aspecto, más imponente todavía por contraste con la desastrada extravagancia de don Quijote, y queda tan impresionado que se arrodilla ante él y le besa los pies en las espuelas, con una reverencia casi religiosa: *Me parece vuesa merced el primer santo a la jineta que he visto todos los días de mi vida.* Don Quijote tiene hacia don Diego un sentimiento de superioridad: demasiado ordenado en todo, en una vida sin estrecheces pero también sin heroísmo. Don Diego, juiciosamente, quiere disuadirlo de enfrentarse a los leones, y don Quijote se burla con sequedad de él repitiendo algo que don Diego le ha dicho, quizás con un exceso de autosatisfacción: *Váyase vuesa merced, señor hidalgo, a entender con su perdigón manso y con su hurón atrevido, y deje a cada uno hacer su oficio.*

La burla de don Quijote puede ser también la del propio Cervantes. Don Diego lleva la clase de vida que hubiera podido estar a su alcance y sin embargo nunca ha logrado. Don Diego es un hombre plenamente instalado en el mundo, con su buena casa, su hacienda, su familia bien avenida, la esposa amable, doña Cristina, el hijo único bachiller por Salamanca, sus criados, sus amigos, sus prudentes jornadas de caza, su devoción por la santísima Virgen, todo tan impecable que llega a ser un poco repelente. El misterio de don Diego de Miranda es el de lo ordinario y lo común, el de las personas libres de toda ansiedad social, acomodadas en la vida sin apariencia de discordia, sin el menor desajuste. Cervantes, desde que era niño, se ha pasado la vida dando tumbos, primero detrás de su padre infortunado y perseguido por las deudas, después huyendo a Italia para que no le cortaran la mano por haber malherido a alguien en un duelo; y la guerra, y el cautiverio, y la búsqueda tantas veces infructuosa del éxito en el teatro y de la seguridad de un empleo público; y ya de viejo el fracaso de sus expectativas de viajar a Nápoles en el séquito del nuevo virrey, su protector, el conde de Lemos, que llevó consigo una corte de asesores y poetas, pero a él lo dejó en tierra en Barcelona.

En su casa anchurosa en la que reina un *maravilloso silencio* don Diego vive holgadamente con su mujer y su hijo. En Valladolid Cervantes había vivido con sus dos hermanas, su sobrina y su hija, las dos ilegítimas, en una zona de carnicerías y tenerías, cerca de un hospital para enfermos de sífilis. Regresado a Madrid de nuevo, Cervantes siguió viviendo de alquiler en casas estrechas y mal acomodadas, siempre rodeado de esa familia nada usual, y quizás poco respetable, en una confusión en la que le costaría mucho concentrarse para escribir algo, con gente ruidosa entrando y saliendo a deshoras, según los chismes malévolos del vecindario.

Pero tal vez por eso Cervantes se recrea en describir lo que hubiera deseado y no tuvo, una confortable normalidad, la calma de decir de sí mismo, como don Diego, que es *medianamente rico*, o de tener como él un escudo de hidalguía labrado en el dintel de la puerta de su casa. Don Diego podría parecer un Montaigne manchego, cultivado y tranquilo, aunque su biblioteca es mucho más reducida y mucho menos amplia en ambiciones intelectuales que la de Montaigne. Posee *hasta seis docenas de libros*, pero según confiesa, no sin orgullo, y no sin estrechez mental, la mayor parte son libros piadosos. Una normalidad tan mesurada, tan meticulosa, tan ajena a cualquier sobresalto, ¿no estará queriendo encubrir alguna forma de impostura? Es don Diego quien hace ostentación de su ortodoxia, de su limpieza, de su caridad hacia los pobres, de toda clase de virtudes privadas y públicas: *Procuro poner en paz los que sé que están desavenidos; soy devoto de Nuestra Señora y confío siempre en la misericordia infinita de Dios nuestro Señor.*

En el propio título que le asigna Cervantes hay sin duda algo de burla. Por comparación con otros, el caballero de la Triste Figura, el de los Espejos, el de los Leones, que alguien sea caballero «del verde gabán» es casi como si se le llamara «el caballero del traje de entretiempo», «el caballero del abrigo marrón».

El humanista manchego puede que no sea otra cosa que un santurrón, apoltronado en un privilegio sin mérito, en la clase de prosperidad mesurada y honrosa que Cervantes hubiera querido para sí, la que quizás imaginó que tendría casándose con Catalina de Salazar e instalándose con ella en Esquivias, sedentario por fin después de tantos años de viajes aventureros, batallas e infortunios, dedicado a administrar el patrimonio de la familia de ella, con el talento que al parecer tenía para los números. Pero no tardó ni un año después de la boda en volver a Madrid y echarse de nuevo a los caminos. A los cuatro días de estar tan a gusto y tan bien agasajado en casa de don Diego de Miranda, don Quijote se despide, probablemente con alivio, *por no parecer bien que los caballeros andantes se den muchas horas a ocio y a regalo.*

109

El primer coleccionista de dibujos del que existe constancia es Giorgio Vasari, mediocre pintor manierista pero historiador extraordinario de la pintura florentina. Gracias a él se conservan muchos dibujos de Leonardo, de Rafael y de Miguel Ángel. Nadie hasta entonces había considerado que esos trabajos preparatorios tuvieran algún valor. Una vez usados, se descartaban como los andamios que habían servido para pintar al fresco un muro o una bóveda. De Velázquez solo se conservan unos pocos dibujos, y algunos del Bosco y de Bruegel. Sabemos que Caravaggio no hacía uso de ellos: trazaba marcas en diversos lugares del lienzo y luego encajaba en ellas las figuras, directamente con el pincel, teniendo delante los modelos.

A diferencia de los antiguos, nosotros no nos interesamos solo por el resultado final, también por los procesos que conducen a él, que con frecuencia nos parecen más originales y excitantes. Dibujos y bocetos de Rubens nos conmueven muchas veces más que las enfáticas pinturas a las que dieron lugar. Nos gusta lo inacabado, lo indeterminado, lo no cumplido por completo. Virginia Woolf se preguntaba si era posible mantener la viveza de un *sketch* en la obra acabada. Nuestro sentido estético desciende de Tiziano y Tintoretto y no de Rafael, de Goya y no de Ingres, que incluso en sus dibujos preparatorios era ya perfecto. Amamos los borradores, las tentativas, los primeros indicios de algo: una frase suelta en una libreta que resulta el germen de una novela, uno de esos garabatos de Beethoven en los que solo los musicólogos más expertos pueden descifrar el hilo breve de una melodía.

Por eso quisiéramos tener borradores y cartas de Cervantes, manuscritos apresurados o incompletos que nos orienten sobre sus estados de ánimo y sus procesos creativos. Hubo quien preservó las cartas de Lope de Vega, y los manuscritos autógrafos de muchos de sus poemas y comedias, pero nadie parece que diera algún valor a las cartas de Cervantes, ni a sus papeles. No hay más rastro manuscrito de él que una serie desoladora de solicitudes y documentos administrativos, que indican hechos ciertos y también casi siempre banales de su vida.

Aquí y allá él mismo da algunas pistas que no llevan a ninguna parte. Que don Quijote *se engendró en una cárcel*, ¿quiere decir que empezó a escribir la novela cuando estaba preso o que fue en la cárcel donde se le ocurrió la idea originaria, o donde vio por primera vez la forma definitiva en la que podría abarcar diversas narraciones ya escritas? Su estancia más tardía en la cárcel de Sevilla fue en 1597. ¿Qué escribió, aparte de *El ingenioso hidalgo*, entre esa fecha y la entrega a la imprenta de la novela en 1604?

110

Quisiéramos saber en particular cómo surgió la otra novela tan distinta de 1615, qué ocurrencia o qué impulso le hicieron ponerse a trabajar, aparte del propósito comercial evidente de aprovechar el éxito de la anterior. La idea de la continuación vendría después que la sorpresa del éxito; éxito paradójico, porque ni le trajo beneficio económico ni algo que él ansiaba tanto, la consideración de sus colegas escritores en Madrid, el brillo intelectual que entonces estaba reservado a la gran narrativa épica, en verso o en prosa. Las ediciones y traducciones internacionales del libro se publicaban sin permiso del autor ni recompensa para él. Cervantes, después de publicar *El ingenioso hidalgo*, es a la vez célebre y desconocido, popular y desdeñado. Son populares sus personajes, más bien: empiezan a aparecer donquijotes y sanchopanzas de farsa en desfiles de carnaval y en la parte jocosa de procesiones oficiales. *No hay poeta tan malo como Cervantes ni tan necio que alabe a don Quijote*, escribe Lope de Vega en una carta, con el resentimiento del que lo tiene todo hacia quien ha logrado mucho menos que él, por ese poco que ha logrado.

De cualquier modo, la resonancia del libro le ha producido más satisfacción de la que confiesa y le ha dado la seguridad de saberse escritor, después de haber pasado tantos años sin publicar nada y dedicado a oficios ajenos a la literatura. *El ingenioso hidalgo* se reedita varias veces después de 1605, pero no llega ni de lejos a las ventas del gran éxito comercial de la época, *Guzmán de Alfarache*, y su difusión en España se apaga rápidamente a partir de 1608.

Hay un enigma, otro de esos grandes espacios en blanco en la vida de Cervantes, y en sus procesos creativos, su silencio público de ocho años entre 1605 y 1613, cuando publica las *Novelas ejemplares*. En ese tiempo pudo haber empezado y abandonado la Segunda Parte, aunque nos cuesta imaginar que hubiera un desfallecimiento después del fulgor de los primeros capítulos. Lo único cierto es que la ruptura del silencio en 1613 desata una actividad editorial y creativa que hasta entonces Cervantes no había experimentado nunca. Dura febrilmente los tres años escasos que le quedan de vida y solo termina un año después de su muerte, cuando su viuda da a la imprenta el manuscrito inacabado y quizás corregido por ella misma de la que Cervantes pensaba que iba a ser su obra máxima, la que por fin le aseguraría las credenciales indudables de la gloria, *Persiles y Sigismunda.* Literalmente se murió terminando de escribirla, tal vez en un estado de lucha contra el tiempo que se parece al de los días finales de Proust: *las ansias crecen, el tiempo es breve, las esperanzas menguan, y, con todo esto, llevo la vida sobre el deseo que tengo de vivir.*

111

Escribe y reescribe, por fin en una vida sedentaria, aunque nunca acomodada, entre Esquivias y Madrid, en el retiro del pueblo y la agitación de la capital, en el ámbito estrecho de unas cuantas calles en las que se concentran los domicilios de los literatos, los palacios de los nobles que los patrocinan, las imprentas, los corrales de comedias, los lugares de reunión de los cómicos, el Madrid más bien ínfimo que es la capital destartalada de un imperio siempre amenazado de ruina, la ciudad mesetaria que está tan lejos del mar, y de todo, del ancho mundo que Cervantes conoció en su juventud, Italia y las costas del Mediterráneo, el golfo de Lepanto, el resplandor de los incendios durante la gran batalla, el hormiguero internacional de Argel, Orán, Lisboa, todo lo que han visto sus ojos durante una vida tan larga y viajera, lo que ahora pervive en su memoria y enaltecido por su imaginación se transmuta en literatura incomparable.

Cervantes se constituye en albacea anticipado de sí mismo. Como Henry James reorganizó y volvió a publicar en su vejez casi todas sus novelas, dejando al margen las que no creía que debieran salvarse, Cervantes emprende en sus últimos años una recomposición, una *summa* de todos los trabajos mayores que se le han quedado atrás. Revisa y reescribe aquellas novelas cortas que llevó consigo en su maleta de funcionario errante, alguna de las cuales se le perdería o se dejaría olvidada en cualquier venta, como el *Rinconete* y *El curioso impertinente* que alguien dejó en la de Juan Palomeque el Zurdo, más perdidas todavía porque ni llevaban el nombre de su autor. Rescata ocho de sus comedias y entremeses que no habían llegado a estrenarse, causándole una pena que ninguna satisfacción podía compensar, y un rencor poco saludable hacia quienes sí triunfaban en el teatro, Lope de Vega el primero de todos, y luego los empresarios que se desvivían por estrenar comedias de Lope y al mismo tiempo rechazaban las suyas.

112

Sin duda Cervantes tiene en esa época proyectos más atractivos que una nueva entrega de *Don Quijote*: quería escribir por fin la segunda parte de su amada *Galatea*, en la que seguía pensando cuarenta años después de que se publicara por primera vez, incapaz de desprenderse de su devoción juvenil por una literatura que había dejado estética e imaginativamente muy atrás: es como si tuviera ante sí todo el abanico de las formas narrativas que había explorado a lo largo de su vida, sin descartar ninguna, sin cumplir las expectativas de maduración lineal y etapas superadas que un crítico de nuestros tiempos puede albergar. Es esa idea de progreso en una cierta dirección irreversible la que provoca nuestro desconcierto al encontrar que después de *Don Quijote de la Mancha* Cervantes sintiera que culminaba su obra y su vida con un libro para nosotros tan anticuado o retrógrado como *Persiles.* Pero la novela que escribió Flaubert después del empeño metódico de realismo antirromántico de *Madame Bovary* fue un romance histórico tan desaforado como *Salambó.* Y después de experimentos musicales tan extremos como *Salomé* y *Elektra* Richard Strauss pareció dar un salto atrás para componer *El caballero de la rosa*, un ejercicio de aparente homenaje al *kitsch* vienés de salones aristocráticos y altas pelucas empolvadas. Herederos de la ortodoxia rupturista de las vanguardias estéticas, y del permanente borrón y cuenta nueva de las modas, aplicamos a las obras del pasado una idea evolucionista y de progreso lineal del todo ajena al pensamiento de la gente de entonces, y además solo efectiva en el conocimiento científico, y no siempre.

Cervantes pertenece a su tiempo, no al nuestro. Su difícil encaje social, tan dudoso como su posición literaria, acentuaron en él una perspicacia muy aguda en la observación psicológica y la crítica de lo cotidiano y aceptado. El que mira desde una completa extranjería no puede apreciar las gradaciones, los matices y los sobrentendidos en los que se sostiene la comedia social; es el que está a la vez dentro y más o menos al margen el que se fija más en las cosas que para los bien instalados son parte simplemente del orden natural; también el que ha vivido mucho tiempo fuera y lejos recibe al volver lecciones necesarias de extrañeza, y hasta su oído para el propio idioma se le ha vuelto más agudo, por la simple duración de la ausencia y por el conocimiento que ha adquirido de otros idiomas que también ha hecho suyos. Los años más decisivos de la juventud, en los que se cristalizan para siempre la educación y el carácter, Cervantes los pasó fuera de España, la mitad en la Italia gloriosa del Renacimiento tardío, la otra mitad en el cautiverio de Argel, en una apretada babel de identidades, religiones y lenguas que era el reverso de la España uniformada a la fuerza por la Inquisición y la Contrarreforma, tan cerrada al exterior que desde mediados del siglo XVI los estudiantes no podían matricularse en universidades extranjeras. Cervantes no era menos católico que la mayoría de sus conciudadanos, pero no miraba como ellos.

Tampoco como nosotros. Nos parece que *El ingenioso caballero* y *Persiles* pertenecen a mundos del todo ajenos entre sí, y nos cuesta creer que los escribiera la misma persona, pero es muy probable que Cervantes, en algunos tramos, los escribiera al mismo tiempo, pues para él eran dos dimensiones divergentes pero simultáneas de su imaginación creativa, ese don de *raro inventor* del que se enorgullece con frecuencia.

113

Igual que *El ingenioso caballero* y *Persiles*, cada uno por su parte, las *Novelas ejemplares* son una muestra de la simultaneidad de los dos impulsos narrativos centrales en Cervantes: la máxima naturalidad y el máximo artificio; el realismo crítico y festivo y la ficción romántica, o de género, que en inglés recibe el título preciso de *romance*, y que se manifiesta en una variedad de géneros muy codificados, aunque no siempre independientes los unos de los otros: los libros de pastores, los de caballerías, las novelas sentimentales, de aventuras y de viajes. Los géneros son tan poderosos que llegan a nuestros días, quizás con más fuerza que nunca: el género fantástico, de terror o de ciencia ficción, los relatos policiales, las novelas sentimentales, muchas veces de ambiente histórico. De la cultura escrita pasaron a lo largo del siglo XX al cine, a la televisión y a los videojuegos, y en el XXI se extienden a nuevos campos aún más seductores por la fuerza de la tecnología. El caballero andante fue el *cowboy* que imparte justicia defendiendo a los débiles y humillando a los poderosos; y fue también Flash Gordon y Superman, Han Solo, Indiana Jones, James Bond, Batman, Spiderman, y cada uno de sus derivados innumerables en la cultura comercial. Los monstruos, los caballeros, los brujos, los dragones siguen habitando en los libros de Harry Potter y en *Juego de Tronos* igual que en los antiguos libros de caballerías. Otro caballero andante es el detective privado o el policía, solitario o acompañado de un escudero, como el Robin de Batman o el doctor Watson de Sherlock Holmes. Muy poderoso en términos profundos de la imaginación humana tiene que ser un arquetipo para perdurar a través de los milenios y de las culturas, el héroe errante que vence al dragón y salva a la doncella cautiva, el que supera una tras otra pruebas tremendas para atestiguar su valor y merecer el premio prometido.

El género es seductor porque permite el viaje a mundos más estimulantes que el de todos los días, y al mismo tiempo ofrece, lo mismo al autor que a sus lectores o espectadores, la seguridad de una forma cerrada, regida por leyes específicas: la satisfacción doble de lo inesperado y lo inaudito y lo perfectamente previsible. El dragón es terrorífico y parece omnipotente, pero el héroe acabará venciéndolo; el asesinato desconcierta a los investigadores y parece imposible de resolver, pero el detective o policía acabará señalando infaliblemente al autor, que siempre será quien menos sospechoso parecía; el caballero siempre rescatará a la doncella o princesa cautiva, la tengan encerrada en un castillo medieval o en una nave-fortaleza interplanetaria; y los amantes separados durante años por toda clase de malentendidos, traiciones o desgracias se reunirán en el abrazo final, los dos inalterables en su belleza.

Entre un libraco impreso a finales del siglo XV, con letras góticas y toscos grabados en madera, y un videojuego inmersivo del siglo XXI, compartido por jugadores que se encuentran en varios continentes, la diferencia no es más que de tecnología. Y el efecto que la inmersión en el juego tiene en los participantes no es muy distinto del que recibía un lector de los tiempos de *Amadís de Gaula*: el fervor adictivo por una historia que no se quiere que termine; una fantasía de heroísmo y aventura más vívida que la existencia cotidiana y además satisfecha en la más perfecta inmovilidad. Se sabe que muchos jugadores pueden pasar días y noches enteros delante de la pantalla, encerrados en habitaciones a oscuras, como don Quijote pasaba *las noches [leyendo] de claro en claro, y los días de turbio en turbio.* En las ferias y convenciones de fans de los superhéroes, muchos de ellos van disfrazados de los personajes a los que veneran, y se proveen de cascos, armaduras, espadas, en un esfuerzo por transformarse en héroes, por romper la frontera entre lo imaginado y lo vivido, entre la pasividad de la lectura o la contemplación de la pantalla y el cumplimiento activo de las hazañas admiradas.

114

Durante todo el día Gustave Flaubert trabajaba con dolorosa y exasperada lentitud en el manuscrito de *Madame Bovary*, y al final de la jornada, en vez de levantarse del escritorio, escribía cartas muy largas a sus amigos y sobre todo a su amante, Louise Colet, a la que alguna vez llamaba «mi Dulcinea», quizás porque procuraba estar a distancia de ella, y dedicarle besos y caricias epistolares. Escribiendo *Madame Bovary* Flaubert ejercía un control absoluto de cada frase y cada palabra, volviendo extenuadoramente una y otra vez sobre sus borradores, descartando en un arrebato de perfeccionismo todo lo avanzado en unos días. En sus cartas lo que prevalece es una desmesura torrencial, sin más orden que el de las ocurrencias repentinas, el de las fobias y los entusiasmos, la expansión verbal incontrolada de una conciencia que al trabajar en la novela se somete a una disciplina tan exigente como la de las formas poéticas. Durante el día puede dedicar horas y horas a una sola frase, a una réplica en un diálogo. De noche, como si se apoderase de él otra identidad, un Mr. Hyde del desenfreno literario, Flaubert puede llenar páginas y páginas en una o dos horas, en una mezcla de confesión y diatriba, analizando sin compasión un libro recién leído y en el párrafo siguiente contando un chisme o haciendo una broma de taberna que a él mismo le provocaría una carcajada mientras la escribía.

En su jornada de trabajo, de la mañana a la noche, Flaubert inventa para la prosa narrativa un estilo de máxima economía y un tono impersonal que a cada momento se va transformando según las voces y los caracteres de los personajes, con una sorna contenida y una agudeza clínica. Al escribir cartas se abandona a una *escritura desatada* que tiene como modelos a los grandes maestros de la fecundidad expresiva, a los que lee sin parar, Homero, Shakespeare, Rabelais, Cervantes. Está leyendo una vez más *Don Quijote*, y le escribe a Louise Colet, el 22 de noviembre de 1852, a las tantas de la madrugada: *Lo que hay de prodigioso en* Don Quijote *es esa fusión perpetua entre la ilusión y la realidad que hace de él un libro tan cómico y tan poético. ¡Qué enanos son todos los demás a su lado! ¡Qué pequeño se siente uno!* Unos días más tarde su fervor se mantiene: *Estoy arrebatado. Me contagia la enfermedad de España. ¡Qué libro! ¡Qué libro! ¡Y qué alegremente melancólica es esa poesía!*

El escritor todavía joven que se ha impuesto, animado por sus amigos más próximos, la escritura de una novela sobre un asunto contemporáneo y vulgar, con el objetivo de corregir o purgar su inclinación hacia el desmelenamiento romántico de la imaginación y de la prosa, encuentra en Cervantes un ejemplo de lealtad a lo real y de ironía mezclada con una incurable fascinación hacia las fantasías sentimentales y heroicas que alimentaron su aprendizaje de escritor, o lo que él mismo llamó su educación sentimental: *Qué fácil es imaginar a Sancho sobre su asno, comiendo cebolla y espoleando al rucio, mientras charla con su amo. Qué bien se ven esos caminos de España que en ninguna parte están descritos.*

115

Pero *Don Quijote* era para él algo más profundo que un modelo literario. Pertenecía a sus recuerdos infantiles, que son muchas veces explícitos en las cartas, pero que también están muchas veces cifrados en sus novelas, bajo esa superficie límpida de impersonalidad que él quería imponerles. En 1847 le había escrito a Louise Colet: *Las primeras impresiones no se borran.* Estaba leyendo *Don Quijote*, en una nueva traducción recién publicada, y eso revivía en él imágenes remotas y precisas de su niñez, cuando le leían en casa una edición infantil de *Don Quijote* y a él le gustaba tanto escucharlo que pedía que se lo leyeran una y otra vez: *Yo encuentro todos mis orígenes en el libro que me sabía de memoria antes de aprender a leer.* Nos parece estar siguiendo al narrador de Proust en sus recuerdos lectores de Combray. El jardín donde Flaubert empezó a leer era el del hospital de Ruan que dirigía su padre, y en el que vivía la familia: *...* Don Quijote *y mis ensoñaciones infantiles, junto a la ventana del anfiteatro.* Se refiere al aula en forma de hemiciclo en la que su padre daba lecciones de anatomía. En los recuerdos infantiles de Flaubert, como en un anticipo de su literatura, está la poesía de esas *impresiones que no se borran nunca*, entre ellas el espectáculo cercano de la enfermedad y la muerte, el hedor de la realidad que llegaba desde las salas de disección al jardín edénico de sus primeras lecturas. En un pasaje de *La educación sentimental*, Frédéric Moreau, regresando de París al pueblo donde su madre sigue viviendo en la misma casa en la que él se crio, se encuentra con Louise Roque, una mujer joven a la que enseñó a leer cuando era niña y él adolescente. Intercambian recuerdos antiguos, y él le dice: *¿Y el* Don Quijote *con grabados que coloreábamos juntos?* Ella responde de inmediato: *¡Todavía lo tengo!*

Flaubert conservó el suyo toda su vida. Está en su biblioteca personal, en la misma casa donde nació y vivió y escribió gran parte de sus libros y de sus torrentes de cartas. He podido hojearlo virtualmente en una página web de la Biblioteca Nacional de Francia. Está publicado en 1828, cuando Flaubert tenía siete años: *Le* Don Quichotte *en estampes ou les aventures du héros de la Manche et de son écuyer Sancho Pansa représentées par 34 jolies gravures.*[1] La traducción es bella y límpida, igual que la tipografía, y aunque está simplificada y resumida no pierde su sabor cervantino. Los grabados son magníficos, muy sintéticos, con una gran impresión de movimiento y misterio, como viñetas en una novela gráfica de alta calidad. Predomina en ellos un aire alegre de aventura, un humorismo de comedia amable, muy lejos del retorcido tenebrismo que tendrán décadas más tarde los grabados de Gustave Doré. Para el niño que pasaba las páginas buscando las ilustraciones y las observaba antes de saber leer, con una perspicacia acentuada por la dificultad de

1. El *Don Quijote* en estampas o las aventuras del héroe de la Mancha y su escudero Sancho Panza representadas en 34 bonitas ilustraciones.

comprenderlas, debía de ejercer un efecto mágico, y algunas veces alimentarían las imágenes de sus sueños.

116

Según avanza *El ingenioso caballero* se va imponiendo al lector con una especie de tranquila autoridad la madurez insuperable de lo que Edward Said habría llamado «el estilo tardío» de Cervantes: una madurez más honda porque está limpia de solemnidad y casi de amargura, sostenida por una ligereza en la que el tránsito de lo serio a lo cómico sucede tan sin apariencia de esfuerzo como la simultaneidad de la ironía y la ternura, de la sensatez y la sinrazón, de la sátira política y el simple relato de los hechos comunes de la vida. Don Quijote, el pobre demente al que todos envuelven en una maraña de mentiras con el único fin de burlarse de él, de pronto afirma en medio de la farsa una estremecedora humanidad: *Y aunque en mi alma tienen su propio asiento las tristezas, las desgracias y las desventuras, no por eso se ha ahuyentado della la compasión que tengo de las ajenas desdichas.* El paje de los duques llega al *lugar de la Mancha* y la hija de Sancho, Sanchica, que estaba con otras mujeres lavando en el río, va descalza a guiarlo a su casa, y cuando se entera de las buenas noticias que trae para la familia no puede contener su alegría y *se le fueron las aguas.* Teresa Panza, el cura, el barbero, el secretamente vengativo Sansón Carrasco se encargan de mantener los hilos de la trama, discutiendo sobre la realidad o la fantasía disparatada del gobierno de Sancho; Sanchica y el paje, muy jóvenes y mucho más inocentes, y sin duda atraídos el uno por el otro, van mientras tanto a lo suyo. El paje da cebada a su caballo, para que se reponga del largo viaje, y como viene hambriento del camino Sanchica le prepara unos huevos fritos con torreznos.

La novela es el simple censo natural de las cosas, emancipada de cualquier cebo de intriga narrativa, o de la ansiedad de acumular aventuras que mantengan la atención del lector. A la broma pesada de la generosidad de la duquesa, Teresa Panza corresponde con el regalo contundente y verdadero de una almorzada de bellotas. Sancho deja por propia voluntad el gobierno y el escarnio de la ínsula Barataria y lo único que pide para llevarse consigo es un pan y medio queso, a diferencia de tantos gobernadores de ilustre linaje que cometerán cualquier vileza para no perder un cargo y se aprovecharán de él para salir enriquecidos. *Cada día se veen cosas nuevas en el mundo*, dice el mayordomo de los duques, admirado por la honradez y el sentido común del campesino analfabeto a quien ha tenido que someter a toda clase de burlas.

117

Sancho Panza, montado en su jumento, con las alforjas vacías, con la conciencia limpia, con su pan y su medio queso, emancipado de la sombra flaca y vertical de don Quijote, y por lo tanto de su propia función de contrapunto cómico, es el vivo retrato de la dignidad popular, y de una especie de inocencia heroica, incorruptible, terrenal, cerril, de una sabiduría que tiene una parte del resabio campesino de los refranes y otra de verdad inmemorial y escarmiento bíblico: *Desnudo nací, desnudo me hallo: ni pierdo ni gano.*

Y es en ese estado de despojamiento y desengaño y no en cualquier otro momento cuando se produce el encuentro que es una de las cimas morales y políticas de toda la novela: unos peregrinos mendicantes le piden limosna, y él les ofrece lo que nosotros sabemos que es lo único que tiene, el pan y el queso que le dieron al despedirlo los sirvientes del duque. Sancho y los peregrinos, cada uno por su lado, van a seguir su camino, y entonces uno de ellos se levanta la capucha y saluda a Sancho, que no lo reconoce hasta que el otro le dice quién es: *¿Cómo y es posible, Sancho Panza hermano, que no conoces a tu vecino Ricote el morisco, tendero de tu lugar?*

Este encuentro no está regido por ningún código novelesco, ni por un propósito de comicidad; ni Sancho ni Ricote tienen credencial literaria alguna, ni siquiera la de graciosos o bufones que toca a los personajes de baja condición social. Están solos el uno frente al otro, sin un señor o caballero que imponga una forzosa jerarquía; y sin testigos, porque el simple encuentro lo implica a cada uno en un delito: Ricote tiene prohibido regresar a España; Sancho es su cómplice si no lo denuncia. Se ven el uno al otro tal como son, y así es como los vemos nosotros, situados frente a frente, a la misma altura. Son dos paisanos de una aldea de la Mancha, el uno campesino a jornal, el otro tendero, Ricote morisco, Sancho *cristiano viejo rancioso*, con *cuatro dedos de enjundia de cristianos viejos* que él reivindica a cada momento, porque es su única distinción social, el único privilegio que disfruta en la vida: no ser judío ni morisco, y por lo tanto envanecerse de estar por encima de alguien, él a quien le ha tocado estar por debajo de casi todo el mundo, como esos blancos pobres del sur de Estados Unidos que son tan racistas porque al menos a los negros pueden mirarlos de arriba abajo, ellos a los que casi todo el mundo mira o ignora despectivamente desde arriba, sobre los que se hacen chistes no mucho menos crueles que los dedicados a los negros, parodias de sus acentos de paletos.

Sancho, que también se ha declarado *enemigo mortal [...] de los judíos*, lo cual le parece credencial suficiente para ser gobernador, ahora abraza a Ricote con la alegría y la ternura de encontrar de nuevo a un verdadero amigo, y le aconseja que tenga cuidado, asombrado, tan medroso él, de que Ricote se haya atrevido a volver a España, *donde si te cogen y conocen tendrás harta mala ventura.* El encuentro sucede en los mismos días en que Cervantes lo cuenta, hacia mediados de agosto de 1614. La expulsión de los moriscos, más de trescientas mil personas calificadas de la noche a la mañana como extranjeras y enemigas, y arrojadas sin compasión de la tierra en la que habían nacido ellos y sus antepasados, se dio oficialmente por terminada solo un año antes, en 1613. Así que no se trata de un episodio fácilmente novelable porque pertenece al pasado, sino de un asunto de actualidad plena, una herida abierta, un jirón de presente. Ricote está en peligro y al relacionarse con él también lo está Sancho; y también el autor, Cervantes, que además esconde su autoría tras la ficción de un cronista que precisamente es morisco, Cide Hamete Benengeli. Las palabras de Ricote son las de un hombre de carne y hueso al que han dejado sin patria los designios despóticos de la monarquía y de la Iglesia, y que pertenece al río incesante de lamentaciones de los exilios españoles a lo largo de los siglos, desde el de los judíos de 1492 hasta el de los republicanos de 1939: *Do quiera que estamos lloramos por España; que en fin nacimos en ella y es nuestra patria natural.*

Cervantes sabe lo que es la añoranza de la patria que se da por perdida: más de una vez durante los cinco años de su cautiverio en Argel temería morir sin regresar a ella. Y ya de vuelta, castigado por los sinsabores y los desengaños del regreso, debió de sentir que de nuevo era extranjero en el país que había cambiado tanto durante su ausencia, y en el que no recibía muestras de ser bienvenido.

Pero no hace falta que lo imaginemos anacrónicamente como un adelantado del multiculturalismo, o de una tolerancia religiosa que entonces nadie concebía. Cervantes es un católico ortodoxo de principios del siglo XVII, fiel a la doctrina osificada del Concilio de Trento, un súbdito leal de la monarquía hispánica. Según se hace viejo ocupa más tiempo en devociones religiosas, y ha de demostrar un adecuado servilismo hacia los aristócratas que lo protegen, sin duda con pequeñas donaciones que tendrán siempre algo de humillantes limosnas: el conde de Lemos, el arzobispo de Toledo, a los que rinde homenaje en las dedicatorias de sus últimos libros. Cervantes habla a nuestro tiempo, como ha hablado a otros, pero el tiempo al que pertenece es el suyo, como nosotros al nuestro, aunque muchas veces se sitúe o se vea empujado a los márgenes, o a la contra, con un sentido crítico y burlesco que sería natural en él pero que ha de ser siempre cauteloso, porque *los vigilantes de nuestra santa religión* están siempre al acecho, y además los señores de los que depende su supervivencia pueden retirarle el favor, en esa época del final de su vida en la que está, dice, *enfermo y muy sin dineros.*

Cervantes no adoctrina nunca en *Don Quijote*: toda opinión expresada en la novela pertenece a algún personaje, y se corresponde con su carácter, con el momento de su vida en que lo encontramos, con su educación y sus peripecias. Quien da más opiniones explícitas y emite juicios literarios es Cide Hamete, o en su defecto el traductor de la historia, o incluso ese lector nebuloso que parece estar leyéndola para nosotros. La razón narrativa prevalece siempre. Y casi todas las opiniones o juicios de los personajes se muestran no en monólogos aislados del texto, sino en la viveza de una conversación.

En *Persiles* y en algunas novelas ejemplares hay juicios de una terrible crueldad contra los moriscos: es posible que Cervantes estuviera de acuerdo con ellos. Pero esas opiniones se vuelven poco fiables según quien las emite. El propio Ricote justifica el rigor de la expulsión como respuesta a *los ruines y disparatados intentos que los nuestros tenían, y tales que me parece que fue inspiración divina la que movió a Su Majestad a poner en efecto tan gallarda resolución.* En esa hipérbole, el oído adiestrado reconoce la ironía de Cervantes, aunque un momento después Ricote parezca hacer suya la expresión de la época que los acusa a él y a los suyos de *criar la sierpe en el seno, los enemigos dentro de la casa.* Y entonces el discurso de Ricote, tras culminar con una afirmación del todo acusatoria, *Finalmente, con justa razón fuimos castigados con la pena del destierro,* la frase, sin interrumpirse, cambia de dirección: *[pena] blanda y suave al parecer de algunos, pero al nuestro, la más terrible que se nos podía dar.* La voz del acusado que recita dócilmente su sentencia se transforma en voz verdadera y singular de víctima, persona real y no estereotipo despectivo: no el enemigo interior, *la sierpe en el seno,* sino *Ricote el morisco, el tendero de tu lugar.*

Lo que pensara Cervantes de los moriscos es imposible de saber, y en el fondo no tiene importancia. No necesitamos disimular o justificar, en caso de que existiera, una hostilidad que en cualquier caso era común entre los católicos de esa época, y contra la que nadie habría podido alzar la voz públicamente. Los personajes y las historias de un escritor de ficción se originan en una zona de la psique muy sumergida bajo la superficie en la que flotan a veces sin mucho arraigo sus opiniones explícitas. *Todas nuestras opiniones son de otros*, dice Fernando Pessoa. Cualquiera que fuese su posición sobre los moriscos, lo que nos importa de Cervantes es que fuera capaz de inventar un personaje tan completo, tan lleno de verdad, tan memorable en su desgarro de exiliado como el morisco Ricote.

William Faulkner estaba muy lejos de compartir el racismo criminal de sus conciudadanos blancos en Misisipi, y su rechazo de aquella barbarie colectiva le costó ataques y hasta amenazas contra su vida. Pero sus opiniones sobre el movimiento de los derechos civiles en los primeros años sesenta eran confusas y muchas veces de una obcecación apenas templada con su simpatía abierta, aunque también condescendiente, hacia los negros. Las políticas contra la segregación iban demasiado rápido, decía; el Gobierno federal ejercía de nuevo un poder tiránico sobre el viejo Sur derrotado en la guerra civil. Pero lo que el Faulkner opinador y ciudadano se empeñaba en no ver lo expresaba con radical claridad el Faulkner novelista. Sus opiniones políticas eran más o menos las de cualquier varón blanco no embrutecido de su edad y de su época. En sus novelas había una denuncia verdadera del racismo del Sur, y una compasión estremecedora hacia sus víctimas.

118

El trastorno quijotesco no es solo la incapacidad de ver las cosas como son o la determinación de no verlas: es, además, cuando la fantasía ha sido desbaratada inevitablemente por el choque con la realidad, la decisión de atribuir el fracaso de un empeño o de una expectativa no a su carácter delirante o a sus dificultades prácticas, sino a la intervención de fuerzas o agentes oscuros que se han confabulado para malograrlo por hostilidad hacia el héroe que emprendía la tarea. Tomar los molinos por gigantes, los rebaños por ejércitos, las aldeanas por princesas, las ventas por castillos es solo el primer paso de la locura: el siguiente es afirmar que si han resultado no ser lo que parecían la culpa no es de quien los vio o quiso verlos así, sino de los encantadores que lo han trastocado todo para burlar al caballero y malograr su propósito. El desmoronamiento de una fantasía no conduce al desengaño y la lucidez, sino a la adopción de una nueva fantasía un poco más retorcida, porque ahora incluye la convicción paranoica de que existen enemigos viscerales y poderes maléficos contra los que el caballero andante siempre está en una lucha desigual: *Que sé por experiencia que tengo enemigos visibles e invisibles, y no sé cuándo, ni adónde, ni en qué tiempo, ni en qué figuras me han de acometer.* Don Quijote, vencedor del caballero de los Espejos, que yace derribado en la tierra, le levanta la visera y para sorpresa suya ve la cara redonda e indudable del bachiller Sansón Carrasco: pero eso solo le sirve para decidir que algún encantador le ha cambiado la cara a su enemigo para quitarle a él la gloria de haberlo vencido. La mentalidad paranoica es una máquina siempre en funcionamiento. Los carneros y ovejas lanceados por don Quijote se convertirán de nuevo en jinetes a caballo en cuanto se hayan alejado un poco. El gran charco de sangre de la cabeza cercenada de un gigante resulta ser un charco de vino por la influencia malévola de los encantadores, celosos de la gloria que esa hazaña habría deparado a don Quijote.

Es la convicción del capitán Ahab de que la gran ballena blanca está empeñada en un duelo de persecución y venganza contra él; y es el delirio sostenido de los dirigentes soviéticos cuando la colectivización acelerada de la agricultura desemboca no en la abundancia profetizada por sus teorías sino en la escasez y el hambre: en vez de encantadores perversos, los culpables son ahora otros personajes igual de omnipotentes y traicioneros, saboteadores y reaccionarios a los que es preciso fusilar, en sacrificios expiatorios como los de las brujas o los herejes en tiempos de Cervantes.

La astucia retorcida y socarrona de Sancho cuando le dice a don Quijote que la aldeana montada en un burro que viene por el camino del Toboso es Dulcinea fuerza al pobre caballero a exponerse a una alucinación que él no ha elegido, pero que según sus propios criterios tiene que aceptar a costa del testimonio de sus sentidos, y por lo tanto de su propia cordura, porque él está viendo bien claro a esa mujer, incluso llega a olerla: es chata y carirredonda, y el cuerpo le huele a sudor, y el aliento a ajo, y aun así don Quijote no tiene más remedio que arrodillarse ante ella, porque Sancho lo está haciendo. Esta es una de las veces en que la mirada revela su locura, el trastorno verdadero que se esconde tras su simulacro de trastorno. Que tantas veces interprete tan a conciencia la locura no es el indicio de que en el fondo está en su juicio, sino de que está loco sin remedio. Cervantes, que había visto tantas cosas, habría conocido de cerca a los locos encerrados en el manicomio y quizás en la cárcel de Sevilla. Se fijaría en los que encontrara por la calle, y se pararía a conversar con alguno de ellos, como con todo el mundo, a escucharlos y a observar sus miradas y sus gestos, retratados tan al natural en el personaje de Cardenio: *Venía hablando entre sí cosas que no podían ser entendidas de cerca, cuanto más de lejos.*

119

El 26 de mayo de 1934 Thomas Mann anota en su diario que ha leído el capítulo del encuentro de Sancho Panza con Ricote. El buque ha navegado varios días sumergido en la niebla. Desde la cubierta de primera clase, Mann y su mujer, Katia, ven a los viajeros amontonados en las cubiertas inferiores, muchos de ellos judíos, fugitivos de Alemania. En la niebla han empezado a oírse graznidos de gaviotas: es una señal de que la costa de América ya está cerca. Mann dedica al capítulo de Ricote páginas de mucha atención y perspicacia lectora, intuyendo el doble juego de Cervantes, la obediencia expresa a las decisiones oficiales y la simpatía íntima hacia el expulsado y perseguido. También él, como Ricote si volviera a España, se jugaría la vida regresando a Alemania, donde han quemado sus libros. Y sin embargo una referencia de Ricote a Alemania despierta su gratitud: *Allí me pareció que se podía vivir con más libertad, porque sus habitantes no miran en muchas delicadezas: cada uno vive como quiere, porque en la mayor parte della se vive con libertad de conciencia.*

La Alemania de 1614 es más hospitalaria que la de 1935, donde los nazis ladran órdenes y consignas criminales en la radio e imponen una limpieza de sangre mucho más eficiente y exterminadora que la de los Austrias españoles. Escribe Mann en su cuaderno, ya cerca del final de su travesía, y de su lectura de *Don Quijote*: *Ahí me tocó a mí sentir orgullo patriótico, aunque las palabras que lo inspiraban ya fueran viejas. Siempre es reconfortante escuchar de boca ajena el elogio de la patria.*

120

Un novelista ha de inventar personajes e historias, y además nombres memorables que otorguen a sus criaturas inexistentes un peso doble de realidad y misterio. Y también ha de inventar lugares, espacios definitivos en los que sucedan sus ficciones, no escenarios o decorados de fondo sino ámbitos de una gran precisión material y una capacidad no forzada y ni siquiera buscada de símbolos. Conan Doyle inventa las dos habitaciones amuebladas del 221B de Baker Street, que parece más real por ser una dirección exacta, aunque también inexistente. George Simenon inventa el despacho del comisario Maigret en el Palacio de Justicia de París, y la *brasserie* Dauphine donde Maigret y sus ayudantes beben cervezas y cavilan sobre sus investigaciones. En cada novela Henry James inventa espacios memorables, que no necesitan ser descritos con detalle para que veamos moverse en ellos a los personajes, pero de todos los suyos hay dos que dejan un recuerdo más poderoso: Bly, la casa de campo donde aparecen o no aparecen los fantasmas vampíricos de *La vuelta de tuerca*; y el vasto y casi deshabitado palacio veneciano en el que dos mujeres como supervivientes de otro siglo custodian los papeles del poeta Jeffrey Aspern.

Hay quien crea un espacio que es una ciudad completa, todo un condado, Yoknapatawpha, el que Faulkner llamó *my post stamp-size territory*. Los personajes de Juan Carlos Onetti serían menos verídicos si no compartieran el espacio a la vez recogido y abierto al gran río de Santa María, donde el doctor Díaz Grey tiene un consultorio con una ventana que lo define tanto como su nombre o su figura fatigada, como define a Philip Marlowe su oficina modesta y para él tan protectora de detective privado. También nosotros habitamos esos lugares porque los reconocemos. Su familiaridad los hace más verdaderos. Deambulamos por Ferrara con los personajes de Giorgio Bassani y conocemos igual que ellos los nombres de las calles, la topografía de la ciudad en la que hemos estado imaginariamente tantas veces.

Son lugares siempre cerrados y abiertos, maquetas de artesanía cuidadosa pero indeterminada, para que cada lector los modele hasta cierto punto a su medida. En el sanatorio de *La montaña mágica* los pacientes viven enclaustrados y además tienen siempre delante las amplitudes y las alturas colosales de los Alpes. Virginia Woolf inventa la casa de veraneo desde la que se ve a lo lejos por la noche la luz del faro, y que permanece cerrada y desierta cuatro años, y ese tiempo vacío y esa casa sin nadie son el corazón de su novela. Herman Melville tiene el espacio documental y mitológico del Pequod, con sus bodegas y camarotes sofocantes y sus vigías desde las que se vislumbra en mitad del océano la curvatura del planeta. Franz Kafka, el cuarto de Gregor Samsa y la aldea sobre la cual ejerce su influencia ominosa el castillo. Julio Verne inventó la maravilla de la isla de Lincoln, su *isla misteriosa*, señalada tan cuidadosamente en su longitud y latitud que yo pude dibujarla en mi mapa escolar del Pacífico, en las páginas de un atlas que miraba de niño con tanta devoción como las ilustraciones de las novelas. Pero el espacio incomparable de Verne es el interior del Nautilus, y sobre todo su biblioteca inmensa, con todos los frutos del conocimiento y la imaginación humana en los volúmenes de sus estanterías, y con aquella gran ventana circular que permitía ver todas las criaturas del fondo del mar. Yo leía *La isla misteriosa* y quería naufragar en ella; leía *Veinte mil leguas de viaje submarino* y me imaginaba teniendo a mi disposición todos los libros de la biblioteca, y mirando el espectáculo igual de inagotable en la ventana circular, a la luz de los poderosos focos eléctricos del Nautilus. El gran espacio confinado y abierto de Stendhal, en la *La cartuja de Parma*, es la celda donde pasa mucho tiempo prisionero Fabrizio del Dongo. Él confesó que la inspiración de ese espacio aislado y silencioso fue la casa de don Diego de Miranda: *J'aime fort le silence espagnol.*

121

En *El ingenioso hidalgo* el espacio decisivo que inventa Cervantes es la venta de Juan Palomeque el Zurdo, en la que congrega a todos los personajes y todas las historias de la novela. En *El ingenioso caballero*, el lugar confinado y memorable es la casa de don Diego. En la venta hay una multitud de gente y un barullo de porrazos y voces, y sucede de todo; en casa de don Diego hay cuatro personajes y algunos criados casi invisibles y no sucede nada. Entre una novela y otra han pasado diez años. Mientras escribía la primera, Cervantes iba improvisando más o menos sobre la marcha, y buscando la manera de incluir historias ya escritas en diferentes épocas. Y además llevaba muchos años *en el silencio del olvido*, autor de un solo libro de veinte años atrás y de obras teatrales de cierto éxito en su estreno que rápidamente quedaron olvidadas, y algunas que ni llegaron a estrenarse. Era un *has been*, según la cruel expresión americana, de nuevo un aspirante a escritor novel a los cincuenta y tantos años. Quería mostrar su talento, y quería provocar la risa, y tenía la ansiedad de que sus lectores no se aburrieran, y quizás por eso había acumulado con más empeño tantas aventuras, sin respiro, y unas cuantas historias intercaladas, por miedo a la monotonía, por asegurar la variedad en un libro tan largo.

En 1615 es un anciano de sesenta y ocho años y un autor de mucho éxito. Aquel *Don Quijote* vendió muchos ejemplares y había sido traducido a varios idiomas. Solo que el éxito, visto de cerca, no es una categoría unívoca, indudable. Cuando escribe su Segunda Parte Cervantes disfruta de un éxito raro que no le da prestigio intelectual ni dinero. Se enorgullecía sin pudor de haber ganado muchos lectores y de que su libro siguiera editándose en España y en varias ciudades y lenguas de Europa, pero no había salido de pobre, ni veía incluidos sus versos en las antologías que se publicaban, ni había logrado estrenar ninguna de sus comedias inéditas, ni gozaba de la protección segura de un aristócrata. En 1610, su ambición de regresar a la querida Italia formando parte del séquito del conde de Lemos, recién nombrado virrey de Nápoles, se había frustrado, dejándolo otra vez al margen del *establishment* literario. El prestigio de la poesía le era negado; también la gloria comercial inmediata del teatro, donde no había lugar para nadie que no fuera Lope de Vega o alguno de sus imitadores. Se sabía objeto de murmuraciones injuriosas y burlas crueles entre los literatos de Madrid. Todo sucedía en grupos muy reducidos de personas, en una ciudad destartalada y pueblerina, capital irrisoria de un imperio tan pomposo y en gran medida tan quimérico como los de los libros de caballerías.

Ese es el novelista que inventa el espacio supremo, el modesto paraíso de la casa de don Diego de Miranda. Ya no necesita llenarlo todo de personajes y aspavientos, como el músico que no necesita llenarlo todo de notas, o el pintor que ha aprendido a usar las zonas en blanco del papel o el lienzo.

Del ruido y la ansiosa multiplicación de peripecias de la venta ahora pasamos al maravilloso silencio que supo escuchar como nadie Stendhal: se parece al silencio de cuatro años en la casa desierta de Virginia Woolf en *Al faro*. Quizás Cervantes se acordaba de las casas hidalgas que había visitado en Esquivias, la casa donde conoció a Catalina de Palacios, la muchacha de diecinueve años con la que se casó tan solo al cabo de dos meses, y en la que siguió viviendo hasta que empezaron sus viajes sin sosiego de agente de la Corona y recaudador de impuestos, durante quince años, entre los cuarenta y los cincuenta y tantos, entre el principio de la madurez y el de la ancianidad prematura de un hombre de aquel tiempo, herido de guerra además, con una mano paralizada.

122

No importa; o sí importa, pero el desaliento no lo detiene. En unos pocos años, aprovechando el éxito de *El ingenioso hidalgo*, corrige y publica una gran parte de las cosas que tenía escritas y guardadas, su teatro, sus novelas cortas, y escribe su obra más rara, menos conocida, más confesional, el *Viaje del Parnaso*, un largo poema desafiante y rencoroso, una afirmación de su propio talento y a la vez de su inseguridad personal, de su falta de un lugar seguro en el mundo, y en la literatura. Es *viejo, soldado, hidalgo y pobre.* A una presunta invitación del emperador de la China, del que dice que le ha propuesto dirigir en aquel país una escuela de lengua castellana en la que se estudie *Don Quijote*, contesta que está *enfermo y muy sin dineros.* Y sin embargo está lleno de proyectos de gran ambición como su *Persiles y Sigismunda*, y escribe por fin la segunda parte, *El ingenioso caballero.* Escribe contra el malentendido del éxito igual que diez años antes había escrito contra el desánimo, contra el anonimato, contra la resignación. Escribe llevado por un impulso de obstinación contra la adversidad, contra la desgana, contra la incertidumbre sobre el resultado final. Espera sin esperanza, o contra la esperanza, *hope against hope.* Y cuando ya tiene bien avanzado el manuscrito, en ese momento en que un novelista adquiere la certeza de que el libro va a llegar a existir, e intuye la totalidad de la historia, y quizás hasta su final —en ese momento le llega la noticia demoledora de que un impostor se le ha adelantado usurpando lo que él sentía únicamente suyo, sus personajes, su novela misma.

123

Don Diego de Miranda observa a don Quijote con una atención idéntica, con curiosidad, con asombro, y sobre todo con desconcierto, porque a cada momento le parece que cambia, y también porque desde el principio del encuentro hay una simetría inestable entre los dos. Tienen la misma edad, unos cincuenta años. Los dos son hidalgos de aldea. Los dos viven en la ociosidad y poseen libros. Pero el parecido se vuelve enseguida discordancia, incluso contrapunto. Don Diego, como él mismo dice con esa suficiencia que llega a cargarnos, es *medianamente rico*; don Quijote es pobre, más todavía porque la obsesión por comprar y leer libros le ha hecho malbaratar sus propiedades y descuidar su hacienda. Don Diego tiene un escudo de armas bien visible en el dintel de su casa, y lleva el *don* porque le corresponde legalmente; del linaje de don Quijote no se sabe nada, ni hay seguridad sobre su nombre, y ni siquiera tiene derecho al rango que se ha atribuido, según la murmuración burlesca que corre por su aldea, según le informa Sancho: *se ha puesto* don *y se ha arremetido a caballero con cuatro cepas y dos yugadas de tierra, y con un trapo atrás y otro delante.* Don Diego está casado y tiene un hijo universitario; don Quijote es un solterón viejo sin más familia que esa sobrina de la que no llega a saberse ni el nombre. La vida de don Quijote desde que se echó a los caminos es un nomadismo sin norte, sin más propósito que el cumplimiento de un delirio, una errancia de malas noches al raso, malas comidas y peores hospedajes, encuentros de resultado casi siempre desastroso; don Diego vive bien aposentado en una casa grande y confortable en la que todo está en orden y en la que don Quijote aprecia sobre todo el *maravilloso silencio*, tanto como Sancho aprecia la abundancia de la comida. Es quizás el silencio que Cervantes ha deseado siempre y nunca ha tenido, y por eso lo celebra tantas veces, y con las mismas palabras, el contrapunto de su experiencia de la cárcel, *donde toda incomodidad tiene su asiento y donde todo triste ruido hace su habitación.*

Toda esta aventura es una trama de miradas. La intrigante normalidad del caballero del Verde Gabán nosotros la vemos a través de la mirada de don Quijote. Y este don Quijote que ya nos era tan familiar ahora se presenta ante nosotros en toda su extravagancia porque lo ven los ojos sorprendidos de don Diego. Una persona bien conocida a la que en realidad ya no miramos recobra su singularidad cuando alguien recién llegado la mira por primera vez. Don Diego mira y escucha a don Quijote y no sale de su asombro, que así reaviva el nuestro. Cuando lo lleva como invitado a su casa le pide a su hijo que observe también a este inexplicable visitante, y una mirada más se añade a esta indagación silenciosa.

124

Contribuye al desconcierto la cualidad instintiva de actor que hay en don Quijote. Es un loco casi en todo momento consciente de sí mismo que representa su locura, del mismo modo que algunas veces inventa la voz del narrador que estará contando sus hazañas. Don Quijote intuye desde el principio que ese caballero del Verde Gabán está intrigado por su presencia, y con astucia de cómico actúa para él. Hay una afectación, un exceso evidente, lo mismo en sus muestras de cordura y sensatez filosófica que en sus desatinos. Don Quijote divaga con sensata templanza sobre la naturaleza de la poesía y la educación de los hijos, y don Diego lo encuentra de una lucidez admirable. Pero a continuación se pone a desbarrar sobre los libros de caballería y don Diego deduce que sin duda está loco, y cuando un poco después empieza a dudar de esa opinión, porque don Quijote ha vuelto a decir cosas plenamente racionales, resulta que lo ve convertirse en un mamarracho al que le caen por la cara chorreones de requesón fundido, y en un desatinado temerario dispuesto a enfrentarse a cuerpo limpio a una pareja de leones.

Nada es seguro nunca. Nada es predecible. Se abre la puerta de la jaula y el león fiero y enorme, en vez de atacar al viejo insensato que lo desafía, con escudo y espada y la cara cubierta de churretes blancos, da un largo bostezo y se vuelve de espaldas para acomodarse de nuevo en su jaula. Don Quijote ha demostrado al mismo tiempo un coraje tan verdadero como inútil y un histrionismo de bufón. Conversa luego de poesía con el hijo de don Diego, y revela una educación sólida y una sensibilidad contemporánea, una percepción muy aguda y bien informada sobre la literatura de su tiempo. No parece que don Lorenzo, el hijo poeta, tenga grandes cualidades, y los versos suyos que lee a don Quijote, mientras Sancho bosteza, son de una gran vulgaridad. Tampoco parece muy agudo como observador de otros seres humanos. Mirado por él, don Quijote es brillante y ridículo, culto y disparatado: él *es un entreverado loco lleno de lúcidos intervalos.* Nadie es algo del todo, de una pieza, invariablemente. *Nadie sabe el alma de nadie.* Cuanta más atención se presta a otro ser humano más motivos hay para el desconcierto. En un momento dado don Lorenzo se rinde ante el enigma de la pluralidad de don Quijote, *porque se me escapa entre las manos como anguila.*

Así se nos escapa cada persona que conocemos, a la que miramos distraídamente o prestándole una dolorosa atención, y cada personaje memorable de la literatura. Don Quijote puede estar completamente loco, pero también puede estarlo este don Diego de Miranda, tan empachoso en su conformidad consigo mismo, que sale a los caminos vestido de verde de los pies a la cabeza, con un alfanje morisco colgando del pecho, hasta con las espuelas bruñidas de verde.

En cuanto a ese hijo tan apegado a sus padres, zángano y camastrón con sus pedanterías literarias, tampoco él está exento de locura, porque cuando don Quijote celebra sus versos con elogiosos aspavientos, con una exageración que nos parece una prueba de sus trucos y malicias de comediante de teatro, *y en voz levantada, que parecía grito*, don Lorenzo deja en suspenso su opinión despectiva sobre él. *¿No es bueno que dicen que se holgó don Lorenzo de verse alabar por don Quijote, aunque le tenía por loco?* Sin haber leído a La Rochefoucauld, Cervantes sabe que la adulación es una moneda falsa que no circularía sin la vanidad: *¡Oh fuerza de la adulación, a cuánto te estiendes, y cuán dilatados límites son los de tu jurisdicción agradable!*

125

Pero no es verdad que en *El ingenioso caballero* todo sea melancolía y fracaso. Son engaños del recuerdo, y quizás del entenebrecimiento de los anocheceres según avanza septiembre, porque el verano se termina esta vez antes que mi nueva lectura del libro, quizás también teñida por mi ánimo. En realidad, durante un largo trecho, salvo el encuentro desdichado con la falsa Dulcinea, a don Quijote las cosas le salen mejor que nunca. En modo alguno es un viejo apaleado y ridículo, vestido de chatarra. Es un caballero vencedor, con mucha frecuencia ahíto de orgullo, envanecido de su valentía. Vence sin ninguna dificultad —incluso con una rapidez irrisoria— al presunto caballero de los Espejos, que estaba tan seguro de derribarlo a él. Encuentra a un admirador tan rendido como el bachiller Sansón Carrasco, que le informa de su éxito como personaje literario y le anima a lanzarse de nuevo a los caminos. Un poco después de dejar derrotado y malherido al caballero de los Espejos, desafía a un león de gran tamaño y aspecto fiero, y sale hasta cierto punto victorioso, porque hay testigos dispuestos a dar fe de su osadía, tan satisfecho de sí mismo que decide cambiar su apelativo heroico para llamarse desde ahora *Caballero de los Leones*. En casa de don Diego de Miranda es agasajado respetuosamente durante varios días, y sus anfitriones escuchan con mucha atención sus discursos bien fundamentados sobre la poesía o la educación de los hijos.

Su intervención es valerosa y decisiva en las bodas de Camacho, donde toma las armas para defender a los enamorados Basilio y Quiteria, que estaban a punto de ser agredidos por los siervos del rico labrador cuyo único atractivo es su opulencia: *Y tomando la delantera a caballo don Quijote, con la lanza sobre el brazo y bien cubierto de su escudo, se hacía dar lugar de todos.* Basilio y Quiteria lo acogen en su casa durante dos días, *obligados de las muestras que había dado defendiendo su causa, y al par de la valentía le graduaron la discreción, teniéndole por un Cid en las armas y un Cicerón en la elocuencia.* Nadie ni antes ni después ha admirado con tanta sinceridad a don Quijote, que además da a los recién casados consejos sabios sobre la vida conyugal y la necesidad del sentido práctico con el mismo aplomo con que los daba sobre literatura al hijo de don Diego.

Y desde el comienzo mismo de la novela disfruta de la novedad halagadora de que exista esa crónica de tanto éxito sobre sus aventuras, escrita y publicada a una velocidad prodigiosa, porque desde el regreso a su aldea al final de la Primera Parte solo había pasado *poco más de un mes.* Como sus grandes héroes, Amadís de Gaula, Palmerín de Inglaterra, don Galaor, don Quijote ha conseguido una hazaña doble: ser caballero andante y protagonista de un libro de caballerías, y de ambos hechos deriva un orgullo que no acierta a separar de la vanagloria: *y así*, le dice a don Diego de Miranda, *por mis valerosas, muchas y cristianas hazañas he merecido andar ya en estampa en todas o las más naciones del mundo.* Y en esa vanagloria se filtra la voz de Cervantes, que transmite a su héroe una parte de la seguridad y la conciencia del propio valor que le ha deparado el éxito del libro.

126

Es apropiado que la imagen de la novela como un espejo a lo largo de un camino se le ocurriera a un escritor tan cervantino como Stendhal, que también anduvo lo suyo por toda Europa, incluida Rusia en la debacle de 1812, siguiendo el rastro al quijotismo megalómano de Napoleón, cuyo Cervantes irónico fue Tolstói en *Guerra y paz.* El espejo es también una cámara moviéndose en un plano secuencia que se prolonga más y más y no acaba, y va captando la procesión incesante de todos los que pueblan el camino, altos y bajos, pobres y ricos, a caballo, en mula, en asno, en carro, en coche señorial, a pie y con un hatillo al hombro, la novedad continua de vidas y apariencias con las que se encontraría un caminante tan observador y tan sin descanso como lo fue Cervantes durante muchos años. Cuando abandona el camino para instalarse en un sitio cerrado, don Quijote ya siente el desasosiego de irse. Su ansiedad es máxima en la primera visita a la venta de Juan Palomeque, de donde se marchan él y Sancho a toda prisa a la mañana siguiente del día de su llegada, a pesar de que vino molido de golpes y con la mitad de los dientes saltados por las pedradas de los pastores de ovejas. Disfruta la quietud y la abundancia en casa de don Diego de Miranda, pero a los cuatro días ya pide licencia para marcharse. Y solo dos días se queda en casa de Basilio y Quiteria, porque le ha entrado el desasosiego de visitar cuanto antes la cueva de Montesinos.

Don Quijote podría haber dicho como Dickens: *My only comfort is in motion*. La primera obra maestra de Dickens cuenta las andanzas cervantinas por los caminos de Inglaterra de los cuatro miembros quijotescos y sanchescos del Club Pickwick. Don Quijote, que por culpa de la fiebre de leer había abandonado la vida al aire libre y la caza, escapa del sedentarismo de la lectura queriendo vivir en la realidad las ensoñaciones errantes de sus libros. En cuanto sale al campo antes del amanecer y empieza a cabalgar, *el gozo le reventaba por las cinchas del caballo*. En *El ingenioso hidalgo* su actitud hacia la gente con la que se encuentra está dictada por la impaciencia de remediar injusticias o de entablar combate con enemigos imaginarios, gigantes agitando brazos como aspas de molino, rebaños de ovejas transformados en ejércitos, encapuchados espectrales cabalgando de noche iluminados por antorchas. En la novela de 1615 el impulso principal de don Quijote es la curiosidad incontenible hacia cada persona o comitiva con la que se cruza en los caminos. Don Quijote les pide que vayan a su paso si cabalgan más rápido y se interesa educadamente por ellos: quiénes son, hacia dónde van. Cada nuevo viajero es la posibilidad no ya de una aventura sino de una historia. Don Quijote interpela a los cómicos que viajan en su carro, que le despiertan el único recuerdo de su pasado lejano que hay en toda la novela, y en el que no nos cuesta nada escuchar la propia voz de Cervantes: *desde muchacho fui aficionado a la carátula, y en mi mocedad se me iban los ojos tras la farándula.* Se interesa de inmediato por ese desconocido del gabán verde y la yegua poderosa que resulta ser don Diego de Miranda, y en cuanto ha salido de su casa y vuelto al camino lo primero que hace es entablar conversación con unos viajeros que le cuentan la historia tan prometedora de las bodas del rico Camacho, hacia las que se dirigen como invitados.

Unos días después lo que le llama la atención es un viajero que camina muy rápido, *dando varazos a un macho que venía cargado de espadas y alabardas.* Alguien que anda tan deprisa y lleva una carga así no puede más que guardar una historia excitante, que don Quijote se apresura a averiguar. Pero el hombre no puede pararse. Si don Quijote quiere que le cuente algo tendrá que verse con él en la venta cercana donde va a pasar la noche. Don Quijote apura a Sancho para llegar cuanto antes a la venta y escuchar la historia prometida, tan impaciente que no tiene reparo en ayudar al desconocido a dar pienso a su mulo en la cuadra, tarea servil tan impropia de un caballero, porque *él era algo curioso y siempre le fatigaban deseos de saber cosas nuevas.*

Pero mientras tanto ha aparecido una figura nueva en el camino, uno de esos personajes episódicos que sin embargo cobran una plena identidad durante el tiempo tan breve de su paso por la novela, *un mancebito que delante dellos iba caminando no con mucha priesa.* Lleva su ropa en un lío sujeto a la punta de la espada, que apoya en el hombro, como un animoso vagabundo: *la edad llegaría a dieciocho o diecinueve años, alegre de rostro, y al parecer ágil de su persona.* Es una aparición jubilosa para don Quijote. El muchacho viaja solo, a pie, con su equipaje mínimo al hombro, sin darse prisa, cantando una seguidilla. Quiere hacerse soldado y va hacia Cartagena, buscando embarcarse con las tropas que se congregan allí, rumbo a Italia. Aparece en la novela tan inesperadamente como en el camino, y así desaparecerá de ella. Pero su irrelevancia narrativa acentúa la calidad y el misterio de su presencia. Ha llegado a la historia tan sin motivo ni propósito ulterior como llegan las personas con las que nos encontramos por azar y con las que tenemos un trato breve y valioso: una vida tan singular como la nuestra, y en la que nosotros seremos igual de episódicos, o dejaremos quizás un recuerdo inopinado y duradero. Como otras veces, el caballero imaginario que es don Quijote con alguien que ha tenido o va a tener lo que a él le faltará siempre, una verdadera experiencia militar. Y lo que lleva a ese muchacho al ejercicio de las armas no es la ambición del heroísmo caballeresco, sino la pobreza:

A la guerra me lleva
Mi necesidad;
Si tuviera dineros,
No fuera, en verdad.

En ese muchacho Cervantes parece que se retrata a sí mismo, nada menos que medio siglo atrás. La edad de ese muchacho es la que él tenía cuando emprendió ese mismo camino, y cuando empezó a recorrer como soldado los caminos luminosos de Italia: esa mezcla de ligereza y de irresponsabilidad, de miedo y expectativa. Es posible además que entonces viajara como fugitivo, si es que era él ese Miguel de Cervantes que huía de la condena a la amputación de una mano. El muchacho aspirante a soldado es una presencia alegre y pasajera en una narración que va volviéndose más sombría según avanza, un recuerdo surgido en la memoria de un hombre de cerca de setenta años que se ve de golpe a sí mismo tal como fue, y como fueron otros a los que conoció en su vida de soldado, como su propio hermano Rodrigo, que sirvió junto a él en Italia y también estuvo cautivo, y murió años más tarde en las guerras calamitosas de Flandes.

127

Es uno de esos anocheceres de octubre en los que parece que el verano, septiembre incluido, con sus oros tardíos del veranillo de San Miguel, se ha quedado muy atrás, como sentiría un pasajero en un transatlántico que ha dejado muy atrás Europa, cuando al anochecer ya no ve las luces de la costa. Ha llovido todo el día, de manera intermitente, bajo un cielo oscuro que ensombrece prematuramente los interiores de la casa, y hay que encender mucho antes la luz. El suelo es un espejo negro y brillante ante los faros de los coches, su claridad sesgada por la lluvia. Es como haber llegado de noche a un país extranjero. Una congoja sube por el diafragma hasta los pulmones, como una marea oscura, y sigue subiendo hacia la garganta, apretándola, de tal modo que ahora sería imposible hablar. De la garganta la marea sube hasta los ojos y se desborda en lágrimas que por fortuna no ve nadie y que no tienen un motivo concreto. El anochecer y la congoja me han sorprendido en la calle, del brazo de mi mujer, que aprieta el mío con su mano para sostenerme y me va guiando de camino a casa con una seguridad que yo no tendría si anduviera solo. Quiero llegar cuanto antes a mi cuarto, a la isla de luz del flexo, a mis cuadernos cervantinos de los últimos nueve años, al segundo volumen de mi *Don Quijote de la Mancha.*

Ya va mediado octubre, pero a diferencia de otros años no he dejado la lectura al terminar el verano. La indolencia lectora y la privacidad sin fisuras de agosto quedaban canceladas al llegar septiembre por las obligaciones, por mucho que uno quisiera limitarlas, los viajes, los encargos, valiosos o no, los compromisos muchas veces aceptados no por necesidad ni convicción, y ni tan siquiera por generosidad, sino por falta de carácter, por un sentimiento permanente de estar en deuda, por la incapacidad de pronunciar o escribir esa palabra tan breve en la que cabe tanto, «no».

Esta vez ha llegado septiembre y se ha ido y yo no he abandonado mi refugio, en el que no me hace falta estar solo, salvo ciertas horas o días, pero sí a salvo de la intemperie pública, o la vida social, el desgaste de estar viajando y no querer llegar, la conciencia agotadora de estar siendo observado, el reloj interior que avisa del tiempo que falta todavía para irse de un sitio en el que a uno acaban de recibirlo, muchas veces con cordialidad verdadera, la prisa secreta por encontrarse solo en una habitación de hotel en la que sin embargo, misteriosamente, se habrá infiltrado el maleficio del insomnio. Es octubre y desde el amanecer hay ahora una luz gris de lluvia. Las hojas de las acacias que veo desde mi ventana han empezado a ponerse amarillas, y caen al suelo e inundan la acera cuando sopla ese viento húmedo que es tan raro en Madrid, ciudad seca y sin viento. En el Retiro el viento provoca en las copas de los árboles un rumor oceánico. El verano solo dura todavía inalterable en *Don Quijote de la Mancha*, y yo me refugio, me escondo en él, como en una cabaña caldeada por el fuego de una chimenea. Me acuerdo del aviso que había antes en las ventanillas abatibles de todos los trenes: *Es peligroso asomarse al exterior.* Me gustó verla cuando viajé por primera vez en los trenes de Italia, casi tan joven como era Cervantes cuando llegó allí, tan entusiasmado por todo lo que veía, el idioma que escuchaba: *È pericoloso sporgersi.*

128

La luz débil de la caída de la tarde viene conmigo cuando vuelvo de la calle y se filtra a la novela. Ha terminado la aventura humillante del *encantado barco* y don Quijote y Sancho, cada uno encerrado en su propio silencio, *asaz melancólicos y de mal talante llegaron a sus animales.* Sancho ha comprendido sin remedio *que las acciones de su amo, todas o las más, eran disparates*, y ha decidido abandonarlo, *y buscaba ocasión de que, sin entrar en cuentas ni en despedimientos de su señor, un día se desgarrase y se fuese a su casa.* Yo mismo soy ahora quien se contagia de ese abatimiento, como alguien con las defensas bajas que sucumbe fácilmente a una enfermedad. La lectura se oscurece según pasan los días y se acortan las tardes. La novela empieza a volverse de verdad sombría en el desenlace de la aventura del rebuzno, que es en sí misma de una comicidad brutal, una mezcla de cuento tradicional y sátira política. Dos alcaldes compiten entre sí a ver cuál de los dos rebuzna con más fuerza y verosimilitud. Entre sus dos pueblos cercanos se ha establecido una competición de rebuznos y despropósitos, que amenaza con derivar en una guerra abierta. Don Quijote, a caballo de Rocinante, y blandiendo su lanza, se interpone entre los dos grupos de paletos armados, y los arenga llevado por la incontinencia verbal que se le ha acentuado en los últimos tiempos, paralela a la necia seguridad en sí mismo que le han dado sus recientes y dudosas victorias.

Pero las cosas se tuercen, por la imprudencia de Sancho, al que atacan con igual saña los dos bandos belicosos. Y entonces don Quijote, en lugar de defender a su escudero, sale huyendo sin ninguna dignidad, *temiendo a cada paso no le entrase alguna bala por las espaldas y le saliese al pecho.* Es un acto de miserable cobardía, la prueba de que su presunto heroísmo no es más que un simulacro, una impostura: *Cuando el valiente huye, la superchería está descubierta*, dice el narrador. Y Sancho se lo dice con la misma cruda claridad a don Quijote: *Yo pondré silencio en mis rebuznos; pero no en dejar de decir que los caballeros andantes huyen, y dejan a sus buenos escuderos molidos como alheña o como cibera en poder de sus enemigos.*

Ese tono nunca hasta ahora se habría atrevido Sancho a usarlo; ese sarcasmo menos cargado de amargura o queja que de puro desdén. Tampoco ha mostrado nunca tan abiertamente su deseo de abandonar a don Quijote:

Harto mejor haría yo, vuelvo a decir, en volverme a mi casa, y a mi mujer, y a mis hijos, y sustentarla y mirarlos con lo que Dios fuera servido de darme, y no andarme tras vuesa merced por caminos sin camino y por sendas y carreras que no las tienen...

129

En la desmoralización y la pérdida de dignidad de don Quijote, en el desánimo de Sancho, quizás se trasluce de manera inconsciente la desgana de Cervantes, en ese punto intermedio de la escritura de una novela en el que quedó atrás la fuerza del primer impulso y no se vislumbra un final todavía lejano. El primer lector impaciente y ávido de una novela ha de ser el propio novelista. No hay invención sin fervor, pero una novela larga es un trabajo que por fuerza dura mucho tiempo, y el primer fervor, el segundo, acaban agotándose, y la iluminación que brilló tanto se extingue. La historia que se dilataba por sí sola, el flujo material de la escritura que parecía ir por delante de la voluntad como una corriente irresistible se han ralentizado o detenido, y ahora es uno mismo el que ha de tirar del peso de lo ya escrito, en dirección a una meta que está lejos y ni siquiera se sabe si existe. Cervantes, que lo convierte todo en materia narrativa, incluso su propio desaliento, lo transmite al narrador imaginario, Cide Hamete Benengeli: *fue un modo de queja que tuvo el moro de sí mismo, por haber tomado entre manos una historia tan seca y limitada como esta de don Quijote, por parecerle que siempre había de hablar dél y de Sancho, sin osar estenderse a otras digresiones y episodios más graves y entretenidos; y decía que ir siempre atenido el entendimiento, la mano y la pluma a escribir de un solo sujeto y hablar por la boca de pocas personas era un trabajo incomportable...* Una vez más, las huellas del proceso de la invención y la escritura quedan impresas en el devenir de la novela. Lo que rescata a don Quijote y a Sancho del abatimiento de las dos aventuras tan tristemente malogradas —la del barco encantado, la del rebuzno— es lo mismo que permite a Cervantes recobrar el brío de la pura invención: *otro día, al poner el sol y salir de una selva*, como si saliera de la oscuridad de su pesadumbre, don Quijote distingue a lo lejos a un grupo de cazadores, y al acercarse más *entre ellos vio una gallarda señora sobre un palafrén o hacanea blanquísima*. Es la primera visión de la duquesa, a una luz de atardecer que yo imagino de otoño anticipado, porque ese es el tiempo en el que vuelvo a leer este capítulo. Una nueva iluminación ha revivido la novela: don Quijote y Sancho están a punto de ser recibidos como héroes de la caballería y de la literatura en el castillo de los duques.

130

El *Viaje del Parnaso* es un largo poema extravagante, más bien desmadejado, entre mitológico y burlesco, y también un documento en crudo sobre la vida literaria, denuncia y síntoma a la vez; es un ajuste de cuentas, una vindicación personal, un acto de despecho y venganza, un testimonio de las mezquindades y las vanidades colectivas del oficio y una prueba por momentos desoladora de que ni siquiera los mejores están libres de ellas. Es una especie de registro catastral de poetas, casi todos olvidados, de segunda y tercera fila, y un autorretrato valeroso por la lucidez de la autocrítica y el despliegue en carne viva de las propias fragilidades: un muestrario de todas las peores heridas que puede sufrir un escritor tan consciente de sus propios méritos como de la injusticia del lugar secundario que se le ha asignado en las jerarquías caprichosas del brillo y la fortuna:

> *También tiene el ingenio su codicia*
> *Y nunca la alabanza se desprecia.*

Hay una codicia, una ansiedad del reconocimiento, como la hay del dinero, y Cervantes intuye por experiencia propia que no es mucho más noble. Son heridas que no cicatrizan, que permanecen abiertas siempre, incluso cuando parece que se han atenuado; ofensas o desdenes que duelen como injurias y no se borrarán ni agotarán su veneno por muchos años que pasen, sin que las cure ni siquiera el éxito que el ofendido logró después de recibirlas. Cervantes llega a la cumbre del monte Parnaso y a la corte de Apolo entre una muchedumbre de poetas —*¡Cuerpo de Dios, cuánta poetambre!*— y es el único de todos que no encuentra un asiento en torno al dios. Ha recibido promesas de colegas mucho mejor situados que no llegaron a cumplirse: *Mucho esperé, si mucho prometieron*. Después de haber celebrado a lo largo de una serie de tercetos más bien pedregosos a otros poetas coetáneos, es él mismo quien ha de resaltar sus propios logros, con una parte de orgullo y otra de incomodidad. Cervantes vuelve una y otra vez al escozor de su fracaso en el teatro, y a la satisfacción por el éxito de su *Don Quijote*:

Yo he dado en don Quijote pasatiempo
Al pecho melancólico y mohíno
En cualquiera sazón y en todo tiempo.

Pero ese orgullo que parece indudable y bien justificado también contiene una parte de amargura, porque le ha dado popularidad, pero no la solvencia económica que solo ofrece el teatro, o el alto prestigio que solo otorgan la poesía, la lírica en la tradición venerada de Garcilaso o Herrera, la épica de gran aliento a la manera de Tasso en Italia y Ercilla en España. La burla casi siempre es amarga. Falta el brío alegre, la caudalosa elocuencia, la ironía y la risa abierta que iluminan las páginas en prosa que Cervantes estaba escribiendo en *El ingenioso caballero*. La tristeza es sombría. Hay algo enconado en el tono del poema, una queja que aun siendo justa no está hecha solo de nobleza, una mezcla insoluble del ajuste de cuentas y el halago excesivo que busca la reciprocidad. En el *Viaje del Parnaso* está muy visible la atmósfera fermentada de vileza literaria que se insinúa en los dos prólogos de *Don Quijote*: el mundo sórdido de los sonetos calumniosos y los rumores de ofensas traídas y llevadas, la maldad inútil y la claustrofobia de los grupúsculos de escritores enfrentados, el desdén y la envidia, *maldita y carcomida ardiendo en saña.*

131

Entre toda la hojarasca de tercetos entrecortados, rimas forzosas y polvorientas figuras mitológicas, de pronto brillan como relámpagos versos aislados, como fragmentos o indicios de otro poema mucho mejor que quedó malogrado: iluminaciones breves sobre la vida de Cervantes y sobre sus más hondas convicciones, ilusiones derribadas, melancolías sin remedio. En los años de su vejez Cervantes se vindica a sí mismo porque no hay nadie más que lo haga, o no en la medida en que a él le gustaría. Cuando se queda solo y de pie delante de Apolo, más lento o atolondrado que los otros, uno intuye, debajo de la broma, el escozor de una humillación vivida de verdad, un desaire público. El viejo poeta se queja a Apolo, y el dios le dice que doble su capa y se siente sobre ella, con la ligereza de quien no sabe lo que es ser despreciado. Pero el remedio agrava la ofensa, porque Cervantes ni siquiera puede acogerse a ese remedio:

«Bien parece, señor, que no se advierte»,
Le respondí, «que yo no tengo capa».

Pero no finge una indiferencia estoica hacia la adversidad, o la falta de reconocimiento. Con una claridad que estremece muestra su herida y confiesa un resentimiento que tal vez preferiríamos no encontrar en él: *y así en pie quedéme / despechado, colérico y marchito.* Cervantes se ha quedado en pie, y sin sitio en la rueda de los poetas favorecidos por Apolo. Parece una de esas ocasiones en las que un desaire que a otro le parecerá menor o no llegará a advertir, el que lo sufre siente que se desborda la copa amarga del ultraje: *Dije entre mí: ¿es posible que se extreme / en perseguirme la fortuna airada?*

Este hombre solo, agraviado, observado con suficiencia por los otros, sabe que no hay justicia en el mundo, y que si no ha podido sentarse donde le correspondía no ha sido por falta de rapidez, o de méritos: *Quedéme en pie, que no hay asiento bueno / si el favor no le labra, o la riqueza.* Pero es en esas circunstancias, en esa atmósfera viciada, en ese estado personal de aislamiento y recelo, de ambición y vanidad insatisfechas, de murmuraciones literarias en los callejones de una capital destartalada y aldeana, donde se escribe *Don Quijote de la Mancha.* Montaigne escribió su invitación a la tolerancia, al escepticismo, a la templanza, a la libertad de espíritu, en medio de las grandes matanzas de las guerras de religión. Quizás una gran obra de literatura es menos el retrato de su época que un alegato contra ella.

132

En medio del sueño forzado y alegórico del *Viaje* se insinúa un sueño verdadero: es uno de esos sueños de rara felicidad e insidiosa tristeza en los que uno se encuentra en una ciudad de la que se marchó hace mucho tiempo y a la que nunca ha regresado, y tal vez sabe que ya no regresará; una ciudad que formó parte indeleble de su vida, con la que soñó antes de llegar a ella, a la que ha vuelto una y otra vez a lo largo de los años, como si en la memoria inconsciente su influjo nunca se gastara. A los sesenta y tantos años, en el Madrid árido y estrecho de Felipe III, Cervantes recuerda al despertar que ha soñado con Nápoles, la ciudad que le ha parecido siempre la más bella del mundo, en la que vivió cuando era joven, en la embriaguez pura de Italia, un resplandor que para él no se apaga nunca. Tuvo esperanzas de volver en 1610, en el cortejo de literatos, seleccionados por los hermanos Argensola, que iban a acompañar al conde de Lemos, nombrado nuevo virrey. *Mucho prometieron*, pero en ese viaje, como en el de la corte de Apolo, no hubo sitio para Cervantes. En esos sueños uno puede encontrarse con alguien que no ha olvidado, o que ha olvidado y sin embargo aparece tan vívidamente como una presencia verdadera. Cervantes dice que en su regreso soñado a Nápoles ha estado con un hijo al que dejó en la ciudad. Si existió, no ha quedado ningún rastro de él. Puede ser un hijo real encontrado en el sueño o un hijo deseado o imaginado que durante el sueño ha adquirido una realidad tan estremecedora que no se disipa en el despertar: *Le llamé hijo y él me llamó padre.* El único hijo varón de Miguel de Cervantes, que habría nacido cuando él era un joven soldado en Italia, ha regresado en un sueño o solo ha existido en él.

133

En el rígido esquema de jerarquías sociales de *Don Quijote de la Mancha* los duques ocupan el lugar más alto. Solo el don Fernando mujeriego y despótico de *El ingenioso hidalgo* puede ostentar una posición semejante. Ni el duque ni la duquesa tienen nombre propio, ni se dice su título, ni hay indicios de la localización geográfica de esa propiedad feudal en la que viven. La falta de nombres resalta su condición genérica, su vacuidad personal, su falta de cualquier sustancia que no sea el privilegio. No se sabe qué hacen, aparte de cazar, o de organizar espectáculos dispendiosos cuya única finalidad irrisoria es tomar el pelo a don Quijote y Sancho. En las narraciones de Cervantes casi cualquier personaje, incluidos los más humildes socialmente, tiene un nombre, un lugar de origen, una caracterización completa, aunque esté resumida en unas líneas. Los duques son todo y no son nadie. Ni de él ni de ella llega a saberse ningún rasgo singular. De la duquesa conocemos su bizarría y hermosura, y la magnificencia de su ropa de caza: *aquella tez de rostro, que no parece sino de una espada acicalada y tersa, aque-*

llas dos mejillas de leche y de carmín, que en la una tiene el sol y en la otra la luna; y aquella gallardía con que va pisando y aun despreciando el suelo.

La belleza de la duquesa tiene una lisura afilada de metal, y en su manera de caminar está expresada su arrogancia. Del duque se ignora todo. Lo que sabemos con certeza de los dos es que están siempre muriéndose de risa a costa de un par de inocentes, un lunático y un campesino analfabeto, socarrón pero también crédulo. Los duques se mueren de risa, perecen de risa, revientan de risa. Tienen que esconder la cara y taparse la boca para disimular la risa. El duque se ríe de la obcecación y el enfado del eclesiástico que no soporta a don Quijote y se ríe igual de don Quijote y del visible trastorno mental que agrava en él la brutalidad del eclesiástico. El duque se ríe de la locura de don Quijote como se reían Felipe IV y sus infantas y cortesanos de los paroxismos de enfermedad mental de los bufones de la corte. Los duques disfrutan de posesiones inmensas en las que trabajan para ellos campesinos hambrientos. Son los campesinos y los labradores sin linaje quienes pagan los impuestos de los que están exentos los grandes señores del reino, acelerando así la ruina del Estado.

Los duques ni siquiera tienen hijos. La duquesa es una mujer bella, fría, superficial, a la manera de la duquesa de Guermantes de Proust, y como ella se relaciona con su marido con una familiaridad de casta y un compadreo de bromistas holgazanes sin misericordia. A los pies de la duquesa Sancho Panza se degrada voluntariosamente a un puesto de bufón. Exagera sus bromas para hacer reír a la duquesa. Se envilece para ganar su simpatía. Sancho se parodia a sí mismo para actuar como el Sancho Panza que tanto hizo reír a los duques cuando leían *El ingenioso hidalgo*. La risa, que ha saltado tantas veces a lo largo de la historia, en el palacio de los duques se convierte en una risa helada. La broma sórdida, el escarnio profundo, es que don Quijote se siente por primera vez y de verdad caballero andante justo cuando con más deliberación se le ha convertido en objeto de escarnio.

Para reírse de don Quijote y Sancho el duque y la duquesa organizan un desfile de carrozas tiradas por bueyes, una confusión de cabalgadas de jinetes y trompetas y chirimías a través de un bosque, un vestuario de demonios, magos, adivinos, doncellas encantadas, caballos voladores. Su palacio es el escenario de una representación permanente, sostenida por el despilfarro de una economía en quiebra, como las que debió de ver Cervantes muchas veces en Valladolid y en Madrid. O la riqueza de los duques es ilimitada o tienen la potestad y el desatino de endeudarse tan ilimitadamente como los monarcas de la casa de Austria. En medio de todas estas complicadas escenografías superfluas don Quijote y Sancho se dejan engañar con una credulidad tan dócil que acaba siendo sospechosa, y el duque y la duquesa se mueren de risa, revientan de risa, se ponen rojos de risa, él y ella, en una camaradería frívola que omite cualquier verdadera intimidad, los dos como maniquíes lujosos, dos figuras hinchadas de aire, como el duque y la duquesa de Guermantes en sus fiestas de disfraces.

134

Pero todo es una fachada. La identidad en blanco de los duques se corresponde con el simulacro lujoso en el que viven. Su esplendor y su riqueza son tan falsos como los prodigios y espectáculos que organizan para burlarse de don Quijote y Sancho. Doña Rodríguez, la dueña rencorosa y lúcida, se acerca de noche a la habitación de don Quijote y le cuenta la verdad, y él, por mucho que quiera ampararse en su locura, no puede dejar de escucharla. Toda la belleza y la salud de la duquesa esconden una especie de úlceras abiertas que tiene en las piernas, *por donde se desagua todo el mal humor de quien dicen los médicos que está llena.* En cuanto al tren de vida de los duques, explica la implacable doña Rodríguez, se basa en deudas sin pagar y préstamos de usureros. El duque puede ser un grande de España, pero el dinero que maneja y despilfarra pertenece a un labrador rico, que *le presta dineros y le sale por fiador de sus trampas.*

Y cuanto más grotescos y mezquinos se vuelven ellos, más nobleza van adquiriendo, recobrando, Sancho y don Quijote, Sancho en la integridad y el sentido común de su gobierno, y en la dignidad con que renuncia a él, don Quijote en su pobreza de hidalgo que no tiene hilo para remendarse las medias y en su inocencia generosa de lunático, en su añoranza del escudero hacia el que descubre, cuando no lo tiene cerca, que siente un apego más que fraternal, conyugal.

En los capítulos sobre los duques Cervantes ha de llevar al extremo su cautela política, conteniendo en lo posible su espíritu crítico, y aún más su propensión de humorista a la sátira. Un escritor no es nadie y un aristócrata o un cortesano lo puede todo. Y Cervantes, como tantos colegas, ha de rendir pleitesía a los nobles a los que dedica sus obras con la esperanza de recibir protección y algo de ayuda, en un país en el que el oficio de las letras da poco prestigio y ningún beneficio, a no ser que se vuelque en el teatro. Un duque, un conde, un arzobispo reciben elogios adecuadamente serviles de Cervantes cada vez que tiene que dedicar un libro, declarándose *criado de vuestra Excelencia.* Pero el instinto de la ironía puede ser más poderoso en él que el de la prudencia, como ya le había sucedido en sus burlas hacia Lope de Vega, que tan caras le salieron. Y en un momento dado parece que ya no puede contenerse y estalla, quizás porque lo que va a escribir se le ha ocurrido sobre la marcha, como tantas veces, y entonces ha de esconderse detrás de la pluma de su cronista arábigo, que como es musulmán y además no existe no corre ningún peligro: *Y dice más Cide Hamete: que tiene para sí ser tan locos los burladores como los burlados, y que no estaban los duques dos dedos de parecer tontos, pues tanto ahínco ponían en burlarse de dos tontos.*

135

El perspectivismo de Cervantes es tan sutil y está usado con tanta constancia que muchas veces no lo advertimos. El punto de vista se está desplazando siempre, cambiando de un personaje a otro, abarcando así con más precisión y variedad las percepciones de las cosas. En el encuentro con el caballero del Verde Gabán, lo que hace sobre todo el narrador externo es dar cuenta del modo en que don Quijote y don Diego se observan entre sí, y Sancho a don Diego, y don Diego a Sancho en relación con su amo, cada uno interpretando signos y palabras, y representándose a sí mismo a través de ellas, en parte a conciencia, en parte con esos indicios involuntarios que son tan reveladores porque muchas veces desmienten lo que las palabras aseguran: *Y si mucho miraba el de lo verde a don Quijote, mucho más miraba don Quijote al de lo verde.* Sin duda para causar una buena impresión en este desconocido que le parece *hombre de chapa*, don Quijote, mientras van cabalgando, improvisa un discurso sensato y hasta algo erudito sobre poesía. *Admirado quedó el del Verde Gabán*, pero mientras tanto, *a mitad de esta plática, Sancho, por no ser muy de su gusto*, se aparta de los otros para comprar leche y requesones a unos pastores. Lo que ve don Quijote, estando tan cerca, no es esa majada de pastores verídicos, y por lo tanto nada literarios para él, sino el primer aviso de una posible aventura, *un carro lleno de banderas reales.* Viéndolo que reclama su celada y sus armas, *el del Verde*

Gabán [...] no descubrió otra cosa que un carro que hacia ellos venía, con dos o tres banderas pequeñas. Un carro lleno de banderas reales es una visión impresionante; pero si solo lleva dos o tres banderas, y además son pequeñas, no pasa de ser un incidente administrativo, aunque un momento después vaya a virar hacia el disparate temerario de la aventura de los leones, que lo será más todavía porque asistiremos en gran parte a él a través de la mirada de un hombre tan comedido como don Diego de Miranda.

Un tercer punto de vista es el del dueño del carro y de las mulas que transportan a esos dos leones amenazadores. Él no ve las cosas desde el desvarío caballeresco de don Quijote, ni desde la sensatez confortable de don Diego de Miranda, ni el puro miedo de Sancho: para el carretero, que a diferencia de los otros dos ha de ganarse la vida con su trabajo, se trata de una dura cuestión de supervivencia: *Señor mío, vuestra merced sea servido, por caridad, de dejarme desuncir las mulas y ponerme en salvo con ellas antes de que desenvainen los leones, porque si me las matan, quedaré rematado para toda mi vida; que no tengo otra hacienda sino este carro y estas mulas.* En medio de tanta palabrería delirante, es la voz clara y dolorida del sentido común.

Unos días y unos capítulos después, cuando don Quijote y Sancho llegan al gran escenario al aire libre donde van a celebrarse las bodas de Camacho, de nuevo el punto de vista se divide y alterna. Las ollas humeantes y los espetos en los que se asan novillos enteros están contados a través de los ojos ansiosos de Sancho. El espectáculo literario de las danzas, los jinetes con estandartes, y las representaciones alegóricas sobre el Amor y el Interés, son lo que percibe don Quijote, que no da muestras de haber visto ni olido la abundancia de los alimentos que se despliegan ante él. A los ojos de Sancho, las bodas de Camacho tienen toda la consistencia visual de las fiestas y comilonas campesinas en los cuadros de Bruegel. Lo que ve don Quijote es una elaborada escenografía pastoril a la manera de Botticelli o Poussin. Y cuando entra la novia, Quiteria, el narrador no solo vuelve al punto de vista de Sancho, sino que le da la voz para que sea él quien la describa con sus propias palabras, en el estado de exaltación en que lo ha puesto la comilona y la bebida, resaltando así el lujo algo grosero con que el rico Camacho se ha complacido en vestirla:

—A buena fe que no viene vestida de labradora, sino de garrida palaciega. ¡Pardiez que según diviso, que las patenas que había de traer son ricos corales [...]! ¡Y montas que la guarnición es de tiras de lienzo blanco! ¡Voto a mí que es de raso! Pues ¡tomadme las manos, adornadas con sortijas de azabache! No medre yo si no son anillos de oro, y muy de oro, y empedrados de perlas blancas como una cuajada, que cada una debe de valer un ojo de la cara.

136

Don Quijote se va apagando sin remedio desde que sale del castillo de los duques. Ha roto durante demasiado tiempo su querida disciplina de caballero vagabundo. Ha sido agasajado y tal vez envilecido, porque el precio de ese agasajo ha sido la aceptación de la mentira, la abdicación en el fondo servil de la propia dignidad: *y aquel fue el primer día que de todo en todo conoció y creyó ser caballero andante verdadero y no fantástico, viéndose tratar del mesmo modo que él había leído se trataban los tales caballeros en los pasados siglos.* ¿Ese fue de verdad el primer día, después de tantas aventuras? ¿Eso quiere decir que hasta entonces don Quijote ha sabido en el fondo de sí mismo que todo su empeño caballeresco era una farsa?

La estancia demasiado larga en el castillo de los duques, que al principio lo salvó del desánimo en el que había caído después de las aventuras frustradas en el pueblo del rebuzno y en la barca en la orilla del Ebro, se ve que ha drenado las fuerzas que le quedaban, al convertirlo durante demasiado tiempo en figurante y comparsa de un complicado simulacro en el que, sin saberlo, o quizás con un cierto grado de sorda complicidad, le ha tocado un papel de botarate, cómplice pasivo de su propio ridículo. Nada más abandonar las tierras de los duques sin nombre, le sucede una extraña aventura que no llega a serlo, un encuentro que en otra ocasión habría provocado uno de sus ataques de furia o heroicidad alucinada.

Lo raro del encuentro es su banalidad. Unos campesinos llevan a cuestas cuatro figuras de retablo tapadas con lienzos, destinadas a la iglesia de su aldea. Son cuatro santos que tienen en común la condición de jinetes, caballeros andantes de la fe católica: san Jorge, matador del dragón; san Martín, que comparte su capa con un pobre; san Pablo, derribado del caballo en el camino de Damasco por el fulgor de la presencia de Cristo; Santiago el mayor, que en la mitología religiosa y española de la época luchó espada en mano y a caballo contra los moros en las batallas de la Reconquista. Don Quijote no ve figuras verdaderas, como en *El retablo de maese Pedro*, ni desafía a quienes van cargados con ellas. Educadamente solicita que se las enseñen. La iconografía de cada santo es tan habitual que don Quijote no duda en identificarlas. Una vez examinadas, les dice a los campesinos que pueden volver a cubrirlas, consciente de que tendrán prisa, y no queriendo importunarlos. Esa consideración hacia los demás es nueva. Solo tenemos que acordarnos de la furia con que no muchos días atrás don Quijote insultó al dueño del carro de los leones, cuando todavía estaba lleno de soberbia y seguridad en sí mismo por su victoria tramposa sobre el caballero de los Espejos: *¡Voto a tal, don bellaco, que si no abrís luego luego las jaulas, que con esta lanza os he de coser con el carro!* Y también es nueva la reflexión en voz alta que hace don Quijote ante esos desconocidos: es una confesión, y no un discurso, como los que pronunciaba en otras épocas: *Estos santos y caballeros profesaron lo que yo profeso que es el ejercicio de las* *armas; sino que la diferencia que hay entre mí y ellos es que ellos fueron santos y pelearon a lo divino, y yo soy pecador y peleo a lo humano. Ellos conquistaron el cielo a fuerza de brazos [...] y yo hasta agora no sé lo que conquisto a fuerza de mis trabajos.*

Es un momento de desolada franqueza, tan ajena a la retórica como a la parodia; de una pura lucidez existencial. Don Quijote deja a un lado la máscara voluntaria de su desatino y hasta parece que puede verse desde fuera, y comprender que está perdido, que no le quedan la energía física y la capacidad de engaño de sí mismo suficientes para mantener su exhausto simulacro de caballero andante: *mejorándose mi ventura y adobándoseme el juicio podría ser que encaminase mis pasos por mejor camino del que llevo.*

137

Ante los verdaderos hombres de acción, don Quijote se queda empequeñecido, anulado, borroso. Su coraje solo es interpretativo: performativo, podría decirse, con pedantería contemporánea. Cuando la turba bronca y armada del pueblo del rebuzno ataca a Sancho, don Quijote sale huyendo, como ya le había pasado en *El ingenioso hidalgo*, cuando unos malhechores aporreaban al ventero y su mujer y su hija le suplicaban que fuera a defenderlo. La historia entera del caballero cautivo, superviviente de batallas verdaderas y de un cautiverio terrible en Argel, la escuchó don Quijote sin decir ni una palabra, él que había pronunciado antes con tan hueca solemnidad su discurso de las armas y las letras. En el campamento de los bandidos de Roque Guinart, don Quijote no puede hacer nada contra ellos, porque al llegar lo sorprendieron sin sus armas. Y poco después, cuando esa magnífica mujer ofendida, Claudia Jerónima, viene a pedirle a Roque ayuda para su venganza contra el amante de quien ella cree que la ha traicionado, don Quijote se ofrece de inmediato, con su habitual retórica, pero Guinart lo hace a un lado sin ningún miramiento, porque lo ve tal como es, un pobre hombre flaco y ridículo con un disfraz estrafalario que da signos de demencia. *Tres días y tres noches* se quedan don Quijote y Sancho con la cuadrilla de los bravíos forajidos catalanes, en una atmósfera de peligro y desasosiego permanente *(unas veces huían sin saber de quién y otras esperaban sin saber a quién)*, pero en ningún momento se sabe que don Quijote haya dicho nada, ni participado en nada.

Su pasividad es idéntica cuando se ve en medio del tumulto épico de las galeras de guerra que dan caza a un navío de piratas argelinos, a la vista de Barcelona. A don Quijote lo reciben con pompa burlesca y humillante los marinos y remeros en una galera, pero el espectáculo en el que Sancho y él se ven sumergidos se les vuelve de una confusión aterradora. Personas de interior y de secano, que solo unos días antes vieron el mar por primera vez, los barcos, las olas, la marinería, los cañonazos, el estrépito de los remos, desbordan su capacidad de comprensión, y les producen el espanto primario de quien se encuentra perdido en un mundo ajeno en el que se siente a merced de extraños enemigos y de fuerzas incontrolables. A Sancho lo horroriza la visión de los galeotes medio desnudos en los bancos de remos, azotados a latigazos por el cómitre: *Ahora digo que este es infierno, o por lo menos el purgatorio.* Los feroces remeros alzan a Sancho sobre sus cabezas y lo van empujando de un extremo a otro del barco: *Perdió la vista de los ojos, y sin duda pensó que los mismos demonios le llevaban.* Don Quijote saca su espada, temiendo la indignidad de que a él quieran hacerle lo mismo, pero su gesto se pierde en el fragor de las velas que se despliegan de golpe desde la altura de los mástiles. Sancho esconde la cabeza entre las piernas pensando *que el cielo se desencajaba de sus quicios.* Don Quijote ni siquiera se esfuerza en disimular el miedo: *también se estremeció y encogió de hombros y perdió la color del rostro.* Sancho, medroso de carácter, ha tenido miedo muchas veces, pero nunca antes ha sufrido un shock así: *Quedó el pobre molido, jadeando y trasudando, sin poder imaginar qué fue lo que sucedido le había.*

La acción se acelera con una crudeza y una sugestión fulgurante de verdad que deja muy atrás cualquier fantasía caballeresca. Sancho y don Quijote están muertos de terror, pero Cervantes se mueve con desenvoltura suprema en un mundo que conoce muy bien, con la precisión sensorial y técnica de una experiencia vivida, como Joseph Conrad o Melville escribiendo sobre los trabajos del mar. En esta aventura del puerto de Barcelona está de nuevo en el mundo de la vida militar y las batallas y escaramuzas navales de su juventud, cuarenta años después. En el pánico de don Quijote y Sancho y en el despliegue de movimientos, visiones y sonidos de la galera que se hace a la mar Cervantes está reviviendo sus primeros encuentros de hombre de tierra adentro con aquel universo abrumador y deslumbrante de los barcos de guerra, la piratería, los asaltos, los combates cuerpo a cuerpo.

El lector de libros de caballerías y el campesino que no había visto más allá del horizonte de su aldea asisten en persona al vértigo acelerado de los acontecimientos, los disparos de los piratas que derriban a dos soldados, el apresamiento y la condena sumaria a la horca de un joven capitán berberisco que se transforma de pronto, ya con la soga al cuello, en una muchacha tan arrogante y arrojada como deslumbradora de belleza, la morisca cristiana Ana Félix, la hija aventurera de Ricote. No es una belleza que necesite ser exaltada por la imaginación de don Quijote, ni por los recursos ya tan abaratados de la poesía lírica; y tampoco es una aventura en la que él pueda tomar parte. Lo novelesco, lo heroico suceden al margen de don Quijote, que ya no es protagonista sino testigo, uno más, borroso entre los otros, parte del público asombrado ante el que se desenvuelve una historia mucho más apasionante que la suya.

138

Barcelona es la ruina de don Quijote. El tamaño de la ciudad, la amplitud del horizonte del mar, la muchedumbre febril de las calles condenan su figura a la irrelevancia. Por azar o por un recelo justificado y misterioso, don Quijote, hidalgo de aldea, siempre ha rehuido las poblaciones grandes. En el Toboso solo entró furtivamente cuando ya era media noche, y se marchó a refugiarse en un bosque cercano antes de que se hiciera de día. Cuando les amanece en las afueras de Barcelona, don Quijote y Sancho quedan deslumbrados, amedrentados, delante de un espacio sin límites que no habían visto nunca, dos personas de interior que se quedan paralizadas la primera vez que ven el mar: *Tendieron la vista por todas partes: vieron el mar, hasta entonces dellos no visto; parecióles espaciosísimo y largo, harto más que las lagunas de Ruidera.*

En Barcelona sufre don Quijote un escarnio público como de fantoche de carnaval. El simulacro de dignidad caballeresca que podía mantener en una llanura manchega seca y despoblada se deshace en el tumulto de unas calles inundadas de gente con ánimo de fiesta en el día de San Juan. Unos gamberros les embuten manojos de hierbas picantes en el culo a Rocinante y al rucio y los dos animales se revuelven y derriban a caballero y escudero con el mismo ridículo. A don Quijote, sus anfitriones aristócratas, no menos desaprensivos que los duques, lo sacan a pasear a caballo, vestido con un ropón de lana que lo hace sudar en el calor húmedo del verano en Barcelona, y le cosen en la espalda, sin que él lo sepa, un letrero burlesco con su nombre. Cuanto más honrado y reconocido y colmado en su vanidad se siente don Quijote, mayor es el escarnio. Esa noche las damas y caballeros de alta sociedad organizan un baile, un *sarao de damas*, y don Quijote no se da cuenta de que está *perdiendo* su dignidad, de que es poco más que un bufón y un pelele entregado al espectáculo humillante de su propio ridículo. Es un pasaje doloroso de leer, aún más que los de las peores burlas en el palacio de los duques: *...se dieron tanta priesa en sacar a bailar a don Quijote que le molieron no solo el cuerpo sino el ánima. Era cosa de ver la figura de don Quijote, largo, tendido, flaco, amarillo, estrecho en el vestido, desairado y sobre todo nada ligero.*

En el mareo del calor, la burla y el baile estas señoras joviales lo aturden más fingiendo que le hacen requiebros. Él defiende su castidad, presuntamente asediada, y cae todavía más en el ridículo. El cansancio y el mareo le hacen perder toda compostura: *y [...] se sentó en mitad de la sala, en el suelo, molido y quebrantado de tan bailador ejercicio.* Los criados lo levantan y lo llevan a la cama, un pelele desbaratado y empapado en sudor. En medio de tanta risa cruel, Sancho le echa caritativamente una manta por encima, para evitar que se enfríe.

139

Una medida de la grandeza de una novela es su capacidad de contener otras novelas posibles o implícitas. En *Ulises* hay una novela entera que es la de Molly Bloom y que emerge gloriosamente al final de todo, ocupando el prodigioso último capítulo. En *Madame Bovary* hay al menos otras dos novelas igual de desoladoras, la novela de la vida tristísima y el amor sin esperanza del marido de Emma, y también la novela de su hija, a la que nadie ha prestado atención nunca, que es recogida por parientes crueles después de las muertes sucesivas de sus padres y acaba trabajando de obrera en una fábrica. En *Moby-Dick* podemos imaginar, por ejemplo, la novela de la vida del arponero Queequeg, el tránsito inaudito entre su infancia en una isla del Pacífico y su vida adulta entre los balleneros de Nueva Inglaterra. Quizás Balzac, y luego Galdós y Faulkner, tuvo la ambición o la temeridad de desarrollar todas las novelas posibles que brotaban de cada una de las que iba escribiendo, y así en vez de una serie de novelas lo que hizo, lo que hicieron los tres, fue levantar mundos enteros sobre sus hombros frágiles de escritores a destajo.

También *Don Quijote* está lleno de novelas, y no solo las que se integran como narraciones particulares en el organismo de la trama. Imaginamos la novela espléndida de la vida de Marcela desde el momento en que termina su discurso de vindicación y rebeldía y se pierde en el bosque, y la novela sin duda picaresca del mozo Andrés, que tuvo que echarse a los caminos después de que don Quijote creyera haberle salvado de la crueldad de su amo, y las novelas formidables de las aventuras del bandido Roque Guinart, de la celosa homicida Claudia Jerónima, la del morisco Ricote cuando se ve forzado de la noche a la mañana a abandonar el pueblo y el país donde nació y ha vivido siempre, convertido en extranjero en virtud de un decreto administrativo.

Dentro de toda gran novela, en los márgenes, en los espacios en blanco, están las novelas que se han callado y las que se quedan esbozadas apenas. Gravitan en el interior de la historia principal. Son el motivo de que el sabio narrador Cide Hamete pida *que se le alabe no por lo que escribe, sino por lo que ha dejado de escribir.*

¿Cómo sería la novela de la infancia y la juventud del hidalgo, que solo se llama indudablemente Alonso Quijano muy al final del último capítulo? ¿Y la novela de tedio y silencio en el palacio de los duques, una vez que han perdido el entretenimiento que les ofrecían sin saberlo don Quijote y Sancho?

Una de esas novelas posibles me intriga sobre todo. Es la del bachiller Sansón Carrasco mientras sigue el rastro de don Quijote, primero con la esperanza de vencerlo disfrazado de caballero de los Espejos, por fin como el de la Blanca Luna. Volvemos a leer los episodios tan familiares de la llegada al Toboso y el encuentro con el carro de las Cortes de la Muerte, y sabemos que alguien sigue con sigilo y a una cierta distancia a don Quijote y a Sancho, otra pareja fantasma de caballero y escudero, Sansón

Carrasco y Tomé Cecial. Así vemos la historia más de lejos, como desde otro encuadre, otro punto de vista. Los dos perseguidores, escondidos entre los árboles, ven a don Quijote mientras espera a que Sancho vuelva, con la esperanza de que haya cumplido su misión de encontrar el palacio de Dulcinea. Sansón Carrasco habrá asistido a distancia, sin oír ni entender nada, a la extraña escena en la que don Quijote y Sancho se arrodillan delante de esa aldeana montada en un burro, en la mañana ardiente de agosto. Y también él y su escudero han visto de lejos el carro de los cómicos disfrazados de emperadores y demonios, y esa noche han extremado el sigilo al internarse en la espesura en la que por fin va a suceder el encuentro.

Pero la novela de Sansón Carrasco cambia de tono y de rumbo y se vuelve sombría cuando sucede lo que él nunca previó, sin duda por su desdén hacia el vecino loco y viejo y más débil al que sabe que es tan fácil engañar. Don Quijote, por pura chiripa, y contra toda expectativa, vence al bachiller disfrazado de caballero, y lo deja en el suelo en peligro de muerte y con las costillas rotas. El vencedor burlón se halla de pronto vencido y humillado por ese pobre viejo que en uno de sus desvaríos mentales se convence a sí mismo de que ese adversario que al levantarle la celada tiene toda la cara de Sansón Carrasco no puede ser el bachiller, por un motivo de pronto racional: *¿En qué consideración puede caber que el bachiller Sansón Carrasco viniese como caballero andante, armado de armas ofensivas y defensivas, a pelear conmigo? ¿He* *sido yo su enemigo por ventura? ¿Hele dado yo jamás ocasión para tenerme ojeriza?* Sansón Carrasco, siempre bromista y dicharachero, parece una de esas personas que esconden una ansiedad hostil detrás de su exagerada simpatía, y pueden volverse de repente malévolas. Su ficción de benevolencia servicial hacia don Quijote se convierte en puro rencor vengativo: *Pensar que yo he de volver a mi casa hasta haber molido a palos a don Quijote es pensar lo escusado; y no me llevará ahora a buscarle el deseo de que cobre su juicio, sino el de la venganza.*

A partir de ahora, lo pensemos o no, hay una figura oculta en las peripecias de don Quijote, una sombra vengativa y paciente que va tras él y lo sigue por los caminos, perdiéndole a veces el rastro, hasta mostrarse ante él en la playa de Barcelona, de madrugada, a caballo, esta vez mejor preparado, *armado de todas armas.* Ha viajado solo, sin escudero, no sabemos durante cuánto tiempo. Había perdido el rastro de don Quijote y Sancho y averiguó su rumbo al preguntar por ellos en el palacio de los duques. Ahora lleva una nueva armadura, y un nuevo nombre, el caballero de la Blanca Luna. Ha habitado, solo y alerta, en la cara oculta de la novela principal, en su propia novela de obstinación solitaria, y solo irrumpe a plena luz en la claridad de la mañana junto al mar, para obtener la revancha que ya estaba imaginando cuando yacía solo en un mesón, en la convalecencia de sus costillas rotas, *y él quedó imaginando su venganza.*

140

Dos de las figuras más arrebatadoras en la galería de mujeres de Cervantes aparecen muy cerca del final de la novela, alumbrando brevemente su deriva sombría. Las dos tienen nombres magníficos: Claudia Jerónima, Ana Félix. Las dos surgen en el esplendor de una temeraria belleza juvenil teñida de ambigüedad sexual. A Cervantes, como a Shakespeare, le gusta el malentendido de la mujer bella y bravía a la que al principio se ha tomado por un *hermoso mancebo.* En el campamento de los bandidos de Roque Guinart, en ese bosque salvaje en el que hay racimos de ahorcados colgando de los árboles, se oye *un ruido como de tropel de caballos*, aunque resulta ser solo uno, *sobre el cual venía a toda furia un mancebo, al parecer de hasta veinte años, vestido de damasco verde, con pasamanos de oro [...], con sombrero terciado a la valona, botas enceradas y justas, espuelas, daga y espada doradas, una escopeta pequeña en las manos, y dos pistolas a los lados.*

En el reino áspero y masculino de la novela, con sus bandoleros crueles y angustiados, ha irrumpido luminosamente el romance. El recién llegado declara a Roque Guinart su nombre y su sexo tan rotundamente como ha impuesto su presencia: *Porque sé que no me has conocido quiero decirte mi nombre. Soy Claudia Jerónima.* Su relato es tan arrollador como su aparición. En *El ingenioso hidalgo* habría ocupado unas cuantas páginas, incluso habría dado para toda una historia intercalada. Ahora, en este tramo final en el que va acelerándose la novela, como un gran río que se aproxima a una catarata, toda la historia turbulenta de Claudia Jerónima se sintetiza en un párrafo. Claudia, como Dorotea, es hija de un labrador rico, y un aristócrata, don Vicente Torrellas, ha traicionado la promesa de matrimonio que le hizo:

Supe ayer que, olvidado de lo que me debía, se casaba con otra, y que esta mañana iba a desposarse, nueva que me turbó el sentido y acabó la paciencia; y por no estar mi padre en el lugar le tuve yo de ponerme en el traje que vees, y apresurando el paso a este caballo, alcancé a don Vicente obra de una legua de aquí, y, sin ponerme a dar quejas ni a oír disculpas, le disparé esta escopeta, y por añadidura estas dos pistolas, y a lo que creo le debí de encerrar más de dos balas en el cuerpo, abriéndole puertas por donde envuelta en su sangre saliese mi honra.

Claudia Jerónima ha venido a pedir ayuda a Roque Guinart. Don Quijote, que ha escuchado su relato, se ofrece a ayudar caballerosamente a la dama atribulada: *No tiene nadie para qué tomar trabajo en defender a esta señora, que lo tomo yo a mi cargo; denme mi caballo y mis armas, y espérenme aquí...* Sancho confirma el arrojo de su señor, pero Roque Guinart no entiende a ninguno de los dos, ni les hace caso, y la aventura trágica de Claudia Jerónima continúa hacia su desenlace con una fatalidad de cabalgatas, malentendidos y disparos, y don Quijote queda una vez más anulado, no por la hostilidad de los demás, sino por su indiferencia.

141

Para Cervantes la novela y el romance están siempre imbricados entre sí: los dos responden a inclinaciones irresistibles de su imaginación literaria, y probablemente de su carácter personal. Delante de la playa de Barcelona las galeras que vigilan la costa, las mismas que han deslumbrado primero y luego angustiado a don Quijote y a Sancho, han avistado un bajel de piratas argelinos, y el que parecía su capitán va a ser ahorcado. Pero su belleza contiene la urgencia vengativa de sus ejecutores, porque ven en él *uno de los más bellos y gallardos mozos que pudiera pintar la humana imaginación*. Los quiebros narrativos de último momento son tan esenciales en el romance como la belleza extremada de sus protagonistas. El supuesto pirata ya *tenía atadas las manos y echado el cordel a la garganta, esperando la muerte*. Pero el virrey de Cataluña, que preside la ejecución, *viéndole tan hermoso, tan gallardo y tan humilde*, quiere averiguar algo sobre él, y es entonces cuando sucede la transfiguración: *No soy turco de nación, ni moro, ni renegado*. Pregunta el virrey: *¿Pues qué eres? —Soy mujer cristiana.*

Al cambio sorprendente de identidad y de sexo se añade otro de los atributos del romance: el reconocimiento mutuo entre los que llevan separados mucho tiempo. Ana Félix ha capitaneado un barco pirata por el Mediterráneo, ha buscado un tesoro, quiere regresar a Argel para salvar al hijo de buena familia tan hermoso como ella y tan enamorado como lo está ella de él. Entre la gente que iba a presenciar la ejecución del capitán pirata y la que ha escuchado la historia de Ana Félix se encuentra un peregrino encapuchado que se lanza hacia ella con los brazos abiertos, y que resulta ser su padre, el morisco Ricote.

142

Como ya no me bastan los libros que leo en mi reclusión y en mis insomnios cervantinos, ahora quiero seguir yo también a don Quijote y Sancho por los caminos de la realidad. Al fondo de la carretera recta he visto aparecer la silueta del Toboso, al final del horizonte plano, bajo el cielo inmenso de la llanura tan solo limitado por él: nubes viajeras de noviembre en el aire muy limpio, al sol rubio de la media mañana, sombras movedizas de nubes que se proyectan sobre la tierra y la oscurecen brevemente, apagando los colores de la estación ya muy avanzada, rojos y ocres de viñas, verdes agrisados de olivos, amarillos de chopos solitarios, verdores que apuntan en sembrados recientes, o en las hierbas silvestres de los barbechos y las cunetas, y entre las hileras de los viñedos y los olivares.

El Toboso aparece con una silueta nítida de pueblo antiguo, no alterada por polígonos industriales ni cercada por extensiones de centros comerciales y chalets adosados que en otras periferias españolas se levantan sin alivio de ninguna vegetación sobre la tierra pelada. Se ve el caserío bien agrupado, en torno al gran volumen de la iglesia, culminado por la torre que empieza a distinguirse desde muy lejos, y que unas horas después será lo último que veamos cuando nos marchemos del pueblo, ya con otra luz más sesgada y madura, que exaltará como oro viejo el color de herrumbre de las hojas de las vides.

Con la iglesia hemos dado, Sancho: don Quijote y Sancho Panza han llegado al Toboso en la noche cerrada y han dado de inmediato con la iglesia, y esa no es una fantasía literaria gratuita. De día, más aún que de noche, la iglesia impone su tamaño macizo sobre nosotros nada más internarnos en las calles del Toboso. Es una de esas desmedidas iglesias manchegas que parecen construidas para pueblos mucho más grandes y feligreses mucho más numerosos. Un mediodía de lunes, en noviembre, con nubes gigantes que sin embargo apenas tapan el sol en este cielo igual de desmedido, en el Toboso nos recibe el *sosegado silencio* que don Quijote y Sancho encontraron una noche de agosto, aunque nuestro silencio es más completo, porque no hay en él sonidos rurales de otras épocas, ni cantan gallos, ni ladran perros, ni relinchan mulos o caballos. Hay calles enteras costeadas por muros altos de piedra que podrían ser de palacios o conventos. No sería inverosímil situar aquí el palacio imaginario, los *soberbios alcázares* donde habría habitado Dulcinea si tan solo hubiera existido. Lo que se escucha con un rugido poderoso antes de que podamos verlo es algún tractor como los que hemos visto labrando la tierra, o avanzando muy despacio delante de nosotros por la carretera. Una mujer entrada en años pasa en bicicleta, cargada con un paquete de cartones que deposita luego en un contenedor de reciclaje, delante de un muro blanco luminosamente encalado, con un zócalo azul celeste que dibuja la línea del suelo y el contorno de la esquina, por la cual aparece una chica con el pelo y la tez de indígena peruana o ecuatoriana manejando con destreza un patinete eléctrico. Parece que en tiempos de Cervantes el Toboso tenía fama de acoger una población numerosa de judíos y moriscos. Francisco Márquez Villanueva, tan atento a estos detalles, sugiere que cuando en el texto se dice que Aldonza Lorenzo tenía *la mejor mano para salar puercos que otra mujer de toda la Mancha*, Cervantes está ironizando sobre eso.

Lo que podríamos llamar el *kitsch* agroquijotesco está más contenido en el Toboso que en otros lugares de la Mancha. Hay a la entrada del pueblo un bar de embocadura algo tétrica que se llama Rocinante. Hay en la bella plaza principal un conjunto escultórico —don Quijote, arrodillándose delante de Dulcinea, que lleva a la cabeza un pañuelo manchego— menos pavoroso que el de Esquivias, donde estuve hace unos días. También hay a la entrada del Toboso, en la carretera de Pedro Muñoz, donde están los talleres de coches, las naves de las cooperativas de vino y de aceite, un ingente RESTAURANTE Y SALÓN DE BODAS DULCINEA, en el que hemos entrado a comer, a falta de otra opción en este lunes en el que todo está cerrado: el centro cervantino, la imponente iglesia local, el convento de las Trinitarias. Si hay algo más desorbitado en la Mancha que los cielos y las llanuras, y que las iglesias, son los salones de bodas. En este del Toboso cabrían con toda holgura las marmitas, las cocinas y los invitados de las bodas de Camacho.

La vida ordinaria, el trabajo, la posible prosperidad están en la carretera. Por eso es tan silencioso el interior del pueblo. Hay largos muros encalados, con zócalos azules de una extrema elegancia. Delante de muchas puertas entornadas hay cortinas de plástico o lona adornadas con motivos cervantinos. Las placas con los nombres de las calles en las esquinas están hechas con una cerámica excelente, con una bella caligrafía: calle García Lorca, calle Juan Ramón Jiménez, calle María Zambrano. Uno se da cuenta de que una mano municipal inusualmente ilustrada ha actuado en el Toboso: en la preservación de la arquitectura popular, en los pequeños parques bien arbolados y equipados para el bienestar de los abuelos y los juegos infantiles. Hasta hay una calle dedicada a Sanz del Río, el fundador de la Institución Libre de Enseñanza.

Con cervantinismo tal vez involuntario, en los nombres de las calles se mezclan los personajes reales y los inventados. La calle junto al convento de las Trinitarias está dedicada a fray Juan Gil, que tanto trabajó en Argel para asegurar el rescate de Cervantes. Hay, claro, una calle Cervantes, pero las hay sobre todo dedicadas a criaturas suyas, los bellos nombres comunes que a él se le daba tan bien inventar: Pastora Marcela, Bachiller Carrasco, Sancho Panza, Teresa Panza. Hasta hay una calle, no sé si merecida, para la bella, mentirosa y trapacera Altisidora, que perturbó al pobre don Quijote dándole a entender que se moría de amor y lascivia por él, y haciéndole temer que ante tal tentación quebrantaría su casta fidelidad a Dulcinea.

Sin haberla buscado, y sin saber que existía, hemos dado con la Casa Museo de Dulcinea, pero no hemos podido entrar en ella porque también cierra los lunes. Quizás se nos ha contagiado el maleficio de don Quijote, que no llegó a encontrarse con ella en el Toboso. Es una casa grande, con muros altos, con un escudo nobiliario labrado en piedra en la fachada, balcones, ventanas de noble rejería. Por encima de los muros de lo que será un gran patio o un corral se despliega la copa enorme de un olmo. ¿Cómo será la casa museo de alguien que no existe? ¿Qué objetos o recuerdos de esa mujer doblemente inventada —la labradora Aldonza Lorenzo, la ilustre princesa Dulcinea— pueden conservarse en el museo? Delante de los duques, don Quijote elogia la alcurnia de su dama: *es principal y bien nacida, y de los hidalgos linajes que hay en el Toboso, que son muchos, antiguos y muy buenos.* La ironía de Cervantes extiende por todas partes sus raíces sutiles. En ese tiempo el Toboso era conocido en Castilla por la abundancia de familias moriscas, que justo entonces estarían recién expulsadas.

Las quimeras de la literatura —o la picaresca del negocio turístico— se van volviendo menos atractivas que la realidad tangible de las cosas: la cal de las fachadas, la piedra dorada de los dinteles de las casas hidalgas, y sobre ellos los escudos, las otras puertas más anchas y altas que dan a los corrales, por las que pasarían los carros cargados de paja y de sacos de cereal, los cestos rebosantes de uvas maduras, los capachos de aceituna en invierno, y después las cargas de leña olorosa a savia y resina de los olivos recién podados. La madera de las puertas, gastada por la intemperie, con hileras de clavos de cabeza plana, me devuelve a la mirada y al tacto el recuerdo de la puerta que había en mi casa cuando era niño. Veo estos llamadores de hierro en forma de mano delgada de mujer y me gustaría golpear alguno, a ver si suenan como los de las puertas de mi plaza, todas distintas entre sí, de modo que podíamos saber por su sonido a casa de quién estaban llamando.

143

He visto plazas recogidas con bancos de piedra y árboles otoñales y silencio a las que daban las altas ventanas enrejadas de un convento. He visto esos caserones que son idénticos a los de los barrios campesinos de mi infancia, con ventanas pequeñas para eludir el calor del verano. En todo un muro lateral lo único que se abre no es ni siquiera una ventana, sino un agujero alto, como el que había en la venta de Juan Palomeque, y del que se quedó colgado una noche entera don Quijote, porque Maritornes y la hija del ventero le echaron una cuerda haciéndole creer que eran doncellas en apuros. En el Toboso he respirado al mismo tiempo el libro de Cervantes y la memoria de mi propia vida. He visto esas tinajas grandes de barro por las que el pueblo era famoso, las que Cervantes llama, con el humorismo infalible que sabe poner en un solo adjetivo, las *tobosescas tinajas*. Eran así, altas e imponentes, de panzas monumentales, más grandes aún porque yo las miraba desde mi estatura de niño, en una bodega de Úbeda a la que mi madre me mandaba a comprar vino. En esa época un niño de seis o siete años podía ir él solo a hacer pequeños recados. Mi madre me mandaba a la tienda, y me ponía en la mano una moneda ínfima de entonces, una perra gorda de diez céntimos, incluso otra más pequeña, una perrilla, diciéndome que la apretara bien, para que no se me perdiera por la calle. «Trae dos gordas de pimienta, y que no se te olvide.» Y yo iba a la tienda, que estaba a unos minutos, fijándome bien en el camino, como los niños de los cuentos, y apretando las monedas en mi palma, y repetía en voz baja, para que el mandado no se me olvidara: «Dos gordas de pimienta, dos gordas de pimienta, dos gordas de pimienta». Y a lo mejor llegaba a la tienda y el tendero, con su cara pálida y su bata gris —los hombres que no trabajaban en el campo siempre estaban pálidos—, me preguntaba, desde la altura del mostrador, «¿qué quieres», y yo me ponía nervioso, y no decía nada, porque se me había olvidado.

Mi madre me daba una pequeña damajuana y unas monedas y me mandaba a la bodega a comprar vino. El hombre que lo despachaba, sentado junto a un grifo al pie de la tinaja, era hermano de mi abuela. La bodega en penumbra olía a vino fermentado y a madera empapada en vino. La tinaja tenía para mí una corpulencia amenazadora de gigante. Con cabezas de gigantes que él debía cercenar con su espada confundía don Quijote los pellejos negros de vino colgados en el camaranchón de la venta. El tío de mi madre abría el grifo y medía el vino con una jarra de latón. Luego lo pasaba a la damajuana que yo traía con un embudo. Yo le decía lo aprendido de memoria: «Que dice mi mama que me pongas medio litro de vino». El tío, que se llamaba Antonio, echaba ese medio litro en mi garrafa, pero en vez de quitar el embudo y taparla con el corcho añadía medio litro más. Yo protestaba, con el sentido literal de los niños: «Que no, que mi mama dice que medio litro». Y él miraba alrededor, por si alguien más podía oír mi queja delatora, y seguía vertiendo el vino que regalaba a su sobrina: «Cállate, tonto».

144

Hemos salido del Toboso cuando empieza a declinar la tarde, sin haber visitado la iglesia, a la que llaman «catedral de la Mancha», ni el Centro Cervantino, ni la Casa Museo de Dulcinea, ni el convento de las Trinitarias, ni el de las Clarisas, donde abre un obrador muy célebre de repostería justo cuando nos hayamos marchado. Como en una época ya lejana, hay un punto indudable donde el pueblo acaba, una última esquina, la frontera entre las casas y el campo.

Pero el paisaje de la tarde es tan amable que no me resigno a alejarme del todo. Busco un camino lateral donde dejar el coche, bajo unos olivos ya cargados de aceitunas negras y lustrosas, cerca de un campo de almendros y una viña. Estamos todavía tan cerca que oímos claramente las campanadas de las cuatro en la torre robusta de la iglesia. Pisamos la tierra pedregosa y rojiza, en la que crecen matas agrestes de tomillo y romero. Hay mariposas de colores extraordinarios, alas negras moteadas de rojo, libando las pocas flores otoñales, blancas y azules, rúcula y achicoria, también las flores amarillas del diente de león. En el cielo desierto planea una pareja de aves de presa.

Un coche se acerca, saliendo del Toboso. Lo vemos pasar desde el arcén, y entonces me acuerdo de algo que hubiera podido suceder justo aquí, en este mismo camino que va en línea recta del pueblo al horizonte, no asfaltado entonces sino blanco de polvo, porque la escena ocurre en una mañana de agosto. Tres campesinas vienen desde el Toboso, cada una montada en un burro, y Sancho Panza les sale al camino y se arrodilla delante de una de ellas, imitando el habla levantada de su amo: *Reina y princesa y duquesa de la hermosura, vuestra altivez y grandeza sea servida de recibir en su gracia y buen talante al cautivo caballero vuestro, que allí está hecho piedra mármol, todo turbado y sin pulsos de verse ante vuestra magnífica presencia.*

Voy al coche a por el tomo de *El ingenioso caballero* que he traído en la mochila y leo en voz alta. La presunta

Dulcinea, que se ha caído del asno, vuelve a montarse en él de un salto, con una agilidad impropia de una reina y princesa y duquesa: *dio con su cuerpo, más ligero que un halcón, sobre la albarda, y quedó a horcajadas, como si fuera hombre.* La aldeana apremia a su montura y cuando se une a las compañeras que la aguardan *todas picaron tras ella y dispararon a correr, sin volver la cabeza atrás por más de media legua.* Hacia esa misma lejanía avanzamos ahora nosotros, la carretera recta por delante, y también en el retrovisor, y al fondo la silueta del Toboso con la torre de su iglesia, un lugar de la realidad y un espejismo de la literatura.

145

Don Quijote de la Mancha es un largo relato de ficción y un tratado crítico y disperso sobre todas las artes de la literatura y todas las formas de contar; y también es un libro cómico que contiene una reflexión profunda sobre la risa y la comedia. La risa está sonando a cada momento en la novela; es la risa que provocan en el lector los episodios humorísticos y la que estalla dentro de la misma historia. El *amigo discreto* que hace de interlocutor en el prólogo de 1605 estalla *en una carga de risa.* Y entre los consejos que da a Cervantes sobre su escritura, el primero de todos es procurar que *el melancólico se mueva a risa* y *el risueño la acreciente.* Ya esa distinción nos advierte de la variedad de las formas que toma la risa, según el carácter de cada uno, y según el objeto que la provoque. Está la risa alegre de ese amigo fraternal que se ha presentado sin aviso interrumpiendo el trabajo pesaroso del escritor, y muy pronto la risa de las dos *mozas de las que llaman del partido*, que ven la facha de don Quijote en la primera venta, y que además le oyen llamarles doncellas, *cosa tan fuera de su profesión*. El lector sonríe para sí ante esa muestra de la delicada ironía cervantina. Pero las rameras *no pudieron tener la risa* hasta el punto de que don Quijote se ve ofendido con su burla: *Bien parece la mesura en las fermosas, y es además mucha sandez la risa que de leve causa procede.*

Hay una risa mesurada y una risa exagerada y algo idiota, una risa festiva y otra cruel, y como Cervantes posee el sentido instintivo de la comedia se complace en retratarlas todas, y en provocarlas sin escrúpulo alguno en el lector, que así llega a ser cómplice de la crueldad igual que de la indecorosa grosería, de la risa saludable y la risa malsana provocada por el sufrimiento ajeno. Maritornes y la hija del ventero se mueren de risa al dejar a don Quijote traspasado de dolor y colgado de una cuerda que ellas han atado al cerrojo de una puerta. Sancho Panza le vomita en la cara al acercarse al olor de su boca abierta, y don Quijote, bañado en el vómito de Sancho, le vomita a su vez, *y los dos quedaron como de perlas*, con grandes risas de los personajes que los miran y de los lectores en voz alta y los oyentes de la novela, que al escucharla en grupo multiplican la risa común, igual que en la actuación de un cómico.

La sonrisa es privada; la risa es compartida y colectiva, y algunas veces, si sucede en una situación incómoda, se vuelve más poderosa, y hasta inevitable. En la aventura de los batanes, cuando por fin se hace de día y el miedo al fragor de los golpes en la oscuridad se disuelve en una realidad sin misterio, que de golpe vuelve ridículas las proclamas de heroísmo de don Quijote, este mira a Sancho *y viole que tenía los carrillos hinchados, y la boca llena de risa, con evidentes señales de querer reventar della.* La fuerza fisiológica y el contagio de la risa pueden más que la pesadumbre literaria del caballero escarmentado en su aventura, *y no pudo su malenconía tanto en él, que a la vista de Sancho pudiera dejar de reírse*: es decir, reírse de sí mismo, acompañar por un momento a su escudero en una fraternidad de carcajadas que deja en suspenso la distancia social entre los dos: *Y como vio Sancho que su amo había comenzado, soltó la presa de manera que tuvo la necesidad de apretarse las hijadas con los puños, por no reventar riendo.*

146

El 28 de mayo de 1934, su última noche a bordo en el viaje a Nueva York, Thomas Mann ha soñado con don Quijote, uno de esos sueños plenos de poesía y dulzura que dejan un rastro de gratitud en el despertar. El barco ya ha fondeado a la entrada del Hudson, así que por primera vez el sueño de los viajeros no ha sido perturbado por el ruido de las máquinas. El día antes, Mann anotó en el diario sus impresiones sobre el final de *Don Quijote*, que no le ha parecido satisfactorio. Piensa que es algo apresurado, y que el personaje no se le ha muerto de forma natural a Cervantes, sino que él se ha dado prisa por matarlo para evitar que alguien vuelva a robárselo, como ya hizo el vil Avellaneda. Es verdad que don Quijote anuncia jubilosamente que ha recuperado la razón, pero la alegría de haber vuelto a ser quien era, Alonso Quijano el Bueno, ya liberado de la niebla de la locura literaria, no disipa una melancolía profunda que es la conciencia del fracaso. Dice Mann: *¿No es la muerte de don Quijote en la convicción de que Dulcinea no es en absoluto una princesa adorable sino una rústica y mugrienta moza, y que toda su fe, su empeño y su sufrimiento fue necedad, una muerte desesperada?*

Por debajo de la visión recobrada de sí y del mundo tal como son, de las rutinas sensatas y piadosas del testamento y la visita del confesor, late la negrura escondida de un estado depresivo virulento que se manifiesta en uno de sus síntomas más reveladores, la capitulación de la esperanza. Llegando de regreso a su aldea, don Quijote ve a unos chicos que juegan y se pelean y repite haciendo suyo lo que acaba de oír a uno de ellos: *No la has de ver en todos los días de tu vida.* Los niños, como Sancho le advierte, hablan de una jaula de grillos, pero en ese grado irreparable de la dolencia mental y espiritual que entonces no se llamaba depresión sino melancolía todas las cosas las recibe el que sufre como confirmaciones y alimento de su propia oscuridad interior. Nada más llegar a su casa *se le arraigó una calentura que le tuvo seis días en la cama.* El médico que lo examina y le toma el pulso es claro en su diagnóstico: *Fue el parecer del médico que melancolías y desabrimientos le acababan.* Tomados los sacramentos, dictada su última voluntad generosa, la voz de don Quijote, o la de Alonso Quijano, ya no vuelve a oírse, ni se sabe nada más sobre su estado de ánimo: *En tres días que vivió después del testamento se desmayaba muy a menudo.* Es esa fase última en la que alguien que no ha muerto aún ya no está en el mundo de los vivos.

147

Es misteriosa y breve la escena del último combate de don Quijote, en la playa de Barcelona, vencido y humillado sin remedio por lo que parece más una aparición que una presencia real, el caballero de la Blanca Luna; es triste, solitaria y final, en las palabras de otro modelo futuro de caballero andante, el detective Philip Marlowe de Raymond Chandler. Don Quijote ha salido *a pasearse por la playa, armado de todas sus armas.* No lleva intención alguna, que se sepa, y da la impresión de que ha salido solo a propósito, porque no se menciona la presencia de Sancho. En el recuerdo de la lectura, la playa está desierta en la primera luz del amanecer. Pero ese es un pormenor añadido por la imaginación visual, porque Cervantes no dice nada de la hora, tan solo que es por la mañana. Esta silueta armada y a caballo en la playa tan pacífica de una ciudad ya es chocante; lo es más todavía cuando sin que se sepa por dónde ha aparecido otra figura idéntica, más propia de la ilustración de un libro que de ese espacio urbano: *Vio venir hacia él un caballero, armado asimismo de punta en blanco, que en el escudo traía pintada una luna resplandeciente.* Al no haber nadie más es más poderosa la sensación de soledad, la desnudez abstracta y la simetría de la escena, dos caballeros de otra época mirándose delante del mar, los dos armados de lanza y escudo, los dos con las caras ocultas tras los morriones.

Y sin embargo eso es en parte otro engaño de la memoria lectora. El combate entre dos, Quijote y el caballero de la Blanca Luna, no sucede al amanecer ni en una playa sin testigos, acompañado fantasmalmente por el ruido del mar. Es como si la cámara que se ha centrado en esos dos personajes retrocediera y se levantara para mostrar un panorama más amplio: *El visorrey [...] salió luego a la playa con don Antonio y con otros muchos caballeros que le acompañaban.* El duelo solitario es un espectáculo público, como esas lujosas justas protagonizadas por jinetes aristócratas que se celebraban con tanta ceremonia en la época. A diferencia de ellas, en este combate no hay ceremonia alguna y su desenlace llega en un momento: el caballero de la Blanca Luna derriba sin ninguna dificultad a don Quijote, sin necesidad de usar la lanza, tan solo con el empuje de su caballo, *con tan poderosa fuerza [...] que dio con Rocinante y con don Quijote por el suelo en una peligrosa caída.*

Visto y no visto. El hidalgo viejo y mal armado y su pobre jamelgo no pueden resistir el empuje físico de un adversario joven y fornido y de un buen caballo en la plenitud de su vigor. No ha sonado *trompeta ni instrumento bélico que les diese señal de arremeter.* El combate estaba perdido antes de empezar. Derribado indignamente don Quijote, tirado como un galápago sobre la arena de la playa, y obtenida de él la promesa de retirarse a su aldea, *volvió las riendas el de la Blanca Luna y [...] a medio galope se entró en la ciudad.* Cumplida su tarea el fantasma se aleja igual que apareció.

Es la primera vez que don Quijote se ha visto vencido de verdad: a manos de un caballero, no de mozos de mulas ni de pastores vengativos: *Molido y aturdido, sin alzarse la visera, como si hablara dentro de una tumba.* Solo ahora aparece Sancho: *todo triste, todo apesarado, no sabía qué decirse ni qué hacerse: parecíale que todo aquel suceso pasaba en sueños.* Rocinante sigue sin poder levantarse, como esos caballos muy debilitados por la vejez o la fatiga a los que al derrumbarse se les quiebran las patas, y ya están destinados solo al matadero. Todo ese público de gente distinguida que ha venido a presenciar el espectáculo se irá algo defraudado. Algunos más compasivos se acercan a ayudar a don Quijote: *descubriéronle el rostro y halláronle sin color y trasudando.*

148

Cervantes juega con la topografía igual que con la cronología y con casi todo lo demás. Unas veces da indicaciones muy precisas y otras las oculta, complaciéndose en sembrar la duda y mantener la incertidumbre. Unas veces sabemos muchas cosas, incluso más de las necesarias —qué falta le hará informarnos de que un arriero es de Arévalo, o un labrador rico es de Quintanar—, y otras nos quedamos perdidos y no sabemos nada, porque lo que dábamos por supuesto es más inseguro de lo que parecía. Cervantes no quiere acordarse del lugar de la Mancha donde vive su héroe, pero sí se acuerda de que su amada Aldonza Lorenzo o Dulcinea es del Toboso, que no está muy lejos, lo cual al mismo tiempo nos orienta y nos deja en suspenso. Sabemos con certeza el nombre que el presunto caballero ha elegido darse a sí mismo, pero no el suyo verdadero. Que en realidad se llama Alonso Quijano no llega a saberse hasta el final de *El ingenioso caballero*, información que el lector de entonces tardó diez años en descubrir. Y sin embargo abundan las informaciones de las que no tenemos la menor necesidad narrativa, como que una de las rameras de la primera venta *era hija de un remendón natural de Toledo, que vivía a las tendillas de Sancho Bienaya*, y la otra *de un honrado molinero de Antequera.*

El espacio en blanco del *lugar de la Mancha* vuelve nebulosa la topografía de todo el territorio. Las primeras aventuras transcurren en el Campo de Montiel. Las geografías de nombres fantásticos de los libros de caballerías se transforman para don Quijote en un paisaje de vulgaridad catastral, que tendría un gran efecto humorístico para los primeros lectores. «Don Quijote de la Mancha» para un aficionado a los libros de caballerías sonaría como «Anacleto agente secreto» para los lectores de las novelas de James Bond, o como los gaditanos «Beatles de Cádiz» para los fans de los Beatles. El pueblo o aldea de don Quijote no puede estar muy lejos del Toboso, porque él y Sancho tardan solo un día en llegar a él, al paso cansino de sus cabalgaduras, en los calores manchegos de agosto. En apenas un día, después de la aventura calamitosa con los galeotes, ya están internándose en Sierra Morena: pero desde la zona de Puerto Lápice a las primeras estribaciones de la sierra hay más de doscientos kilómetros. Hay extraordinarias monografías eruditas que escudriñan el texto queriendo trazar los itinerarios seguros, incluidos los todavía más improbables de la Segunda Parte. Ciertos extremos de erudición, más que fruto del conocimiento, parecen delirios contagiados de la locura del propio don Quijote.

149

Tampoco yo soy inmune a ese contagio. Hace unos días fui al Toboso y me vi ante la puerta cerrada de la casa de un personaje doblemente imaginario: Dulcinea es una dama ideal y Aldonza Lorenzo una campesina terrenal y algo hombruna, pero las dos son igualmente inventadas. La casa de Dulcinea en el Toboso es como la de Catalina de Salazar en Esquivias, tan verosímil como en gran parte reconstruida o ficticia. Es el hecho de no poder visitarla y de quedarme a mirar su fachada poderosa y su portalón recio lo que le da una nobleza que quizás perdería si me permitieran visitarla, si encontrara de nuevo la previsible mezcla de testimonios verdaderos, y familiares para mí, de la vida en el campo, y de adornos de *kitsch* turístico o pavorosos muebles castellanos de época.

Hoy he venido a Puerto Lápice. Ese nombre que para mí pertenece en exclusiva al mundo imaginario de don Quijote y Sancho lo he visto hoy anunciado en letras blancas sobre el fondo azul de los indicadores en la autovía A-4. Puerto Lápice es un pueblo pequeño, recogido, aseado, abierto, alegre. Se ve que es un lugar *muy pasajero*, y por lo tanto favorable a las aventuras, como piensa don Quijote. A los costados de la plaza principal y sobre todo en la Venta Cervantes hay estacionados autobuses de turistas. Le pregunto a la dueña de una tienda de ultramarinos y productos manchegos si viene mucha gente siguiendo los pasos de don Quijote. «Vienen porque estamos muy cerca de la autovía. Hay chinos, sobre todo. Antes había más japoneses. También hay ingleses que vienen de acampada o a las casas rurales.»

El pueblo fue siempre lugar de paso y cruce de caminos, de norte a sur, de noroeste a sudeste. Por eso había tantas ventas. Y esa información como superflua y de pasada que da Cervantes en la primera aventura calamitosa de don Quijote con *unos mercaderes toledanos que iban a comprar seda a Murcia* resulta ser exacta. El comercio de la seda entre Castilla y Levante pasaba por Puerto Lápice.

El pueblo está en una llanura entre dos elevaciones que por el oeste derivan hacia los montes de Toledo. A diferencia de muchos otros lugares de la Mancha, abunda la madera en la arquitectura popular, señal de que debió de haber arboledas en esos montes cercanos. La plaza es un rectángulo de varios pisos sostenidos por vigas de madera, pintadas de color almagre, y los corredores y balcones que dan a ella son de madera y no de piedra, igual que los pilares de los soportales de la calle, que aliviarán el sol en el temible verano manchego.

No hay término medio entre la nobleza popular de las cosas antiguas y el espanto del *kitsch* turístico y quijotesco contemporáneo, se ve que muy alentado por las autoridades. En una tienda medio de alimentos tradicionales y medio de *souvenirs* de saldo hay vinos, aceites, quesos, tarros de miel, botes de cristal con el extraordinario azafrán de la zona: y hay también imanes, llaves, donquijotes y sanchopanzas de plástico de diversos tamaños, y molinos de viento que son también abridores de botellas, o linternas, o llaveros, y rocinantes y donquijotes pavorosos de esparto, algunos de tamaño natural, y ceniceros y platos de aperitivo en forma de bacías de barbero. Para en la calle principal otro autobús de turistas chinos y todos ellos se lanzan a hacer fotos con los móviles y a comprar baratijas manchegas y quijotescas quizás fabricadas en China.

En la tienda de ultramarinos que visité primero prevalece la honradez de los alimentos. Hay panes recién hechos en una gran bandeja de mimbre, tapados con unos de esos lienzos a cuadros que en mi tierra se llamaban cenaderos, o cernaderos. El olor del pan se mezcla tentadoramente con el de los dulces de la tierra que la tendera me anima a probar, diciéndome sus nombres. Son olores y sabores de la memoria profunda: austera repostería campesina, hecha de masa de almendra y harina frita y crujiente espolvoreada de azúcar, como los pestiños de Granada o los borrachuelos que mi madre y mi abuela hacían en la época de la aceituna; son las *frutas de sartén* con las que a Sancho se le hace la boca agua en las bodas de Camacho.

En la tienda hay un trajín de vecinos y vecinas que entran y salen y cambian saludos e informaciones de salud con la tendera. Esta mujer rotunda y afable hace cuentas con bolígrafo en una libretilla de hojas cuadriculadas, pero también admite tarjetas y teclea ágilmente el datáfono. Me explica que las agencias de viajes traen aquí a los turistas chinos porque los han recogido de madrugada en Barajas y Puerto Lápice es una parada intermedia en el camino hacia las ciudades turísticas del sur.

En el patio de la Venta Cervantes he visto a una pareja de orientales jóvenes que hacían fotos de todo y he pensado que podían ser lectores de *Don Quijote*. En la dedicatoria de la Segunda Parte dice Cervantes que *el grande emperador de la China* le había escrito *pidiéndome, por mejor decir, suplicándome* que le enviara un ejemplar de la novela, *porque quería fundar un colegio donde se leyese la lengua castellana, y quería que el libro que se leyese fuese el de la historia de don Quijote.* Un poco después ha llegado otro autobús con un grupo de pasajeros en el que predominaban los ojos muy negros, las caras muy morenas, los velos y los saris, y los han pastoreado de inmediato hacia un comedor amplio y decorado con todo tipo de objetos manchegos espurios y auténticos, todos los cuales eran fotografiados por los turistas, sonámbulos del *jet lag* y del trayecto en autobús por las inmensidades de la Mancha. En el bello patio empedrado de la venta se hacían selfies junto a donquijotes de hierro, de latón, de madera pintada, de plástico, todos ellos de tamaño natural, y de ojos desorbitados. Luego pasan rápidamente al comedor, de donde viene un olor concentrado a chorizo frito y cordero al horno, aunque también a pizza, urgidos por los guías, porque el comedor ha de ser despejado antes de que llegue un nuevo turno de viajeros.

Es el destino de lugar pasajero de Puerto Lápice. La venta de Juan Palomeque el Zurdo, hacia 1600, acoge a los arrieros, los comerciantes, los peregrinos, los fugitivos, y cuatro siglos después, a los viajeros en autobús climatizado del turismo global, alguno de los cuales vendrá como yo vengo hoy, con mi *Don Quijote* en la mochila, con la mirada alerta a esos objetos, edificios y lugares que me llevan al libro y a la vez a lo más íntimo de mi memoria. El portalón de entrada de la Venta Cervantes podría ser el de alguno de los corrales donde en mi tierra se guardaban de noche las ovejas o las cabras. El suelo empedrado con filigranas de guijarros lo reconocen mis pies al mismo tiempo que mis ojos, y mis oídos recuerdan cómo percutían sobre ellos los cascos herrados de las bestias. El pasado son sonidos más irrecuperables aún que olores o sabores. Hay un pilón de piedra en el centro del patio en el que don Quijote pudo haber velado sus armas y al que yo llevaba a beber a la yegua de mi padre, igual que los arrieros que por intentar que sus mulos abrevaran en él se ganaron la ira de don Quijote. Hay colgadas de las paredes horcas de levantar los haces de paja, y palas de madera de trasegar el grano, y cedazos para cernerlo y quitarle los últimos residuos de paja y polvo antes de cargarlo en los costales. Yo he agitado de niño uno de esos cedazos, con menos vigor con que lo sacudiría Aldonza Lorenzo, según la trola irreverente de Sancho. Yo he viajado en un carro con ruedas de madera herradas como el que ahora adorna el patio y atrae la curiosidad fotográfica de los turistas. Y probablemente, de todas las personas que hay cerca de mí, soy el único capaz de reconocer y nombrar ese objeto de madera con dos brazos curvados idénticos forrados de lona: es una collera, y se ponía al cuello de un animal que iba a tirar de un carro, o de un arado.

Podría estar en el corral de mi casa de Úbeda, hace cincuenta y tantos, sesenta años. Y si mi padre o mis abuelos hubieran vivido habrían sabido nombrar y manejar todas esas herramientas campesinas con el mismo grado de destreza que Sancho Panza. La quincalla turística ha sido suprimida por el córtex visual del cerebro, que es el que selecciona lo que los ojos han de ver. Veo el blanco suave de la cal, que será cegador cuando llegue el verano, y el azul vibrante de los zócalos y las puertas herradas de clavos, y las siluetas de los tejados y las chimeneas contra el cielo muy azul de noviembre. No me hace falta abrir el libro que traigo en la mochila para estar viviendo dentro de él.

150

Según venía por la carretera he visto los tres molinos de viento sobre una de las colinas al pie de las cuales se extiende Puerto Lápice. Pero ya en el pueblo los busco con la mirada y no los encuentro. En la plaza porticada hay un sol rubio y débil al que se calentaban los viejos cuando yo era niño. Es el sol piadoso de noviembre, que consolaba cuando ya hacía frío dentro de las casas. Ahora disfrutan perezosamente de él los parroquianos sentados al aire libre en las mesas de un café que se llama Dulcinea. Se oyen de fondo las conversaciones, con esa acústica tan favorable a la oralidad que perdura a veces en los pueblos, como un rescoldo de voces mezcladas entre sí. Una pareja muy amable me indica la manera de llegar a los molinos, que están muy cerca, aunque yo ahora no los vea. Me cuentan con satisfacción que son nacidos y criados en Puerto Lápice y han vivido siempre aquí. «Es un pueblo muy chico, pero tiene mucha vida, y es muy alegre. Nosotros vivimos en la gloria.» La iconografía quijotesca omnipresente no parece corresponderse con mucho interés por Cervantes. Les pregunto si viene mucha gente siguiendo las huellas de don Quijote y dicen, sin convicción: «Algunos vienen». No sé si piensan que puedo ser uno de ellos. Esta singularidad mía me da un poco de tristeza.

He perdido el camino y el empleado de la gasolinera vuelve a indicármelo. Cervantes no describe nunca una venta por la misma razón que yo no voy a describir la gasolinera en la que he parado a repostar y a comprar un refresco. Nadie describe lo que está siempre a la vista de todo el mundo. Pero pasa el tiempo y las cosas comunes desaparecen, y el lector del porvenir no sabe imaginarlas.

Por las laderas del horizonte de la Mancha se ven hileras de molinos de los parques eólicos. En esta colina de Puerto Lápice hay tres molinos a la antigua, contra los que podría haberse lanzado perfectamente don Quijote, aunque estos resultan ser varios siglos posteriores, y en rigor poco legítimos en términos cervantinos. Uno de ellos se construyó en 1833, leo en un panel informativo, y estuvo en funcionamiento más de un siglo. Habría preferido enterarme más tarde de que los otros dos se levantaron en los años cincuenta, a instancias del Ministerio de Información y Turismo, interesado en mejorar estos pelados horizontes manchegos con un perfil de exotismo quijotesco. Así que son contemporáneos míos.

Tampoco importa mucho. Si acatamos el juego de que *Don Quijote de la Mancha* es la traducción de un original escrito en árabe por un historiador morisco, no pasa nada por agradecer que un espejismo tangible de la literatura se deba a una iniciativa ministerial. Nada rebaja la intensidad de este momento. El camino estrecho y asfaltado asciende primero entre olivos, luego entre encinas y carrascos. De pronto el ascenso se acaba y estoy delante de un molino de viento, la cal del cilindro vertical y macizo reluciendo al sol, y su imponente volumen coronado por un tejado de pizarra que parece un gorro cónico. La colina no es muy alta, pero desde la cima se domina una inmensidad de monotonía marítima, difuminada hacia la lejanía. Puerto Lápice está abajo, una fila breve de casas y naves de almacenes, y un poco más allá la recta invariable de la autovía, con su tráfico silenciado de miniaturas de camiones y coches. Y más lejos todavía la llanura sin límites, hacia el norte o el sur, la tierra de ocres y verdes débiles iluminados por el sol oblicuo de la tarde, con una lisura accidentada como de hoja seca, con sus nervaduras de caminos y barrancos de arroyos sin agua. Solo al oeste hay estribaciones montañosas.

El aire terso con olor a monte llena los pulmones y los despeja de la atmósfera viciada y el ruido de Madrid. Huele a jara y a tomillo. Los tallos de la jara vibran en la brisa. La tierra es pobre, erosionada y pedregosa, con brillos de pedernal.

En esto empezó a soplar un poco de viento. Delante de mí las aspas de los tres molinos han empezado a moverse despacio, no a la misma velocidad, ni en la misma dirección. El viento suave trae ahora los ruidos del pueblo y del tráfico en la autovía, envueltos en el rumor vegetal de la jara. Alzo los ojos hacia las aspas que empiezan muy lentamente a girar, y escucho el sonido ronco de los engranajes de madera en el interior del molino que tengo delante. Miro hacia arriba y comprendo que no es inverosímil el antojo de ver la cabeza de un gigante: debajo del alero cónico, que podría ser un casco de metal, hay dos ventanucos que parecen ojos. La nariz puede ser otra ventana alargada y estrecha hacia la mitad del edificio. Y la puerta, pintada de azul, es una boca grande, que podría abrirse en un grito o en un bostezo colosal, mientras las aspas giran ahora con más fuerza y mayor estrépito de mecanismos y cadenas.

Voy de vuelta un poco después por la autovía, y en el retrovisor distingo las líneas blancas de la carretera, y encima y más allá de ellas, como una ensoñación medio desvanecida en el azul brumoso, los tres molinos de viento de Puerto Lápice.

151

En la mañana de la llegada a Nueva York, Thomas Mann se levanta muy temprano para preparar el equipaje y los trámites del desembarco. Desde la cubierta ve aproximarse la estatua de la Libertad, y siente algo muy familiar para cualquier recién llegado a ese mundo, la congoja súbita y el desamparo de la extranjería: *Nuestros compañeros de viaje americanos se alegran visiblemente de llegar a su país, del retorno a casa, que para nosotros significa exactamente lo contrario.* En su sueño de la noche anterior vio con claridad a don Quijote: *Así como la realidad cuando nos sale al encuentro se diferencia de la idea que nos hacemos de ella, así también su aspecto era diferente del que muestran los grabados: tenía un bigote voluminoso y espeso, frente alta y huidiza, y bajo cejas igualmente espesas, ojos grises casi ciegos.* A Mann esa cara le parece la de Zaratustra. A mí me da la impresión de que es la cara de Nietzsche. Habla con él, y don Quijote le parece *tan delicado y cortés* que Mann se acuerda de las palabras conmovedoras que ha leído sobre él en el último capítulo: *porque verdaderamente, como alguna vez se ha dicho, en tanto que don Quijote fue Alonso Quijano el Bueno, a secas, y en tanto que fue don Quijote de la Mancha, fue siempre de apacible condición y de agradable trato, y por esto no solo era bien querido de los de su casa, sino de todos cuantos le conocían.*

El barco ya está delante del gran espejismo vertical de Manhattan emergiendo de la niebla en la amplitud del estuario del Hudson. En cuanto Mann y su mujer desembarquen habrá terminado el tiempo suspendido del viaje, tan acogedor como el de la lectura, y se enfrentarán de nuevo a la presencia pública y a la incertidumbre de un exilio que no saben si tendrá final. En ese trance, el fantasma tutelar de don Quijote acompaña a Thomas Mann: *Dolor, amor, compasión e infinita devoción me embarga-*

ron por completo, y vibran en mí como un sueño en esta hora de la llegada.

152

Hay algo de borrador en ese último capítulo, una rapidez de boceto de un cuadro que no llegará a terminarse, como los brochazos gestuales del viejo Tiziano, tan expresivos para nosotros, tan desconcertantes para sus contemporáneos. La frase cervantina se acelera y se hace aún más expeditiva. Cervantes también era viejo y tenía prisa, impaciencia, acercándose al final ya visible de un trabajo tan largo, en una época de su vida en la que ya no le quedaba mucho tiempo, menos aún del que quizás él imaginaba, unos meses, apenas un año, teniendo aún tantas cosas por escribir y completar, sobre todo el proyecto tantas veces postergado de la que pensaba que sería su verdadera obra maestra, *Persiles y Sigismunda*, como Manuel de Falla pensaba que la suya iba a ser la *Atlántida*, que también se le quedó sin terminar. Tenía prisa por acabar esas páginas que le faltaban de *Don Quijote*, y quizás también lo acuciaba la intención medio intuida y medio deliberada de no caer en lo patético, en la exageración sentimental que el desenlace de la muerte de su héroe podría suscitar. Nadie era tan consciente como él de la exigencia de maese Pedro: *Llaneza, muchacho, no te encumbres, que toda afectación es mala.* El encabezamiento del último capítulo es más corto que el de cualquier otro, un resumen más que un título: *De cómo don Quijote cayó malo, y del testamento que hizo y su muerte.* Nada más empezar, la capacidad de fluir narrativo y síntesis abarcadora de la frase llega a su cima de maestría:

Como las cosas humanas no sean eternas, yendo siempre en declinación de sus principios hasta llegar a su último fin, especialmente las vidas de los hombres, y como la de don Quijote no tuviese privilegio del cielo para detener el curso de la suya, llegó su fin y acabamiento cuando él menos lo pensaba; porque, ya fuese de la melancolía que le causaba el verse vencido, o ya por la disposición del cielo, que así lo ordenaba, se le arraigó una calentura, que le tuvo seis días en la cama, en los cuales fue visitado muchas veces del cura, del bachiller y del barbero, sus amigos, sin quitársele de la cabecera Sancho Panza, su buen escudero.

La compasión, la cordura recuperada, los buenos sentimientos, la casi santidad de Alonso Quijano ascienden como la crecida orquestal que acompaña la agonía de una heroína moribunda de ópera, como la congoja en el pecho de un llanto que no puede evitarse. Al comprender la gravedad de su amo, Sancho *comenzó a hacer pucheros y a derramar lágrimas.* Las lágrimas de la página impresa nos las contagian los personajes a nosotros: *Estas nuevas dieron un terrible empujón a los ojos preñados de ama, sobrina y de Sancho Panza, su buen escudero, de tal manera que los hizo reventar las lágrimas de los ojos y mil profundos suspiros del pecho.* Pero el gran ironista no puede resistirse a un quiebro que ancla de nuevo el relato en la siempre algo indecorosa realidad, en lo impuro y mezclado de los sentimientos humanos: *pero, con todo, comía la sobrina, brindaba el ama, y se regocijaba Sancho Panza; que esto del heredar algo borra o templa en el heredero la memoria de la pena que es razón que deje el muerto.*

Cada vez que leo ese pasaje me deja un poso de contrariedad, que sin embargo va preparándome para la suprema ironía de lo que habría podido ser, lo que empieza siendo, un cuadro de espeso dramatismo, de edificante santidad: *Hallose el escribano presente, y dijo que nunca había leído en ningún libro de caballerías que algún caballero andante hubiera muerto en su lecho tan sosegadamente y tan cristiano como don Quijote; el cual, entre compasiones y lágrimas de los que allí se hallaron, dio su espíritu, quiero decir que se murió.*

Dio su espíritu, quiero decir que se murió: en esas pocas palabras comunes están cifradas la ética y la estética de Cervantes, en el grado máximo de depuración. Una coma marca el quiebro de la solemnidad a la llaneza, avisando de que *toda afectación es mala*, más aún en momentos en que la tentación del énfasis viene facilitada por el dramatismo objetivo de una situación, en este caso la muerte del héroe. Parece que Cervantes está dejándose llevar por ese noble enunciado, por el impulso de las *compasiones y lágrimas* de quienes asisten a la agonía de don Quijote, y cuando escribe *dio su espíritu*, justo en ese momento y no antes, hace la pausa instantánea de la coma, y a continuación cambia de tono, y pulsa una nota inesperada y disonante, de llaneza irónica, como si quedara alguna duda, *quiero decir que se murió.*

153

El capitán más joven del Ejército de la República es este muchacho de diecinueve años que tras el derrumbe de los frentes al final del invierno de 1939 cruza los Pirineos hacia Francia en la desbandada multitudinaria de militares y paisanos que huyen del avance de los vencedores. Eulalio Ferrer ya militaba a los quince años en las Juventudes Socialistas y escribía en periódicos de izquierdas. Su uniforme es un motivo de orgullo y desgracia. A un lado de la carretera, como a la orilla del río incesante de seres humanos y vehículos, mulos, carros, bicicletas, carretillas, se fija en un grupo de personas mayores con aire de agotamiento, cargadas de bultos. Hay un hombre grande, con un sombrero y un traje muy gastados, como demolido por la vejez, las mejillas sin afeitar, unas gafas remendadas con hilos. Se da cuenta de que es Antonio Machado. Ha empezado a nevar y Machado, mucho más viejo de lo que él imaginaba, se arrebuja con su madre, una anciana de expresión perdida, de pelo blanco despeinado, con un chal negro que no llega a abrigarla. El joven capitán se quita su capote militar y se lo pone por los hombros a Antonio Machado. Los gendarmes y los soldados senegaleses empujan a los fugitivos como si fueran ganado. Los uniformes, las botas y los correajes de los franceses son mucho mejores que los harapos de los militares españoles, sus armas más modernas que cualquiera de las que los soldados republicanos pudieron nunca usar. Eulalio Ferrer se encuentra poco después en lo que llaman el campo de concentración de Argelès-sur-Mer, en realidad una playa batida por el viento del mar, rodeada de torretas y alambradas de alambre de espino. Millares de soldados, de heridos y enfermos se amontonan en el campo como en un inmenso corralón de ganado. Falta comida, agua, condiciones sanitarias, lugares en los que protegerse de la humedad y el frío. Una de las pocas cosas que Eulalio Ferrer lleva en los bolsillos del uniforme es un paquete de tabaco. Alguien que no recuerda se lo dio. No ha fumado nunca. El tabaco es una de las necesidades más urgentes para la mayoría de los hombres, tanto o más que la comida. También es una valiosa moneda de cambio. Un miliciano ha visto el paquete de tabaco y le ofrece ansiosamente un trueque: se lo cambia por un libro que ha traído consigo. A Ferrer el tabaco no le importa, así que sin pensarlo mucho se lo da al miliciano, que le entrega el libro. Ferrer se lo guarda sin mirarlo, muerto de frío, hambriento, abrumado por la derrota y el cautiverio. Tiene diecinueve años y le parece que su vida tal como era ha terminado. Cae rendido de sueño y cansancio y el frío del amanecer lo despierta. *Había que dormir sobre la arena y mi almohada era la mochila. Al día siguiente, al sacar el suéter que llevaba para abrigarme, porque hacía mucho frío, vi el libro, que era* Don Quijote de la Mancha, *una edición de Calleja de 1912.*

No había leído antes el libro. Ya no dejó de leerlo mientras duró el cautiverio en Argelès. Lo abrigaba del frío, le aliviaba el hambre, le devolvía el orgullo de haber combatido por una causa justa entre aquellos millares de soldados tan derrotados como él. En 1940 pudo viajar con su familia hacia México, en un buque lleno de exiliados españoles que se llamaba Cuba. *Don Quijote* lo acompañó el resto de su vida. En México, al principio, ganaba unas monedas recitando poemas de Machado y de Lorca por los cafés. Era joven y despierto y en unos pocos años había fundado una empresa de publicidad que llegó a ser la más importante de México. Compraba todas las ediciones que podía de *Don Quijote*, antiguas y modernas, en todas las lenguas. Compraba cuadros, grabados y dibujos inspirados por la novela. En Guanajuato está el Museo Iconográfico del Quijote para el que legó su colección. Tuvo mucha amistad con el actor Mario Moreno, *Cantinflas*, que en una película de 1973 hizo el papel de Sancho Panza.

154

Desde la ermita de San Pedro Mártir un sendero pedregoso de tierra rojiza asciende hacia la cueva de Montesinos. Acabamos de llegar a nuestro hospedaje, después de casi tres horas en la carretera, pero no he tenido paciencia para descansar, y he querido aprovechar el sol que queda en la tarde breve de febrero. *Las cuatro de la tarde serían*, dice Cervantes cuando don Quijote sale de la cueva, y hay un sol que se parece al que me alumbra a mí, *entre nubes cubierto, con luz escasa y templados rayos.* Traigo el libro conmigo. El camino se abre como una torrentera en el suelo pobre y muy erosionado, entre una espesura de encinas y monte bajo, de sabinas y arbustos de romero con pequeñas flores violetas. Cervantes dice que la cueva de Montesinos *está en el corazón de la Mancha.* Según subo por la ladera, tropezando con guijarros menudos y afilados, y a veces con gruesas raíces medio descubiertas, sujetas como garras a la superficie rocosa, la mirada se extiende hacia un horizonte limitado y monótono, de cerros y hondonadas de verdor austero, sin esas lejanías telescópicas que uno espera en la Mancha. En todas direcciones se repite el bosque bajo y agreste, las copas de las encinas y de las sabinas, como encogiéndose sobre la tierra contra las tempestades. Un poco más lejos, en el hueco de un barranco, el sol enciende un reflejo metálico que es la quieta superficie de una de las lagunas de Ruidera.

No hay a la vista huellas visibles o sonoras de presencia humana. Hay silbidos mínimos de pájaros, zureos de palomas o perdices. Entre la maleza se oye un rumor de vuelo, luego el aleteo seco y veloz de un ave que no llego a ver.

Tras un recodo del camino aparece por fin la entrada de la cueva, en un claro entre los árboles. Delante de ella hay una cabaña con un mostrador de madera y una ventanilla cerrada. El nombre que ha resonado en mi imaginación durante tantos años, uno de los lugares fantásticos de la literatura, ahora está en un indicador turístico, con una lista de horarios de visita. A esta hora la cueva ya está cerrada. Hay vegetación alrededor de su boca, que es ancha y curvada como la de un escualo, pero no el espesor de malezas que don Quijote tuvo que despejar con su espada. Mientras no escucho nada más que mis pasos pienso en el ruido que harían los cascos herrados de los animales sobre los guijarros sueltos del camino: los cascos de Rocinante, muy cansado de subir la cuesta, los del rucio de Sancho, los de la burra del primo, el guía que los acompaña, que por cierto estaba preñada, una de esas precisiones superfluas que le gustan al puntilloso Cide Hamete Benengeli. No se oye nada más. No se mueve nada en la tarde que refresca según declina el sol, ni una rama, ni un tallo de hierba.

He venido aquí buscando algo que no sé lo que es: un indicio, una revelación, un final. Hemos viajado en una mañana de sábado fría pero por fin soleada, después de un largo mes de enero particularmente oscuro, dentro y fuera de mí, en el mundo que se vuelve más trastornado cada día, más extranjero para mí, cuando ya no hay noticias que no sean alarmantes, inauditas, inconcebibles hasta hace muy poco: noticias de matanzas y guerra, de limpieza étnica y vocación de genocidio en Gaza, de guerra aniquiladora y sin esperanza en Ucrania, y en otros lugares infernales que no rozan nuestra atención, el Congo, Sudán. Poníamos la radio durante el viaje y nos invadía la voz de gangster grosero y la soberbia de un poder sin límites de Donald Trump. Nos alejábamos de la Mancha plana y desnuda que atraviesa la autovía y nos desviábamos hacia paisajes más variados y fértiles, con viñas, olivares, pinares, valles en los que empiezan a verdear los sembrados.

Yo sentía que avanzaba hacia un lugar geográfico preciso y hacia el corazón de ese libro con el que llevo viviendo tantos años. Escapaba de Madrid y de la oscuridad inhóspita de enero, y del desaliento de mí mismo. El Ishmael de Herman Melville habla de esas veces en que es *November in my soul.* En mi alma sigue siendo enero. Acompañado y protegido, en la dulzura y la camaradería del amor, escuchando la música que ella ponía cuando ya no quisimos seguir escuchando la radio, la canción que tenía en mi conciencia era *Graceland*, la voz clara y como huidiza de Paul Simon, su viaje a otro origen, a la mansión de lujo y desmesura triste de Elvis Presley. Dice Simon que ese nombre, Graceland, llegó a él antes de que pensara en la canción, que fue como un conjuro, la indicación depara el destino de un viaje que él no sabía aún que fuera a hacer: buscando en ese largo viaje en coche hacia Memphis, en Graceland, un refugio contra los desamparos y los desengaños de la vida, contra la pérdida del amor y el entusiasmo; y un refugio que es también un regreso al origen, la música de Elvis y toda la tradición de artistas negros de la que él procedía, un blanco pobre del Sur, en los que se había inspirado, y que a través de él llegaron a los adolescentes de la generación de Paul Simon, los que se contagiaron gracias a ella de un espíritu de rebeldía y libertad, un deseo de horizontes más amplios y una escapatoria de las estrecheces de la propia vida, en el caso de Paul Simon la vida en un barrio de clase media y familias judías de Queens, en el que le hubiera esperado un porvenir seguro y formal muy parecido al de sus padres.

Es la semilla cervantina de la emancipación a través de la huida: la de don Quijote, la de Dorotea, la de todos los rebeldes y los inadaptados de la vida real y de las novelas, los que quieren vivir como los héroes y las heroínas de los libros, los y las que quieren irse de su familia, de su barrio, de su pueblo, de su condición, los provincianos ambiciosos y quiméricos de Balzac, el Ishmael de Melville, que cuando siente que es noviembre en su alma toma el camino hacia el mar, la Caddy Compson de Faulkner, que cuando la encierran en su cuarto con llave para evitar que deshonre el nombre de la familia se escapa por una ventana bajando por las ramas de un árbol, la Arabella de Charlotte Lennox, que en su *The Female Quixote* inventó una heroína enajenada no por los libros de caballerías, sino por los romances sentimentales franceses, a los que quería acomodar su propia vida tan fielmente como don Quijote a la de Amadís de Gaula. El espíritu de Cervantes es una especie invasora que se adapta con flexibilidad a cualquier clase de terreno y a cualquier clima. En 1742 Henry Fielding publica su novela picaresca y aventurera *Joseph Andrews, written in imitation of the manner of Cervantes, author of don Quixote*, y solo diez años después Charlotte Lennox le da la vuelta al personaje y lo convierte en una mujer apasionada y lectora, y poco después, en 1759, Laurence Sterne publica el primer volumen de *Tristram Shandy*, animado por lo que él llama *a Cervantick tone*: el párroco Yorick monta un jamelgo tan desbaratado como Rocinante, que provoca la burla de sus feligreses, y el tío Toby del caballero Tristram Shandy tiene por cabalgadura un caballo de juguete que se parece extraordinariamente al Clavileño en el que para burla y regocijo de los duques y sus cortesanos y sirvientes don Quijote y Sancho emprenden un vuelo fraudulento que acaba en un escándalo de fuegos artificiales. Con poco más de veinte años, hacia 1798, Jane Austen inventa a una heredera de la Arabella de Charlotte Lennox, la joven Catherine Morland, que no vive intoxicada por las ficciones románticas francesas, sino por otra moda literaria igual de poderosa, las novelas góticas, y busca en una vieja abadía en ruinas rastros de misterios caballerescos medievales que no existen. En *El molino del Floss*, Maggie Tulliver es una niña sensible y precoz, de pelo negro y ojos negros, que ama los libros y un día se escapa de su casa queriendo irse a vivir a un campamento de gitanos, porque ha leído que los gitanos llevan vidas aventureras y románticas. Molly Bloom quiere vivir una pasión sexual adúltera como las que le gusta tanto leer en las novelas pornográficas de segunda mano que le regala su Poldy, su pobre marido manso, enamorado e impotente. La Isidora Rufete de Galdós, alimentada por la lectura de folletines, se imagina que es la hija natural de una mujer aristocrática, y la heredera de un título nobiliario y de una gran fortuna.

Las novelas tratan de culos de mal asiento, desertores, impostores, tránsfugas. Ginés de Pasamonte es un delincuente condenado a galeras y el autor de la novela picaresca de su propia vida, y poco después es un gitano que le roba a Sancho el rucio de entre las piernas, y algo más tarde, ya en otra novela, es un titiritero con un parche en un ojo y un mono adivino en el hombro que se hace llamar maese Pedro. El Vautrin de Balzac circula de una novela a otra en *La comedia humana* cambiando siempre de identidad y de nombre, y es un ladrón, un asesino, un virtuoso jesuita, un condenado a muerte. Julien Sorel huye de la vida menestral y burguesa de Grenoble, y Fabrizio del Dongo de las casas de campo y la vida holgazana de la aristocracia a la que pertenece para unirse al Ejército quijotesco de Napoleón en la batalla perdida de Waterloo. Huck Finn escapa doblemente de la vida tranquila y ordenada que le ofrece en su casa la viuda Wallace y de las borracheras y las palizas de su padre, y huye río abajo por el Misisipi protegiendo a un esclavo fugitivo. Miguel de Cervantes, a los veinte años, salió de España huyendo tal vez de la condena que le perseguía por haber herido a otro hombre en un duelo, y poco después era camarero en Roma del cardenal Acquaviva, y a los pocos meses era un soldado primerizo en la batalla de Lepanto.

155

Consuelo nos recibe en la caseta de entrada de la cueva, bien señalizada en la carretera, y nos guía por un sendero más fácil que el que yo tomé ayer. En esta entrada hay una zona de aparcamiento y un grupo escultórico escalofriante de don Quijote y Sancho. Por algún motivo el quijotismo escultórico manchego propende al hierro forjado, a la máscara expresionista, a los filos y puntas metálicas amenazadoras. Consuelo es entusiasta y habladora, y se ve que disfruta mucho explicando lo que sabe, y a veces recitando de memoria pasajes de *Don Quijote* que aluden a la cueva y a sus alrededores. La mañana del domingo es templada y luminosa. El silencio y la soledad del paisaje nos envuelven en una sensación de lejanía del mundo, de todo lo que esté más allá de esta espesura ondulada de encinas y sabinas que se extiende hasta donde alcanza nuestra vista. Consuelo está feliz por el trabajo que hace, y por la plaza segura que por fin ganó el mes pasado en el Ayuntamiento de Ossa de Montiel, al que pertenece la cueva de Montesinos. Está segura de que Cervantes anduvo por aquí, porque da muchos detalles exactos que de otro modo no habría podido conocer. Don Quijote, Sancho y el primo, de camino hacia la cueva, compran cien brazas de cuerda en un lugar que está a dos leguas: es justo la distancia que hay hasta Ossa.

Cuando era niña y adolescente, Consuelo recorrió muchas veces este camino, en bicicleta, los días de verano, con sus amistades del pueblo. Entonces la cueva no estaba cerrada, ni señalizada. Nadie sabía que la cueva de Montesinos que aparece en *Don Quijote* estaba al lado de Ossa de Montiel. Las pandillas de chicos y chicas traían meriendas y linternas y exploraban aquellas profundidades hasta la parte más honda, que ahora no puede visitarse, el Palacio de Cristal. El acceso es difícil y peligroso, y es en esa cueva más profunda donde ahora hibernan centenares de murciélagos, especie en peligro a la que está prohibido perturbar.

Consuelo nos da unas linternas y unos cascos de espeleología y nos enseña cómo ajustarlos a la cabeza. La cueva es una sima de roca caliza que se abre en la base de una ligera elevación. La piedra caliza se descompone con el agua, que al filtrarse por ella a lo largo de miles de años ha ido formando las oquedades de la cueva. Le digo a Consuelo que ayer subí por el sendero que arranca a espaldas de la ermita, y ella se apresura a precisar que esa ermita la describe Cervantes, y también la casa que el ermitaño había construido junto a ella. Es en esa casa donde hemos pasado la noche, con un frío húmedo como de penitencia de ermitaño del siglo XVII. Al borde de los peldaños difíciles, tallados en la roca, que bajan hacia la entrada de la cueva, Consuelo recita de memoria las palabras de Cervantes: *...cuya boca era espaciosa y ancha, pero llena de cambroneras y cabrahígos, de zarzas y malezas, tan espesas e intricadas, que de todo en todo la ciegan y encubren.*

A don Quijote le cuesta abrirse paso: *poniendo mano a la espada, comenzó a derribar y a cortar aquellas male-*

zas que a la boca de la cueva estaban. Para nosotros el acceso está mucho más despejado. Hay cardos secos, y las tiernas hojas redondas del ombligo de Venus —Consuelo se complace en nombrar la especie— crecen con abundancia en los rincones umbríos, mezcladas con un musgo espeso, que un poco más adentro dará paso a los líquenes. También nos dice que no hay peligro de que aparezca la *infinidad de grandísimos cuervos y grajos* que sobresaltó a don Quijote, ni *otras aves nocturnas, como fueron murciélagos.* «Los murciélagos todavía están hibernando, aunque algunos ya empiezan a espabilarse.» En las zonas en las que hay algo de claridad solar la superficie de la roca está cubierta de líquenes que le dan un tono verdoso, parecido al de esas cúpulas de zinc en las torres escandinavas. Hay que pisar con mucho cuidado, y hay también que ponerlo en extremo en bajar la cabeza, que gracias al casco se ahorra más de un golpe doloroso contra estos techos tan bajos, tan desiguales como el suelo.

Hemos llegado a una cavidad profunda, bajo una bóveda espaciosa, con el suelo de arcilla húmeda de color chocolate en el que se imprimen las pisadas. «Esta es la Cueva de los Arrieros», dice Consuelo, ahora con esa cautela en la voz de quien habla en una iglesia. Los arrieros con sus mulos venían a cobijarse en la cueva cuando los sorprendía una tormenta. Y también aquí está la prueba del conocimiento de Cervantes. Don Quijote se acuerda de que según bajaba, sujeto a una cuerda, ve que *se abre una concavidad y espacio capaz de poder caber un gran carro con sus mulas.* Aquí llega todavía un poco de luz exterior, desde arriba, como muy lejana, como si ya estuviéramos a más profundidad: *Entraba una pequeña luz por unos resquicios o agujeros [...] abiertos en la superficie de la tierra.*

Continúa el descenso por peldaños desiguales y ahora es más inseguro porque solo nos alumbran las linternas. Su luz hace brillar las vetas blancas de calcita, las gotas que se van formando muy despacio, las vetas negras de manganeso. Esta otra cavidad es mucho más espaciosa, aunque el techo bajo y los bloques de roca que cuelgan de él con goterones sólidos de estalactitas dan la sensación de que todo el peso mineral que gravita sobre nosotros convierte la cueva en una cripta de silencio.

—Y aquí es donde don Quijote vio a todos los encantados de la cueva de Montesinos —dice Consuelo.

Las voces, el rumor de nuestros movimientos suceden en un espacio de cristalina nitidez. Consuelo ilumina al fondo de una resquebrajadura la superficie inmóvil de un depósito de agua que debe de formar parte de un río subterráneo. Es tan limpia y tan quieta que no la distinguimos a la luz de la linterna. Consuelo tira una piedra pequeña y entonces sí que vemos el agua ondulándose. El sonido de la piedra al caer en ella tiene la misma limpidez imposible. La linterna alumbra la oquedad más allá de la cual no está permitido internarse, como la entrada a una capilla o a un claustro en sombras. Consuelo se acuerda del miedo y el asombro de los niños cuando conseguían bajar a la otra cueva más honda a la que se llega desde allí, arrastrándose y deslizándose por una sima muy estrecha. La llamaban el Palacio de Cristal, porque en las paredes y las bóvedas resplandecían como gemas las vetas de calcita y las gotas de humedad condensada que lo cubren todo.

—¿Y qué dice Cervantes? —nos pregunta Consuelo, segura del efecto que tendrá su respuesta—. *Ofrecióseme luego a la vista un real y suntuoso palacio o alcázar, cuyos muros y paredes parecían de transparente y claro cristal fabricados.*

Ese palacio es un lugar común de los libros de caballerías: pero puede que también sea un recuerdo de esas paredes de esplendor diamantino que Cervantes pudo ver, y que Consuelo y sus amigos alumbraban de niños con sus linternas, como si estuvieran viviendo una aventura de un cuento, como Tom Sawyer cuando explora con su amada Becky Thatcher la cueva en la que los dos van a perderse, y en la que encontrarán un tesoro.

El sobrecogimiento de esta concavidad de rocas y de sombras cambiantes es tan perceptible y gradual como la humedad que sube del suelo de arcilla. Nuestras siluetas se proyectan contra las paredes en una metamorfosis permanente, como en un teatro de sombras japonés. Los focos de las linternas nos deslumbran y no nos dejan vernos bien entre nosotros, extrañas figuras forradas de chaquetones y cubiertas de yelmos de color rojo. La mente cambia muy rápido en la profundidad de una cueva, aunque sea de dimensiones comparativamente tan modestas como la de Montesinos. El tiempo queda tan en suspenso como la claridad del día. Consuelo dice que han aparecido puntas de flecha bajo la arcilla del suelo. Y en ese estado de espíritu que fácilmente podría tener algo de trance su linterna va iluminando bultos y manchas en las rocas que según ella habla, y por el efecto casi hipnótico de sus palabras, van cobrando a nuestros ojos formas humanas, que son las de los personajes encantados a los que don Quijote se encuentra en la cueva, cuando dice que despertó del sueño en que había caído al bajar a ella.

El mundo de Montesinos no es el de los libros de caballerías, sino el de los romances legendarios de Roldán y Roncesvalles. Durandarte, caballero de Carlomagno, cae malherido en la misma batalla contra los musulmanes en la que muere Roldán, y le pide a su amigo Montesinos que, cuando él muera, le arranque el corazón y se lo lleve a París a su amada, la bella dama Belerma. En tiempos de Cervantes, los romances que contaban la historia llevaban dos siglos siendo muy populares: el heroísmo derrotado, el coraje militar, la fidelidad entre los amigos y compañeros de armas, el amor que dura más allá de la muerte, en el corazón que tal vez volverá a palpitar cuando lo toquen las manos de Belerma.

El círculo de la linterna de Consuelo se detiene en una roca que es como una losa inclinada, sobre la que el goteo del techo ha formado una larga mancha blanca, con dos puntos negros en la parte superior, redondeada y estrecha. Dice Consuelo que esa figura es la de Montesinos, con su larga barba blanca, como dice Cervantes. Un poco más allá, otra roca se eleva formando una especie de montículo en el que ya nos cuesta menos ver lo que dice o invoca Consuelo: podría ser la escultura yacente de un hombre que es Durandarte, muerto y encantado pero también viviente, suspirando por la duración de varios siglos de este hechizo, el tiempo sin tiempo en el interior de la cueva, el de cada una de las gotas de agua que brillan en el techo y pueden tardar semanas en caer, el tiempo geológico de las filtraciones de agua y las reacciones químicas que originan la calcita, que al disolver la cal a lo largo de millones de años abren estas concavidades subterráneas. En una hondonada emerge de la arcilla lo que parece un gran caparazón de quelonio, liso y brillante de humedad, prolongado en algo como un cuello estrecho, que termina en otra piedra en la que podría reconocerse o imaginarse la cabeza picuda de un dinosaurio, o de un dragón a punto de desplegar las alas, una monstruosa tortuga voladora.

Todo puede verse y no verse en este gran juego de sombras, en el que también nosotros nos volvemos siluetas gigantes o quedamos reducidos a nada y aplastados contra el suelo según nos alumbren las linternas.

Una de esas sombras se perfila contra una pared: es la sombra de una especie de cresta alargada en la que puede distinguirse un perfil de mujer, Belerma sin la menor duda, dice Consuelo. Y cerca de ella cuelga del techo bajo una excrecencia rocosa que parece una pieza de carne o un órgano de algún animal grande, un hígado de vaca o de caballo. Es el corazón de Durandarte, que debía de pesar dos libras, según calcula don Quijote, es decir, casi un kilo y cuarto, nos aclara Consuelo: *porque*, dice

Cervantes, o Cide Hamete, *el que tiene mayor corazón es dotado de mayor valentía del que le tiene pequeño.*

La mente humana nace programada para identificar formas significativas en las paredes, en las sombras, en los árboles, en las nubes, en las manchas de humedad, en las fuertes raíces de las sabinas del camino de la Almagra, que sobresalen de la tierra y se hunden en ella como gruesas serpientes. La mente humana busca reconocer presencias tentadoras o neutras o amenazantes, y a hacerlo de la manera más rápida, por un reflejo inmediato de supervivencia; y también a encontrar conexiones causales o narrativas, a descubrir un orden que unifique las percepciones dispersas, y que con mucha frecuencia es un orden inventado. Un bulto oscuro al fondo de una cueva puede ser un oso en hibernación cuyo despertar será mortífero, y también puede ser nada más que una roca agigantada y dotada de movimiento por el temblor de una antorcha.

Quien duerme no tiene duda alguna sobre la realidad de lo que está soñando, a no ser que se le insinúe esa duda de los sueños lúcidos. Don Quijote abre los ojos al salir de la cueva de Montesinos y lamenta haber despertado: *Dios os perdone, amigos, que me habéis quitado de la más sabrosa y agradable vida y vista que ningún humano ha visto o pasado.* También ha aprendido al regresar de ese mundo la fugacidad de todas las cosas: *ahora acabo de conocer que todos los contentos desta vida pasan como sombra y sueño, o se marchitan como la flor del campo.* Nosotros hemos salido de la cueva y aunque la visita ha durado menos de una hora sentimos que ha pasado mucho más tiempo, y nos cuesta adaptar nuestra mente a la realidad diurna, igual que nuestros ojos a la claridad de la mañana de febrero. Hay una discontinuidad entre un mundo y otro, una extrañeza de volver a esa mañana de domingo en la que ya hay otros excursionistas esperando para entrar en la cueva, donde Consuelo los guiará con tanta solvencia como a nosotros, alumbrando formas posibles con su linterna, explicándoles cómo se forman la calcita o los líquenes, y repitiendo sus citas queridas de *Don Quijote* con amor a la literatura y orgullo local.

Antes de quitarnos los cascos de espeleólogos, Consuelo le pide a uno de los visitantes que aguardan que si puede hacernos una foto de recuerdo a los tres.

La aventura de la cueva de Montesinos no se parece a ninguna otra en *Don Quijote de la Mancha*. Por primera y única vez, el testimonio y la voz narrativa pertenecen exclusivamente a don Quijote. Y también por primera y única vez los hechos que se cuentan son fantásticos: *cuya imposibilidad y grandeza hace que se tenga esta aventura por apócrifa*, según advierte el propio Cide Hamete Benengeli. Las precauciones del narrador son extraordinarias, como las de un historiador que teme perder su crédito si cuenta algo sin la suficiente evidencia, o más aún las de un escritor de ficción al que le gusta atenerse tanto a las normas aristotélicas de la verosimilitud como Cervantes. Es de nuevo ese otro narrador que parece irnos contando lo que lee, el trabajo previo de un traductor que ha vertido al castellano el original en árabe de Cide Hamete. Es el traductor innominado quien dice que en el margen del texto *estaban escritas de mano del mesmo Hamete* por las que duda del testimonio de don Quijote: *Todas las aventuras hasta aquí sucedidas han sido contingibles y verosímiles.* La inverosimilitud es precisamente la lacra que hace detestables los libros de caballerías, *yendo llenos de tantos y tan desaforados disparates*, como había dicho el canónigo de Toledo.

Pero ese argumento de Cide Hamete queda debilitado por el respeto que le merece quien ha dado su testimonio: *Pues pensar yo que don Quijote mintiese, siendo el más verdadero hidalgo y el más noble caballero de sus tiempos, no es posible: que no dijera él una mentira si le asaetearan.* ¿Ha soñado todo lo que dice haber vivido en la cueva en los tres días enteros que ha contenido para él la media hora escasa que permaneció dentro de ella? Cervantes lo ha provisto de dos interlocutores opuestos entre sí, como para definir el arco entre la credulidad máxima y el más resabiado escepticismo. El primo es un tonto dispuesto a creerse cualquier cosa que encaje más o menos en sus erudiciones polvorientas, un aquejado de quijotismo académico, de esos que *se cansan en saber y averiguar cosas que después de sabidas y averiguadas no importan un ardite al entendimiento ni a la memoria.* Sancho tiene todo el recelo terrenal del campesino, fortalecido por su larga experiencia de la locura de don Quijote, y por un grado de confianza con su amo que le permite llevarle la contraria y burlarse de él sin miedo a que se acabe su paciencia: *¡Oh señor, señor, por quien Dios es que vuestra merced mire por sí, y vuelva por su honra, y no dé crédito a esas vaciedades que le tienen menguado y descabalado el sentido!* Don Quijote acepta tantas impertinencias con una mansedumbre que impresiona al primo, y que nunca había tenido en la novela de 1605: *Como te conozco, Sancho, no hago caso de tus palabras.*

Cide Hamete sonríe por detrás con la sonrisa sabia y burlona de Cervantes. Anotados sus escrúpulos de historiador, a los que se unen las sospechas que tiene el traductor de encontrarse ante un texto apócrifo, examinados con ecuanimidad la bobería crédula del primo y el sarcasmo irreverente de Sancho, Cide Hamete da un quiebro y deja la decisión última en manos del lector: *Tú, lector, pues eres prudente, juzga lo que te pareciere.*

Pero ni ahí se detiene, como si no pudiera resistir su propensión tramposa a sembrar la duda, o a persistir en su empeño por la verdad: *Se tiene por cierto que al tiempo de su fin y muerte dicen que se retrató (retractó) della, y dijo que él la había inventado, por parecerle que convenía y cuadraba bien con las aventuras que había leído en sus historias.* «Se tiene por cierto», «dicen». Lo que parecía una afirmación deja todavía un espacio para la incertidumbre. El propio don Quijote parece que vive perturbado por ella. Al día siguiente de salir de la cueva, le pregunta al mono adivino de maese Pedro *si ciertas cosas que había pasado en la cueva de Montesinos habían sido soñadas o verdaderas, porque a él le parecía que tenían de todo.* Y algún tiempo después, ya en Barcelona, esa duda sigue inquietándolo, y ahora le pregunta a la cabeza fraudulenta y habladora de bronce que hay en casa de don Antonio Moreno, como si interrogara a un oráculo: *Dime tú, el que respondes, ¿fue verdad o fue sueño lo que yo cuento que me pasó en la cueva de Montesinos?*

Por mucho que repite la pregunta don Quijote no encuentra una respuesta segura, como tampoco la encuentra ese obseso quimérico de la exactitud que es Cide Hamete Benengeli. Es la enseñanza de la ficción sobre la dificultad de conocimiento verdadero y lo usual del malentendido y el engaño. No es el cínico, el corrupto todo da igual de las prestigiosas teorías universitarias postmodernas, sino la conciencia de nuestra propensión a mentirnos sobre las cosas y sobre nosotros mismos, y del esfuerzo de la atención y de la voluntad que hace falta para ver lo que se tiene ante los ojos, y juzgar y ver íntegramente a cada persona, en vez de proyectar sobre ella nuestros prejuicios o nuestros deseos, o de aceptar distraídamente o por interés las imposturas que otros adoptan, o los gestos sutiles que desmienten las palabras que dicen. No da igual la verdad que la mentira, aunque la una sea difícil de alcanzar y la otra bien armada y verosímil, y todas las cosas que vemos y pensamos no son discursos equivalentes dictados por nuestro instinto de poder o nuestras inclinaciones sexuales, o nuestras identidades étnicas más o menos inventadas: los molinos de viento son máquinas eficientes para moler el grano, y hay objetos brillantes que son platos o bacías de latón y otros que son yelmos de oro, igual que hay informaciones y relatos históricos que se acercan lo más posible a lo realmente sucedido, y otros que son embuste y propaganda; y también hay narraciones literarias que transmiten y adornan la mentira y otras que retratan con veracidad las vidas y las hablas de los seres humanos, aunque sean criaturas de ficción.

La cueva de Montesinos es vital para don Quijote porque siente que en ella ha vivido una nueva iniciación. Ha descendido al Hades, como Ulises y Eneas, e igual que ellos ha encontrado a las sombras errantes y quejumbrosas de los muertos, que lo reconocen como uno de los suyos. Ha sido admitido en una especie de Valhalla manchego en el que lo acogen y solicitan su auxilio los otros héroes de la épica medieval, los caballeros de Carlomagno y las leyendas artúricas. Pero ni siquiera su mirada enaltecedora ha dejado de advertir las incongruencias burlescas que malogran la perfección legendaria de su aventura. Montesinos arrancó el corazón a su primo Durandarte, pero se llenó todo de sangre al andarle *en las entrañas*, y antes de emprender el camino a París para entregarle a la viuda el corazón de su caballero enamorado tuvo la precaución de ponerlo en salmuera, para evitar el mal olor, *y fuese, si no fresco, al menos amojamado a la presencia de la señora Belerma.* Cuando la ve don Quijote, a la cabeza de una procesión fantasmal de encantados, con el corazón *amojamado* en las manos, le sorprende que Belerma no sea una belleza de libro de caballerías: *Era cejijunta, y la nariz algo chata; la boca grande, pero colorados los labios; los dientes, que tal vez los descubría, mostraban ser ralos y no bien puestos, aunque eran blancos como unas peladas almendras.*

También ve de lejos a Dulcinea, como se ven ciertas presencias fugitivas en los sueños, pero la ve en figura de tosca labradora, y para más tristeza una de sus compañeras se acerca a él y le transmite de parte de su señora una petición que no es de amor sino de asistencia monetaria, que le preste seis reales. De modo que también en el mundo de las fantasías caballerescas impera el dinero, como declara tristemente el propio Montesinos, *que esta que llaman necesidad adonde quiera se usa, y por todo se estiende y a todos alcanza, y aun a los encantados no perdona.*

Subía yo solo la tarde anterior por la cuesta que Consuelo llama de la Almagra, por el rojo de óxido de hierro de la tierra, y podía imaginarme a Cervantes subiendo por ella, todavía vigoroso, en los años de sus muchos viajes de comisario real o recaudador entre Andalucía y la Mancha, montado en una mula de alquiler, o llevándola de reata, para evitarle la fatiga; y tal vez recordándolo luego, de esa manera en que los recuerdos se transforman en ficción al ponerse uno a escribir, imaginando la cabalgata de sus tres personajes camino de la cueva, don Quijote, Sancho, el primo, el vaivén de los animales en la cuesta. Pero casi lo veía, lo imaginaba mejor, mucho más cerca de mí, en el interior de la cueva, alumbrado por una antorcha o un candil de aceite, su cara en sombras, la cara anónima que nadie sabe cómo era. En el tiempo geológico y en la oscuridad silenciosa de una gruta las diferencias de siglos parecen irrelevantes, y las que separan a los vivos y a los muertos, a las personas reales y las sombras cambiantes que proyectan sobre techos bajos y paredes cóncavas.

Cervantes vivió en un mundo de creencias inimaginables para nosotros: habitado por santos milagrosos, por demonios, por brujas que urdían conjuros y a las que era lícito quemar, en las mismas hogueras en las que se quemaba a los herejes. Había muchas menos imágenes, así que su efecto era más poderoso. En la ermita que hay cerca de la cueva, una imagen en madera policromada de san Pedro Mártir tiene un hacha clavada en mitad de su cráneo tonsurado, pero él lleva el martirio con toda naturalidad, como un zombie al que no le afecta el machete con que lo han atravesado. En el mundo de Cervantes las imágenes pintadas o esculpidas se esfuerzan en simular lo real con tanta perfección que inducen al escalofrío y al engaño. Los criados que entraban inadvertidamente al salón donde estaba el retrato de Pío X pintado por Velázquez se arrodillaban amedrentados antes de darse cuenta de que era una pintura. Los libros impresos tenían una autoridad abrumadora, sobre todo para la inmensa mayoría de los analfabetos que escuchan con maravilla y reverencia, leídas en voz alta, esas palabras que para ellos son indescifrables, y sin embargo parece que contienen toda la variedad del mundo y el poder de las oraciones y las jaculatorias. Mucha gente, no solo don Quijote, creía que todo lo impreso tenía que ser verdadero. El juego de la ficción es tan sofisticado que muchas personas se extravían en ella y la confunden con la realidad. García Lorca recordaba que los aldeanos que asistían a las funciones de La Barraca no habían visto nunca teatro, y tiraban piedras al malvado comendador de Peribáñez. Algunas mujeres mayores que veían la televisión cuando yo era niño temían que si en la mesa familiar se decía algo inconveniente los locutores podían espiarlo. En mi cine de verano la cabalgata triunfal de los buenos en el clímax de una película del Oeste levantaba clamores y aplausos de un público masculino enardecido y puesto en pie.

Cervantes conoce el poderío seductor de la ficción porque lo ha experimentado él mismo. Ha vivido las bellas ficciones de los libros y también las del heroísmo militar, y quizás las ensoñaciones literarias del amor, aunque hasta qué punto no podemos saberlo. La literatura, la poesía no dan el menor indicio. En ese tiempo la poesía amorosa es un ejercicio retórico impersonal. Nada sabemos de esa boda, en Esquivias, en que un veterano de guerra, excautivo, escritor recién publicado, se casa a los treinta y siete años con una mujer casi veinte años más joven a la que conoció dos meses atrás. Es el padre de una hija ilegítima nacida de su relación con la mujer de un tabernero. El recién casado se va de Esquivias unos meses más tarde y pasa los próximos quince años viajando entre Castilla y Andalucía, ocupado en sus tareas administrativas y complicaciones legales, que no deben de dejarle mucho tiempo ni sosiego para escribir, y que en algún momento lo conducen a la cárcel. La única nota en la que suena un detalle personal la da la esposa, Catalina de Salazar, en un testamento otorgado en 1610, en el que lega algo a su esposo, Miguel de Cervantes, *por el mucho amor que nos tenemos.* Es una fórmula, pero en ella hay un rastro de ternura: dos personas que de un modo u otro, con largas separaciones y regresos, llevan juntas toda la vida, han dejado sus nombres en actas de matrimonios o bautizos familiares, registrados en la iglesia de Esquivias, han firmado documentos notariales en los que la firma de Cervantes es una presencia documental y furtiva. Son las huellas de una vida de la que sabemos tantas cosas triviales y casi ninguna fundamental, que se nos escapa *como anguila*, igual que don Quijote, su insensatez y su cordura, se escapa a la comprensión de don Diego de Miranda y su hijo.

Y sin embargo sentimos su presencia tan cercana como la de un amigo cuando leemos y escuchamos su voz, en momentos tan verdaderos como los que hay en Montaigne o en Santa Teresa: cuando rememora la batalla de Lepanto y los años del cautiverio *en los que aprendió a tener paciencia en la adversidad*, o cuando confiesa en el *Viaje del Parnaso* sus desengaños y resquemores de escritor, las heridas que le dejó el fracaso en el teatro, la conciencia obstinada de su propio talento no reconocido casi nunca. Pero donde esa voz se vuelve más verdadera y estremecedora es ya muy cerca del final, cuando está agonizando y sin embargo escribe o dicta el prólogo y la dedicatoria de *Persiles y Sigismunda*, su obra maestra perfecta y soñada: *Ayer me dieron la estremaunción y hoy escribo esta: el tiempo es breve, las ansias crecen, las espe-*

ranzas menguan, y, con todo esto, llevo la vida sobre el deseo que tengo de vivir. Solo unos meses antes había contado la agonía y la muerte de don Quijote, quizás inspirándose en la enfermedad que era el anuncio de su propia muerte aproximándose, como cuando Proust sufrió un desmayo mientras visitaba una exposición de Vermeer y pensó que se moría, y apenas recuperándose sacó provecho de la experiencia para contar la muerte de su personaje tan querido, el novelista Bergotte.

Ahora Cervantes escribe más cerca de la muerte que de la vida, porque ya ha confesado, comulgado y recibido el sacramento de la extremaunción, que solo se administra a los moribundos. Y sin embargo todavía piensa en lo que le falta por escribir, *todavía me quedan en el alma ciertas reliquias y asomos*, entre ellos la continuación de aquel primer libro pastoril de su juventud, *La Galatea*, como una prueba de que ni siquiera al final de su vida renegaba de aquellos mundos de belleza ideal que él mismo había demolido en *Don Quijote*, y en unas cuantas de las *Novelas ejemplares.* Es la angustia de no haber hecho todo lo que hubiera querido; de no contentarse con todo lo ya escrito y publicado a lo largo de la vida, y poner toda la esperanza y la conciencia incierta del propio valor en lo no escrito todavía: *Tiempo vendrá quizás, donde anudando este roto hilo, diga lo que aquí me falta y lo que sé convenía.*

Esa voz parece que nos habla en voz baja, transmitida con extrema pureza a través de los cuatrocientos años que nos separan de ella, nítida y alojada en las veladoras de sombra que no nos permiten ver la cara de quien nos habla tan cerca. Es como escuchar el sonido de una gota de agua en la cueva de Montesinos; o el de la piedra que Consuelo ha arrojado al agua transparente que hay al fondo de esa grieta en la roca. Hace falta un silencio así para escuchar las voces de la literatura, un recogimiento entre contemplativo y visionario, en el que las siluetas dibujadas por la linterna cobran una presencia de seres reales, de fantasmas amenazadores o benévolos. La mente humana es propensa a la alucinación y a la locura, y también al descubrimiento de la misteriosa realidad: los procesos químicos del agua y los otros minerales a lo largo de milenios y millones de años, el crecimiento de los líquenes, criaturas mixtas de algas y hongos que aprovechan las dosis mínimas de luz que llegan hasta ellos para completar la fotosíntesis al mismo tiempo que extraen los nutrientes de la roca a la que están adheridos; la vida de los líquenes y la de los murciélagos que duermen durante todo el invierno en la sima más profunda, en el Palacio de Cristal.

En la cueva de Montesinos hay una figura oculta que Consuelo no ha llegado a advertir. Es la del propio Miguel de Cervantes. La probabilidad de que estuviera aquí se vuelve estremecedora. Una distancia de cuatro siglos no es nada en el tiempo de la cueva, en el presente eterno que Sigfried Giedion encontraba en las pinturas de Altamira y Lascaux. En las concavidades y las protuberancias de las cuevas y en las sombras que proyectaban las antorchas de resina de hace veinte mil años veían las figuras de los animales antes de pintarlas, como si al hacerlo las trajeran del trasmundo al otro lado de las paredes de piedra. Lo que soñó o inventó don Quijote pudo ser imaginado por Cervantes con el recuerdo de su visita a esta cueva, y ahora nos lo hace ver persuasivamente Consuelo con su linterna y sus palabras. De un modo u otro Miguel de Cervantes está aquí, como los habitantes más antiguos que dejaron sus puntas de flechas, con una sugestión de presencia que yo no he encontrado en ninguna otra parte.

Pero quizás esta es otra ensoñación cervantina, causada, como de costumbre, por el mucho leer y el poco dormir, y por el efecto que la privación sensorial del descenso a una cueva tiene sobre la psique humana.

Emerger de esas tinieblas es desconcertante, por poco tiempo que se pase en ellas. Bajo aturdido por el sendero de la Almagra, adaptando las pupilas a la luz y los sentidos a la riqueza recuperada de las impresiones, como cuando salía del cine un anochecer de domingo y me costaba un rato adaptarme a la realidad, y a la sorpresa del final abrupto del día.

La ermita está abierta, y delante de la puerta cuelga la cuerda de una campana que los feligreses o romeros que han ido reuniéndose durante la mañana se turnan festivamente para hacer sonar. Hombres y mujeres del pueblo barren las hojas secas de todo el invierno y ponen manteles, ollas de comida y botellas de cerveza, de vino y refrescos sobre las mesas de piedra de un merendero al costado de la ermita. Después del frío húmedo de la primera hora, el sol caldea el aire muy limpio, y la gente comparte con júbilo tranquilo, como un gran grupo familiar, las tareas y los alimentos, de los que se desprenden vapores sabrosos que nos despiertan la gula igual que a Sancho Panza. De vez en cuando alguien hace sonar de nuevo la campana de la ermita, que está abierta de par en par, muy adornada por ramos de flores y velas encendidas, sobre las que el pálido mártir de la cabeza hendida por el hacha parece extender una mirada aprobadora, aunque melancólica. Unos vecinos nos saludan, y nos preguntan de dónde hemos venido, si nos gusta el pueblo, si hemos disfrutado la cueva de Montesinos, si pensamos ver ahora las lagunas de Ruidera.

Cervantes habría podido contar esta escena con el mismo deleite que las bodas de Camacho, la belleza terrenal de la vida en común, la fiesta en el campo, el regocijo después del trabajo, la indolencia festiva y el placer de la comida y el vino.

156

Sola la vida humana corre a su fin ligera más que el tiempo. Recuerdo exactamente la primera vez que me estremeció esa frase, cuando ha terminado abruptamente el gobierno de Sancho en la ínsula Barataria, donde su bondad, su astucia y sentido común de campesino han frustrado el propósito de burla de los duques y sus sirvientes. Me encontré con esas palabras sobre las que había pasado muchas veces sin reparar en ellas en una biblioteca universitaria en Nueva York, a finales de septiembre de 2001, cuando aún subía una columna de humo negro de las ruinas de las Torres Gemelas, sobre el horizonte de los tejados del sur de Manhattan. Francisco Rico, que sabía tanto, corrigió lo que él consideraba uno de los muchos errores de la primera edición, entregada a imprenta en 1604: para él debería leerse *ligera más que el viento*. Yo prefiero la anterior, no ya por razones filológicas, sino de belleza de estilo. Ligera más que el viento o que el tiempo corre la vida humana sobre todo cuando su fin va estando más cerca: de repente ha pasado casi un cuarto de siglo desde aquel día en que me puse a leer *Don Quijote* en el sosiego casi monacal de la biblioteca del Graduate Center de la City University, con ventanales de amplitud neoyorquina que daban al Empire State, al otro lado de la Quinta Avenida. En la City University había sido profesor Francisco Ayala, y en ella trabajaban amigos queridos para mí: William Sherzer, el inolvidable Thomas Mermall, Isaías Lerner, que había hecho una edición admirable de *Don Quijote.*

De todo hace mucho tiempo. Casi sin que me diera cuenta han pasado diez años desde el verano en que empecé a tomar distraídamente estas notas, en una época menos sedentaria en que los veranos en Madrid venían a continuación de los duros inviernos y las primaveras de belleza y sobresaltos meteorológicos en Nueva York. Eran mis días de *desocupado lector*, echado en una hamaca a la sombra de una higuera, en aquel jardín que tenía además una parra, un cerezo, un ciruelo, un membrillo, una espesura de bambú que proliferaba en el costado húmedo y umbrío. Empezaba una nueva lectura completa de *Don Quijote* y me puse a copiar citas y apuntar cosas en un cuaderno. Terminé la lectura y llegué al final del cuaderno al mismo tiempo que terminaba agosto. Otras obligaciones y proyectos de mayor entrega dejaban en suspenso aquellas anotaciones. Me olvidaba de ellas, regresaba, en veranos sucesivos, en sucesivas lecturas de este libro que para mí no se acaba nunca. Había en ellas la irresponsabilidad de un diario inconstante, y una especie de profunda lealtad, de simple amor a Cervantes, y a la parte de mi vida que había ido creciendo a su sombra, durante tanto tiempo, en lugares y circunstancias y estados de ánimo tan diversos.

Esta última vez el verano se ha prolongado en un otoño y un invierno en el que leer y escribir, además de mi afición y mi oficio, ha sido un refugio literal de supervivencia. Ahora tengo miedo de regresar al exterior, de quedarme sin esta costumbre, el libro y su constante compañía, las indagaciones sobre la vida de Cervantes y sobre la constelación de los escritores que han recibido su influencia a lo largo de los siglos y han alimentado con ella la savia de cada una de las ramificaciones del arte de la novela, todo el pasado en el que se inscribe mi propia vocación, igual que mi vida se ha ido inscribiendo en el libro, desde aquella primera lectura remota, a cada momento revivida, más valiosa según se queda más lejos, guardada entre sus páginas como esos papeles, hojas, marcadores, notas o subrayados que uno olvidó en un libro y encuentra por sorpresa al abrirlo de nuevo al cabo de los años.

En cada nueva lectura está contenida la riqueza armónica de todas las lecturas anteriores, su memoria activa e inconsciente. En el ahora mismo en el que siento con tanta agudeza la extrañeza de un tiempo que tal vez ya no es el mío, una mañana el pasado se vuelve presente y terrenal, no en el mismo lugar en el que entonces lo viví, sino en otro que descubrí mucho más tarde gracias a la mediación necesaria del amor, que me regaló otra memoria distinta pero complementaria de la mía, un pueblo pequeño y un paisaje campesino a los que sentí que volvía la primera vez que los vi aunque no había estado nunca en ellos. He dejado mis libros muy subrayados y los cuadernos de apuntes que se han acumulado desde hace diez años y he salido a media mañana a un camino al costado de un río, su curso delineado por altas filas de chopos y abedules desnudos. Andar por un camino junto al rumor del agua me devuelve a una infancia primordial. Por un camino así iba de niño a la huerta de mi abuelo paterno, junto a un arroyo caudaloso que sonaba detrás de una espesura de mimbreras y zarzamoras, llevando en la mano una cesta con la comida de mi padre, sin prestar mucha atención a lo que había a mi alrededor, con el ensimismamiento liviano de los niños, la cabeza llena de fantasías lectoras, tebeos, libros ilustrados, películas, novelillas de pistoleros o marcianos, imaginándome que yo mismo era un personaje de algo, un niño aventurero y solitario por el campo. Muy pronto, por aquellos mismos caminos, según avanzaba la adolescencia, la imaginación se llenó de proyectos de huida, deseos de ir más allá del horizonte que delimitaban hacia el sur los perfiles azules de la Sierra de Cazorla y Sierra Mágina. La rebeldía inmemorial de los que quieren escapar de su condición y de su mundo obligatorio y conocido se me había contagiado a través de los libros. Aquellos lugares que hasta no mucho tiempo atrás habían sido un paraíso invulnerado ahora delimitaban los términos de un confinamiento del que yo tendría que escapar para vivir mi verdadera vida, la que siempre está en otra parte, más lejos, en ciudades y países con nombres reales que sin embargo irradiaban el atractivo de los lugares inventados de las novelas y el cine. Mis manos endurecidas de tanto apretar con fuerza las herramientas del campo ahora manejarían páginas y lomos de libros, libretas de apuntes, lápices, el teclado dócil de las máquinas de escribir.

Esta mañana he traído conmigo algunas herramientas parecidas a las de entonces, con sus nombres que no he olvidado: una azada, un escardillo, un rastrillo. Voy a limpiar de malezas una acequia que lleva abandonada mucho tiempo, para que el agua vuelva a discurrir por ella, y a alisar la tierra para un huerto, trazando surcos y delimitando las parcelas rectangulares donde sembraremos las hortalizas cuando vaya acabando el invierno. Pasa de tarde en tarde un coche por la carretera cercana. Si pongo atención sigo escuchando el sonido del río. Hay silbidos ocasionales de mirlos y otros más débiles y agudos de otros pájaros que no sé reconocer. El oído se va abriendo en el silencio, como las pupilas cuando se adaptan a la oscuridad. Ahora escucho también los golpes secos de un pájaro carpintero. Puedo ver el pueblo a lo lejos, en su ladera de tierra rojiza, pero el único sonido que llega desde allí es el de la campana de la iglesia dando las horas. La azada pesa demasiado para desbrozar la acequia. Es mucho más útil y manejable el escardillo, de hoja más corta y estrecha. Las manos reconocen el tacto de un largo mango de madera como los que toqué por última vez hace medio siglo. El recuerdo de aquellas tareas que me enseñó mi padre estaba preservado intacto en la memoria de las manos, en los reflejos de movimiento de los músculos. Me inclino sobre la tierra, los pies firmes y abiertos sobre ella, para evitar el peligro de que me hiera un golpe de la hoja de acero. Sin necesidad de hacer memoria sé cómo he de inclinar esa hoja para que corte las raíces justo debajo de la superficie de la tierra. Un ritmo sostenido se va imponiendo a mi cuerpo. Según voy despejando la maraña de plantas que han cegado la acequia y llego a las zonas húmedas que hay bajo la hojarasca, al pie del muro que separa el huerto de la finca de al lado descubro conchas secas de caracoles que tuvieron su madriguera entre las piedras. La tierra es espesa, rica, de un rojo oscuro, y desprende al removerla un olor de fertilidad escondida. De nuevo el tiempo queda en suspenso, como cuando me sumergía de niño en la lectura, como en la tiniebla húmeda y templada de la cueva de Montesinos. Oigo mi respiración, los golpes del escardillo, el roce de la hoja cortando raíces. Me duele la cintura cuando llevo mucho rato inclinado. El escozor en las palmas de las manos me avisa de que me saldrán ampollas, como el primer día de las vacaciones de Navidad, cuando pasaba varias horas apretando las varas de varear los olivos después de haber perdido durante el primer trimestre en el instituto el hábito y la fuerza del trabajo, y tenía que acostumbrarme rápidamente de nuevo. Por las noches me acostaba entre las sábanas muy frías, bajo las mantas pesadas que daban poco calor. Quería leer, pero me costaba mucho sacar las manos del embozo, porque se me quedaban heladas. Estaba tan cansado del día entero de trabajo en el campo que el sueño me cerraba los ojos.

Fue hace mucho tiempo y es ahora mismo. Este invierno es más templado que los inviernos de entonces. En mis manos hace mucho que no se forman sabañones, pero ya es seguro que tendré ampollas esta noche, y me dolerán la cintura y los brazos. Cuando me acueste una densa fatiga que solo produce el trabajo en el campo me inundará de sueño los ojos borrándome las páginas de *Don Quijote de la Mancha*, en un dormitorio con vigas de madera en el techo, como el de mi casa de entonces, pero bien caldeado, y mucho más confortable. Nada despeja más rápidamente la nostalgia que el recuerdo de aquellos fríos irremediables. Cuando yo vivía inmerso en aquella realidad apenas me fijaba en ella. Me escapaba y me escondía en los libros y en las imaginaciones. Y sin embargo todo aquel mundo se estaba asentando en mí sin que me diera cuenta, a una profundidad a la que no llegaba la conciencia, y que por lo tanto el tiempo no gastaba. Yo creo que pasé muchos años, décadas enteras de mi vida, sin mirar bien a mi alrededor, siempre urgido por mis ensueños, mis ansiedades, mis obligaciones, las sombras bellas o temibles que yo confundía con presencias reales. No llegaba a ver bien ningún lugar donde estuviera, porque siempre quería estar en otra parte y leer el libro siguiente al que estaba leyendo, y olvidarme cuanto antes del que acababa de escribir y del que ya me arrepentía para emprender otro en el que me desquitara de los errores cometidos.

Cuando el caballero de la Blanca Luna desafía a don Quijote en la playa funesta de Barcelona, le hace prometer que, *si tú peleares y yo te venciere [...], dejando las armas y absteniéndote de buscar aventuras, te recojas y retires a tu lugar por tiempo de un año, donde has de vivir sin echar mano a la espada, en paz tranquila y provechoso sosiego.* Tampoco había reparado bien en este pasaje hasta mi última lectura. *En paz tranquila y provechoso sosiego.* En la huerta de mi padre, como no teníamos relojes, calculábamos el tiempo clavando una caña en la tierra y observando la inclinación de su sombra, y también contando las campanadas en la iglesia más cercana, que era la del Salvador. Irguiéndome para comprobar el progreso en la limpieza de la acequia, con las dos manos apoyadas en la cintura dolorida, voy a mirar la hora en el móvil, pero entonces suenan las campanadas de las dos de la tarde, no en una iglesia de Úbeda, sino en la de Ademuz. Varias horas se han ido sin que yo lo notara. He tardado toda la vida en aprender a sumergirme en lo real y lo concreto de las cosas tan hondamente como me he sumergido siempre en los libros. Esa doble y simultánea inmersión es otra enseñanza que le debo a Cervantes.

UNA SELECCIÓN DE LECTURAS

ALEMÁN, MATEO: *Guzmán de Alfarache* (ed. Luis Gómez Canseco), RAE/Espasa, Madrid, 2012.

AUERBACH, ERICH: *Mimesis*, Princeton University Press, Oxford, 2003.

AZAÑA, MANUEL: *Cervantes y la invención del Quijote* (ed. David Hernández de la Fuente), ELR ediciones, Madrid, 2005.

BICHENO, HUGH: *La batalla de Lepanto*, Ariel, Barcelona, 2003.

BLASCO, JAVIER: *Cervantes, un hombre que escribe*, Difácil, Valladolid, 2006.

CANAVAGGIO, JEAN: *Don Quichotte, du livre au mythe*, Fayard, Paris, 2005; *Cervantes*, Austral, Madrid, 2015.

CASCARDI, ANTHONY J. (ed.): *The Cambridge Companion to Cervantes*, Cambridge University Press, Cambridge, 2002.

CASTRO, AMÉRICO: *El pensamiento de Cervantes*, Trotta, Madrid, 2002; *Cervantes y los casticismos españoles*, Alianza, Madrid, 1974.

CERVANTES, MIGUEL DE: *Don Quijote de la Mancha* (ed. Francisco Rico), RAE/Espasa, Madrid, 2015; *Novelas ejemplares* (ed. Jorge García López), RAE/Espasa, Madrid, 2013; *Viaje del Parnaso y poesías sueltas* (ed. José Montero Reguera y Fernando Romo Feito), RAE/Espasa, Madrid, 2016.

Close, Anthony: *La concepción romántica del Quijote*, Crítica, Barcelona, 2005.

Churchwell, Sarah: *The Wrath to Come*, Apollo, Nueva York, 2022; «How Nostalgic Literature Became an Agent in American Racism», The New Statement, 2015.

Fernández Nieto, Manuel: «Biógrafos y vidas de Cervantes», *Cuadernos para la Investigación de la Literatura Hispánica*, 23, 1998.

Ferrer, Eulalio: *Entre alambradas*, Grijalbo, Barcelona, 1988.

Flaubert, Gustave: *Correspondance*, La Pléiade, Gallimard, París, tomos I a V, 1973, 1980, 1991, 1998, 2007.

Fox Maura, Soledad: *Flaubert y el Quijote*, Renacimiento, Sevilla, 2021.

García López, Jorge: *Cervantes, la figura en el tapiz*, Pasado y presente, Barcelona, 2015.

Giner, Monserrat: *The Southern Inheritors of Don Quixote*, Louisiana State University Press, Baton Rouge, 2000.

González-Moreno, Beatriz: «Visiones de *Don Quijote* en el romanticismo inglés», *Don Quijote por tierras extranjeras*, Ediciones de la Universidad de Castilla-La Mancha, Cuenca, 2007.

Gracia, Jordi: *Miguel de Cervantes: La conquista de la ironía*, Taurus, Madrid, 2018.

Haley, George, (ed): *El escritor y la crítica: El Quijote*, Taurus, Madrid, 1980.

Levin, Harry: «Melville and Cervantes», *A New Companion to Herman Melville*, ed. Christopher Oghe, John Wylie & Sons, 2022.

Mann, Thomas: *Viaje por mar con don Quijote*, RqueR, Barcelona, 2005.

Márquez Villanueva, Francisco: *Trabajos y días cervanti-*

nos, Centro de Estudios cervantinos, Alcalá de Heneres, 1995; *Moros, moriscos y turcos en Cervantes*, Edicions Bellaterra, Barcelona, 2010.

Martínez García, Patricia: *La huella de Cervantes en la obra de Flaubert*, Mélanges de la Casa de Velázquez, Madrid, 2007.

Martínez Torrón, Diego y Bernd Dietz (eds.): *Cervantes y el ámbito anglosajón*, Sial ediciones, Madrid, 2005.

Martínez, Rosa Angélica: «Melville's Cervantes», *A New Companion to Herman Melville*, ed. Christopher Oghe, John Wylie & Sons, 2022.

Muñoz Machado, Santiago: *Cervantes*, Crítica, Barcelona, 2022.

Murillo, Luis A. y George Haley (ed): «El verano mitológico: Don Quijote y Amadís de Gaula», *El Quijote. El escritor y la crítica*, Taurus, Madrid, 1980.

Nardo, Anna: *Melville and Eliot Debt to Cervantes*, <https://missionimpossiblefaulkner.wordpress.com/2018>.

Ortega y Gasset, José, Julián Marías (ed): *Meditaciones del Quijote*, Cátedra, Madrid, 2005.

Redondo, Agustín: «Tradición carnavalesca y creación literaria», Biblioteca Virtual Miguel de Cervantes, 2016.

Rico, Francisco: *El texto del Quijote*, Destino, Barcelona, 2005.

Riley, E. C.: *Cervantes's Theory of the Novel*, Oxford University Press, Oxford, 1962.

Rivero Rodríguez, Manuel: *La España de don Quijote*, Alianza, Madrid, 2005.

Soler, Isabel: *Miguel de Cervantes: los años de Argel*, Acantilado, Barcelona, 2016.

Trapiello, Andrés: *Las vidas de Miguel de Cervantes*, Espasa, Madrid, 2015

Unamuno, Miguel de: *Vida de don Quijote y Sancho*, Alianza, Madrid, 2015.